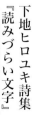

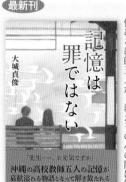

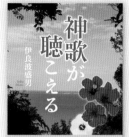

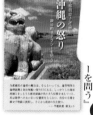

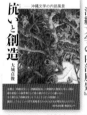

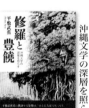

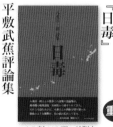

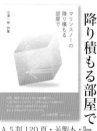

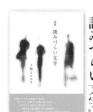

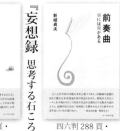

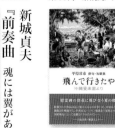

2020年最新刊行詩集

最新刊

岸本嘉名男　詩・評論選集
碧空の遥か彼方へ

A5判 304頁・上製本・2,700円
解説文／鈴木比佐雄

最新刊

堀田京子詩文集
おぼえていますか

四六判 248頁・並製本・1,500円
解説文／鈴木比佐雄

最新刊

鈴木文子詩集
海は忘れていない

A5判 192頁・上製本・1,800円
解説文／鈴木比佐雄

吉田正人第一詩集
人間をやめない 1963～1966

A 5判 208頁・上製本・1,800円
跋／長谷川修児
解説文／鈴木比佐雄

最新刊

吉田正人詩集・省察集
黒いピエロ 1969～2019

A 5判 512頁・上製本・3,000円
解説文／鈴木比佐雄

最新刊

福司満全詩集
「藤里の歴史散歩」と朗読CD付き

A 5判 352頁・並製本・3,000円
帯文／浅利香津代
解説文／亀谷健樹、鈴木比佐雄

世界に発信する英日詩集シリーズ

コールサック社 HP 英語版で海外からも購入できます！

日本語版 HP 右上の
＞ENGLISH をクリック！

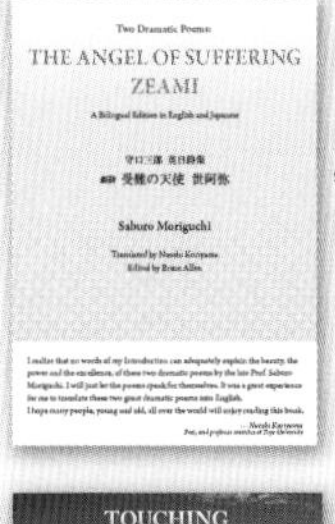

守口三郎英日詩集
『THE ANGEL OF SUFFERING
ZEAMI
劇詩　受難の天使　世阿弥』
A 5判 152頁・上製本・1,800円
訳・序文／郡山直　解説文／鈴木比佐雄

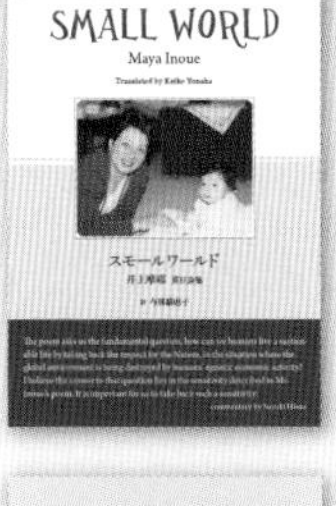

井上摩耶英日詩集
『SMALL WORLD
スモールワールド』
A 5判 144頁・並製本・2,000円
訳／与那覇恵子　解説文／鈴木比佐雄

安森ソノ子英日詩集
『TOUCHING MURASAKI
SHIKIBU' S SHOULDER
紫式部の肩に触れ』
A 5判 218頁・上製本・2,000円
訳・序文／北垣宗治

鈴木比佐雄　英日詩集
『PAINS OF EAST ASIA
東アジアの疼き』
A 5判 224頁・並製本・1,500円
装画／ Lin Mang 林莽　訳／郡山直

2019年刊行詩集

安井高志詩集
『ガヴリエルの百合』
四六判256頁・並製本・1,500円
解説文／依田仁美・鈴木比佐雄

みうらひろこ詩集
『ふらここの涙
九年目のふくしま浜通り』
A5判152頁・並製本・1,500円
解説文／鈴木比佐雄

2020年1月5日朝日新聞で紹介されました

梶谷和恵詩集
『朝やけ』
A5判96頁・並製本・1,500円
栞解説文／鈴木比佐雄

第16回 日本詩歌句随筆評論大賞 詩部門優秀賞

第26回 埼玉詩人賞

葉山美玖詩集
『約束』
A5判128頁・上製本・1,800円
解説文／鈴木比佐雄

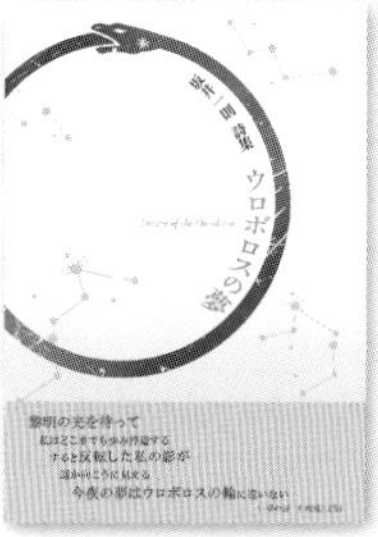

坂井一則詩集
『ウロボロスの夢』
A5判152頁・上製本・1,800円

栗原澪子詩集
『遠景』
A5変形128頁・
フランス装グラシン紙巻・2,000円

石村柳三
『句集 雑草流句心・
詩集 足の眼』
A5判288頁・並製本・2,000円
解説文／鈴木比佐雄

小坂顕太郎詩集
『卵虫』
A5判変型144頁・上製本・
2,000円　栞解説文／鈴木比佐雄

鈴木春子詩集
『イランカラプテ・
こんにちは』
A5判160頁・並製本・1,500円
解説文／鈴木比佐雄

いとう柚子詩集
『冬青草をふんで』
A5判112頁・並製本・1,500円
解説文／鈴木比佐雄

長田邦子詩集
『黒乳／白乳
Black Milk ／ White Milk』
A5判144頁・並製本・1,500円
解説文／鈴木比佐雄

美濃吉昭詩集
『或る一年 〜詩の旅〜 III』
A5判184頁・上製本・2,000円
解説文／鈴木比佐雄

俳句関係

最新刊

渡辺誠一郎 紀行文集『俳句旅枕 みちの奥へ』

現代版「おくのほそ道」とも言える画期的な紀行文集！東北の歌枕を巡り、古今の名句や自句を交えて陸奥の深層を探る。

四六判 304 頁・上製本・2,000 円

銀河俳句叢書

四六判変型・並製本・1,500 円

現代俳句の個性が競演する、洗練された装丁の句集シリーズ

最新刊

4 河野美千代 句集『国東塔』

192 頁　序／能村研三
跋／田邊博充

母の亡し玻璃いっぱいの鰯雲　美千代

母が今亡くなった部屋から見える風景だけを詠んでいるのが、その悲しさを増大させる。なんと美しい空に広がる鰯雲なのだろう。今旅立った母もあの美しい空に向かっているのだと思ったのだろう。

——序・能村研三（「沖」主宰）

1 齊藤保志 句集『花投ぐ日』

192 頁　装画／戸田勝久
解説文／鈴木光影

2 乾佐伎 句集『未来一滴』

128 頁　帯文／鈴木比佐雄
解説文／鈴木光影

3 齊藤實 句集『百鬼の目玉』

180 頁　序／能村研三
跋／森岡正作

永瀬十悟 句集『橋朧 ふくしま記』

A6 判 272 頁・上製本・1,500 円
解説文／鈴木比佐雄

永瀬十悟 句集『三日月湖』

第 74 回現代俳句協会賞

文庫判 256 頁・上製本・1,500 円
装画／澁谷瑠璃　解説文／鈴木光影

辻 美奈子 句集『天空の鏡』

四六判 184 頁・並製本・1,500 円
栞解説文／鈴木比佐雄

辻直美 遺句集・評論・エッセイ集『祝祭』

四六判 352 頁・並製本・2,000 円
栞解説文／鈴木比佐雄

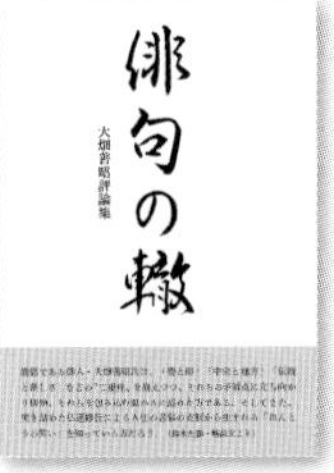

大畑善昭 評論集『俳句の轍』

A5 判 288 頁・並製本・
2,000 円 解説文／鈴木光影

大畑善昭 句集『一樹』

A5 判 208 頁・並製本・
2,000 円 解説文／鈴木比佐雄

第 12 回日本詩歌句随筆評論大賞
随筆部門・大賞

能村研三随筆集『飛鷹抄』

四六判 172 頁・上製本・
2,000 円　栞解説文／鈴木比佐雄

短歌関係

銀河短歌叢書

四六判・並製本・1,500円

9 岡田美幸歌集

『現代鳥獣戯画』
128頁
装画／もの久保

8 原ひろし歌集

『紫紺の海』
224頁
解説文／原詩夏至

7 安井高志歌集

『サトゥルヌス菓子店』
256頁　解説文／依田仁美・原詩夏至・清水らくは

6 糸田ともよ歌集

『しろいゆりいす』
176頁
解説文／鈴木比佐雄

平成30年度日本歌人クラブ南関東ブロック優良歌集賞
第14回日本詩歌句随筆評論大賞短歌部門大賞

5 奥山恵歌集

『窓辺のふくろう』
192頁　装画／北見葉胡
解説文／松村由利子

4 望月孝一歌集

『チェーホフの背骨』
192頁
解説文／影山美智子

1 原 詩夏至歌集

『ワルキューレ』
160頁
解説文／鈴木比佐雄

第13回日本詩歌句随筆評論大賞短歌部門・優秀賞

2 福田淑子歌集

『ショパンの孤独』 **重版**
176頁　装画／持田翼
解説文／鈴木比佐雄

3 森水晶歌集

『羽』
144頁　装画／石川幸雄
解説文／鈴木比佐雄

最新刊

新城貞夫全歌集

新城貞夫という歌人は、一筋縄では括れない。時に狂歌のような野卑な言葉を差し出し、読む者を驚かすこともある。
（歌人 松村由利子・解説文より）

A5判528頁・上製本・3,500円
解説文／松村由利子・鈴木比佐雄

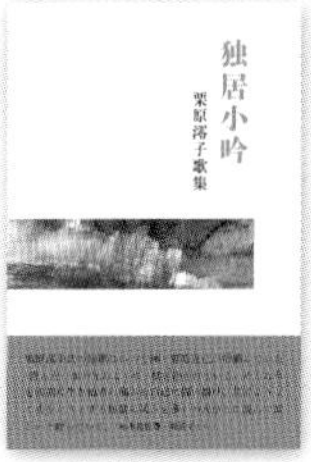

栗原澪子歌集『独居小吟』

四六判216頁・上製本・2,000円
解説文／鈴木比佐雄

髙屋敏子歌集『息づく庭』

四六判256頁・上製本・2,000円
解説文／鈴木比佐雄

原 詩夏至歌集『レトロポリス』

第10回詩歌句随筆評論大賞・短歌部門大賞／第7回日本短歌協会賞・次席

A5判144頁・並製本
1,500円　解説文／鈴木比佐雄

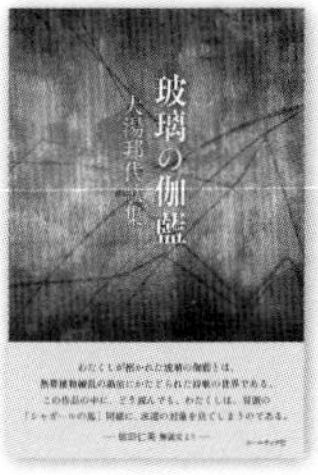

『玻璃の伽藍』

四六判160頁・上製本・
1,800円　解説文／依田仁美

大湯邦代歌集『櫻さくらサクラ』

四六判144頁・上製本・
1,800円　解説文／鈴木比佐雄

新藤綾子歌集『葛布の襖』

四六判224頁・
並製本・1,500円
解説文／鈴木比佐雄

2019－2020 年最新刊　評論集・エッセイ集

加賀乙彦

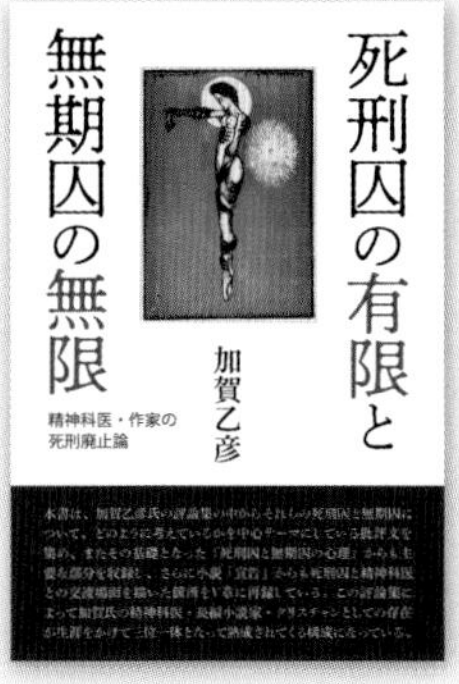

『死刑囚の有限と
無期囚の無限
精神科医・作家の
死刑廃止論』

四六判 320 頁・並製本・1,800円
解説文／鈴木比佐雄

髙橋正人　評論集

最新刊

『文学はいかに
思考力と表現力を
深化させるか
福島からの国語科教育
モデルと震災時間論』

四六判 384 頁・上製本・2,000円
装画／戸田勝久　解説文／鈴木比佐雄

永山絹枝　評論集

最新刊

『魂の教育者
詩人近藤益雄
綴方教育と障がい児教育の
理想と実践』

四六判 360 頁・上製本・2,000円
カバー写真／城台巌　解説文／鈴木比佐雄

万里小路　譲

第35回真壁仁・野の花賞

『孤闘の詩人・
石垣りんへの旅』

四六判 288 頁・上製本・2,000円
解説文／鈴木比佐雄

髙橋和巳の
文学と思想

その〈志〉と〈憂愁〉の彼方に

太田代志朗・田中寛・鈴木比佐雄　編
A５判 480 頁・上製本・2,200 円

福田淑子

『文学は教育を
変えられるか』

四六判 384 頁・上製本・2,000 円
装画／戸田勝久　解説文／鈴木比佐雄

齋藤愼爾

『逸脱する批評
寺山修司・埴谷雄高・中井英夫・
吉本隆明たちの傍らで』

四六判 358 頁・並製本・1,500 円
解説文／鈴木比佐雄

照井　翠エッセイ集

第15回日本詩歌句随筆評論大賞奨励賞

『釜石の風』

2020年5月20日
朝日新聞で
紹介されました

四六判 256 頁・並製本・
1,500 円　帯文／黒田杏子

山本　萠

『こたつの上の水滴
萌庵《もえぎあん》骨董《こっとう》雑記《ざっき》』

四六判 256 頁・並製本・1,800円
帯文／尾久彰三

ほら、急行列車が

みうら　ひろこ

緑が広がってきた田の中を
鮮やかな赤いラインをつけた
見馴れぬ電車が南へ
あれが急行か　初めて見た

三・一一《あれから》九年目の三月に
仙台、東京間が繋がったのだ
相馬から東京へも一直線だ
置き去りにされた街が
九年目にしてようやく
常磐線の急行だ
震災前の〝スーパーひたち〟

震災直後の津波で
三つの駅*が流されて
常磐線仙台・東京間は不通
赤錆びた線路に夏草が生い繁って
踏み切りを渡るたび胸が塞がったものだ
東京へ行くには二つのルート
相馬駅から代替えバスで仙台へ
そこで東北新幹線に乗り換えて東京
または前倒しで出来た
〝あぶくま復興道路〟の
十三のトンネルをくぐって福島駅
そして東北新幹線に乗る方法
思えば東京は遠かった
ああ、急行列車が青田風の中
東京、仙台間を繋げて走る

*福島県富岡駅・新地駅・宮城県山元駅

コールサック（石炭袋）103号 目次

特集Ⅰ　『アジアの多文化共生詩歌集
―シリアからインド・香港・沖縄まで』を読む

表現への共感とその幸福

八重　洋一郎（詩人）

『アジアの多文化共生詩歌集』という書名がこの本の特徴をよく示している。その構想に含まれる国々は四八ヶ国、四九億の人々である。その構想の大きさに比例するように二七七名の作品が収録されている。その四八の国それぞれに多くの人が生活し、その中でここに応募された方々が住まわれ、あるいは旅され、様々なことを経験され、それを表現として練磨され、その作品を提出されて一大詩歌集が実現したのである。これらの言葉に誘われて毎日少しずつ読み続けある日読了した。実は私自身も応募者の一人なので批評めいたことはできないが、共感したことを述べることはできると思い筆を執ったところである。

　まず「ギクリ」としたところから始めよう。藤田武さんの短歌「苦界のほとり」から。〈防腐剤くまなく塗られ兵の屍体ほほゑめる貌など在るとは思へず〉〈アフガンに爆破されたる子の片足あまりに細し地《つち》に立つには〉。小谷博泰さんの短歌「戦場」から。〈ISの戦場にも見るトヨタ車か遠くに少年の自爆しに行く〉〈レイプされ産んだ子どもを手渡して女去りゆく焼けつく大地〉。そしてこれらは例えばデイヴィッド・クリーガーさんの詩「イラクの子供達には名前があった」という詩。〈イラクの子供達には名前があった／彼等は名もなき者達ではない／／イラクの子供達には顔があった／彼等は顔なき者達ではない／／…／／イラクの子供達には強く打つ心臓があった／彼等は戦争の統計となるべき者達ではない〉の強い声によって少しは慰められる気がするが、ISは村々を襲い、男は皆殺しにするかさらって自軍の兵士にし、女はさらって性奴隷にし、子供はさらって都市の人ごみの中へ歩かせ遠隔装置で爆破するという事実や、志田昌教さん描く詩「からゆき初音」から〈クアラルンプールの　日本人墓地に／残された墓碑銘は　大仁田初音／出身地は熊本　享年十五歳〉また詩「からゆきさんの辿った道」の〈…病でお払い箱になった女たちは／鰐の養殖場に叩き売られた／生きているものしか鰐は餌にしない／だから息のあるうちに／容赦なく池に投げ込まれた…〉人間の醜悪さに絶句する。志田さんは最終連で〈歩かなければ見えないものがある／歩かなければ聞こえぬ声もある／からゆきさんは天に昇れたのだろうか〉と歌う以外なす術がない。人間の絶対悪が刻まれていて、それを読む者もただ沈黙するばかりだ。静かに涙が流れるばかりだ。

　次のような詩に巡り合うと少しだけ時間の皮肉に頰がゆるむ。結城文さんの詩「地雷埋設地帯の鹿」。レバノンとシリア方面国境地帯の「危険　地雷埋設地帯　立ち入り禁止」の標識。〈人間や牛など／体重のあるものは／やはり危険／／それでも／人間が全く立ち入らなくなると／どこからともなく／小動物たちが入ってきて／今は彼等の／遊び場〉。また中《シン》東《ドン》曄《ヨプ》さんの「酒をたらふく飲んで休んだあくる朝」は次のように歌う。〈酒をたらふく飲んで休んだ／昨日の夜は／寝ながら面白い夢をみたよ。／…／その半島の腰のあたり　開《ケ》城《ソン》から／金剛山にいたる中心部には幅一里の／緩衝地帯、いうところの北の権力も／南の権力もとどかない／平和な田地。／…／花咲く半島は／南か

ら北の涯まで／緩衝地帯、／あらゆる武器は洗いざらい取り払われて／愛が芽生える半島。／…／酒をたらふく飲んで休んだ
　昨日の夜は休みながら　やたら可笑しい夢ばかりみたよ。〉

痛いような絶品である。絶品と言えば鳴海英吉さんの詩「歌」。〈煙草《マホルカ》をおれたちに配り終えると／ばあさんが歯の抜けた黒い口で言うのだ／わしの孫がのう　あんたらと戦って／ノモンハンで戦死した／…／おれたちを恨んでいるかいと聞く／うんにゃあ　もう忘れた／ずいぶん昔のことだし／男たちの領分のことで分らねえが／女らには　むごい戦争でありました／／絶対天皇崇拝者の男が／煙草にむせんで涙を流し／ばあさんと言ったきり　なにも言えなかった〉

　沖縄では戦争はまだまだ現在形で、次のように歌われる。翁長園子さんの俳句「辺野古月」より。〈沖縄はどこもかしこも静電気〉〈焼かれゆく父の血を吸う仏桑華〉〈戦世の体験者集まる銀河系〉〈改元の先に欠ける辺野古月〉。大城静子さんの短歌「六月の悲風」から〈「まーだだよ」洞窟《がま》の奥から聞えてくる幼友達かー子の声が〉〈六月の悲風がはこぶ摩文仁野のあの螢火のひしめく真昼〉

　思いがけない出会いは、いとう柚子さんの「ゴールウェイの街で」から。〈気づくと耳がきれぎれにとらえているのは／鐘の残響ではない／高音の歌声と三線の音色／…／なぜだろう／島唄のメドレーはこの街にとても似合っている／まるで何百年もこの街の路地や川べりに流れていたように／あの教会の鐘の音のように／…／ケルトの物語に抱かれた街で出会った沖縄島唄が／コリブの流れにのって遠ざかる〉。沖縄文化の不思議な親和性。

　中国の大きな風景、重厚な歴史。渡辺誠一郎さんの俳句「韃靼想望」より。〈万緑や千年前の騎馬軍団〉〈長城《ちょうじょう》の秋かぎりなきゆまりかな〉〈黄土億年泥土に生まれ泥に死す〉。書き写しているだけで気宇壮大となるが、次のような微妙な雰囲気の句もある。日野百草さんの句「皇軍の精華」から。〈兵隊が人間食べて夏の草〉〈月下美人祖国にいつも騙されて〉〈凩や人間ときに盾とされ〉〈大陸に残りし墓や時雨虹〉。日野さんは一九七二年生まれなので、これらの句は戦争への強い関心と研究心から生まれたと思われる。

　最後に、人間を希望につなぐ三つの詩、ひおきとしこさんの詩「いのりの地　イスラエル」より。〈…広い大陸の西の果て幾世紀も変わらず続く祈り／踏み占めた　その微かな地と一瞬の時ではあったが／祈りは　広大無辺な宇宙の／たったひとつのいのちを繋ぐうつしみの姿…〉。次に小田切勲さんの詩「サム砂丘で　あったこと」から、偶然出会った砂漠の旅の人々に忽《たちま》ち起こった響きあい。〈…御者が歌い出した／終わってパラパラと拍手　次を催促／仲間の一人が立ち上がり　それにあわせて踊りだす／…／まわりには瞬時に多民族の人々の輪　輪〉。浅山泰美さんの詩「青い罌粟」から。〈あの山のどこかにいるのは／二度と曇らぬ心を持ち／二度と生まれかわることのない者／すでに生を超え／死をも超えて／静かな水のように／ただ在ることで花ひらく／いのちの奇跡を謳《うた》う…〉。

　入江一子さんによるカバー装画の「青いケシ」からこの「罌粟」まで多くの詩歌に接し、様々な感動を味わい、改めて「共生」の意味を深く考えさせられた。

アジアと共生についての雑感

岡本　勝人（詩人）

文化人類学者の山口昌男から聞いたことがある。現在の閉塞する社会のなかで、新たな見直しという問題がどれだけ有効性をもつかはわからないが、ヨーロッパにおいてはエズラ・パウンド、東洋においては岡倉天心が今後重要となる。

注目されるエズラ・パウンドは、いくつも特集が組まれ、立派な翻訳も出ている。パウンドの政治的・文学的立場を反芻すると、専門家や関心のある人からの様々な声を聞く。詩的イマジズムの手法をもち、文学への広い視野がある。英書「キャントーズ（The Cantos)」を垣間みる。漢詩や象形文字や記号も取り入れた、驚愕するべき連作長編詩である。四方田犬彦の『詩の約束』のなかでも、「翻訳できない詩」の項目に、パウンドのことが鮮明に語られている。英米では、いまだに多く論ぜられているのが、パウンドである。

ある視点からいえば、そこには、ヨーロッパと東アジアとの遭遇がみえる。さらには、オリエントやイスラムやインドとの出会いがある。『岩波講座　世界史』の「古代　3」には、「ローマを中心とする地中海世界」と「古代インダス文明からバラモン教と仏教、東南アジア」が、同じ巻に編集されている。横への水平的な「あいだ」の溝があった。今日のアナール学派による歴史の発見は、西と東を継ぐ「地中海」の存在である。「ヨーロッパ」は、「地中海」を介して、オリエントのシリア、インド、中央アジア、中国との「見直し」を埋めるかのようである。

本書『アジアの多文化共生詩歌集』は、西アジア、南アジア、中央アジア、東南アジアⅠ・Ⅱ、北アジア、中国、朝鮮半島、沖縄の九つの地域に章区分されている。

水平に存在する各地のトポスが、垂直に時間を封じ込めて成立した叙事詩。シリアの『ギルガメッシュ叙事詩』の古層の神話は、『旧約聖書』の洪水の物語よりはるかに昔に成立していたようだ。物語は、戦争の影を記述する。ギリシアの叙事詩『イーリアス』や『オデュッセイア』、ローマの建国の『アエネイス』のように、戦争の叙事詩『マハー・バーラタ』（『バガヴット・ギーター』）や『ラーマーヤナ』を伝承するのは、人々の共通の無意識から生成する物語である。神々とともに戦った人々の歴史に埋もれた時空の物語である。詩の形式による神話の原型の再現こそ、象徴的な形をとって語られる言葉の表象であった。

エジプトのアレクサンドリアで融合したプラトンと東方思想が、フランスの現代思想やイスラーム文化の神秘主義と繋がっているとするのは、井筒俊彦の論説である。プラトン、アリストテレスの哲学書は、ローマがキリスト教を国教にすると異端となり、アレクサンドリアからバグダッドの図書館へと渡ることによって、アラビア語に翻訳された。これらはのちに、イベリア半島のトレドやシチリアのパレルモ、イタリアのヴェネツィアで、ネオ・プラトニズムのなかで、ラテン語に翻訳される。そのために、各地に、翻訳と研究のための大学ができた。ボルヘスの父親も訳していた『ルバイヤート』（オマル・ハイヤーム）は、当時、英訳されたが、ロンドンの古書店では埃をかぶっていたものを、プレ・ラファエロ派の人たちが見出したものだ。ランボーが生まれた時代は、ペリー来航の頃である。当時、ヨーロッパでは、初期仏教の研究が盛んになっていた。『日葡辞典』の時代から鎖国を経た極東(Far East)の日本に、こうして、ヨーロッパが、再びやってきた。

法隆寺の夢殿に眠っていた救世観音の扉を開かせたのは、岡倉天心とフェノロサだった。岡倉天心には、『東洋の理想』という英文の書がある。天心は、日本文化論を展開する前に、「日本の原始芸術」、中国最古の詩を孔子が編纂した『詩経』(「詩經國風」)の「儒教—北方中国」、権力の外延に混沌を思想化する「老荘思想と道教—南方中国」、インド・アーリアン民族の伝説をまとめた『ヴェーダ讃歌』とその最終的な梵我一如思想の「ウパニシャッド哲学」、シルクロードや海の道によって、北方と南方に伝播した「仏教とインド芸術」について、考察している。ナチスのために、終戦間近に亡くなったフランスの中国研究家アンリ・マスペロは、中国の『道教』が、仏教を受け入れる素因であったことを研究していた。

電車を乗り継いで、京都の国際日本文化研究センターに、梅原猛を訪ねたことがある。その時に梅原猛が語ってくれたのは、共生については仏教の方々が理論的な面を検討していると思うが、私は現代社会のなかでの「森の思想」を考えているので、神道の人たちにも共生でやったらいいといっていると、語った。

日本からみたアジアの問題は、ナショナリズムの問題である。すでに、丸山真男、竹内好、吉本隆明によって、ナショナリズムと個の問題は、戦後の近代化論争や主体性論争の終着点に関わる自省の問題として検討されていた。国家(国体思想)が個に圧迫をしいた時代が、日本人のナショナリズムの問題と背中合わせに存在していた。それは、今日にあっては、逆向きのベクトルによって、時代と場所を指向変容させる水平的な問題課題である。と同時に、植民地主義・帝国主義を通過したオリエンタリズムの再考の問題である。

エズラ・パウンドや岡倉天心の抱えた問題は、西洋中心主義からの陥穽について再考させる。争いのやまないアジアやシリアをめぐる今日の現状と問題も、過度となった天心のナショナリズム感とともに、極めて難しい問題である。それは、人生の経験による老いのファウストやボルヘスの東西の博識のクレオールからみた視点をさらに必要とするかもしれない。

本書は、「アジアと多文化共生」に関する詩歌のアンソロジーである。初めに、テーマの提言があり、多くの詩歌作品が寄せられたようだ。かつての文学者の作品も、各地域の民族の神話とともに、編集部によって抄出されている。年齢的には、中国や沖縄の歴史の検証と継承を伝える団塊の層も多く、詩人だけでも二百を超える詩が網羅されている。

現代社会のなかで、アジアに関わる詩歌について改めて考える。今回のアンソロジーに網羅された詩歌の言葉の形象からみえてくるものは、それぞれの詩の空間論的な試みである。そこで、強くコンタクトされているものは、アジア(非ヨーロッパ)の共生が破綻する局面もみせる現実とその悲願である理想としての多文化共生への思いである。そうした意味から、本著は、画期的な「詩歌集」である。

多彩な「国外アジア」の見聞録

高橋　郁男（詩人）

新刊の『アジアの多文化共生詩歌集』を開く
日本の　近世から近・現代の著名な作家や詩人らの
アジアでの作・見聞や　アジアへの想い・視線が
国・地域ごとに編まれている
韓国から中国　台湾　ベトナム　シベリア　トルコ・・
芭蕉から子規　漱石　晶子　茂吉　啄木　牧水　迢空
龍之介　光晴　賢治　誓子　三鬼　鬼房　柊二・・
時と時代を異にする多くの作が
アジアという視点で一冊の中に連なる面白さがあり
更に数多くの　現今の日本各地の人々の詩・歌・句が
著名作家の作と踵《きびす》を接している所もユニークだ
その　多様・多彩な言の葉の交響に触発されて
私も　細《ささ》やかなアジア見聞の記憶を辿ってみた

初めて「国外のアジア」に触れたのは
ソウル五輪を間近に控えた一九八八年夏の韓国だった
オリンピックという世界の目が集まる大舞台を前にした
韓国社会の営みの一端を取材し　即日東京に送稿して
朝刊に組み込む「ソウルへの道」という連載の時だった
下関から関釜フェリーで釜山に足を踏み入れ
一日ごとに　慶州　光州　全州　大田　扶余を辿って
ソウルまで行き着く
この道すがら　日本と韓国の違いというものを
日々の見聞でつかみ　表現しようと試みていた
やがて　この地は　小さな半島の一部とはいえ
世界最大のユーラシア大陸の東の端であり
中国　インド　中・近東　東・西欧を経て大西洋岸まで
地続きで繋がっているという実感を得た

白く　低い壁が続く韓国の街並み　鈴懸の並木
虫が何かに群がるように疾駆・競走する小型車
赤　青　黄の原色を大きく大胆に使った意匠
それらは　近くの日本よりは
南欧の辺りの街並みや車の走り　色使いに似ていて
朝鮮と　遙か遠いラテンの地との通底を想わせた
かつて　誰か　西の果てのポルトガルのロカ岬まで
歩き通した人が居たかもしれないとも想像した
しかし　目の前を行き交う人々の風貌は日本に近く
街を歩けば
遙か昔に通った小学校の同級生と良く似た子供たちが
そこここで遊んでいる
ソウル駅近くのバス停に佇んでいると
初老の男性から韓国語で道を聞かれたこともあった

初めて　中国に触れたのは九五年の夏だった
微かな風にも葉を震わせるポプラ並木の続く北京から
東へ車で六時間　北戴河という
万里の長城が海に沈み込む大陸の果ての浜辺に立ち
東方の波の彼方を見ていると　日本列島が
か細い縄のように浮かんでいる様が想起された

壮大なユーラシア大陸の側から見ると
大海の荒波に浮かぶ線状列島は　頼りなげだ
大陸の側が抱きがちな大国・優越意識と
島国の側の屈折した感情と
二つの古来の意識・感情の擦れ合いが
歴史にも投影してきた

中国では　他に　揚子江の河口に臨む巨大都市・上海の
底知れない迷宮・ラビリンスに
人を呑み込んだら逃さないような魔都の力を感じた
香港では　狭い土地に極細の超高層ビルが背伸びする様に
ニューヨークのマンハッタン以上に「爪先立つ街」の
躍動と悲哀とを覚えた
台湾に行ったのは二〇〇〇年のシドニー五輪の最中だった
鳳凰木《ほうおうぼく》の枝が黒い翼のように差し掛かる道を　バスで行く
座席で開いた現地の新聞の「国別のメダル獲得表」に
台湾が「中華」　中国が「大陸」とあるのが印象的だった

韓国　中国　香港　台湾と
いずれにも通底しているのは　漢字の存在だ
韓国では　ハングル中心になって久しいが
漢字や熟語は　人々の暮らしや文化の底の方に
息づいているように思われた
中国の簡体字と　台湾の旧来の繁体字
その中間にあるような日本の当用漢字の世界
濃淡はあっても　この漢字文化圏が

極東の一帯を占めている
この「極東」とは　遠い欧州から見た呼び方だが
その欧州も　アメリカ大陸から見れば東方であり
そのアメリカも　太平洋の諸国から見れば東方で
日本・極東一帯は西方になる
東は西であり　西方も東方になる

東方の詩・文学に霊感を受けたというゲーテには
東洋への想いの込もる詩「銀杏の葉にそへて」がある

はるばる東洋の国から移された
わたしの庭のいてふの落葉です
このいてふの葉は智者ををしへる
何やら不思議な意味をもつてゐます
もともとこれは一枚の葉が
二つにわかれたのかも知れません
いや却つて二枚のものがたがひにむすびあつて
一つになつたとみられませう
『ゲーテ詩集』（大山定一訳　創元選書）

もともと　この地球には　東洋も西洋も無く
一つの超大陸・パンゲアだったという
三億年ほど前のある日　パンゲアは静かに分かれ始めた
あの　銀杏の葉のように
銀杏《いてふ》見るゲーテは知るやその漢字　一空

新たな言語芸術への歩み

角谷　昌子（俳人）

対象を分析、整理して秩序を与えることが西洋の英知だとすると、東洋思想では、混沌は混沌のまま受け入れるという特徴を挙げることができよう。

本書掲載の松尾芭蕉の「おくのほそ道（抄）」の「月日は百代の過客にして、行かふ年もまた旅人也。」の冒頭文は、一般にもよく知られている。文中の「古人も多く旅に死せるあり。」の「古人」である西行、宗祇、李白、杜甫ら漂泊の旅の末に生涯を終えた先人たちに芭蕉は常に思いを馳せていた。

▼『荘子』の芭蕉への影響

芭蕉も同じく漂泊の境涯を送り、五十一歳で遺言通りに近江の義仲寺に葬られた。彼の胸中にあった「古人」には雪舟、利休らも居る。一筋の風雅の道、すなわち芸術をひたすら志した見習うべき先人たちだ。「笈の小文」に次の記述がある。

百骸九竅《ひやくがいきうけう》の中に物有り。かりに名付けて風羅坊《ふうらぼう》といふ。（中略）西行の和歌における、宗祇の連歌における、雪舟の絵における、利休が茶における、その貫道する物は一《いつ》なり。（中略）しかも風雅におけるもの、造化《ざうくわ》に随《したが》ひて四時《しいじ》を友とす。（中略）造化に随ひ、造化に帰れとなり。

（「笈の小文」）

「百骸九竅」は骨と孔を意味し、人間の身体のこと。「貫道」とは根本を貫き、「造物」に至る意。「造化に帰れ」は造化の自然に従うことで、いずれも『荘子』による。このように芭蕉は『荘子』の影響を強く受けていた。『荘子』は中国古代の道家思想を伝える大切な古典だ。孔子、孟子らの儒教の教えが社会的政治的な権力と結びついたのに対し、老荘思想は人生における力強い智慧を授けてきた。

たとえば、『荘子』の「応帝王篇」に「渾沌、七竅に死す」の有名な寓話がある。南海と北海の帝が中央の帝の「渾沌」の恩に報いようと人間のように穴を開けたところ、死んでしまった。人間の賢しらな行為が、純朴な自然を破壊するに至る愚かさを象徴的に説いた。

このように混沌を受け入れ、自然を尊崇する思想は中国のみならず、東洋で育まれた。自然、すなわち造化によって恵まれるいのちに対して常に謙虚であり、いのちの価値に差をつけない。そんな態度こそアジア文学の基調をなすだろう。

▼『詩經』國風の影響

『詩經』は中国の黄河流域において、古代王朝の周以後の歌謡が集められて儒教のテキストとなったものとされる。本書には、「汝墳」の「魴魚赬尾《ほうぎよていび》」の詩句などが掲載されている。

一茶が『詩經』を素材として俳句を詠んだことから、一茶研究をした金子兜太も、「大空間に育った古代中国の民のことばを堪能」したいとの思いを抱いて句集『詩經國風』を刊行した。『詩經』に基づく兜太の「黄土地帯」の〈抱けば熟れいて夭夭《ようよう》の桃肩に昴《すばる》〉は「桃之夭夭／灼灼其華」、また〈流域に魴《ほう》の赤き尾燬くが如く〉は、「魴魚赬尾《ほうぎよていび》」に拠る。『詩經』國風を恋愛詩として考察すると、儒教的な教条主義から解放されて民間歌謡や俗謡の意義や面白さが見出されるだろう。一茶も兜太も庶民の歌謡として『詩經』國風を俳句の題材とするとき、自由な詩精神を反映させて儒教の道徳的な桎梏から解き放っている。

▼「国学」からの発展

江戸時代、儒学が思想の主流であり、中国の学問や思想を尊ぶことが文化の中心だった。だが、日本を軽視する傾向に疑問を持ち、本居宣長や平田篤胤らが「国学」を展開する。ことに篤胤は日本の古典ばかりでなく、宗教、医学はじめさまざまな分野に可能性を求め、社会や人間の存在に目を開く。その流れは柳田國男や折口信夫の民俗学にもつながってゆく。

折口すなわち釈迢空の歌集『倭をぐな』は第二次世界大戦の十年後に刊行された。本書収録の「民は還らず」には、深い哀しみが滲む。養嗣子・春洋の戦死をきっかけに死者の魂を救済したいとの思いがつのり、独自の霊魂観が反映している。

▼自由な詩の世界へ

主に中国と日本の関係から述べてきたが、本書を通読すると、グローバリゼーションという安易な画一化にとらわれず、アジアの混沌を受容しながら、それぞれの作者がアジアの広範囲にわたって目を向け、多角的に詩を紡いでいることが分かる。

「西アジア」の章、結城文の「地雷埋設地帯の鹿」では、イスラエルの鹿と放射能汚染のフクシマの猪が重なり、みもとけいこの「神風」では、イラクと日本の神風が比べられる。

「南アジア」の章、葛原妙子のインドの「褐色の仏」が現世に「薄目」を開き、大村孝子の「ヒマラヤを越える鶴」では岩手山の景と交差する。高橋紀子の「バクシーシ」では、日本の街角にインドの物乞いの一ルピーが転がり出る。

「中央アジア」の章、山口修の鳥葬を描いた「信仰」、林嗣夫の甲子園に時空の至る「大黄河」、「東南アジアⅠ・Ⅱ」の章、西原正春の民族への眼を捉えた「神々の供へに」、石川樹林の民主化運動の痛みを共有する「香港の君たち」、「北アジア」の章、与謝野晶子のシベリアの囚人を描いた「裸足少女」、窪田空穂のシベリア抑留の「捕虜の死」の無惨。続く「中国」「朝鮮半島」「沖縄」「地球とアジア」の各章を含めた作品の鋭い眼差しや批評精神、あたたかな共感などが深く心に残る。

大戦後、戦争を後押しした「皇国思想」を超克するべく、戦後思想が発展していった。その中で言葉や思想の可能性を探究することが課題となった。現実と通い合う生きた言葉が求められ、言葉は意味や価値を単に伝える媒介としてだけではなく、新たな価値観を構築するという役割も負った。このアジアの詩歌集によって楽天的世界観や近視眼的な自国主義に対して一石を投じ、さらに新たな言語芸術への歩みを表せたと思う。

われわれはアジアをいかに詠むのか

渡辺　誠一郎（俳人）

　現在アジアの話題といえば、中国の強大化と香港、台湾の行く末、北朝鮮の核問題、揺れ止まぬ中東問題など、いずれも歴史的文化的、そしてなにより宗教の根源まで遡らなければ、その本質にはたどり着けないものばかりである。さらに、厄介なのは、今や中国とアメリカが、新たな冷戦の状態に突入したかのような様相を見せていることだ。今後世界の情勢は、アジアも含めて一層複雑化しそうである。世界は新しい不安定な時代に向かっているような気がする。

　一方、地球全体を見ると、今や経済関係はもとより、インターネットに象徴されるように、世界は一つになりつつある。アジアが単にアジアのみで成立している時代はではなくなった。アジアを語るときに、世界を語らざるを得ず、世界を語るときにアジアを語らざるを得ない状況なのである。しかし、世界が一体化しつつあるような中でも、地球上からは紛争や戦争は絶えない。軍事費は鰻登りに増え続き、今や戦場は地球から宇宙空間まで拡大しそうである。さらに環境問題が深刻さを増し続けている。そんな最中、地上には、新たな「強敵」が現れた。新型コロナウイルスの蔓延は、世界中に感染者を拡げて止まるところを知らない。しかし世界全体が、共通の課題として、力を結集してこのウイルスに立ち向かっているようには見えない。国の経済格差がそのまま問題の解決を遅らせ、収束の見通しは立っていない。

　このような様々な困難な状況下であればこそ、改めて足下の文化を捉え直し、我々の文明のあるべき姿を考えてみる必要がある。本書にあるように、俳人、歌人、詩人らがアジアの精神をどう探り詠んだのか。多くの作品を繙くことは、未来を考えるためには決して無駄なことでないだろう。

　本書は、書名の通り、編者の強い思い、メッセージが込められている。編者の一人鈴木比佐雄氏は、今回の作品参加を募る趣意書に、次のように書いている。

「現在、日本人はアジアという多文化で重層的な地球の人口の60%を占める観点から自ら問われている気がする。アジアという他者であり、自らも実は極東の一員であることを自覚させられる詩歌を見出し、それらしなやかに結集させたアンソロジーを構想したい」と。すなわち、「アジアの文化の多様性・重層性を受け止めて共存していくかを問」いたいと。鈴木氏のこの考え方は、東洋思想の大家、井筒俊彦氏に依る。井筒氏は、東洋思想の根源は、荘子のいう「混沌」にあるとした。これを簡単にいうならば、〈多様性・重層性〉に満ちた「カオス」、あるいは西洋のいう〈無〉に限りなく近いものがアジアの本質をなしているのではないかというのだ。西洋の思想が、「生」とは反対の「死」に繋がる「無」を避け、拒絶した。これに対して東洋では「有」の原点を「無」とし、「生」の「始原」と考えるのである。

　本書には、世界最古の古典から現代までの二七七名による詩歌を収める。国別で言えば、アジア四十八ヶ国に及ぶ壮大なまさに濃密な詩の集成といえる。今回の企画は、同じ発行者による地域別のアンソロジー、『沖縄詩歌集』『東北詩歌集』に続くものである。

　本書の構成は、国、地域別に十章に分けられる。各章は、「西アジア」にはじまり、「南アジア」「中央アジア」「東南アジア」「北アジア」「中国」「朝鮮半島」「沖縄」、そして、「地球とアジア」となっている。

さらに編成上の特徴として、「沖縄」の章や国を越えてアジア全体を対象に詠んだ詩歌を集約化した、「地球とアジア」の章を独立させてていることだ。国境を越え、さらにアジア全体を俯瞰しようとする編者の思いを読み取ることができる。

「西アジア」の巻頭には、世界最古の叙事詩と言われる『ギルガメシュ叙事詩』の一部が載る。解説によるとこの詩の成立は、紀元前三千年まで遡るという。この詩は、ギリシアのホメーロスの『オデュッセイア』の文学的深層をなしていた。「西洋(ヨーロッパ)の深層に東洋(アジア)が内蔵されている」とも。また「南アジア」は、紀元前千年～六百年頃に詠まれた『リグ・ヴェーダ賛歌』から始まり、「中国」の章では『詩經國風』から始まる。

これら古い詩の世界を前にすると、同じように、「朝鮮半島」の章で言えば朝鮮詩、「沖縄」の章では『おもろそうし』が収録されてもよかったように思えた。さらには、「国」の枠を越えたアイヌの存在も気になった。そうであれば、アイヌの叙事詩である『ユーカラ』なども入集して欲しい気がした。

ところで、収録された作品の作者のほとんどは日本人だが、一部、「西アジア」にデイヴィッド・クリーガー、「南アジア」にラビンドラナート・タゴール、「朝鮮半島」では尹東柱と申東曄らの作品が載る。

収録された作品を前にすると、実に多くの俳人、歌人、詩人らがアジアを詠んでいることに改めて驚く。

私の知りうる俳句の次のような世界に限っても、明らかに国内詠とは異なるイメージの展開が鮮明に立ち上がり、様々な詩情が膨らみ、興味は尽きない。

正岡子規〈金州の城門高き柳かな〉中国、高浜虚子〈大空に赤き月ある夜霧かな〉朝鮮平壌、河東碧梧桐〈牛飼の声がずつと落窪で旱空《ひでりそら》なのだ〉中国泰山、山口誓子〈枯野来て帝王の階をわが登る〉中国奉天、佐藤鬼房〈会ひ別れ霙の闇の跫音追ふ〉中国南京。加藤楸邨〈ゴビの鶴夕焼の脚垂れて翔《か》く〉モンゴル、鈴木六林男〈落暉無風煮えゐしは糧の青バナナ〉フィリピン、能村登四郎〈夜の熱風砂漠にちかき睡りなり〉イラン、宮坂静生〈聖戦《ジハード》や白く枯れたる草に刺〉トルコ、角谷昌子〈かささぎが越ゆるはるかな仏塔を〉タイ、長嶺千晶〈風死すや地雷の眠る道白く〉イスラエル、黒田杏子〈炎天や行者の杖が地をたたく〉インド。西村我尼吾〈ガルーダの翼はづしけり木下闇〉インドネシア、渡辺誠一郎〈春は曙アジアの空に馬の道〉。鬼房の句は、中国戦線で鈴木六林男と奇跡的に出会った時の一句である。

これらの俳句を前にすると、戦前と戦後、そして現在のアジアの空気は同じようにして、やはり日々変わってきているようにも思う。いずれにしても、まさにアジアの多様で重層な姿を垣間見ることが出来る。俳人らの諷詠は、一人一人の貴重なアジアに寄せる思いであり、歴史の証言そのものともいえる。それはアジアに漂っていた、そして今も漂っている空気そのものであるに違いない。俳句に限っていえば、いわゆる花鳥諷詠の世界を、軽々と越えざるを得ない俳句の可能性を目の当たりにさせてくれる思いも伝わってくる。これらの諷詠が、俳句の世界を分厚いものにしてくれたのだ。それは、短歌、詩の世界についても同じことがいえるような気がする。

今回のアンソロジーを手に取ることで、われわれのアジア理解、アジアの未来を捉え直す貴重な機会になるに違いない。

金枝玉葉

堀田　季何（俳人・歌人）

アジアというのは大樹である。大洲の一つであり、面積では世界の四分の一程度だが、人口では、世界七十数億人のうち、何とその六割の四十四億人近くを占める。地球人の過半数はアジア人なのだ。国の数も五十近い。世界的宗教であるキリスト教、イスラム教、ヒンドゥー教、仏教は、いずれもアジアを起源としている。言語文化圏だけで優に百を越える。

その大樹が、いくつかの主枝に岐れ、西アジア、南アジア、中央アジア、東南アジア、北アジア、東アジアがある。中国は、中央、北、東にかかる地域にあり、本書でも一章が当てられている。同じく日本の西に位置する朝鮮半島も、日本へ多大な影響を与えた東アジアの文化圏として一章が独立している。本書の更にユニークな点は、沖縄にも一章当てられている他、地球とアジアという大樹全体を俯瞰する一章が設けられていることである。さらに、北アジアという主枝に、縄文やアイヌという尊い大枝が含まれている点も編輯の魅力として見逃せない。それらに二七七名の玉作が、まるで大樹の枝葉のように美しく連なっている。

本書の特徴は、「本当の意味」での詩歌アンソロジーであることである。どういう事かといえば、現代作家ばかりか、芭蕉、子規、碧梧桐、漱石、晶子、啄木、牧水、賢治、龍之介が出てきたり、尹東柱や中東曄といった朝鮮半島の代表的詩人や洪長庚といった台湾の歌人が現れたり、アジア人として初めてノーベル文学賞を受賞したタゴールも登場したりする。また、古代の『ギルガメシュ叙事詩』『リグ・ヴェーダ讃歌』『詩經國風』を据えることで、全体を文学史に接続、位置づけようとする。現代作家も、有名な大御所から、これから輝くに違いない気鋭まで、幅広く捉えている。そういう意味で、本書『アジアの多文化共生詩歌集』自体が古今東西を通じたアジアの縮図ないし雛型であり、大樹そのものであると言えよう。

本書より、現代の秀句を少し挙げてみたい（文字数の都合上、俳句に絞るが、他の作品も魅力的なものばかりだ）。〈元日や常のごとくに人を焼き　片山由美子〉〈鶏括る自転車が過ぐ秋の暮　能村研三〉には日常生活に垣間見える非情、〈炸裂の音と黒煙青嶺越し　長嶺千晶〉〈バンザイのままに海亀吊られけり　日野百草〉〈桜まじ摩文仁の丘に胸開け　市川綿帽子〉〈沖縄忌海は不屈に透き通る　鈴木光影〉には戦時及び戦争準備する平時における非情、〈鰓呼吸して高度五千の氷河　杉本光祥〉〈黄土億年泥土に生まれ泥に死す　渡辺誠一郎〉には人間を取り囲む自然の非情、それぞれの非情が描かれる。〈クメール語大夕焼を沈めたる　恩田侑布子〉は、壮大な自然を言祝ぎつつ、クメール・ルージュによる虐殺を思い起こさせる。思想の赤と血の赤が大夕焼の赤と重なる。反面、〈ホチャさんに逢ひたし榠樝毛むくじゃら　宮坂静生〉〈蚊を打つや男昏れゆく板骨牌　黒田杏子〉〈ドリアンや籠りきりなる雨季の魔女　照井翠〉〈老いたればサリーゆつたり着て日傘　山田真砂年〉〈ベトナムコーヒー呑めば目玉が熱くなる　高野ムツオ〉といった句には、アジアで生きる臨場感が溢れている。

時代をつなぐ「混沌」のなかで

市川 綿帽子(俳人)

二七七名の詩人による多様な「アジア」の貌を通読し終えたとき、胸のあたりに柔らかな風が吹いた。アジアを異国民の眼差しから客観的に捉える視点、自国民として主観的にみる視点、異国に身を置くことで内なるわたくしの存在に気付く視点が「混沌」と内包されていた。しかしこの混沌は、偽りのないことば、そのもの。戦時下ではない、検閲もない、反戦も批判も自由に詠うことが許される今の日本だからこその書と感じたからだ。わたしは沖縄の章に参加させてもらったが、沖縄生まれではない。叔母が石垣島出身であること、学生時に戦後史を専攻していたこと、その縁で沖縄をよく訪れるようになったこと等があるが、それでもなにか見えない不思議な縁を沖縄には感じている。昨年だったか、ひとりで訪れた際、或る居酒屋へ寄った。お店のご主人と談笑しているなか、貴重な戦後のポートレートなども見せてもらった。会話中、わたしが「沖縄の人は――」と発したときに、店のご主人の眼の色が一瞬にして変わった。「なんで、沖縄の人、と括るの? 本土でも沖縄でもおなじ日本人でしょ。」とご主人は言った。わたしはことばを失った。無意識下でなにかを「区別」しようとする自分があるのだろうか。その晩ホテルに戻ってからもずっと考えていたが、その答えは未だに見つかっていない。少なくとも、沖縄に生まれ育つことでしか、感じえない痛みが沖縄の地で暮らす人にあることは確かだ。それを証明するかのように、本書においても、沖縄の章は他の章と少し趣を異にしている。自国民による自国への憤りに満ちた作品が多いということ。行き場のない怒りは文字となり、詩となり、風となって、時空を超え、ひとの胸に届くことを祈りたい。ここ二十年ほどは海外に渡航していないので、西アジアから朝鮮半島までの章は、その文字からアジアの諸相を想像して読ませてもらった。詩人たちの混沌が、史学的、言語学的、美術学的に、多方面的観点から描かれ、一人ひとりがそれぞれに、誰とも重ならない「固有の痛み」を抱えていることを知らされた。特に一九三〇年代から五〇年代生まれの筆者の作品は貴重だと思った。戦中戦後に体感した生のことばの数々は、この先、何十年後には聞くことはできない。わたしは戦後詩を考えるときいつも、戦争賛美を謳ったと揶揄され、内省のうちに東北の山中で独居生活を送った高村光太郎を思わずにはいられない。その光太郎研究の第一人者として知られる、北川太一氏が今年一月に逝去された。その北川氏のことばに以下のものがある。「光太郎が亡くなってからは、その残された仕事を次の世代に引き渡すことが自分の仕事だと、何時のまにか思い始めていた」また光太郎の詩について、「感性でうけとるほうがわりあいたやすくて、高村さんの詩はそうではなくて、自分が生きていることにたいする全責任があるような詩です」(『光太郎ルーツそして吉本隆明ほか』より)。生きていることに全責任があるような詩――この強いことばは詩を書く者にとって一層深く響くだろう。次の世代に引き継ぐことばをどれだけ遺せるだろうか。詩人へ課せられた使命もこの書は提示してくれている。

風土に身体で向き合った言葉

吉川　宏志（歌人）

〈アジア〉という切り口で、主に近代以降の詩人・歌人・俳人たちが、どのような作品を作ってきたかを一望できるアンソロジーである。『ギルガメッシュ叙事詩』や『リグ・ヴェーダ讃歌』などの古代の詩がときどき載せられているのも面白い試みだが、「あの作者が、こんなところを旅していたのか」と驚かされるのが、まず楽しい。

鳥葬の空水葬の川初景色　片山由美子（チベット）
サリー織る筬音ばかり雲の峰　黒田杏子（インド）
おほいなる墨流《すみながし》すなはちガンジスは機上の夢魔のあはひに流る　葛原妙子
敦煌の暗窟に飛天満ち満ちてその顔くらく剝落しをり　馬場あき子
さそりが月を嚙じると云へる少年と月食の夜を河に下り行く　前田透（チモール島）
水《み》づきたる楊《やなぎ》の枝《えだ》もシベリヤの裸足少女《はだしをとめ》もあはれなりけれ　与謝野晶子
永き日や驢馬《ろば》を追ひ行く鞭の影　正岡子規（中国）
雪の降るまへのしづかさの光ありて陶然亭《たうぜんてい》を黒猫あゆむ　斎藤茂吉（中国）
この国の山低うして四方《よも》の空はるかなりけり鵲《かささぎ》の啼く　若山牧水（朝鮮）

こうして並べてみると、同じアジアであっても日本と異なる情景が、いかに詩歌の刺激になってきたかが分かるのである。「鳥葬」を歌った作は他にもあり、生の近くに死がなまなまと存在する風土を旅することで、自分の中の死生観が揺さぶられるのだろう。また、「驢馬」などの動物が、人間の生活に密着している様子を描いた作も魅力的で、それだけ現在の日本は、他の生物と触れる機会を失っていることに気づかされる。

俳句は非常に短いので、海外の風景を描くのは難しそうであるが、

蜥蜴《とかげ》乾く全てを石で造りし街　永瀬十悟（トルコ）
鳩のこゑ嘆きの壁に巣を作り　長嶺千晶（イスラエル）

など、じつにうまく土地の空気のようなものを捉えていて、感銘を受けた。「蜥蜴」や「鳩」といった生き物を通して、俳人は、異境とコミュニケートするのかもしれない。

アジアは、戦争で日本が侵略した記憶を留めた場所でもある。

戦病の夜をこほろぎの影太し　佐藤鬼房
けふもまた穂麥のなかに砲を据う　長谷川素逝
銃眼に風吹くときを草鳴れり大陸は乾きに入りにたらしも　宮柊二

これらは、戦時中に中国で詠まれた作品である。砲を据えたり、銃眼を覗いたりといった戦場の緊張感が、大陸の乾いた風景の中で、鮮明に伝わってくる。ここには戦後に培われてきた反戦意識は存在しないが、当時の兵士のリアルな感覚を味わうことができる貴重な作品群といえるだろう。また「こほろぎの影太し」という表現からは、戦地で病む不安が濃密に漂ってくる。

戦後の作品では、アジアで日本が犯した罪と我々がどう向き

合うかが大きなテーマとなる。ここでは、特に心に残った「潮音寺」（龍秀美）という詩を取り上げたい。

トウサンあなたの骨は　コーラのカンカンに入れて
鵝鑾鼻《ガランビ》の断崖からバシー海峡に向かって
思いっ切り投げてやるよ

という、ぎょっとするような、しかし地名の響きに惹きつけられるフレーズから、この詩は始まっている。「バシー海峡」とは何か。ここでは戦争の末期、輸送船がいくつも沈められ、十万人もの日本兵が死んだという。

着かなかった船は着かなかったことによって
忘れやすい日本に忘れ去られてしまったから
海が荒れる日には一斉に雄叫びを上げる

遠い海で亡くなったために、死者は祖国から見捨てられたままになっている。その死者を埋葬したのは誰だったのか。

海峡を見渡す断崖に立つ潮音寺は
悲劇を忘れなかった地元の台湾人によって守られ
流れ着いた無数の日本兵を祀っている
乾し魚を売る素朴な人々の
虫歯で真っ黒な口腔の洞穴が
深海の海底のように開いている
霊たちがその海底を続々と歩いてくる

虫歯の穴が、非常に不思議な、そして恐ろしい姿で現れてくる。私は、このように身体につながる表現が、詩歌の生命だと思っている。なまなましい身体感覚を呼び覚ますことによって、私たちは、台湾人の身に乗り移り、それから戦死者の身に触れることができるのだ。言葉によって身体感覚を拡げて、時間を超えてゆく。それが詩歌のもつ大きな力なのである。言葉が観念的になってしまうと、いくら正しい主張であっても、読者の身には響いていかない。

草薙定「賛成ですか」という詩も印象深かった。北方四島の元島民に、ある衆議院議員が暴言を吐いたことをモチーフとしている。

戦争で島を取り返すのは賛成ですか
疑問形で縄脱けした　修辞への冒瀆《ぼうとく》
ならば問う
船窓で潜水艦のガラスを取り外すのは賛成ですか
浅草寺で賽銭《さいせん》を盗《と》るのは賛成ですか

というふうに続いていく。一見、言葉遊びのようだが、「賛成・反対」を押しつける暴力性や、ナンセンスさを炙り出している。これも詩でしかできない、言葉を弄ぶ者から言葉を取り戻す営為といえよう。

紙幅がわずかとなった。本書には沖縄の俳句も多く収められている。

宇宙の臍へいざ漕ぎ出さん爬龍船《はりゅうせん》　おおしろ建
花すすき地球にまつ毛生やしてる　おおしろ房
大銀河たぐり寄せてるサンゴの産卵　柴田康子

など、非常にスケールが大きな句が新鮮だった。青海に囲まれている土地だからこそ生まれてくる、大胆な表現なのだと思う。

風土に身体で向き合うことで生み出される言葉の重要性を、このアンソロジーはおのずから照らし出している。

『アジアの多文化共生詩歌集』短歌評

今井　正和（歌人）

一章西アジア。栗原澪子「写真なる哲さんの髪霜をまし滔滔たるマルワリード用水路に月高し」。内戦で荒廃したアフガンの農業を再生させるため、ペシャワール会の一員として奮闘した中村哲医師が凶弾に倒れた。その遺影には、冬期の霜を想わせるほどに、髪の白さが際立つ。今ごろ荒野を緑野に変えたマルワリード用水路の天に月がかかっていよう。福田淑子「人の死にテロもジハードもあるものか油田地帯に砂嵐舞ふ」。テロによる死、ジハード（聖戦）による死、かけがえのない生命が失われることに変わりはない。これまでも、そして今でも犠牲となる者が後を絶たない。砂嵐舞う油田地帯に立ちながら、人間の死の意味を問う。小松博泰「ＩＳの戦場にも見るトヨタ車か遠くに少年の自爆しに行く」。野望と狂信が生んだイスラム国。その酷さは、戦闘に幼い少年を自爆要員として使うことに表れている。そこにはトヨタ車もあり、思わぬ所で日本の技術に出くわしている。二章南アジア。影山美智子「まなうらにまだヒマラヤは光《て》りながら降りたつポカラ合歓のま赤き」。機上から見たヒマラヤの山々の雪の輝きに心うたれながら、訪れたポカラの街はまっ赤な合歓が咲き溢れていた。白と赤が鮮明なネパールであった。三章中央アジア。馬場あき子「蜃気楼の国のやうなる西域の飛天図を見れば夜ふけしづまる」。はっきりと把えられない蜃気楼のような西域だが、その仏教壁画の飛天図に見入っているうちに、いつの間にか夜更けの静けさが訪れている。ふわふわした雲の中にいるような幻想めいた心情が伝わる。四章東南アジアⅠ。秋野沙夜子「旅好きの長女に誘われ夢のごと連れ立ち行きしアンコールワット」アンコールワットは、元はヒンドゥー寺院であった。回廊内壁に描かれた二大叙事詩の場面も、作者の憧れを誘うものがあったのであろうか。孝行娘によって、夢が実現したのである。中田實「この部屋の床にぞ　血・血・血　生生と血塗れの床二百万民《たみ》の」。カンボジアのポルポト政権下であった大虐殺の現場を訪れた際の作品である。眼前に連なる刑務所の床には、二百万人余の犠牲の血が流れたのだ。座馬寛彦「メコン川おのが記憶を食って吐き苦りもにごし〈今〉に居直る」。インドシナを流れるメコン川は、古くは中国の侵略、近くはアメリカの侵略を受けながらも、ヒュドラのように立ち上がってきたベトナムの源泉でもある。その抵抗の歴史の記憶を拠り所にして今も流れ、人々を鼓舞する。五章東南アジアⅡ。前田透「少年はあをきサロンをたくしあげかち渡り行く日向《ひなた》の河を」。チモール島に進駐した日本軍の兵士として、原住民と生活を共にした時期があった。腰布をたくしあげて渡河する少年を見る眼が優しい。六章北アジア。望月孝一「シベリアに枷《かせ》を付けられ途切れなく進む列あり戻る列なし」。シベリアに流される囚人たちの列である。枷を付けられて黙々と進んで行く列から外れて、戻って来る者は無い。絶望だけが辺りを支配する。七章中国。吉川宏志「南京にあらざりしものをなぜ書くと生者《せいじゃ》の声は群がりて深し」。南京大虐殺に関する著述に、日本の国内では批判の声が渦巻いた。犠牲者たちには口はなく、批判するのはそれを認めたくない生者の声高な口調である。伊藤幸子「タクラマカン砂漠の果てのバザールに買ひしと絹のチーフ送らる」ウイグルのタクラマカン砂漠の果てのバザールで買い求めたという知人から、絹のハンカチーフが贈られてきた。乾いた風を感じたことであろう。八章朝鮮半島。髙橋淑子「心奥を探らるるやう人人の眼にわれありてソウル裏町」。朝鮮総督府に勤務していた祖父、その地に生まれた母の、それぞれの面影を辿る旅に出た。ソウルの街を歩くにつけ、路地裏に人々の暗い視線を受けている思いを抱く。池田祥子「齧つても齧つても届かぬ異国なりハングル講座いつも初級を」。日本に育った在日の自分には、韓国は言葉を習得するにつけても、遠い国であることを思い知らされる。何か歯痒さを感じている。九章沖縄。大城静子「艦砲《かんぽう》射撃に逃げ惑う難民野兎《やと》のごと照明弾に浮き出されつつ」。米軍の艦砲射撃から逃げるにも、壕からは日本兵に追い出され、逃げ場もない。照明弾に照らされて惑う住民を「野兎」と比喩せざるを得ないところに、非情な戦いが示唆される。謝花秀子「夕闇のライトアップに浮かびたる美《は》しき首里城いまは幻」。沖縄の人たちの心の拠り所であった首里城が炎上した。夕闇のライトアップに浮かび上がっていたあの美しい首里城が幻となってしまった。悲痛な嘆きである。玉城洋子「弧を描き悲しみ描き辺野古の海の守り来し命　沖縄の命」一見情話にも歌われた恋と悲しみの辺野古の海。その海が守ってきたものは、海洋生物だけではない。魂の故里としての、沖縄そのものの命なのである。玉城寛子「いつまでも墓地の軛につながれて烈風に耐ゆるガジマルの気根」沖縄は基地のために人の命も暮らしも歪められている。しかし、それでも嵐にも負けないガジュマルのように、この困難を乗り越えてゆこうとする気概が、島の人たちには有る。十章地球とアジア。奥山恵「一ルピーのために寄り来て宙返りくるりくるりと少女は見せる」。インドの駅前や街頭には、この少女のように僅かなお金のために大道芸をして稼がねばならない境遇がある。「アジアの貧しさ」を突きつけられる。大湯邦代「シベリアは雲海《くも》の下なり闇のなき国を目指せるわが機が揺るる」シベリア上空の雲海の上を飛行する機内にいる。想像するのは行く先の「闇のない国」、すなわち白夜の北欧である。新城貞夫「サイパンに骨なき父を置きて来ぬかすむ記憶の空あをきかな」。太平洋戦中、南洋諸島の日本軍はその多くが潰滅した。そのサイパンに父親の遺骨さえ無い。手がかりとなったのは空の青さだけである。岡田美幸「半袖の台湾美人がオーダーを間違えずすぐジョッキを運ぶ」。アジアからの留学生の就職先は、居酒屋などが圧倒的に多い。彼らの仕事の適応力の高さに感心している。室井忠雄「インド洋からのびる梅雨前線が那須高原に雨降らしおり」。この歌のように、アジアを詠った作品は、総じて日本を俯瞰的に見る視点が際立っている。

　ここに詠われているのは、アジア各地の一断面である。しかし、どの作者もアジアを詠っているが、その歌の名宛人は日本及び日本人である。私たちに対する訴えである。私たちは、そのメッセージを静かに噛みしめなければならない。

アジアとの共生を模索する日本の詩歌
——北ロシア・韓国・中国・日本を中心に

福田　淑子（歌人）

この本は、アジアという広大な地域を、［西アジア］［南アジア］［中央アジア］［東南アジア］［北アジア］［中国］［朝鮮半島］［沖縄］の八つに分類して、それぞれのアジアへの思いや体験をテーマにした詩・歌・俳句を配置している。

一通り読み終えた時の感慨は「アジアはなんと奥深いカオスに満ち満ちているのだろう。果たして私はアジアという地域について何を知っていたのだろう」という、戸惑いとも、羞恥心ともつかぬものであった。編集者の鈴木比佐雄は、以前から哲学者井筒俊彦に敬意を抱いていて、この詩歌集の発行を思いついたときに、彼の著作集9の「東洋思想」の「四　混沌」を繙いたという。

《西洋思想はカオスを嫌う。カオス拒否、「混沌」にたいする根強い恐怖とでもいうべきもの、が西洋人の心情の中核に綯いこまれているかのように思われる。／そして、この場合、カオスの恐怖は、真空あるいは虚無に対する恐怖でもあるのだ。―井筒俊彦著作集9「東洋思想」》（『アジアの多文化共生詩歌集』鈴木比佐雄解説より」）

私たちはまぎれもなくアジア文化圏の中のアジアの民である。しかし日本人が改めてそのような自覚をするのはどのような時だろうか。例えば、ヨーロッパを旅する時、残念なことだが、英国やフランスの白人から「白人」ではないというあからさまな偏見を受けるとき、自分は紛れもなく「カラード」に所属しているのだと、自覚させられる。また、外国ではよく、「中国人？韓国人？日本人？」と聞かれる。そんな時、私たちは区別のつかないひとくくりの「東アジア人」なのだと思う。私たちは、中学や高校の世界史では多くの時間を割いて、主に「西欧史」の学習をする。ギリシャ・ローマ史から始まって、産業革命の時代、民主主義への道程など。そして、キリスト教とイスラム教の覇権争いの歴史では、オスマン・トルコに代表されるイスラム教は、悪の脅威であるかのような印象さえもたされる。思えば、歴史意識の中に、キリスト教文化圏の側に軍配を上げている自分がいる。そんな歴史学習の成果としてか、西欧合理主義や科学技術革新競争の価値観の中で、アジア圏の国の多くはそれに追いつかない発展途上国のような思い込みを抱えている。

この本で、もうひとつ目を開かされたのは「ロシア」の一部が［北アジア］に分類されて、シベリア地方はアジアだということだった。シベリアを含むロシアの北側は、ペテルスブルグを中心とする、西側ロシアとは異なる文化と民族のいるところであることに思いをはせた。前掲の井筒俊彦著作集3の「ロシア的人間」には次のような論考がある。

《ロシア的現象なるものの特徴をなす混沌はことごとく、人間存在の奥底に潜むただ一つの根元から湧き起こってくる。

ただし、その根源そのものもまた一つの混沌なのだが。その昔、古代ギリシャ人が「カオス」と呼んで怖れたもの、太古の混沌、一切の存在が自己の一番深い奥底に抱いている原初的な根源、人間を動物や植物に、大自然そのものに、母なる大地に直接しっかりと結びつけている自然の靱帯。西ヨーロッパの文化的知性的人間にあっては無惨に圧しつぶされてほとんど死滅しきっているこの原初的自然性を、ロシア人は常に生き生きと保持しているのだ。この態度はロシア独特のものである。（中略）こういう国では西欧的な文化やヒューマニズムは人々に幸福をもたらすことができない。十九世紀ロシア社会の癌と言われた「無用人」（余計者）はロシア以外の所では発生しなかったであろう。つまりロシアにおいては、それほどまでに自然と人間との血のつながりが存在の深層に根ざしているのだ。》（井筒俊彦著作集3「ロシア的人間」中央公論社　第一章「永遠のロシア」より）

ロシア言語学者の田中克彦は、「首都に住むロシア人はシベリアはロシアではないか、あるいはロシアにとって恥ずべき人捨て場、懲役労働と文明の達しない地である。」と考えているというが、私もシベリアをシベリア送りにされた犯罪人や政治犯の汚名から逃げ延びてきた人の子孫たちが住むところぐらいに考えていたかもしれない。

《もともと、ロシアに征服される以前からシベリアにはシベリアを故郷とし、独自の言語と文化をもち、そこで暮らす諸民族がいた。シベリアを征服したロシア人たちが、その土地の、もとからの主人たちを見下して、「異種族」（ドジン）と呼ぶのは、日本におけるアイヌ人の場合も同じだ。》（『シベリアに独立を』岩波書店　田中克彦著より）

かつて、ロシアが北アジアであるシベリアの独立を弾圧封殺したように、日本もまた、一民族の支配によって土着の民族の言葉狩りをしてきた。

錦《にしき》の御旗《みはた》を押し立てた　ご一新の政府は／かつて／アイヌの人の暮らしを絶望の淵まで追い込んで／アイヌの言葉を日常から追放した／／万世一系の神の国は／かつて／朝鮮の人々から民族の言葉を奪い／名前まで奪おうとした／／神風が吹くと言われた国の軍隊は／かつて／沖縄言葉でしゃべるなと／同じ国の人々に銃口を向けた（洲史　詩「言葉」より）

例えば、シベリアの地にも「故郷として土地を愛し、独自のことばと文化を持って暮らしている人たちの豊かな文化空間がある」と考えさせられたことはない。私たちは「豊かさ」とは欧米に近づくことだと、欧米を学び、ロシアとは西側諸国に対抗する東欧だと思って半世紀を過ごしてきた。

《また日本でシベリアといえば、「シベリア送り」になって一生を台無しにしたシベリアを呪う被害者のうらみことばかりであった。しかし、忘れてはならない。彼らが流され、捨てられた場所は単なる無人の空間ではない、そこではロシアに征服される以前からそこを自らの故郷として生まれ育ち、独自のことばと文化を持って暮らしてきた、才能ある人たちの特色ある文化空間でもあった。》（田中克彦『シベリアに独立を』より）

本当のところ、シベリアとはマンモスの眠る不毛の地とさえ考えていたことに、今では痛いほどの羞恥を感じる。では、そのシベリアでかつて日本軍は何をしたのか。

一一九一九年三月二十二日／狂気の御旗をおしたてて／東方からやって来た銃剣どもが／吶喊《とっかん》の声をあげた／森はいつせいにふり向いた／イワノフカ　その美しい豊かな大地に／鉄《くろがね》の軍靴の軋みが轟いた（中林経城　詩「イワノフカ」より）

この詩の中にある「イワノフカ事件」で、改めてシベリア侵攻は、日本政府のアジア大東亜共栄圏の構想の一環であったことに思い当たった。

先日、戦国時代の豊臣や徳川の覇権争いが、実は、スペインとオランダの世界征服の野望の覇権争いの中に組み込まれていたという文献がスペインで見つかったという歴史解説をするTV番組（NHKスペシャル「戦国～激動の世界と日本」）が放映された。すでにこの時代から、日本は西欧の国々の世界制覇の片棒を担がされていたのかと、改めて納得した。アジア諸国に独立の機運が高まり、西欧の植民地政策が下火になると、今度は西欧にとって代わって、アジアの覇権を守ることを正論（「正義」）にしてしまった日本。そこから西欧の植民地主義に追随した国民の凄惨な運命が始まる。いまだにアジアの鬼っ子であるニッポンの悲惨な運命である。

正論の寂しさ如何に青葉木菟
（長嶺千晶　俳句「イスラエル巡礼」より）

当時の世界状況のなかで、日本人がアジアの歴史や文化を語るとき、大東亜共栄圏は確かに正論に聞こえたであろう。正論は寂しい。その先に、圧倒的な支配と被支配の弾圧と戦争の惨禍が現れる。そして、中国や朝鮮半島とは、戦争の傷跡を抱えてぎくしゃくしている。

鮮人の友と同室を拒みたる美少女も空襲に焼け死にしとぞ
（中城ふみ子　短歌「暗契（抄）」より）

白人におもねる吾らの醜さを口には出さず周くん李さん
（今井正和　短歌「三峡に舟を浮かべて」より）

くしゃくしゃと押しつぶされたる顔だつた　遠く貧しき朝鮮の人
（池田祥子　短歌「馬山に還りぬ」より）

かつて日本は同胞たるべきアジアの朋友を無残に扱ってきた。記憶の底に沈めて、それらをなきことにすることはできない。にもかかわらず、かつての選民意識を払拭するような歴史教育や思想構築を怠ったまま、今日の日本は欧米の仲間として、科学的合理主義に重点を置いた教育の中で、経済競争の道を邁進して先進国として存在している。確かにいまだに続く「醜い」思い上がりではある。

休憩室でのテレビでは／今、韓国の大統領が／日本人（イルボンサラム）の悪口を言っていた／課長さんはなんてこったという顔で聞き入って無言だった（あたるしましょうご中島省吾　詩「向かい風に吹かれたい」より）

かつて戦争の加害者と被害者という構図は根が深い。その大衆（国民）同士が、加害者の戦争責任を言いつのり、お互いが自国の正当性を主張して怨念を晴らしあうことの先に未来はない。国家間の保証の問題はさておいて、相変わらず「美しい日本」や「民度」などのことばで愛国感情をあおって排他的な発言をしている悲しい日本の実情とともに、また被害者意識から脱却できない韓国も中国の国民も、しっかりとした歴史意識をはぐくんでいるのだろうか。いつか来た道のような国家間の緊張をどこの国の国民も望まないだろう。大衆が、国や民族の違いを超えて同じ目線で、世界を語り合うことができたらいい。例えば、日本の戦時中に、戦争を賛美した猛烈な愛国少年や青年はだれしもみな鬼畜だったのか。迷走する陸軍の兵隊も特攻隊の青年たちがみな、平然と殺人ができるような残忍な性癖を持っていたわけではないだろう。多くは日常をひたすらに生き、善良で、かつ平凡な大衆として生きていただけなのではないか。そのような凡庸な大衆がどうして、戦争に邁進し、「人殺し」になりうるのか。

私のおじいちゃんは／人を殺しました。／長い、固い、重い銃を／人に向けて／命に向けて／引き金を引きました。／何度も引きました。／いくつかの命の最後を／おじいちゃんが　決めました。／／私はおじいちゃんが好きです。／何かしてあげると、すぐ／「ありがとう。」／という、おじいちゃんが好きです。／少し大人ぶって話をする私に／最後までつきあってくれる、おじいちゃんが／好きです。／／好きだから。／好きだから。／よけい／怖いです。／／戦争をした人が／もっといやな人なら、良かった。／あんなに頼りなく／ひょろひょろの足で立ってるんじゃなくて／低くて静かで穏やかな声で話なんかしなくて／もっともっともっと／恐ろしい恐ろしい恐ろしい／涙なんか／持っていないような人なら、／良かった。／／私のおじいちゃんは／人を殺しました。／私はおじいちゃんが／好きです。／／私は、人を殺したかもしれない。（梶谷和恵　詩「ほんとうのこと」全文）

この最後の一行に、私は心を打たれる。詩人の石原吉郎は、地獄のようなシベリア抑留の八年間の強制収容所生活から帰国して、その後、一貫して無責任な平和「主義者」を告発してきた。戦争という大時代状況の中で、自分だけは「人殺しをしない」などと言える人間はいるのだろうか。例えば、世界をとりまく経済戦争の真っただ中で、「私は飢え死にする他者を見殺しにしたことはない」といえる人はいない。

「正論」の言葉では、大状況に巻き込まれて共同幻想の中で翻弄されてしまう大衆がこぞって「覚醒」することは難しいだろう。アジアのカオスとはなにか、この詩歌集のなかにあふれている「混沌（混乱）」を、西欧型の価値基準で査定しても何も出てこない。正否や優劣は西欧の中にのみあるわけではない。だからこそ、まずはそれぞれの中の「カオス」の土壌を味わってみよう。

週末の予感を前に／あきらめてしまわないように／流されてしまわないように／自分の足で立ち／前を向いて歩いていけるように／釈迦《しゃか》の願いを私も祈る／
「私の嫌いな人々も幸せでありますように
　私の嫌いな人々の悩み苦しみがなくなりますように
　私の嫌いな人々の願いごとが叶えられますように
　私の嫌いな人々にも悟りの光が現れますように」＊
もし／天のことわりにより／地上から人の気配が消えることがあっても／そこにはきっと青と緑があふれ／夜の闇を取り戻した地球がまわる／降りそそぐ黄金の種から新人類が生まれ／新たな仲間たちと共に空と大地を愛するだろう／新星・地球号は創造の気に満ちて／すべるように太陽をまわり続ける

＊アルボムッレ・スマナサーラ著『心は病気』サンガ新書

（植松晃一　詩「終末を超えて」より）

いわゆる「他者」（自分の価値観とは異なる世界でいきているもの）との共存共生は、なまやさしいものではないことは歴史が語っている。しかし、この詩歌集を読み終えて、例えば「嫌いなもの」という理不尽な感情を、一度ゆっくりと「混沌」という泥にしずめてみたらどうだろうかと思った。気の遠くなるような長い宇宙時間の中で、私たちは同時代に生きている。この奇跡を賞賛するために。

《東洋思想の「混沌」は西洋思想の「カオス」に該当すると私は前に書いたが、たとえ両者が表面的には同一の事態であるにしても、それの評価、位置づけは東と西、全く異なる。現に、荘子のような思想家にとっては「混沌」（究極的には無）こそ存在の真相であり深淵であるのだから。このカオスの操作は今日の哲学的な述語で言い表すなら「解体」ということになるだろう。言語の意味文節的システムの枠組みの上にきちんと区分けされ整頓されている既成の存在構造を解体するのだ。荘子自身はこの操作を「斉物」と呼ぶ。》（井筒俊彦著作集3「東洋思想」より）

この際、取りあえずは「カオス」を「混沌」と読み替えても、「解体」と解釈してもいいではないか。

特集Ⅱ　コロナの夏

高橋郁男・小詩集『風信』

十九

　二〇二〇・東京
　全球感染・日誌
　地球は狭かった

一月二十四日　金
築地での会合に向かうついでに　「銀座三越」を覗く
一階には　中国や韓国系らしい人たちが多く
地下では「どら焼き」に　日本人らしい長い行列
賑わいは　昨年迄と変わっていない
二十九日　水
中国・武漢から　日本政府のチャーター機が帰国

二月二十六日　水
所用の帰途　築地の場外市場に立ち寄る
一月迄とは一変して　ガラガラの状態
ラーメン店の青年は　大きな茹で釜を前に手持無沙汰

　煮える釜来ない人待ち築地ブルー

三月十一日　水
「3・11」の大地震・津波・原発爆発から九年になる
その発災の時刻に　渋谷スクランブル交差点に立つ
激しく入り混じって沸き立つ人波の横から
人攫《さら》いがスキを狙っているかのような
「東京エソラ劇場」の騒乱は　既に萎《しぼ》んでいた

　人攫い姿隠して渋谷かな

この日　世界保健機関・WHOが「パンデミック宣言」
昨年暮れの武漢での「発覚」から　わずか三か月ほどで
ほぼ全世界＝全球での感染に至った

　星ひとつ三月《みつき》で覆うコロナかな
　新コロナ三月で全球感染す

二十三日　月　春の彼岸
今年も　桜の花は律儀に咲いたが　街は咲かない

　花咲けどコロナブルーの彼岸かな

二十四日　火
「東京五輪」は一年延期に
猛暑の最中での五輪強行による熱中症の犠牲が
今年は出なくなったのは朗報だが
その悲劇を　一年延ばすだけでは　済まされまい

外出すらも危険　という東京の猛暑期に
命がけで競わせようという「無理ンピック」の当否や
米国のテレビ・マネーにまみれて久しい「五輪ムラ」を
問い直す好機だった

延ばせどもムリンピックに変わりなし

二十八日　土
都立や区の図書館が臨時休館に
美術館　博物館　映画館と
「館」のつく施設が次々に閉じてゆく
「館《やかた》」とは　衣・食・住という暮らしの中核の
周辺部に設けられた文化の装置
人の生存に必須ではないものの　心の糧《かて》になる
青・壮年にとってのみならず
老年にも又　大事な装置であり
馴染み深い場所・トポスでもある
「館」という貴重なトポスを失った難民が生まれている

花吹雪館《やかた》難民トポス・ロス

四月七日　火
所用の後　築地に立ち寄る
地下鉄は一段と空いていて　乗客は一車両に一桁ほど
いつもより　音が勢いよく耳に響くのは
換気のために　窓が開いているから
築地の場外市場では　客よりも店員の方が多い店が連なる
ほど近い蕎麦屋に顔を出すと
「近所の人が来てくれるので　今のところは何とか」と女将
夕刻　安倍首相が東京などに「緊急事態宣言」

十四日　火
桜が散り去った近所の公園で
木々の緑が葉を広げ始めた
小さな無数の早緑《さみどり》の葉が日々膨らんでゆく様は
無から有を生じるような
命の湧き出る力を
いつの春にも増して
強く感じさせる
「葉」という文字の形も思い浮かべつつ——

花さりて小さき緑もりもりと
さみどりにさみどりの時おもいけり
早緑の時へ誘《いざな》う若葉波

葉の中にこの世ちいさく在りにけり
艸と木のはざまに在りてこの世かな

十六日　木

「緊急事態宣言」を全国に拡大
二十日　月　雨
木々の緑に　商店街のシャッターに　春の雨が降りかかる

青山もシャッター通り緑雨かな
人出なぞ不要不急と緑雨降る

二十四日　金
地下鉄での「密」を避けて　三十分ほど歩いて渋谷駅前へ
東急・地下の鮮魚売り場は
以前と似たような人出だが
あの威勢の良かった掛け声は無い
ウイルスの飛散予防のためらしい

デパ地下や魚売り場に声も無し

二十六日　「大型連休」初めの日曜日
午前　東北・山形新幹線の自由席の乗車率が　ゼロ
午後　新宿から青山・高輪にジャンボに似た大型機飛来
外国からの更なる観光客増を当て込んで
都心部から羽田着陸の新ルートを強行・実施
コロナのせいで　外国人がほとんど来ていないのに
ジャンボ似たちは　約三分おきに　白い腹を見せて下りて来る
都心部の住民に　騒音と落下の危険に慣れさせようとの
国の企みが　透けて見える
機上からは　直下に直立する新宿の超高層ビル群や
六本木のヒルズ　ミッドタウンが間近に見えているはずだ
着陸とは　制御された緩やかな落下　でもあるから
もし　万が一　機のコントロールが失われた時には
あの　9・11のニューヨーク・マンハッタンのような惨状が
この地に現れる可能性を　完全には否定できない
都心で繰り返される大型機の低空飛行は
終戦の頃の　東京空襲の有様をも想わせた

定刻で空気を運ぶ新幹線
空っぽのジャンボ似の腹ツバメ追う

二十七日　月
公園の遊具やベンチが　テープで封印された
使えないように　ぐるぐる巻きにされている

手鎖《てぐさり》のブランコベンチ滑り台

五月四日　月　みどりの日
政府が「緊急事態宣言」を　五月末までに延長
六日　水　憲法記念日の振り替え休日
通り道で　向こうから来た初老の男性が
もっと端に寄れ　というような仕草を
両手で繰り返しながら　すれ違って行った

彼はマスク姿で　その時　当方は外していた
心配のし過ぎでは　と思ったが
基礎疾患のある人なら有り得るか　と省みた

　マスク無いお前がよけろマスク言い

八日　金
所用の後　築地に立ち寄る
地下鉄は　一車両に三十人ほどで
ひと月前より倍以上に増えている
場外市場は　変わらずに　休みの店が多い
周りの店が閉じた薄暗い中でポツンと開いていた
日本海の魚場から直送という店の青年
「閉めないで　頑張っていきます」
十四日　木
政府が　東京・大阪圏等以外の三十九県の
「緊急事態宣言」を解除
二十日　水
夏の「甲子園大会」が中止と決定
昨年の七月　久しぶりに　高校野球を観に行った
神宮球場での　東・東京大会の準決勝だった
昔　半世紀近くも前の夏に
取材のため　甲子園球場に身を置いた日を想い出しながら
一個の白球をめがけて身を躍らせる
変わりのない　青少年のダイビングに感じ入った

　夏空や白球へのダイブ限りなく

二十五日　月
全国の「緊急事態宣言」を解除

＊

「全球感染・日誌」は　まだ終われそうにもないが
ここで　約百年前のインフルエンザによる
パンデミックに襲われた東京の方に眼を向けてみる

六月二十二日　月
予約をして　麻布の都立中央図書館に向かう
入り口で　額の温度を確認される
めざす一階の奥の方には
明治中期から今までの朝日新聞の復刻・縮刷版が並んでいる
開架なので　どの時代・年月のものも　自由に取り出せる
日本の近現代・百数十年の日々の営みの一端を
辿ることのできる一画だ

「スペイン風邪」と呼ばれたこのパンデミックが　最も猖獗を
極めたとされる大正七年・一九一八年の十一月の分冊を開く
当時の新聞は八ページで　第一面は広告で埋まっている
スペイン風邪の記事は　思ったより少ないが

やはり　著名人の感染死は大きく扱われている
五日に急逝した　文学者で新劇指導者の島村抱月（四七）の
訃報は　今でいう社会面の半分近くを占めている

紙面の左肩に　通夜での集合写真を大きく掲げ
抱月の師・坪内逍遙の「残念至極」との追悼の言を載せている
抱月を師と仰ぎ慕う女優・松井須磨子（三二）の談話もある「先
生が今度の流行感冒に罹られる前に私も同感冒に罹まして其時
は先生の手厚い看護を受けてお蔭で癒《よ》くなりましたが続いて先
生が病気せられてからは私が十分御看護すべき役目でありなが
ら思ふ様に出来なかつたのは申し訳がありません」

この頃　芥川龍之介（二六）も感染し　床に伏していた
九日　彼は　抱月のことにも触れつつ　薄田泣菫に書き送る
――インフルエンザは御用心なさい　なつたらちよいとでも無
理をしちや駄目ですよ　忽猛烈にぶり返します　私も起きて一
回原稿を書いたんでひどい目にあつたのです　島村さんもさう
だらうと思つてゐます　昨日床をあげました
『芥川龍之介全集』（岩波書店）

当時は　約四年続いた第一次世界大戦が終わる頃合だった
朝日新聞の十三日のトップ記事は「休戦条約調印」で
以後は「休戦慶祝」や「パリ講和会議」絡みの報道が目立つ
十二月「吾輩は何者なりや?」という懸賞の広告が載った
描かれた覆面の男が問いかける
「吾輩は世界大戦争に依つて殺されたる人々よりも猶多くの
人々を殺して居る／吾輩は誰彼との用捨はせぬ、吾輩に近づく
者は貧者、富者、老人、若者といはず、皆吾輩の犠牲者となら
ないものはない――」
当選の賞品は　十圓債権　金ペン萬年筆などとある

歳末には　一面は各種雑誌の新年号の広告で埋まる
「太陽」には　南方熊楠　内田魯庵　広津和郎らの名前が
「白樺」では　武者小路実篤　高村光太郎　岸田劉生
「中央公論」は　菊池寛　正宗白鳥　佐藤春夫　芥川龍之介
「太陽」の広告の下には　こんな告知も見える
「海外旅行中に付年末年始欠礼致候　侯爵　木戸幸一」

そして　大正八年・一九一九年が明ける
元日から有楽座で「カルメン」を演じていた松井須磨子が
五日に　自ら命を絶つ
その記事は　六日の社会面のほぼ半分を占めた
「須磨子自殺す／抱月氏の後を追うて／
坪内博士等へ宛て遺書／美しく化粧して縊死」

須磨子は実兄宛ての遺書に　こう記した
「兄様《にいさま》私はやつぱり先生の處《ところ》へ行きます」
逍遥宛の遺書には　こんな件《くだり》もあった
「舞台のいろはから仕込んでいただいた人、その人に先立たれて

どう思ひ直しても生きては行かれません」
五日は　抱月の二度目の月命日だった

二月五日　懸賞「吾輩は？」の結果の広告が出る
その答えは「梅毒」
応募総数は四万通で　正解は三万通だったという
「百毒下し」という薬品本舗の広告だった

ここまで見てきた新聞紙面では　パンデミックの記事は
連日大量にというほどではなかった
街頭や屋内で撮られた写真にも　マスク姿はあまりない
演劇や相撲など　大勢の集まる興業も普段通りのようだ
しかし　このパンデミック後に刊行された
当時の内務省の報告書には
背筋の寒くなるような　凄まじい記述がある

秋口から一月中旬までの数か月間での全国の感染者は
当時の総人口の三割強にもあたる千九百万人にのぼり
死者は二十万人にも達したという
『流行性感冒』（内務省衛生局編　平凡社・東洋文庫）
これは　連日二十万人が感染し　二千人が死亡する時期があったことを示している
この時期は　世界大戦の帰趨に国民の関心が集まり
当時の最悪の感染症が肺結核であったことを考えても
この紙面上の「平静さ」には疑問が浮かぶ

当時はラジオもまだ無く　メディアといえば新聞だった
新聞社は　感染の実態をどこまで捉えていたのか
そして　政府・内務省はどうだったのか
情報はどのように把握され　どのように開示されたのか
これらの疑問を抱えつつ閲覧席を立ち
「三時間ごと入替制」の図書館を出ると
雨が降りしきっていた
商店街へと続く坂道の隅に　ポツンと白いものが見える
マスクが一つ　雨に打たれていた
使い捨てられたのか　忘れられたのか
日本の各地で　マスクを求めて行列が出来ていたのは
つい　先日迄のことだった

道端のマスクにも雨薄暑かな

後日『朝日新聞社史』の「大正・昭和戦前編」を開くと
「スペイン風邪の猛威」という小見出しで
一頁弱の記述があった
「関係機関の必死の防疫、予防注射もほとんど無力だった。『口覆器』（マスク）の効果が信ぜられ、新聞広告にもマスクが登場した」と述べ　抱月や板垣退助ら
この感冒で没した著名人を列記しているが
あの　図書館で感じた疑問は　まだ解けなかった

ソーシャルディスタンスが怖い

山﨑　夏代

得たいの知れないことばが
飛び交った
汚れて　よじれて　いかがわしい顔付きの

ある種の人は　神のものなることばを
捩って汚して得意顔するものだと
コロナウィルス禍のなかで　思い知った
胸が痛いのは　むしろ　そのこと
権力権威為政の　人間という存在のいやらしさ

わけても　いやなことばは
ソーシャルディスタンス
このことばの　生物離れの　不条理さ

いのちとは　密集し　密接し　密着しあうことで
生まれたものではなかったか

生まれて初めて同族を見た子猫でも
恐れつつ近づき　体温を匂いを感じあい
心臓の鼓動に互いに慰めあう

距離をおけ　二メートルおけ？

二メートルとは

かかわりあいのないことで　と　立ち去る
意地の凍りつく距離ではないか

生命と生命とのかかわりに距離をおけとは
ロボットの方向へと　庶民人民国民一般人を
改造して行く意図としか
わたしには　思えない
ロボットなら　思いのままに操れる？

でもコロナウィルスが怖い？
いいえ　人間はもっともっと怖い
この世の人々をリードしていると錯覚している
人間が
わたしには
とても　怖いのだ
その醜さが　怖いのだ

距離

距離。
物と物との計測空間。歳月、歴史、時空間。

例えば
あなたと　わたしとの
近づけば離れ　離れれば近づく距離

距離の空間に　横たわる物はなんだろう
空間の奥底に
手を延べて　掬い上げたのは残骸
尖った記憶の　朽ち果てた行いの

あなたは　去った　永遠の距離を
へげの煙りも昇らぬ焼き場で
喉仏を見つめた
美しい心地よいテノールでウソを転がしたホトケ
ホロとも泣かぬわたしの　皮膚の裏側に　いまなお
あなたは　いる　至近の距離　そして果てしない距離

二つの線は
近づいたり離れたりはしても
永遠のかなたでも結ばれることはない

メビュウスの帯

ひとは　ひととの　かかわりを
距離の　悲しみを　噛みながら
もつ

ひとと　もの
ひとと　時間
ひとと　動物
人と　神も　また

触れ合いながら　愛しあいながら
ときには　噛み　食い　消化しながら
うやまい　おそれ　かしこみながら
距離のさみしさに　耐える

井上摩耶・小詩集『この時代 ～ COVID-19 ～』三篇

この時代 ～ COVID-19 ～

タバコを吸うから　換気は欠かせない
でもいつの間にか　意識的に
それをするようになった

そうするよう言われたし
それが良いのだと思ったから

どこまでが本当で　何が真実で
私たちはどんな時代に向かっているのか
わからない　そんな季節

スモックのかかった空を眺めながら
ニュースで見た「殺すぞ！」と言った
あおり運転をした男を思った

拳銃も刀もない
そんな男が誰かを殺せるとしたら…
皆が怯えた目で　そんな時代

引っ越し風邪なのか　微熱が続いた
疑われても　疑っても仕方ない
そんなご時世

ＰＣＲ検査もしたが陰性だった
暑い日の院外「発熱外来」と名付けられ
テントの下　診察を待つ

マスク　アルコール　手袋に　フェイスシールド
いつかの映画で観た世界が　今現実となる
だとすれば　この先はどうなる？

「神はサイコロを振らない」と言う
小説とロックバンドがあったが
その言葉はアインシュタインが語ったそうだ
いま「神に代わろうとする人間」は
「いかにコロナを振りきれるか？」
人類はまた愚かなことを企んでしまうのか？

小さいことでいい
確かなことでいい
守りたいから
生きる　この先も

情けなくてもいい

泣いてもいい
触れたいって
孤独だって叫んでも
生きる　この先も

いつの時代も生きてきた
私はたったの四十三年かもしれない
それでも人類の歴史は続いて来て
幾度と消滅しそうになりながら
進化と言う道を　選んで作って
何処かで　この星を無視して
育んできた

人の人生のように
人類の歴史があり
この星にも　宇宙にも
命の道のりがある

狂わなきゃやっていられない
壮大すぎて　私たちたかが人間に
何ができるというのか？

裏を返せば　この精密なコンピューターを
正常に動かせば
大それたことも出来るかもしれない

母親が子を守るように
父親が必死で戦うように
私たちには　私たちなりのやり方で
「愛」という「力」を持って
生きることが出来る

守るものがあるから
守るものがあるから
生きよう
生きよう

美しく在る

私を美しくするものがなくなった
私が美しくありたいと思う感覚が
どこかへ行ってしまった

誰かが誰かの物語の中で
作り上げていて
気付いたら人生の風景の中に居る

そんな風景が今

どこか別の世界で起こっているようで
私とは関係がないと
そう感じることが
私の物語でもあるのか…

世間の騒がしさの中
不安になり　イライラし
殻に閉じこもって
身を守ろうとしているけれど

「美」への追求ができなくなって
自然に「美しく在る」こともできず
「醜い」自分が顔を出す

私の物語を読んだ人々が
涙を流してくれるだろうか？
笑ってくれるだろうか？
少しの幸福を得られるだろうか？

私が「詩」に寄り添うように
誰かが寄り添えるだろうか？
誰かのドラマの中では生きられないかもしれない
それでも交差する想いの中
私たちは生きる

選ばれなかった者としてでも
その立ち位置がちゃんとある
それは選ばれなかったという
選ばれ方だ

その者はまた別の物語の中
主人公になるかもしれない
誰しもが誰しもが…

「本能」を打ち消しては
「生きた者」としては死す
それを制限された今
何が私を美しくするだろう？
何が人々を揺さぶるだろう？

人と人を繋ぐ何か
目には見えない何か
それが「魂」を磨くということかもしれない
「美しく在る」ために

どんな日も

雨の日だって
傘をさして　長靴を履いて
水溜りにジャンプして
少しくらい濡れたって
楽しかった

暑い日だって
汗を沢山かいて
木登りして
駄菓子屋でアイスを買って
みんなで笑ってた

友達と遊べない日は
家のピアノで作曲
ピアニスト気分で
大人を楽しませた

チビまやがいる
今も　心の何処かに
辛抱も　限界を超えることも知っている
心強い　チビまや

頑張ったら　頭を撫でてほしい
ハグしてほしい
さみしい時　涙をそっと拭いてほしい
大人のまやと手を取り合って
今　地に足をつける

「一緒にいるから大丈夫！」って
そう言っている

エッセイ

思いのままに

東梅　洋子

70年近く生き始めての経験　コロナウイルス自粛生活なるもの、平行して、私の身体もポンコツの自粛に入った。腰椎圧迫骨折、笑うに笑えず、この先2年間自己注射なるものと付き合うことになった。

3ケ月は安静の事と　あああ、この時期何かできる事が私にもあったはずなのに、ベッドの中、ある意味隔離と同じ、誰とも話さずで、昔話をする事にしました。

私が小学校低学年の、すごく曖昧な、浦島太郎の話しです。

この記憶が正しければ、昭和のチリ津波の頃、今の私達には、想像もつかないとんでもない話、有機塩素殺虫剤の一種で、DDT、現在の日本環境汚染防止禁止剤だ。

シラミが蔓延した、授業中に前の生徒を見ると、肩や髪の毛にシラミ、シラミ、シラミ、今時の子供には分るまい、という私も風呂へ入る前に新聞紙を広げ、ツゲのクシで髪をすいてもらうと、1ミリか2ミリ位の黒いシラミがポタポタ落ち潰すとプチッと音がする。親指の爪で新聞紙にこすり潰すと、あの小さな生物から赤い血が出る、現代の蚊のように。

学校の体育館裏にクラスごと一列に並び、男子も女子も集められ頭から、背中まで白い粉を噴霧され真白け、効果があったのだろう、シラミ退治は終わり、次に集められた時、茶色で紙でできたドラム管のような大きな入れ物、脱脂粉乳白くてサラサラした決して美味いものではなかったが、父はシベリア仕込みか、スープやリゾット今風の物にして食べさせてくれた。ミルク粥ですね、ホットミルク、これには、当時砂糖の代用品サッカリン、小さな細い試験管に入り砂糖の500倍の甘さをもつ白くて半透明の結晶の小さなつぶ状の、現代では見る事もないが、美味しかったコルク栓がしてありました。

当時父は、八幡製鉄釜石工場（今の新日鉄）で仕事をしていた。福利厚生の一貫として、栄養剤が支給されていた。ビタミン剤他、岩塩等、その中に肝油がありましたね。60年以上前の事で私の引き出しは多少カビが発生しているが、たしか若草色をしグラニュー糖のような物がコーティングしてあり、ゼリー菓子のようでもあり、決しておいしい物ではありませんでしたが、父によく食べさせてもらっていました。今で言うサプリメントですね。

昭和戦後の一コマです。テレビゲームもない、そんななかで、朝から晩まで、そとであそぶ子供でいっぱいの世のなかでした。

おそまつでした。

私がこのコロナの時代、八重樫励子さんのうたを見、私が一人じめしてはいけないと思い紹介したい、その思いで、ここに書かせていただきます。

村はずれ「熊に注意」の林丘に梵鐘ひそと吊るされて居り

戦死者の三百名を刻銘の梵鐘鳴らす里びとあまた

ユネスコの「平和の鐘を鳴らそう」に加ははり来たり二十余年を

戦地より届きし手紙七千通保管されたる峯次郎氏とぞ

戦地にて果てたる若き兵士らに届けよと衝く鐘の音重し

かなかなは戦地の飢ゑに苦しめる兵士のうめきと重なり聞こゆ

蟬の鳴く丘につどひて里びとと平和を祈る終戦記念日

後藤野の飛行場あとの青田より吹きくる風の未だ悲しも

彼女は、今年で米寿をむかえるのよ、今の内に書いておかないと、よく話しておりました。

素敵な女性です　読んで下さいませ。

土との対話

酒井　力

サラリーマン人生を終え
〈毎日が日曜日〉という言葉が現実に――
孤寂な空域に　いきなり
ぽーんと投げ込まれたような気分のなか
三カ月が過ぎた

いまは
家の続きにひろがる二反歩ほどの畑が
自分の仕事場

かれこれ三十年以上も栽培してきたスイカ
義母が家業として私に引き継いだ菊づくり
三年前から始めたユーカリだが

日がな一日
向き合っていると
それらを取り囲むように
緑の絨毯よろしく
びっしりと生えてくる雑草の強さ
自然の力を実感する

スベリヒユをはじめハコベやアカザ　スギナ
西洋タンポポなども含めると種類もさまざまだ

栽培する作物の周囲に雑草があると
そこに寄生したアブラムシや
さまざまな害虫が作物にとりついてしまう

雑草退治は初歩的な仕事で
特に菊は一週間に一度を目安に
動力噴霧器を使い消毒をする
殺菌と殺虫
薬効・薬害に注意しながら
薬剤の選別が重要なカギになる

よい作物を栽培するには
作物に適した土壌づくりは必要不可欠で
土中の細菌やウィルスの存在も
無視することはできない
畑に生える雑草の種類で
土地の生産性の高さを示す尺度もあるようだ

近頃はカタツムリを
あまりみかけなくなった代わりに

外来種のマダラコウラナメクジが増えている
家の周りの朽木や石を起すと
どこにも大発生していることがわかる
大きなもので体長が二十センチにもおよぶ
巻貝の一種だから
陸に棲むアメフラシといったところ
ナメクジに寄生する「広東住血線虫」が恐い
好奇心からそれを食べた人が苦しみ
やがて死んだという事実もある

畑は様々な命が生息する
小さな大自然
「雑草」という名辞も
人間が勝手につけたものにちがいないが
雑草はそれぞれ固有の存在として
美しい花を咲かせ
自然のまま生きている
細菌やウィルスも自然の中の生き物であり
ナメクジだって好き好んで
そこに生きているわけではなかろう

地面からふと目をあげれば
大気汚染の問題や
地球温暖化による異常気象が
もたらしている風水害さえ
人間たちがいままでの歴史の中で
招いてきていることなのだ

コロナウィルス・パンデミックに
揺れる人間社会は
変容を余儀なくされている

この先どのように共生の道をさぐるか
ともに生きる方策は発見できるだろうか

――わたしは目の前の土に問いかける

足

原　詩夏至

新型コロナウィルスの
家庭内感染を防ぐ
——ということで
ここ暫く
夫婦の枕の位置は
逆さまだ。
俺の頭の横には
かみさんの
小さな足
足元には
かみさんの
これまた小さな頭。

でも
この方が
よく寝られるわね、と
かみさん。
ふうん
そうかい、と
憮然と俺。
マスクもした方がいいわよ
というので
安倍に貰った
アベノマスクを
いやいや装着する。
だが
どうにも暑苦しい。

駄目じゃんこんなの、と
身を起こすと
足元では
手縫いの
小洒落た模様入りマスクの
かみさんが
すでに
安らかな
寝息を立てている。

仕方なく
また毛布をかぶって
暑い、苦しい、と
心にぼやくうちに
いつしか
夢の中。

どうやら
そこは異国のバザールで

ほら
取って来たよ、と
いきなり
かみさんに
大きな
鶏のモモ肉を
渡される。

噴き上げる湯気
桃色のつやめき
だが
ただ茹でただけだ
何にも
味がない。

すると
今度は何やら別の皿
載っているのは
まさしく人の足
指にはまだ
爪までついている。

食うわけ？
本当にこれを食うわけ？　と
怯《ひる》みつつも

何とか噛みついたところで
目が覚めた。
隣の
頭のあるべき場所には
やっぱり
かみさんの
小さな足。

仕方がないので
摑んで
揉んでみる
――まるで
手で骨でも噛むように。

もちろん
噛んでも
味なんかしないし
固いし
残念だが
取りあえず。

（２０２０年５月１８日）

神様との対話

石川　樹林

中華街の神様　何を告げる？
美しい漢詩と　道徳の言葉
究極の命令形
「●占いを信じるな」
微笑むあなたをみて
神様も笑った

１００円玉　古き木箱へ
指先で　小さい紙を開いていく
文字の階段　凶から大吉へ
追い風と　戒める風　結ばれていく
あの人も　この人も

木札への祈り
天への言葉　届けていく
「コロナ終息」「心願成就」
世直しの願いまで

神様も　困っていないだろうか
地上の願い　広く　変わりやすい
近くは　あなたの歩みや　悩み
遠くは　永遠の　幸福への道
何を告げれば　いいのだろう
八方美人になりきれない・・とか

地上の人間と　神様との対話
科学でも　数学でも　解けきれない
心の航海と　舵取り

颪と呼吸

見えざる魔物
見える魔物

透明な颪の遮断
手を差し出す　献身と
目を閉じた　力と計算
棺は　涙に追いつかない
世界は　呼吸困難

あっ！
白鷺が・・
蒼い天の窓
駅舎の上から　ふわり
原始の颪を　深呼吸
前より　自由になったから
ここまで来たという

街路樹は　白鷺に手を広げる
葉擦れの音を捧げ
光のプリズムを放つ
今日は　透明な空だという
緑の小さな肺

颪の息へと　溶けていく
息が　止められたとき
呼吸するものたちが　復活する

永遠の先からきた
颪の命　静かに
竜巻のように
ここへ

暗い月

淺山　泰美
並木道を抜けて
ひとりしか通れない狭い路地を行く
行くほどに　さらに
路地は細く狭くなる
行く手に　ぽつんと
家の灯りが点っているのがせめてもの頼り
たとえ　それが
見も知らぬ人の家だとしても。

暗い月に手を翳し
手相をうちながめているような人生だったと
旅人は手紙に記すだろう
新たな疫病が人々を蹴散らし
閑散とした表通りを
何かに追われるように走り去ってゆく犬の影がある
部屋の片隅に点る燭台の灯が
帰らぬ日々をしばし照らす

外に出てはいけない
人と逢ってもいけない
歌ってはいけない　抱きしめてはいけない
昨日までとは違う今日
暗い月が封鎖された街を照らし
知ろうと知るまいと　わたしたちは
もう戻れないところまで来てしまったのだ

明日へと

榊原　敬子

一日は駆け足で過ぎて
夕べともなれば　深い溜息
一日に出来る事なんて知れているのに
と思うけれど
もう少し違う一日が送れなかっただろうか
とも思う

そんな繰り返しの日々に
見切りをつけようとするかのように
旅をしたい
と痛切に思う

果てしなく広い草原
それを独り占めして
思いっきり深呼吸
その時　心は何もかも忘れ
唯　生きている事を実感できるだろうか？

音楽会に行きたい
演劇も見たい
美術館へも足を運びたい

このところ　すっかり疎遠になった場所へと
心は駆ける
午前中は帝国劇場
午後は芸術座と　一日を演劇で埋め尽くした日
そんな日々があったなんて
今では信じられない

あの頃思う事には制限が無く
とても自由だった
共働きと　子育てと
あんなにも忙しかったのに
心は　思いっ切り翔んでいた

翔べ
思いっきり翔んでみるがいい
と自分自身を励ましながら
明日への橋を渡る

家庭内
暴力しきりの
ニュースあり

わが国の
忍従女徳
良妻気取る

外出《い》でて
雑草集め
散歩する

名も知らぬ
雑草抜きて
空き缶に

今テレビ
外出禁止を
解禁に

経済と
コロナ感染
バランス論議

感染は
終わることなし
安堵なし

朝毎に
われは検温
人生長し？

せめていま
にんげん弱しと
書き留むる

新宿の
ゴールデン街
言及多き

庶民的
若き世代に
拡がりぬ

院内感染
検査の不足
看護師足りず

病床不足
ワクチン開発
さまざまの敵

さまざま課題
野口英世よ
再び来たれ

(二〇二〇年七月三十一日記載)

コロナ川柳（2）
外出自粛から解禁へ：
二〇二〇年五月から七月末

水崎　野里子

（1）
自粛から
外出禁止の
指示ありて

警告の
接待伴う
接触者

新橋も
銀座休業
閉店　鎖

いさぎよく
閉店ママさん
自粛のテレビ

金色に
嗤う大黒
マスク着け

飲み会は
テレワークでの
自粛かな

人《ひと》と人《ひと》
集まり禁止
代わるIT

学生の
コンパ　授業も
テレワーク

解禁を
歓び乾杯
クラスター

わが浴衣
コロナ模様の
東京音頭

危ふしか？
東京五輪
来年も

（2）
籠もりゐて
ひさかたぶりに
われは主婦

自粛して
カーテン洗ひ
大掃除

さふ言へば
ガラス戸磨き
ひさしぶり

布団干し
おひさま　挨拶
家族連帯

わが夫《つま》も
息子も今は
テレワーク

ウイルスコレラ・コロナの詩

貝塚　津音魚

今年　終戦七五年
終戦直後の神奈川県浦賀港の沖合に停泊した
引き揚げ船内でまん延したのはコレラ
重症化のリスクの高い感染症が猛威を振るった
戦争を生き延びた兵士たちが日本上陸寸前で
次々と命を奪われた感染症との闘い
船が連々と連なり命の灯を明滅する港の景色は
〝洋上のコレラ都市〟と呼ばれていた
船内では感染拡大を防ぐため当時広く使われていた
殺虫剤ＤＤＴを体や持ち物に直接吹きかけ
消毒散布が行われていた
混乱が続く船内で自らの危険を顧みず
闘っていたのが医師や看護師たちだった
記録に残るだけでも凡《およ》そ４００人が落命したと
実際の死者数は遥かにそれを上回るとされている
ことし二月横浜港に停泊したクルーズ船でも
新型コロナウイルスの感染が広がり
乗客や乗員が二週間以上船に留め置かれた
その惨状を連日テレビが報じていた
戦後我々は一体何を学んできたのだろう
閑散とした日本列島赤く染まった空が泣いている

無気力な政治力自分の言葉で語れない政治家
判断力の鈍っちまった政治家　まともな回答をしない
議事録も残さない　忖度に疲れた官僚たち
この危機的状況に及んでもなお
国会も開かず国会議員はボーナス貰って夏休み
汗をかいて頭をひねっているのは自治体と医療関係者
何時から日本はこんな国になったのだ
国民は開いた口がふさがらない
勿論政治家を選んだのは国民だから国民にも責任はある

あの日本列島の賑わいは
いったい何処に神隠しにあったのか
死に際に肉親にお別れもできない姿に
カラスさえ首を振り涙を流す
葬儀を済ませたカラスが
今度は豚コレラのイノシシの死体を探しに
里山に向かったと生き残りの老人が指をさす
更に都会では新型コロナウイルスが
猛威を振るい拡大する　政治家はなす術もなく
コロナ専門家委員会や分科会の意見を盾に
矛盾だらけの言葉を国民に投げかける
医療や対応を自治体に丸投げだ！

国民の命弱者を一番大事にしないこの国
果たして日本は生き残れるのか
この度こそ人類の試練
世界観が変わる　風姿《ふうし》が一変する
今こそウイルスに晒されて
人類が脱皮再生する時期《とき》である

新型コロナウイルスの津波が次々に
物と金　経済中心の人々の生活をなぎ倒す
社会生活や医療・福祉・観光を押し流して
無残な姿が顔を曝け出す
辿り着けば豊かさを求めた姿がこんなにも
脆弱な姿だけが枯れ枝にぶら下がっている
経済社会に浸かって地球の温暖化に手を貸した
放漫な生活を続け地球という大切なな住処を汚し
痛めつけているならば　自然の中で
大災害やウイルス・細菌に人々が晒されるのは
当たり前である！
今晒されてこの国の脆弱さを思い知る
効率的快適な生活が行きつく先が
どういう世界なのか見えませんか
人間の目に見えないウイルスさえ
未来を語り掛けているのです

豚コレラ感染するのはイノシシ？

貝塚　津音魚

猛威をふるう豚コレラ
中国では一一七万頭・ベトナムでは四〇〇万頭の
豚が殺処分された
日本では病原菌コレラを運ぶのはイノシシとされ
感染した豚舎の豚一五万頭が殺処分となった

豚を守るため
豚舎中　電気柵やワイヤーメッシュで囲ったのに
とうとう俺の豚も豚コレラ
電気で殺される豚達の悲鳴が脳裏から離れない
イノシシが憎い
何処で豚コレラをもらった
イノシシ何処に隠れているのか
早く出て来て　白状してほしい
岐阜県で発症　群馬県沖縄県まで
イノシシ本当に何百キロも移動する？
空を飛び海を渡り沖縄まで行くのかい
本当の真犯人は他に居るんじゃない
騒いでいる人間が一番臭いんじゃない

とうとう野山に
イノシシからの感染を防ぐとして
ワクチンが蒔かれることになった
本当にそれって　ありかよ
ワクチンはブタにすべきじゃないの
豚にすると豚肉が輸出できない！
そのための対策　筋が違うんじゃない
何時も優先されるのはこの国では経済
本質がどこか抜けているよ
とうとう豚にもワクチンが打たれ
養豚業者は肩を落とす
ああおれも豚と一緒に死にたいよ
豚と一緒に埋めてくれ！

イノシシよ可哀そうに
カラスが俯いて泣いてら
いつも悪者にされるのは
自然を謳歌する野生たち
彼らも地球の一員なのに

詩
I

一つ前の風景

山口　修

朝か夕方か
気ままな真昼の散歩でもよかった――
ボートも荷船も通わない運河を
海月《くらげ》が一匹　悠々と渡っていく
水路の街をことさら半透明に透かして

目を上げれば
インドの街からはそれまでと違う風景が――
肉眼の地平にヒマラヤの山並みが迫り
雪を抱いた峰々自らで証す
圧倒的な地続きの存在

空気が澄み　水が澄み
浄らかで　清々しい　閑かさ
（詠われることのない発句が探しているのは声ではない）

巨大な立体螺旋から高速道路が四方へ延びる
道沿いの灯が点々と闇を深めていく先
オレンジ灯が落とす影だけの道ゆき
踏み過ぎていくなにものもいなければ
立ち止まり振り返るものもいない

散文詩　インドの芭蕉

宮川　達二

——美しい響きね、
　あなたたちの話す言葉は。
　どこの国の人ですか？——
夕闇迫るインドのプーナのカフェ
左横の席に座る長い黒髪の女性が、
ふと思いついたように
たどたどしい英語で私と友に話しかける
彼女はひとり珈琲を飲み
小型の薄い本を読んでいた
——日本語です。我々の国は
　インドから一万キロほど離れた
　極東の日本です——
と、私は答える
友と私は明日に迫ったインド中央部
カジュラホへの旅の話をしていた
我々の語る言葉が日本語とわかると
彼女は微笑んで
自分の持つ本を私に見せる
「THE NARROW ROAD TO
　THE DEEP NORTH」
イギリスのペンギンブックス
芭蕉の『奥の細道』だった

インドの街の喧噪の中で
古き日本を旅した
俳人芭蕉を読む若い女性がいる
彼女はイタリア人だった
芭蕉の本を携え彼女は
インドを経てアジアを旅し
最終目的地日本を訪ねるという
芭蕉の生きた江戸時代から三百年
あまりにも変わり果てた現代日本
日本に生きることに疲れ
私はこうしてインドを旅している
生きる上での示唆をこの国で
私は摑むことができるのだろうか
湿潤の国日本
過去を捨て去る日本
喧噪と灼熱の国インド
仏教発祥の地インド
インドを旅する
芭蕉の俳句を交えた紀行文は
イタリア人女性の心を打つのだ
インドの夕陽が山の端に落ちてゆく

暁の詩群

柏木　咲哉

颯爽とした光の海へ
屹立した魂の船が
暁の詩群を引き連れて、港を出て行く
「Good Luck」と風が囁く　新しい夜明けの路を

イメージの花

イメージの花が　戦地の荒野《あらの》に咲く
武器も兵器も爆弾も拒みながら　ピースフルに
イメージの花が　僻地の悲しみの下《もと》に咲く
差別も憎悪も中傷も放棄して　美しいハーモニーを奏でながら
イメージの花が　世界中の片隅にて咲く
笑顔や労りや励まし合いの陽射しの中で　楽しそうに
イメージの花は　私達の心の中に咲く
平和を愛し願い　夢を想像する心に蒔かれた種によって
青空が眩しいくらい幸せに輝き
イメージの花が生き生きと美しく咲き開く世界に生きたい

まずは種を蒔こう
荒地をならし　水をやり　陽の光を注ごう
やがて現実に現れる新しい花をイメージして
やがて現実に創られる素晴らしい世界をイメージして

月

蒼白きかの光や、
汝の名は月というか
狂おしき君の名を呼ぶ
我が心真空《まそら》の神秘
雲の上の月あかりの海にいるようだ
星が舞い　水面《みなも》は揺れ
私は虚空に独り漂う
夜の海が語る囁きは波間の子守唄
月あかり静か
誰ぞに憂うことがあろうか?
私は私
月は月

ウルセー美術館

絵画の中の神々や王公貴族や裸婦や庶民や英雄が喋りまくり
林檎や葡萄やワインやチーズや木々や花々が騒ぎまくり

建物も静物も風景もイメージもデッサンも素描も踊り出す
ウルセーな、まったく　この美術館は…
おちおち観賞してられない
俺は「私語厳禁」「廊下は静かに渡りましょう」と貼り紙をし
　てそこを後にした

明日の中の家族

生まれ故郷の遥かな我が家
父よ、母よ、兄弟よ
あの愛しき日々は過ぎ去った
けれどそれは昨日の中にあるのではない
いつだって僕の心の明日の中にあるのだ
明日の向こうで僕が再び帰るのを待っていてくれる
けれど僕は行かなければならない
ありがとう…
さようなら…
ごめん…

夜を愛して

優しい夜の時間を愛しています
静かな夜の空間を愛しています
清らかで淫靡な夜の不毛を
切なくて神秘的な夜の退廃を
無情で狂おしい夜の平静を愛しているのです
流星の輝きも　月光のいざないも
街明かりのネオンも
川面に煌めく光の粒子も
風も雲も
皆、我が愛友です
夜を愛して　今日一日をまた終えたい
夜を愛して　明日へ続く深い眠りに安らぎたい
そして夢の中へ
そして現実の朝へ
夜を愛せば　希望が見えて来るのです
そう、夜を深く愛するならば…

海と詩人

夕刻の海は詩人の心を無垢に剥がし
その胸に永遠という絶望を焼きつけてしまった
(イノセント・ピュア・シリアス・アイロニー・ペーソス・ユー
　モア…海底で詩人の魂は魚になった)
青い炎がしんなり燃えている
命の光が揺れながら乱反射している
夕陽は残酷に日の終わりを告げる
それは世界の終わりにも等しい
渡り鳥が西へ西へ飛んで逝く…

穴

高田　一葉

靴下を履いた
踵《かかと》に穴
ふいに昔がそこに来て
祖母が当て布をして繕っている

祖母は従軍看護婦だった
その一人娘の母と婿に入った父
その家のほつれた記憶の穴を
精一杯繕って
私を包んだ産着
命に染みたその匂い

駆け出した私
育つことが全てだった時間
校門の脇にランドセルを投げ出して
滑り台を逆から上り
腹這いで滑り下り
地面と水平にまで漕いだブランコから飛び降りて
飛行距離を競った
ズボンの膝が切れる
父の着古した作業着が
塞いでいた穴が　また

そうだったろう
家族の時を寄り集めて懸命に
繕い続けた景色
そこで育った

靴下の口を引っ張って
足を靴に入れる
誰にも見えない穴を踏んで
今日に立つ
暮らしという今日に立つ
一歩ごと
擦り切れた穴に縫い付けられ
吸われるように重ねられた思いが
ヒタヒタと踵に滲む

この一歩に・・・

未来

あの小さな砂粒のような種から
芽が伸び出すのを見たら
信じられると思うんだ

風を染める空の青
雨に滲む森の緑
光が歌を歌っている　と

手にした楽器が辿る旋律
あなたの口が含んだ言葉
心に絵筆が走り続ける

虹の昇る村から
虹の降る村へ
きっとよい知らせが届いている

ずっと昔から
この今さえ　ずうっと昔という未来へ
信じるという思いが渡っていく

ほら　あの小さな種が
太陽に向かって
芽を伸ばす

手話のある日常

狭間　孝

両手を胸の前で
人差し指だけ真っすぐ真上に伸ばし　後の指はグー
そして顔はにっこり微笑んで
両方の人差し指を向かい合わせ
第二関節からお辞儀させると「あいさつ」になり

朝だったら
握った右手をこめかみに当てて
頭は少し斜めにして　右手をすっと下しながら
同時に頭を起こすと　「おはよう！」

二〇年間　健聴の高齢者に寄り添ってきたので
手話を覚えることがないままだった
僕が手話を覚え
手話で自己紹介を行うのだが
僕の両手はぎこちなく
残念ながら思うように表現できない

右手の親指だけを横に伸ばして
他の指を握りしめると「あ」
小指だけ立てると「い」
手を握りしめるだけで「さ」
小指と薬指を立てて
親指に人差し指と中指を付けると「つ」
指文字だって簡単ではないけれど

通勤途上の楽しみは
明石大橋を渡る頃
橋の西側はまだ薄暗く
少し欠け始めた月がくっきりと白く輝き
生駒の山並みがオレンジ色の朝焼けとなり

車の窓を全開にすると心地よい風が入ってくる
手話で風の表現は
指を広げた両手を
右上から左下へ風が吹くように素早く下す
激しく動かすと台風になるのだが
そよ風は優しい手つきで表現すればよいのだろうか

夜明けの明石海峡大橋
橋の下では　小さな漁船が蛍のように光を放っている
さあ　今日も！　心の内を伝えたい・・・
指で表現しながら
表情だけは
いつも笑顔でいたいと思いながら

成ヶ島のハマボウ

十三夜の月が夕暮れとともに
生石岬《おいしみさき》の上方で
パステルカラーの白い月から
凛と輝く月になり
そばで木星が輝いている

由良港が目の前にあり
こちらの桟橋から渡船で時間にして二分間
二キロメートル続く砂洲の小さな島から
紀淡海峡に夕闇が濃くなり
遠く和歌山から大阪へと街の明かりと友ヶ島が見えている

昼間の間に咲いた黄色い一日花は夕闇と共に萎んで
星が波間まで近づいて
浜辺に寝転ぶと昼間のぬくもりを感じながら
遠くの街の明かりと潮騒と
天空は次々と星が輝き始めている

由良要塞は　阪神の都市を守るため
紀淡海峡に向かって
由良要塞の砲台が造られ
東京湾に次ぐ国内第二の要塞だったことを
地元の育ちだったけれど僕は知らなかった

何年か過ぎた頃
遠くの島影に夕日が沈む瞬間を見ることが好きになり
大切な人が今もおなじように
瀬戸内海に沈む夕日に顔をそめているだろうか
故郷のことを知ることを僕は始めた

ここは旧陸軍由良要塞司令部が由良にあり
軍事機密の漁港だった
生石山から成ヶ島まで砲台が造られていた
要塞を隠すように黄色い花が
真夏にひっそりと咲いていた

花の名はハマボウ
七月になると朝に咲き夕方にしぼむ一日花
黄色い花の群生を見下ろすように
由良要塞が
雨風に朽ちながら小高い山に残されている

旧帝国陸軍の兵士たちだけが
見ることができたのだろう
由良の地は
　軍事上ノ秘密保護ノ為　この地域では写生画は
すべて静物画で風景画は禁止されていた

その街

佐々木　淑子
その街のことは
夢にさえ見る

逃げても　逃げても
風が燃えながら　追いかけて来る
飛び込んだ河から　這い上がり
ずぶぬれになった重い服を
脱ごうとして　脱げず
もがき続けて
はっと　目覚める
ぐっしょりと　汗をかいている

目に見えない
捉えることのできない
何かに　私は怯える

その街は　ある時
何千度もの火球の中にあった

今、目に見えない
捉えることのできない
何かは　私の現実を取り巻く
コロナウィルスという疫病
針と白く柔らかい布を取り出し
マスクを作り始める

布を　そっと撫でる
ケロイドの赤むけの皮膚に
巻いてあげる包帯のよう

一針　一針　縫い始める
真っ黒に焦げて敗れたシャツを
繕ってあげているよう

窓からの風が
ふっと　涼しい

その街の名は
ヒロシマ

笑顔

中原　かな

世界一の俳優がおらに逢いに来るとよ
二人で川のそばの茶店でかき氷食べよう
トコロテンも頼もう
辛子入れて

あんたさんの笑顔は人を和ませる
自分を殺さずに生きてきたのだな
組織の中で
だから慈愛の笑顔をするだな
仕事ほされたり
気難しいと言われたりしてもな
男たちは組織に踏みしだかれて
人間性を殺し続け
獣的な顔になるもんだべ
どの顔もどの顔も
だどもおらの亭主は鬼瓦みたいだけど
笑顔は負けんがね
おなか足りないね　特上鮨を頼もう
とろ　雲丹　鯨
あっ。　おらは忙しいんだ
とんぼの眼鏡作りにね
失礼

アの戦争捕虜（POW）の生活は悲惨である。鳴海は何人もの戦友（日本兵）の死亡を見届けている。念仏の形に死者の指を組ませていたりしている。日本の多くの詩人、特に若い詩人はこの悲惨さをまるで知らない。戦争は人を殺す事であるという歴史を正視し記録にとどめるのも、詩人と翻訳者の務めである。そのはずである。ゆえにだいぶ迷ったが、この詩を訳したのは、鶴の登場である。次には「透明」の詩語である。鶴は渡り鳥であり、寒くなるとシベリアから南下して日本にも来る。越冬であるが、春になると北へ帰る。だが春と言ってもシベリアの春は（早春と言及される）日本兵には凍えるようにまだ寒い。寒いのになぜおまえたちは日本から帰って来るのかという素直な鳴海の問いと呼びかけである。なお、私は村上昭夫（同じく北支に滞在）の詩集『動物哀歌』の中で、鶴が猛吹雪の中を飛んでいる鶴を、仙台に在住のスコット・ワトスン氏が、鶴が＜ blizzard ＞の中を飛んでいる、と英訳なされたのに驚嘆した。ついで鳴海の本詩を思い出したわけでもあった。だが淡雪など、描かれる詩語はシベリアより幾分温かい気候であるような気がする。訳者にとっては幾分の救いである。春はやがてやって来るだろう。

鳴海にとっても村上にとっても、飛ぶ鶴に見るものは渡り鳥として故郷日本につながるシンボルであり、第二には戦争捕虜の望郷の思いである。なるほど、アジア文化圏にある者として、我々は鶴亀を長寿のシンボルとして絵画や文鎮のデザインの中に称えて来た。鳴海は帰って来た鶴を見上げて故郷を偲ぶ。だがこの時点では鳴海はいまだ戦争捕虜の苦難をまぬかれてはいない。既にナホトカにいるが、春は空中楼閣の夢の期待でしかない。

「透明」の詩語は、鳴海がシベリアで寒さや食糧難、あるいは銃殺、自殺などで逝去した戦友たちの死骸をしばしば表現している詩語でもあるゆえに、私の興味を引き付けた。それは極寒の中、彼らが耐えた氷とつららの透明さであると共に、魂が失せて無の状態に期することを鳴海はしばしば＜透明＞と形容している。詩中、祖国はとうめい（ひらがな書き）であり、雪もとうめいである。そんな国と雪などあるのかという私の？？？であるが、鳴海はこの時点ではなお無と死を、港のあるナホトカにあっていまだ凝視している。

北支とシベリアで戦争捕虜となった日本兵は、極寒と飢餓に耐えねばならず、耐えられずにしばしば自決もあったようだ。悲惨である。だがこのエッセイを、戦争反対という当たり前、周知のセリフで終わらせるのは躊躇がある。棄民意識と裏腹に鳴海はだが驚くべき生命力、生への固執を見せ続ける。その生きる意志は驚嘆である。それは、捨てられた庶民の、悲惨で＜とうめいな＞氷と無の運命を跳ね返す強靭さであり念仏の力でもある。

鳴海英吉の詩と英訳

水崎　野里子

鶴　　　　　　　　　　　鳴海英吉

鶴は群れてなぜ帰って来たのだろう
鶴はなぜ忘れないで帰って来たのだろう
鶴が北の方にとぶ日は　雪がふる
鶴が全身をふり羽毛を一本ずつ落としている
枯れた野菊を焼く早春を包み込んでいる
包みこまれてきれいな祖国はとうめいになる
とうめいな雪で　ナホトカも薄く白く染まる
根雪の上ですぐとける　泡雪になる
鶴は祖国で何を見てきたのだろう
ぐるーう
なぜもっと寒い北に　鶴は帰るのだろう

Flock of Cranes　　　Eikichi Narumi

Why did they come back to this place, to Nakhodka, in a flock?
Why did they return to this land, not having lost their ways?
On the day when they go fly north, it always snows down.
Shaking all of themselves they are shedding down their feathers one by one.
That mantle the early spring around, when the wild chrysanthemums
dead are to be burned.
Being wrapped in the early season, my home country for my heart turns
transparent.
Veiled over with the transparent snow, Nakhodka is tinted into pale- white.
The thin snow will soon melt down on the thick snow cake, and then
It will change into a light snow.
What did they, the flock of cranes, see in my home country to fly back?
Cr-o-a-k! : They cry in the sky.
Why do they like to come back to a northern place, so much still colder?

解説

　いつものように翻訳に到る前に鳴海の詩をいくつか拾い読みしたが、やはりロシ

少年は今日も焼き場に立ち続けている

鈴木　比佐雄

一枚の写真はどんな反戦詩よりも戦争の悲劇を語り続けている
その写真を見た人の心には「焼き場に立つ少年」が焼き付けられる
ジョー・オダネルの眼差しが乗り移ってしまったのだろう

報道写真家　ジョー・オダネル撮影　「焼き場に立つ少年」

（１９４５年長崎の爆心地にて）

《佐世保から長崎に入った私は、小高い丘の上から下を眺めていました。／すると、白いマスクをかけた男達が目に入りました。／男達は、60センチ程の深さにえぐった穴のそばで、作業をしていました。／荷車に山積みにした死体を、石灰の燃える穴の中に、次々と入れていたのです。／／10歳ぐらいの少年が、歩いてくるのが目に留まりました。／おんぶひもをたすきにかけて、幼子を背中に背負っています。／弟や妹をおんぶしたまま、広っぱで遊んでいる子供の姿は、当時の日本でよく目にする光景でした。／しかし、この少年の様子は、はっきりと違っています。／重大な目的を持ってこの焼き場にやってきたという、強い意志が感じられました。／しかも裸足です。／少年は、焼き場のふちまで来ると、硬い表情で、目を凝らして立ち尽くしています。／背中の赤ん坊は、ぐっすり眠っているのか、首を後ろにのけぞらせたままです。／／少年は焼き場のふちに、５分か10分、立っていたでしょうか。／白いマスクの男達がおもむろに近づき、ゆっくりとおんぶひもを解き始めました。／この時私は、背中の幼子が既に死んでいる事に、初めて気付いたのです。／男達は、幼子の手と足を持つと、ゆっくりと葬るように、焼き場の熱い灰の上に横たえました。／まず幼い肉体が火に溶ける、ジューという音がしました。／それから、まばゆい程の炎が、さっと舞い立ちました。／真っ赤な夕日のような炎は、直立不動の少年のまだあどけない頬を、赤く照らしました。／その時です。／炎を食い入るように見つめる少年の唇に、血がにじんでいるのに気が付いたのは。／少年が、あまりきつく噛み締めている為、唇の血は流れる事もなく、ただ少年の下唇に、赤くにじんでいました。／／夕日のような炎が静まると、少年はくるりときびすを返し、沈黙のまま、焼き場を去っていきました。》（インタビュー・上田勢子）〔朝日新聞創刊120周年記念写真展より抜粋〕

ジョー・オダネルの通訳だったリチャード・ラマーズは語る。

「あの時、少年の肩を抱き、なにか励ましの言葉をかけたかったと、いつも話していた。しかし、できなかったと」

この写真には、見るものに圧倒的に沈黙を強いる
戦争の現実とは両親が殺され弟もまた放射能で死んでいくこと
そのまだ温かい死体を焼き場で葬ることが
自分の役目であると自覚し
「焼き場に立つ少年」は泣くことも

自らの運命を呪うこともなく
ただ下唇が裂けて血が出るくらい噛みしめて佇むのだ
このような少年と弟の名前を聞き出す余裕もなく
焼き場の男たちは無関心に葬ったのだろうか
そこに一人の若い米軍カメラマンだけが
「焼き場に立つ少年」の神々しさとその沈黙に気付いたのだ
それからジョー・オダネルは四十三年その沈黙を抱え込んだ
ある日封印していたトランクを開けて長崎の真実を伝え始めた
しかしその試みは母国では理解されず妻さえも去っていった
けれども世界の人びとは
少年の直立不動でしか持ちこたえられない
無尽蔵の悲しみと戦争への怒りが押し寄せてくる
少年の「強い意志」を直感していった
それはもはや戦争がある限り永遠に立ち去ることはない
ジョー・オダネルが死んだ後も
日米の指導者には理解されなくとも
フランシスコローマ教皇のような国境を越えた同志が増えていく
そんな世界の人びとの心の中で少年は今日も立ち続けている

詩
Ⅱ

妖怪図鑑「べとべとさん」

勝嶋　啓太

高校三年生の秋頃の話だけど
いろいろなことが　うまくいかなくて
どうしていいかわからなくなっちゃって
精神的に　ちょっとおかしくなっちゃって
学校もサボって　友だちにも一切会わず
昼間は　部屋に閉じ籠もって一歩も外へ出ず
夜中になると　眠れないから　ぶらぶらと散歩に出て
ひと気のない夜道を　明け方まで
あてもなくさまよい歩く
なんて日々を送っていたことがあった
で　その日も　あいかわらず
もう学校やめちゃおうかな　なんて思いながら
夜中に　ひとり　ぶらぶらと散歩していたのだが
ふと　誰かが後ろからついてくるような気がする
振り返ってみたけど
誰もいない
気のせいか　と思って　また歩き始めると
やっぱり　誰かついてくるような気がする
耳を澄ましてみると　後ろから
ぺたぺた　ぺたぺた　と
足音が聞こえてくるような気がする
で　また振り返るのだが
やっぱり　誰もいないのだった
ああ　これは多分　べとべとさん　だな
以前　妖怪マニアの友人から聞いたことがある
夜道を独りで歩いている人の後ろから
ずっとついてくるだけ　という妖怪で
足音は聞こえるが　姿は見えないのだそうだ
別に何か悪い事をするわけではないので
そのまま放っておいてもいいらしいが
「べとべとさん　先へおこし」と言うと
足音は　すっと消えるらしい
ということで
ずっとついてこられるのも　ちょっと鬱陶しかったので
「べとべとさん　先へおこし」と言ってみたのだが
いえ　別に大丈夫です　と言われた
……別に大丈夫　ってなんだよ
話が違うじゃん　べとべとさん　消えないのかよ……
あのさ……俺についてきても　良いことなんて　何もないよ
誰か別の人の後ろをついて行った方が良いんじゃないかな
と言ってみたのだが
どうぞお気遣いなく　などと言う
いや　あんたに気を遣ってほしいんだけどな……
どうも話がかみ合わなさそうなので　あきらめて

べとべとさん　のことは無視することに決めて
いつものように　明け方まで散歩を続けた
そのうち飽きていなくなるだろうと思ったのだが
べとべとさん　は　最後まで　ぺたぺた　とついてきて
翌日も　そのまた翌日も　さらにそのまた翌日も
ぼくが夜中に散歩に出る度に
べとべとさん　は　ぺたぺた　と後ろからついてきて
そのうち　ぼくの方が　もうどうでもよくなってしまって
しばらく　べとべとさん　と一緒に散歩する日々が続いた
だからといって　お互い
特に何か言葉を交わすわけでもなかったんだけど……
ある夜　ふと思い立って　べとべとさん　に
ずっと人の後ろをついてきてるけど
たまには　人の前を歩いてみよう
とか思ったことはないの？　と聞いてみた
べとべとさん　は
実は　これでも　若い頃は　いろいろ悩みましてね
いつも人の後ろを黙ってついて行くだけなんて
妖怪としてダメなんじゃないか
もっと人を驚かせないといけないんじゃないか　と思って
何度か　人を猛スピードで追い越してみたことがあるんですよ
いきなり追い越したら　ビックリするかと思って　と言った
ふーん……で　どうだったの？　相手ビックリした？
いや　全然ダメでしたね
自分　もともと姿が見えないんで

誰にも　まったく気づいてもらえませんでした
人に気づいてもらえなかったら
妖怪は　いないのと同じですからね……
で　その時　わかったんですよね
自分は後ろから　ぺたぺた　ついて行くから
人に気づいてもらえるんだ　と
自分はそういう妖怪なんだから
人の後ろをついていくのが　一番いいんだってね
だから

あんまりうまくやろうと思わなくていいんじゃないですか
他人がどう思おうと
自分らしくやっていれば
それが
一番いい生き方なんですから

そう言うと
べとべとさん　は
すっ　と消えていた
いつの間にか　夜が明けていた
ぼくは
とりあえず　今日は
学校に行こう
と思った

妖怪図鑑「血脈」

熊谷　直樹

やれやれ　また出やがったナ……　と元四郎さんは
帰ってきて戸を開けると　一目見るなりそうつぶやきました
いくらなんでも
こうしょっちゅういたずらされたんじゃあ　たまらない……
と腕を組んでタメ息をついていますと
たまたま表を通りがかったご隠居さんが
オヤ　元四郎さん　どうしたんだい
やぁ　これはご隠居さん
実はネズミが出て　いたずらをされて困っているんです
何？　ネズミ……
ハイ　いつも帰ってくるとちらかっているんで……
それは困ったね　何かかじられたりしているのかい？
イエ　そんなにたいした物もありゃしないんですが……
あんまり気持ちのいいものじゃぁないんで……
そりゃあそうだろう
元　白猫の住んでいる家にネズミが出たんじゃあ
ネコの面目が丸つぶれだ……
いやですねェ　そんなこたァ言わないでくださいよ
いやいや　すまない　すまない　冗談だよ
それで　ネズミは夜も出るのかい？
イエ　どういうわけか夜は出ないんで……
ほぉ　寝ずに番でもしているのかい？
イヤ　そういうわけでもないんですが……
こうして出かけて帰ってくると荒らされてんです
じゃあ　ネズミ取りでも仕掛けたらよかろう……
イエ　ご隠居さん　それは可哀想です
いくらネズミと言ったって　命のあるものですから
オヤ　元四郎さん　お前さんがそんなことを言うのも面白い
イヤですねェ　ご隠居さん　言いっこなしにしてくださいヨ
いやいや　すまない
じゃあ　私にちょっと心当たりがあるから　少ォし待っといで
それからひと月たつかたたないかして　ご隠居さん
元四郎さんのところへ包みを抱えてやってきますと
元四郎さん　まだネズミは出るかい？　何　出る？　そうかい
それじゃあ　これを置いてごらん　と言って包みを開けますと
立派なネコの彫り物が出てきました
まぁ　ためしてごらん
なるほど　どういう造りをしたものか
本物のネコそっくりに活き写してあります
やァ　これは見事ですね　ありがとうございます
それから十日ほどして　ご隠居さんが
どうだい　あれから　相変わらずネズミは出るかい？
と様子を見にやってきました

これはご隠居さん　お陰さまであれからピタリと出ていません
そうかい　そいつぁよかった
……ですがね　ちょっと不思議なことがあるんで……
ほォ　何だい？
イエね　夜中　寝ていて　ふと目を覚ますと
ネコの置き物が見当たらないんで……
ところが朝になると　また元のところに戻っているんで……
そうかい　あらかた夜は　外に出歩いてでもいるんだろう
と　ご隠居さん　少しも驚く様子がありません
何です　まるで生きてるみたいな言いようじゃぁありませんか
ご隠居さんは平気な顔で
そりゃあそうだよ　それを彫った方は
彫り物の腕にかけちゃぁ　右に出る者はいない
と言われた御人だ
……じゃあご隠居さん　その御人のお名前は
ひょっとして　甚五郎さんと言うんじゃあ……
いや　甚五郎名人ではないんだ　隣五郎さんって言うんだよ
隣五郎さん……？
うん　何でも甚五郎名人の隣に住んでいたとかいないとか……
まァ　ウソかホントかはわからないが
甚五郎名人の隣に並ぶぐらいの腕前の持ち主であることには
違いはないだろう……
これが講談や落語だったならば　お大名のお買い上げだとか
さぞかし　後日談でもつくんだろうがね……
いいかい　元四郎さん　くれぐれも　その置き物に

ヘンな気なんぞ　起こしちゃあいけないよ　と　ご隠居さん
冗談とも本気ともわからないように言い残して
帰っていきました

どうです　不思議な話でしょう　と
鼻をヒクつかせながら我が家の化け猫が言う
ふうん　確かに不思議だけど　今度は一体　何の話だい
これも御先祖の話だったりするのかい？
と茶化すように言うと　ネコは至極　真面目な顔で
そうです　御先祖様の話です　と言う
オイオイ　ちょっと待ってくれよ　いくら何でも
彫り物のネコが　私の御先祖だなんて……　と言いかけると
いえ　そうじゃぁありません
あなたの御先祖様です
何？　私の御先祖じゃなくて　お前の御先祖様？
ハイ　私の三十六代前の御先祖様だというふうに聞いています
聞いています……　ったって　一体　誰に聞いているんだよ
と思わず聞き返したが
ネコはそれには答えず
フフフフ　と笑って腕を組むと
その上にあごをのせ　じっと眼をつぶった

高台にて

高柴　三聞

日中の炎天に曝されて、すっかり空気は熱を帯び、灰色のアスファルトの大地の上を吹き抜けていく。雀色時の中多くの車や人々が、そのぬるい風に押されるようにして町中に溢れ出てくる。

慌ただしい街中の様子を一人の男が見つめている。よれよれの褐色の半そでシャツは、強い風でも吹けばそのまま破れてゴミになってしまいそうだ。男は痩せて弱々しい体軀を小銃に身を預けるように立ち尽くしている。痩せて落ちくぼんだ目には辛うじて生気の火が灯っていた。男は眉根に皺を寄せ街の様子にため息をつく。此処の人間達は随分と発展した生活様式の中で生活しているようだが、わけも無く無目的なまま、何かにせかされるように往来している。その風景を男はじっと黙って見つめながら自問自答した。

「俺は、こんな今のために死んだのだろうか」。

何も祟《たた》るつもりも責めるつもりもないのだが、どうしても虚しさが去来する。ふと、どこからともなく漂ってきた線香の香りが鼻孔をくすぐる。それと同時にぼんやりと意識が遠のくのを男は感じた。

「おばぁ、今の人消えたよ」。

私は、祖母の後ろで手を合わせながらそっと祖母に呟いた。祖母は事も無げに、成仏できていたらいいねとのんびりとした口調で答えるのだった。幼い頃、毎年祖母に連れられて拝んだ場所は、戦争の激戦地だったと、随分大人になってから知った。なんの変哲もない、ただの高台としか思っていなかったのだが…。祖母も亡くなり、社会人として自信がついた頃、ふと街のそこかしこで「兵隊さん」を見かけるようになった。昔、祖母と見かけた時より、もっと悲しげな顔をして。今度の休みにでも祖母がしていたように私もあの高台で手を合わせようと秘かに思っている。

茹でられる蛙達に贈る

緑の魔女は、ある日重々しい口調で森中の蛙達に招集をかけた。魔女の館に蛙達が集まった。魔女の館の庭は、まるで蠢く緑の絨毯のよう。その蛙達に向かって魔女は厳かに宣言した。お前たちの為に魔法を準備したのでこの水を張った大鍋の中に入れとの由。すかさず蛙ファーストの決の台詞。

蛙達は、喜んで大鍋の中に我先にと入っていく。何で大鍋の下に火が焚かれているのか訝しがる蛙も居たのだが、圧倒的に少数だった。中には鍋に突進する蛙達に押されて鍋に落ちた可哀そうな者もいた。やがて、緑の絨毯がすっかり大鍋に収まってしまった頃には、当然鍋の中の蛙達は残らず煮えてしまっていた。緑の魔女は、そんな蛙達を見てほくそ笑んだ。そうして素直で疑いを知らぬ蛙達に最大限の賛辞を一人嘯くと鍋の蛙を一匹頭から齧りだした。生き残った蛙達は息を止めるようにして森から逃げ出していったとさ。

星のなかの一つ

植木　信子
駆けてきて
雲の上を駆けてきて
まるめた両手にはいっぱいの星
雲は気球になったり　舟になったり　深海の魚になったりする
君はいろんな雲を河原の石のように飛んでいる
　それでわたしは今　ここにいて　何をしたいのか
君は移り気なわたしの魂そのもの

七月の雨降りお月さまはまだ東の雲のなか
深い緑の奥からオレンジ色の灯りが濡れている
秘密めく木立をぬけて灯りの漏れる格子戸をのぞけば
青く澄みきった空間に君が稲妻のように駆けている

寺院の回廊を右にまがり三回右に駆けて曲がると
最初のところに戻っている
中庭の花が垂れている　流れる空気は雨を含んで重い
回廊の柱が赤錆ているので古い四角の倉庫かも知れない
君は回廊の隅に蹲り
両手いっぱいの星のなかから一つを探している
　ちかちか心をあたたかく照らしてくれる
君は　わたしは何かをさがしてここにいる
きっと来るだろう　密とも
出逢い　抱きしめ　寄り添い　分け合って食べる
雲の形が平らな灰色に広がった
幻のシャーマンの黄ばんだ角も君も渦に溶けてゆき
わたしの心は鏡の奥底に沈んで
口いっぱいの葛の葉子別れの一節も思い出せない

貝

坂井　一則

貝は潜る。
貝は海底に、砂浜に、潜ることで生き延びる。
貝は視界を放擲して暗闇と引き換えに、柔軟な内臓器官と若干の筋肉質を保持するために、
殻の内側に籠る。

貝は眼を持たない。
貝は耳を持たない。
しかし、
貝は眼を閉じながらも僅かな光を抱いていく。
貝は耳を塞ぎながらも微かな風を聴いている。
ただ、体内時計を拠りどころに、待っている、耐えている。

大古、貝は硬い殻とひ弱な生身が別々に存在した。
だから、淋しい空虚な殻が、孤独な内臓を求めて共棲し合ったことは、有り得ることだ
或いは大古に、元々、一皮の殻で纏われた脆弱な貝が存在した。
そのか弱さ故に、殻を幾重にも積み重ね、内臓を守り抜いたことも、有り得ることだ。

貝にとって潜ることは必然であり、自然であり、最も確実な環境なのだ。

たとえ海底や砂の重圧に、押し潰され、窒息しながらも、殻と生身は互いに信じている。

信じ合っている！

その証拠に、貝は殻だけになってもなお、己を晒す。
内臓や筋肉質だけになってもなお、貝が貝であることを止めない。
波に攫われ、砂に見放され、殻と生身が分離しても、貝は貝自体の矜持を保ち続けている。
誰も互いを単なる無機質な炭酸カルシウム、或いはたかが有機物のタンパク質とは呼ばない。

子供は砂浜で光彩色に眼を丸くして、あたかも宝物のように貝殻を拾い上げる。
耳に貝を押し当てるためだ。
遥か、海の音がする。

夢の途中

（夏目漱石「夢十話」のような…）

こんな夢を見た

私は一本の刃物を研いでいた
蒼光りを頼りに
無心に　ひたすら研いでいた

なぜ研がねばならなかったのか
その意味が理解出来なかったが
その刃が砥石に私を攻め立てた

どれだけ研いだだろう
刃は随分と薄く
薄くなるほどにただ光りは冴えていった

私はいずれ刃先から
削ぎ落されていく予感がした

蒼い光りが遥か先に仄見えていた

或いはこんな夢も見た

手のひらに包み込むほどの
桐の小さな箱を持っていた
蓋の中身はまるで重さがなかった

これはきっと子供の頃
母に一度だけ見せられた
私の「臍の緒」だと確信した

私はいままで一度も思い出さなかったが
それは「あちら」の方から
必然にやって来たのだと思った
私の手のひらには重さがなかったが
握り締める感触だけが在った

そしてまたこんな夢も見た

辺りがやたらと騒がしい
まるで祭囃子の縁日のような
ハレの日のように

みんな浮かれ陽気に舞い
言祝ぎ戯れ一心不乱に
風の葉擦れが高く謳っていた

私はいまだ夢の途中に立っている

夜の底

茨木のり子が
私たち地球の民が
ゆえなく寂しいのは当たり前
と呟いてくれたので
私も　いそいそと旅に出る

いにしえの歌をポケットに
それはいつまでも古びることなく
勾玉のように暖かく輝き
私たちの胸に何度でも甦り
勇気づけてくれる

夜の底
ラジオのボリュームを絞って
竜童のバラードに浸っていたら
いつのまにか朝の兆しが
グラスのむこうに灯をともす

水の星は今朝　零下七度
ストーブの火で私の背中は暖かい
父のノートに遺された歌
　生きることを寂しなどとは思ふなよ
猪爪　知子
雪は降りつむ真実白く
ゆえない寂しさを癒すために
私は生きているらしい

想い

あなたの想いが
ちゃんと　伝わりますように

たくさんのことばと想いが詰まった
パールホワイトの携帯電話は
羽をたたんだ伝書鳩のように
あなたの手の中で
ひっそりと眠っている

誰かのココロを受け取ると
ぷるるる・・と身震いして
可愛いメロディを奏でるけれど
言葉の森を泳ぎ疲れたメッセージたちは
変わり玉みたいに
甘かったり　しょっぱかったり

いじらしいほど真剣で

痛ましいほど繊細な
あなたの想いが
ちゃんと　伝わりますように

ふる里

ふる里のみずうみに向かうにつれて
切なさにただ
ひたされてゆく心
人影もなく
空と水と山が視界を満たす風景は
私が幾度となく
夢で訪れた場所
水の記憶にたぐり寄せられ
今日も又　バスに乗る

あの頃から私は　変わっているのか
変わっているようで変わっていない
変わっていないようで変わっている

夢の中で私はいつも九歳で
日々生まれ変わる不凍湖の底を
虹鱒のように
自在に泳ぎ回る

家

誰もいない筈の月曜の午後
二階のどこかで　コトリ　と音がする
何かのスイッチが　カチッという
洗面所の床が　キュッと軋む
台所でポタリ　と水滴が落ちる
私が
こっそり聞き耳を立てているのに気付かず
家が油断して身じろぎすると
出かけて行った住人たちの
様々な残留思念も
ちいさな風となって家の中を巡り
カーテンを揺らし
犬の頭を撫で
読みさしの本のページをめくる
夕食の支度にかかろうと立ち上がると
煙草の煙のように気配は
薄く壁に貼り付いて
家は記憶する
今日といういちにちを

志田　昌教

鏡

鏡に映るのは　わたしの顔でしょうか
いいえ左右が逆の　偽りの顔です
人は一生　自分の顔を　見ることはできない
だからこそ恥じらわず　生きて行けるのです
さらに化粧を　厚く施し
虚《きょ》が実《じつ》に見えるほど　丹念に塗り込め

生まれてそのままの　心で生きて行ける
そんな世界があれば　鏡などいらない
人は誰でも　切ない思いを　喉元で呑み込み
手鏡を覗き込んで　笑顔をつくるのです
解き放たれぬ　思い隠して
常識に名を借りた束縛に捕らわれ

鏡に映る目に　小さく映るわたし
それも光がつくる　幻の顔です
人は一生自分の顔を　見ることはできない
だからこそ傷つかず　生きて行けるのです
けれど孤独を　逃れたいなら
怖れずに素顔を　　曝すべきでしょうね

人生の共犯者

いつからだろう　生きていることが
虚しくなったのは
心と体が鬩《せめ》ぎあい　つくりだす偽り
それはまるで真夜中に　寄せる波のように

いつからだろう　人に覗かせぬ
心を持ったのは
体裁ぶった生き方に　疲れを覚え
粋がることを止めたとき　そこにあなたがいた

脆く弱く身勝手な　思いさえも
赦しあって生きて　行けた人
ともに罪を犯し　ともに浴びせられる
誇りさえもときに　絆に変えて
あなたは　人生の共犯者
日暮れの影のように　連いてくる

胸の奥に秘めた　何もかもを
曝しあって生きて　行けた人
ともに道を外し　ともに泥に塗れ
痴態さえもときに　演じあって
あなたは　人生の共犯者
引き摺る影のように　断ち切れない

復活

崩れ落ちた　壁の向こうに　朝陽が昇る
静かに朝靄の　薄れ行く街に
今こそ手を取りあって
立ち上がり　生きて行こう
僕らは希望まで　失くしてはいない

昨日までは　永遠《とわ》に続くと　信じたものが
ごらんよ消えて行く　跡形も残さず
今こそ励ましあって
一歩ずつ　歩き出そう
僕らの明日まで　燃え尽きてはいない

こんなときこそ　熱いことばで　語らうことが
できるから人は　人といえるんだ
今こそ肩組みあって
前を向き　進みだそう
涙が乾いたら　また道が見えるよ

崩れ落ちた　ビルの向こうに　朝陽が昇る
静かに朝靄の　薄れ行く街に

見いだせたのに

何故　思い出すのか
あの　人を今でも
背を　向けていたのは
この　僕だったのに

もう　取り戻せない
この　時の流れに
今　届くことない
手を　差し伸べている

あなたのためと
そのときは信じ
呼び声に背を向けて
塞いだ耳よ
そう　棄てたのは僕
この　僕だったのに

あの人はきっと
哀しみの中でも
歓びを見いだせる
つもりでいたのに

そう　見いだせたのに

孤独考

風　守

ひとりぼっち
おひとりさま
孤独死

孤独にはマイナスのイメージが多くまとわりつく
しかし
孤独とはそういうものなのだろうか

友達が多いと
寂しくはないかもしれないが
友達との交流に時間をかけねばならず
自分の好きなことにかけられる時間が削られる

ＳＮＳは友達との情報のやりとりに便利だが
相手からのメッセージの着信を
常に気にかけねばならず
気が休まらない

現代人は科学技術の発達によって
昔に比べて
掃除・洗濯・料理などの家事にかける時間が減り
他の事に時間をかけられる余裕が増えた

しかし
情報化社会の進展は
かえって人々を時間的に束縛するようになり
じっくりと物事を思考する時間的余裕を人々から奪った

ふと気が付くと
外で虫が鳴いている
私はパソコンから目をそらし
耳を澄ます
虫の奏でる
季節の移ろいを告げる自然のメッセージが
じんわりと
私の体に沁みわたってくる

夜中にひとりで聞く虫の音
不思議と寂しくはない
ただただ
自分が自然のいや宇宙の一部として
宇宙とつながっているのを感じる

ひとりであっても
ひとりではない
それが真の孤独

天空の父

寝る前に子は父に問う
――なぜ、僕は生れたの？
父は少し考えて答える
――お前に生まれてほしかったからさ
子はさらに問う
――なぜ、生まれてほしかったの？
父はしばらく考えて答える
――お前にこの世界を知ってほしいからさ
さあ、おやすみ

父が死んだ後、子は天空に向かって問う
――なぜ、僕と母さんを残して死んだの？
上空の風が白い雲をゆっくりと動かす
雲は少しずつ形を変えながら大空をゆく
――父さんの言っていた世界とはなんなの？

成長するにつれ子の触れる世界は広がった
楽しいことも少しはあったが
父を亡くした母子にとって
この世は苦しみに満ち残酷でもあった
早くに死んだ父を恨んだ

子は父の言う世界をもっと知りたくて
多くの本を読み
様々な人と知り合ったが
父の言う世界の意味はわからなかった
子はいつしか父の享年を超えていた

子は白髪の混じる頭を上げ天空を仰ぐ
上空の風が白い雲をゆっくりと動かす
雲は少しずつ形を変えながら大空をゆく
今も昔と変わらず
ただそこに天空はある
そうただそこにある
天空より父の声が聞こえた
――目を閉じ世界をあるがままに受け入れなさい
子は父の言う通り目を閉じ
世界をあるがままに受け入れようとした
心の底に積もっていた澱が
少し溶けた気がした
子は目を開けた
世界がほんの少し光輝いて見えた
――そういうことなんだね、父さん
子は天空の父に向って微笑んだ

老舗

水彩画を描く友人は
京都の老舗を描き続けている

大阪の老舗　うどんの「美々卯」や
ふぐ料理の「ずぼらや」が
閉店すると言う

コロナ渦の影響もあるだろうが
老舗にはそれなりの悩みがある

新陳代謝は世の常だろうが
長く続けることはむつかしい

世界的な変革の時を
迎えているのかも知れない

時代の波を読み取ることは困難だ
その波に乗ることは至難の技

外村　文象

首里城炎上

首里城が焼失した
朱礼門と
歓曾門は火災をまぬがれた

歳月をかけて
築き上げてきた城が
一瞬にして焼失した
島民の悲しみは深い

観光客は訪れている
早期の復興が待たれる
沖縄の伝統と文化を
未来に残さねばならない

今こそ　ワンチームで
心を一つにして
再建の道を模索せねばならない

白い髪

中高年の女性の白い髪を
多く目にするようになった

毛髪を染めることをしなくなった
自然のままに
あるがままに

私の父は白髪を染めて
丹毒になったという
二十歳ほど年下の妻に
若く見せようとした

私は反面教師で
髪を染めることはしなかった
白い髪の魅力
長寿社会を迎えて
前向きな生き方を
思い描いて毎日を

外見ばかり気にする生き方を
内面を重視する生き方に
方向転換すべきではないか

人生百歳の時代
前途に希望を持って
力強く歩み続けたい

雲の上を歩くように
大空に飛び出すように
大きく羽をひろげて

再なる飛躍をめざして
雲の彼方へ
突き進んで行きたい

白髪なびかせて
肩を組み合って
声高く歌を合唱して

卵殻

座馬　寛彦

頭上から巨大な卵が一個
降ってくる
私は両手を掲げて
それを受け止めようとする
が　思った以上に大きくて
思わずかわしてしまう
ガシャン
大きな音で目が覚めた
ベッドから身を起こすと
床じゅうに
白木蓮の花びらくらいの大きさの
卵の殻のようなものが散らばっていた
窓を見る
まだ外は暗いようだ
私はとりあえず部屋を出
トイレに腰かけて
何が起きたかをじっくり考えようと思った
床に降りると
ざくりと殻が割れた
懐かしい音だ
セミの抜け殻を踏んだ幼い時の
快さと後ろめたさとかすかな吐き気

無精卵だったか
それにしては殻も床も乾いていた
何かが生まれて
飛び去ったか
一瞬で蒸発したか
もはや知るてだてはない
もう一度眠ったところで
時は巻き戻せないし
夢の中へ逃れることもできない
夢と現を分かつ膜は
目覚めとともに破れてしまった
この無数の鋭利な殻を片付けるという
途方もない仕事を成し遂げることでしか
この夜にケリはつけられないのだろう

詩 Ⅲ

自然の中で

根本　昌幸

ヒトはヒトから
ヒトに生まれてきました。

何の間違いもなく。

どこでどう違ってしまったのでしょう。
けれどそういうこともあるのです。

神さまではありませんから。

神さまだって
うっかりすることがあります。
神さまだって
昼寝をする時があります。

大空を雲が流れてゆきます。
青空が広がります。
夜には星が出ます。
月も出てきます。
これが自然というものです。
でも　うまく回転が出来ずに
狂うこともあります。
否　もともと狂っていたものを
少し正しくしただけのことです。

だから狂うのはふつうだったのです。

ああ　人生とは
世界とは　地球とは　宇宙とは
さまざまなことがあって
さまざままです。

聞こえる

門の中に
耳がいて。

耳の外に
門がいる。

聞こえますか？

誰かが
叫んでいる。

あけない夜に

日が沈んだのはいつのことだったろう
深まる闇に虫たちは囁き
あけない夜に月は戸惑う

頭をなであうテレビにげろり
街の灯りは徒《いたずら》に黄色く
いやに軽い笑いが風に臭う

爆発音も
すすり泣きもなく
こんなふうに世界は終わるのか

なんて

明日を夢見る
子どもたちの寝顔を空になでながら
唇を結ぶ

呻《うめ》き　泣き　祈ることは臆病なことか
掌中に灯る一点の蛍火
明滅する生命は
永遠に続く一瞬

植松　晃一

一瞬に流れる無限
天を束ねるポラリスよ
蜉蝣のあけない夜に
せめてもの夢を
胸中に沈む我がポラリスよ
暗澹《あんたん》の時を燃やし
夜明けの灯台となれ

晩夏雑詠

生まれたての星のように
圧縮してたぎる線香花火
集中するエネルギーが
華となって散る

「派手なやつより
優しいのがいいの」

ふふんと七つの娘
本当の強さを選ぶ本能か
不意に火が落ち
その横顔は見えない

融解

秋野　かよ子

薄ら寒い梅雨の雨
雨は形を変えて豪雨になる
夕べ団欒の部屋も家も育てた稲も
濁流の泥水で涙と共に押し流されていく

北極圏やシベリアが
灼熱の熱波に吹き荒れているという
38度の気温が続いているという

人も生きものも
北極の森は熱に焼かれ
凍土は融けて
それでもこの星はまだ青く光るのか

熱風のなか生きるものたちは
為すすべもなく生き絶えたり
土の奥から蘇ったり
岩盤のように立ちはだかる海を仰ぐ

それでも海は柔らかい
人間の血も　生きもの血も　汚物も
億年のつづきを潮で波うつ

生命の源は恐ろしく透明なブルー
ふらっと
汚濁の海のものになってしまおうか

富に怯える焦熱のドバイの男は
やがて
砂漠の砂になるのだと言っていた

声のない対話

杉本　知政

この菜園で出合う
小さな虫達には
やさしいまなざしと
温かい微笑を
花をつけ実を結ぶ野菜達には
強いつよいテレパシーを送り
おもいを伝え合いたい

庭の椅子に腰をおろし
久し振りに空を拝いだ
五月晴れ紺碧の空である
目を細め
まぶしさにひたってゆく
ここちよさが全身を包んでいた

かたわら時の川は流れ続け
浮沈する日々の欠片《かけら》を視せていた
両手を翼に変え
銀河の不思議を尋ねた夜半
野兎と共に野を駆けた春の午後
喧嘩に負けくやしさに泣いた夏の日
頬に泥絵を描き合い
笑い転げた友垣たちなどを

庭に続く菜園に
おととい種子《たね》を播いたラディシュが
もう芽を出し
「おはよう」と笑っている

これから暫くの間

茅花

青柳　晶子

静かに　しずかに時計は止まった
居間や台所の時計
玄関の飾り時計　踊り場の花時計
朝もやが広がって景色は白く朧
生まれたくてしかたのなかった薄色の花のような
毛並みのよい猫のような　やわらかい疼き
外を見てごらん
街にも学校にも公園にも人影はなく
家の窓を少し開けてステイホーム
花の季節はどんどん巡る

いつか昔　こんな風景があった
いちめんの焼け野原　家も田畑も黒焦げで
そんな荒れ野でわたしは育ってきた
手も足もとても細くて力もなくて
でも不安をものともせぬ大人たちがいた
春の大地に蕨が手をひろげるように
やさしい気持ちを持ちつづければ
鶏小屋の卵のようなまだ暖かい丸いもの
採っても採ってもまた生まれている

土手でたくさんの茅花《つばな》が白い穂を揺らしている
流れ下る瀬音　南へ希望へと
青い海はすぐそこまで寄せている
空が澄んでとどろきわたる波しぶき
時計がひとつ息をふきかえす
思いがけない酷い現実をつきつけられて
人は忘れかけていた遠い痛みを思い出す

＊茅花　チガヤの花穂。春　菜に先立って小花をつけ
後に白い穂になる。

九月の空

日野　笙子

全開したおなかを九月の空にさらし
草地にひっくりかえったこどもが
丸いゴムボートを転覆させたように
けたけたと声を立てて笑い転げるから
わたしはこの世の憂さを一瞬本当に忘れた
長い休暇の残像
こどもは最初ぶかぶかのスモックを着て
よちよちとわたしのほうへ歩いてきた
そう　こどもはあの頃天使のようだったと
わたしはいつだって平凡な言葉でしか
自分のしあわせな感情を言い当てることが出来なかった
けれどもうこの時代は空のゆくえを案じることばかり
天使というものをわたしはこの世で見たことがないし
この空は陸とも海ともつながってはいない
この孤独な惑星で
わたしが出来ることなどあるのかしら
透明な秋の空は
この世に存在しない者たちの
仮の姿をして
かなしみとかしあわせとかを
不意に思い出になって
隠しつづけてゆくのかしら

ギター

娘は父を何度も創作で死なせ
パートの欠勤の理由にもした
いつか和解できるだろうと
暮らしに追われているうち
長い歳月が流れてしまった

帰郷の朝
娘は棺の父親に言った
ギターをはじめたのよ
すると手向けのように沈黙した声を聞いた
俺が死ぬ前に聴かせておくれ
父親はもう何も応えてはくれなかった
彼の耳にも心にも届きはしなかった

町工場が立ち並ぶ一角に
娘の一家は住んでいた
作業場の隣の部屋で
機械音が終日鳴り響き
重油と鉄鋼と汗の匂いがした
華やかなストーリーもギターも似合わない
赤の他人のようにずっと避けてきた思い出
一瞬豊かな気持ちになったのは

上京しはじめてギター教室に行った時
それから数年して破産を聞いた

家の窓から雨音がした
ひとしきり泣いたように
ギターの音がかき消える
何十年ぶりだろうか
このひりひりとした感触
五本の指を押さえる
この胸苦しさの
後に来るものは何なのだろう

いつのまにか
秋の晴れ渡った空に
息絶えたトンボの羽根音が
一瞬立ち現れたような気がしたのだけれど

散文詩　箱庭のある部屋

日野　笙子

それは青春のしくじりと言えばよかったのか。もうずいぶん古びてしまった話だが、ぼくたちはかつてそこで誕生し、それから人生の約束事のように対話を重ねた。言い直そう。死に損なったのかもしれない。その部屋は背理に満ちていて、言わば仮象のままに凍結していた。小さな玩具は埃さえかぶり、やがて沈黙し続けた。ミニチュアの小道具。箱庭。グレーブルーの砂。柔らかな陽射しが部屋に伸びた。九月の終わりの透明な空が窓から見えた。

「あなたはちっとも苦しんでない」ある日、対面者はそう叫んだのだ。投げつけられた砂が飛び散った。彼女は一瞬泣いたような顔をした。怒っていたのか。また確かにこうも聞こえた。「あなたみたいな青二才に何がわかるの」と。

生まれ落ちた寂寥の事実。彼女の箱庭には何も置かれなかった。最後まで。途方もない時間をぼくたちは無言で過ごした。何が何だかわからないままに、ぼくは急速に何かに惹かれていったのだ。ぼくには自覚がなかった。心は実に様々な真実を隠してしまう。追憶の風は吹き抜けた。砂の記憶。彼女のモノクローム。「そうよ、あの人を助けることができなかったのは、わたしという他人なの。他人の他という字は、他でもないわたし、伝わらないものなのね。他人の涙なんだから、流せる涙だから川へ海へ流せるものだから他人なんだから他の国なんだから」

ミニチュアの玩具も箱の砂も、あの時のままだ。時間は無数の萌芽を隠していた。若いぼくはそれでも必死だった。砂を握り拳をあげたまま出て行った人よ、過去の重圧から死にもの狂いで逃れようとしたあなたは、そのままぼくの無力な心。異常な正気さでもってぼくは振り返る。それからぼくはまもなくして研修の場を後にしたのだ。

長い歳月を隔てた空白の後、ぼくは彼女と再会した。運命の糸は複雑に絡んである日ほどけた。そして時間は、はるかにぼくたちふたりの実存さえ脅かした。その人は死の床にいた。異国で生まれ、幾度も幾度も辛酸を舐めてきた女性だった。大勢の苦境ならば人は乗り越えられよう。だが、ひとりぼっちの不幸は耐えられやしない。白状しよう。今になってようやくぼくは箱庭に何も置かなかった彼女を、殆ど故郷を語ろうとしなかった彼女を、圧倒的な迫力を持って感じることができた。ひりひりとした孤独な傷を。これまでの彼女の半生を。

忘れていたことまで思い出した。

「あなたじゃ　よくならない」ある日彼女は言った。

「どうしてそう思うんだい」彼女はふっと笑った。胸の痛みは彼女が去ってしまった直後にやってきた。

瞬間、ぼくは彼女に好感を持った。

何度も人生を覆された者には継続という感覚がなにより必要だったのに、ぼくはそれさえできなかった。彼女の人生は流転した。それは人の世の不条理に満ちていた。何かと引き替えにしなければ人は苦しみさえ終わらないのだろうか。ぼくはただかなしかった。あのふたりっきりの世界がいとおしかった。

再会の日はひそやかに。そう、何も変わってはいないんだよ、だから安心して。つい今しがた別れて、次に会う翌週まで、生きていようと、約束をし、またドアが開いたあの頃みたいに。時間は苦しみに洗われた翡翠の輝き。グレーブルーの彼女の思い出。それはぼくの青春。何かの黙契でもあったかのような箱庭の部屋。九月の静かな夕刻だった。

竹林

風にしなる竹が　静かな秋の
全てのように　空虚な空に
倦《あぐ》ねると　僕の血液と同じく
命を巡らせたりする

肺は幸福に満ち　それは
抽象画のように　絵具にまみれた
小鳥と　力のない陽射し……
優しい歌が　しみじみとして

日溜まりに恵まれた　さえずりに
廃屋は泣き　煙が立ち
四季のうちに　ひっそりと朽ちた

僕の肺は破けて
何かが出ていった
あれはどこへ還る?
懸田　冬陽

秋の歌

ひとの幸福が衣になって
陽に焼けた骸が哀れです
くすぶった帆が絡まって
水際の歴史が泣いています

とおく　とおく
汽笛は鳴って

例えば十五の阿武隈線
秋の陽射しに励磁する
僕も夕陽も道半ば
折れた絵筆を走らせて
墓場の風と絵を描いて
ひとは窮鼠　秋の牡丹

ピンコロ石が擦り減った
目地の小径の十字路は
蟻と埃のコンコース
檜皮葺の傘の下
秋の宵にルミネッセンス

日を開く

坂本　梧朗

一日の始まりは
ゴキブリ体操

目覚めたベッドで
四肢を上げる
活動開始だ

四肢が上がらない
上げたくない
この日々の中に
また踏み入りたくない
一日を凌ぐのが辛い
天井を見つめている
重い靄のようなものが
上からのしかかってくる
生きていかなければ
生きていかなければ

とは
もったいないぞ
もったいないぞ
命があるのに
今日も目覚めたのに

ありがたく
靄に四肢を押し立てよ
一日を開いてゆけ

命をいただく

命を食べて
命は生きる
命だけが
命をささえる
逃れられない
命の定め

いただきます
命をいただきます

いただいた命を
生きている

この命は
お陰様
生きているだけで
つながっている

食べ物の話
だけではあるまい

無題の腸詰3（六篇）

福山　重博

（一三）

沈丁花の
香りで満ちる路地の闇
野良猫たちの夜が
空腹で呻く

（一四）

文字が消え
真っ白になって処方箋
割れた鏡のなか
死体と一緒に朽ちてゆく

（一五）

前世を語り合う
かわいた声
公園であそぶ
枯葉という生きもの

（一六）

幻聴の鶯
年老いた逃亡者が
無数の雑音から解放されて
息絶える

（一七）

猛暑日の
咲きほこる向日葵
洗濯物が乾く
　犬も渇く

（一八）

墓石の裏側の
とかげ
新しくなった尻尾に
相応しい生き方を探している

俳句・短歌

連作と群作――草田男、誓子、秋櫻子――

鈴木　光影

一般に俳句は、一句で独立していることが基本とされる。それゆえに作者が表現したい内容や題材が一句に収まりきらない場合、そもそも俳句にすることを断念するか、時として連作（群作）の形を取ることになる。江戸時代に松尾芭蕉が、俳諧の連歌の発句の一句としての芸術性を高めたことが、今の俳句の起源であることは知られている。しかしその後昭和初期に、俳句の可能性を拡張するため起こった連作（群作）形式草創期の熱情は、今は見る影もない。

草田男の「群作」

季刊俳句同人誌「晶」において、「晶」代表の長嶺千晶氏が〈評論　中村草田男『火の島』研究　群作「火之島三日」〉を連載中だ。草田男は昭和十三年八月に伊豆大島を訪れ、〈火の島は夏オリオンを暁の星〉から始まる百句（実際には九十九句）を「群作」として第二句集『火の島』（昭和十四年十一月）に収録している。草田男にとってこの時期は、戦火の近づく不穏な時代背景と、借金の保証人になった男にそれを踏み倒され借金取りに追われて引っ越し、そこに妻の次女妊娠が重なり、社会的にも家族的にも受難を負っていた。長嶺氏は、「その逆境をすべて乗り越えていこうとする草田男の句群のエネルギーは、三原山の火口に覗く地底のマグマに触発された大地のエネルギーを、まるで己が身に帯びたかのよう（「晶」33号）」と、作者が主題に一体化しているようなこの群作の性質を指摘している。

また、群作中の「三原山登山十七句」において使われている「熱砂」「駱駝」「あげ舟」「涙の谷」などの「言葉の持つ意味性」から、草田男がこの時思い浮かべていたのは、「時空を超えて、シナイ半島や聖書の世界」であり、「聖書の世界の特に苦難を経て約束の豊かな地へ導かれる様子を思い描くことで、一種の聖なる救いのようなものを願いつつ、これらの風景に重ね合わせていたことは想像に難くない」（「晶」32号）という、自身キリスト教徒である長嶺氏の読解は説得力がある。

作品形式としては、〈草田男は「群作」と称して、新興俳句運動を目指す俳人たちの「連作」と己の作品群との一線を画していた（「晶」29号）〉として、新興俳句運動の実質的な先導者であった山口誓子、水原秋櫻子の連作への草田男の評価・態度を次の様に紹介している。

草田男の誓子の連作に対する評価は、秋櫻子に対するそれよりも遥かに高い。（略）けれど、誓子の連作もまた、一群を構成する部分として終始するため、一句一句の独立した俳句とはならず、新しい素材を詠んではみても全てが描写のための描写に過ぎないので、結局「心の満足」へ至ることがない、と草田男は指摘している。（「晶」30号）

この連作批判が草田男によって書かれたのは昭和十二年頃だ。高浜虚子の「ホトトギス」に離反し「馬酔木」を創刊した秋櫻子、昭和十年頃それに合流した誓子という、草田男にとって二人の

「兄貴分」への批判であるが、「群作」自体を否定せず「火之島三日」のような作品で実践をしたことからも、秋櫻子と誓子の連作運動を認めつつ批判的に乗り越えようとしたことが分かる。

誓子と秋櫻子の「連作」「群作」

それでは連作（群作）は、誓子・秋櫻子によって如何にして構想されたものだったか。誓子は次の言葉を残している。

　連作俳句は、昭和初頭に、秋櫻子や僕の頭の中で自然発生的に現出したものである。この二人はすつかりさう思ひ込んでゐる。だがこの二人の制作動機は各々異つてゐたかも知れない。少なくとも僕の場合は、同じ流派の人々の弱い呼吸に対して故ら自己の肺活量を誇示する為に作りはじめたものである。（略）僕がいつもするやうに、それは現代人としての作者の流動的な、多角的な、生活感情――僕は之を「連作感情」などと云つて賢明な人から嗤はれたが――に基礎を置いてゐると云つても一応の説明にならうではないか。（山口誓子「連作是」「俳句研究」昭和9年10月）

誓子独特の挑発的で読む者をけむに巻くような言い回しであるが、この「連作感情」を私は次の様に解釈したい。それは、全体のなかで葛藤しつつ生きる個人が「連続した時間＝物語」を創出したいという意志ではないだろうか。

当時の俳壇では、ホトトギスによる「有季定型」「花鳥諷詠」主義が、また社会情況として、高まりつつあった皇国史観や軍国主義が、ある意味で「大きな物語」として機能してしていた。それに対し一人の現代人として、俳句作家として、抗うように生まれてきたのが誓子の内に秘められた「連作感情」ではなかったか。もちろんこの「連作」は結果的に「新興俳句運動」という名の新たな「物語」へと回収され、また新興俳句自体も治安維持法による俳句弾圧などの、戦時全体主義という更に「大きな物語」によって潰されることになる。誓子自身は戦争無季俳句について否定しなかったが、彼らに合流することもなかった。

さて、誓子と秋櫻子の「制作動機」の差異はどこにあったか。二者間で活発な議論が積み重なれているため両者の意見は交じり合う部分もあるが、誓子は映画のモンタージュ理論、秋櫻子は短歌の連作をその主軸としていたようだ。

誓子は、昭和三年、寺田寅彦が発表した「連句と映画芸術」という文章を読み、プドフキン著『映画監督と映画脚本』を取り寄せ、そこに語られた「材料をその要素要素に分析し然る後にそれらの要素より映画的完全体を組み立てるやうな画面の構成を映画の切断又はモンタージュといふ」といった考え方を俳句理論に応用できると感じた。（参考『昭和俳壇史』松井利彦著）

映画のモンタージュ手法の俳句への応用について、誓子は次のようにも語ってる。

　俳句のモンタアジユ過程（略）とは、「個」の俳句の編輯であり、「個」の俳句の全的構成である。（略）而してこの過程を経て、曾て「個」の俳句が現出した個々の「感情の世界」は、その独自の存在を完全に主張しながら、その儘の姿に於いて結成され、綜合されて、更に規模の大きい「感情の流れの世界」を現出する。（「連作俳句は如何にして作らるるか」『かつらぎ』昭和7年10月）

このモンタージュ手法による「感情の流れの世界」を私は、先の「小さな物語」と言い換えたい。そして誓子はその出発点を「個」に置く。第一句集『凍港』より、連作の例を引いてみる。

蟲界變　　　　　　誓子

蟷螂の蜂を待つなる社殿かな
蟷螂の鋏ゆるめず蜂を食む
蜂舐《ね》ぶる舌やすめずに蟷螂《いぼむしり》
かりかりと蟷螂蜂の皃《かほ》を食む
蟷螂が曳きずる翅の襤褸《つぶれ》かな

一般には第四句が知られているが、それも一句の「個」の力がゆえであろう。誓子はこれら五句の「個」をまず確立させ、それらから「全体構成」を行うという制作過程を経ている。

一方の水原秋櫻子は、『現代俳句の理念』（昭和十一年）において、正岡子規と窪田空穂の連作短歌を——子規の作は「時間の経過に関係ないもの」、空穂の作は「関係あるもの」として——例出し、「この作にこもる感動はまことにつよく、それが全体に深くしみとほつてゐますから、一首一首に別の花が出て来ることは、少しも苦にはなりません。」「全体をつらぬく感動が大きいため、その言葉の繰り返しは少しもわづらはしいものとはならず、読者は歌の進展と共につよく引きづられてゆき、終りに至って、安心のためにほつと息を洩らすのです」とそれぞれの連作短歌の「全体をつらぬく感動」を評価している。次の引用はそのような短歌の連作に影響を受けて作った秋櫻子の連作俳句とその自解である。

菊と鶴　　　　　　秋櫻子

菊の香や鶴はしづかに相寄れる
白菊に立添ふ鶴も澄みにけり
鶴の來て翼伸べたる黄菊かな
菊の傘鶴の佇む影さして
菊日和夕さむくして鶴鳴けり

美しい庭で菊と鶴とを見た感動を取り扱ったもので、やはり設計図を引いて詠んであります。この場合も句数ははじめから五句ときめました、これはその感動が丁度五句に収りきるものと想像したからであります、設計図といふのは黄菊をひとつ中央に据ゑ、その左右に二句づつ配列するといふだけのことですが、さうすることによつて全体の均整がとれ、いかにも菊と鶴らしい清楚な感じが出るだらうと思つたわけです。さうして實際に第三句から詠みはじめますと、これが偶然「かな」といふ結びになつたので他の四句は、なるべく菊といふ季語を以つて詠みはじめることにしました。さうすれば全體の均整がいよ〳〵明瞭になるといふ期待が持てたからです。かういふ詠み方は、いま考へて見ると不自然ですが、創生期には何ごとでもかうした無駄や無理が伴ふものでありませう。（前出『現代俳句の理念』）

秋櫻子の初期の連作手法は、第一に連作の設計図という「全」を構想し、それに向けて一句一句の「個」が規定され全体を構築してゆく。誓子の連作観との大きな違いは「設計図」の有無だ。もちろん、この引用を読む多くの人が感じるであろう「不自然」「無駄」「無理」は後の秋櫻子自身も自覚している。『現代俳句の理念』の後半部で秋櫻子は、「私は設計図にこだはることが無意味であると思ひました」と反省している。

さて、ここまで二者間の差異を見てきたが、誓子は秋櫻子の連作観を対立的には捉えず、〈誓子の方法は「後の編輯」、秋櫻子の方法は「前の編輯」と、いひ得るかもしれない〉と言い、さらに次の様に続ける。

さうやつて、各々の方法の欠陥を補ひ、その両者を含む、更に高次の方法は、これを全と個を同時存在たらしむる方法だ、と説明するのが、適切であらう。（略）全と個が、同時存在たるためには、全は個を抱きつつ、しかもその個に担はれ、個は全に抱かれつつ、全を担つていなければならないし、個と個は、いづれも全を担へるものとして、相互に独立性を保ちつつ、しかも連結し、調和し、統一されて、ゐなければならない。（山口誓子「連作俳句」『俳句の復活』昭和二十四年）

相反する「全」と「個」の両立という困難な理想を掲げているが、その困難さゆえに既存の俳句観ではないもう一つの「物語」として機能し、新興俳句集団を熱狂させもしたのだろう。

連作と群作の区別

前半の草田男は自身の作品を「群作」と称していたが、誓子と秋櫻子も「群作」という言葉は使っていた。それでは、端的に何をもって、連作と群作を区別するだろうか。

歌壇では連作といふ名称よりも群作と称へた方がよいといふ説が起りましたが、私達もこの名称の方が好ましく思はれました。連作といふと、まだどこか設計図にこだはりのあるやうな気がするのです。現今では連作ともいひ群作ともいひ、両方をほぼ同様の意味で使ってをります。後に私は磐梯山で五十句ばかりの句を詠み、誓子君は阿蘇山で大作を詠んでをりますが、このやうに大きな景を取扱った多数の句には、群作といふ名称がたしかに適してゐると思ひます。（前出　水原秋櫻子『現代俳句の理念』）

秋櫻子によれば、群作は、連作に比べ「設計図」へのこだわりが薄く、「大きな景を取り扱った多数の句」への名称に適している。また、今となっては連作も群作も同様の意味で使っているとその区別を曖昧にし、実質ではなく名称の問題に帰しているようにもとれる。次に、誓子による群作の定義も引こう。

結果から見て、意識的な構成のしつかり出来てゐるのは連作で、意識的な構成の緩やかなものは群作だと思ひます。（略）今後は意識的な構成の強弱によつて、連作と群作とに分けて扱はなければならぬといふ風にこの頃は考へてをります、「大阿蘇行」もわざ〳〵群作であるぞと銘をうつたのです。（昭和十三年「現代俳句を中心に（座談会）」「俳句研究」昭和13年6月）

秋櫻子の「設計図」は、誓子の「意識的な構成」と同義とみていいだろう。両者の意見の重なる部分に、ひとまず当時の連作と群作の定義を求めることはできる。誓子と秋櫻子の間で連作理論を戦わせたことで弁証法的に導き出された「群作」理論は、現代において極めて曖昧な手法として流通しているのではないだろうか。群作にするか否かに関わらず、群作という作品形式に自覚的になることは、これからも俳句がより現代的な素材やテーマに向き合う時に必須であるように思われる。

誓子と草田男の「物語」

最後に、誓子の「大阿蘇行」と草田男の「火之島三日」、それぞれの群作としての特徴を比較してみたいと思う。群作であるがゆえに、本来はここに全ての句を引用しなければ比較にならないため不本意ではあるが、それぞれ三句ずつを引用する。

ふぶく火を見て來し人等顔硬き
火口丘女人《にょにん》飛雪《ひせつ》を髪に挿す
顚落してふぶく火口に吾亡《ほろ》びむ
誓子

熱砂行く人等肩寄せ歩を寄せて
熱砂に眼《め》落して駱駝の叫び聞けり
わくらばに此の熱砂辿る身にしあれど
草田男

「大阿蘇行」「火之島三日」ともに「火山」を題材としている。俳句作家としてそれぞれの個の物語、連続する時間を構築しようという火山の如き熱情は共通している。題材についての両者の大きな違いは前者は冬の吹雪の中の火山、後者は夏の熱砂の先の火山であることだ。偶然か否か、このことは、両者の群作俳句へのアプローチの違いに呼応している。誓子は対象（掲出句「ふぶく火を見て來し人等」「女人」）に対して、あくまで客体としての自分（個）の立ち位置を崩そうとしない。強靱な冷たい認識からは、近代合理主義に引き裂かれた個人像が立ち表れてくるようですらある。一方の草田男は対象（掲出句「熱砂行く人等」「駱駝」）に対して自分（個）の人生を投影させるように肉薄し、句を詠む。草田男の群作は、草田男の自画像であるようだ。このようにアプローチは違えども二人はそれぞれ火山の中心（火口）へと迫ろうとする。互いの第三句目「火口に吾亡びむ」「此の熱砂辿る身」からは、題材（火山）に命を賭してでもその核心（火口）に接近してゆく、文学としての俳句が実践されているように感じられる。そして群作は、時間的空間的広がりのある一つの題材の中に、作者個人の「小さな物語」を創出する。何を題材にし、それを如何なるアプローチで群作に仕上げるかは俳人に委ねられている。誓子の「連作俳句はなほ、開拓の余地をのこしてゐる」（昭和二十四年）という言葉は、今もその有効性を保っているように思えてならない。

コールサック オンライン句会（第二回）

二〇二〇年七月五日

◇高得点句（抜粋）

6点句

話したいことあったみたいだ蟬の殻　重博

脱皮する蛇まっ赤に錆びてゆく戦車　重博

5点句

空青し箱舟沈む砂の海　重博

宙吊りの鯨の骨が泳ぐ夏　美幸

ラムネ玉ころんと空を落ちて来い　牧

4点句

白き月私の境界線はどこ　都望

雨粒は釣鐘草を鳴らせるか　美幸

ホーホケキョ シーツ手繰りて 君探す　久桜理

浜昼顔空の飛び方忘れをり　牧

3点句

自己陶酔まみれこの世のハンモック　桃瑪

夏宵のやがてさびしき zoom かな　美玖

2点句

主賓がまだ来ない本降り　詩夏至

巨大な眠りを内包したリンゴ　腐る　拓也

梅雨晴間ヒトうかうかと孵化兆す　竜彦

蓮池に内なる鬼女の映りけり　綿帽子

星涼し夢見る紙の束となり　光影

◇選評（抜粋・《》内は選評者）

話したいことあったみたいだ蟬の殻　重博

――蟬の殻に言い足りない様な名残が重なる。客観的な上五中七の口語体に聞いてあげられなかったという実感がある。《牧》

脱皮する蛇まっ赤に錆びてゆく戦車　重博

――真っ赤に錆びて命が消えてゆく戦車と、脱皮して新たな命へと展開する蛇。同じ砂漠におけるいのちの対比。《桃瑪》

宙吊りの鯨の骨が泳ぐ夏　美幸

――虚しさとさっぱりとした雰囲気が共存する不思議な俳句です。似た雰囲気のものとしては、芭蕉の『夏草や』の俳句でしょうか。水族館の薄暗い雰囲気の中で、鯨の骨格標本がまだ意思を持っているように感じさせられました。《拓也》

ラムネ玉ころんと空を落ちて来い　牧

――ラムネ玉の爽やかなイメージが読者の脳内にころんと落ちてくる句です。《美幸》

白き月私の境界線はどこ　都望

――身体的境界線は見た目、皮膚だろう。だが「動的平衡論」以来、確固たる恒常的な固有の存在性は疑われている時代である。まして私が私の根拠としている「精神」でさえ、既存の「情報」のコピーとブレンドの結果である。そのことを承知でわざわざ「どこ」と無駄な問いをするのが文学。《竜彦》

ホーホケキョ シーツ手繰りて 君探す　久桜理

――この鶯は実在するだろうか。シーツの上にいる私も隣にいるはずの君も架空だとしたら、「ホーホケキョ」は二人の間に何かあったことを暗示しているのかもしれない。《都望》

焦土は知らず

日野　百草

灯なき豪華客船北開く
一世帯二枚恩賜の春マスク
面白くなき人と見る梅もあり
よその子の流す雛の過ぎにけり
蝌蚪の群いたづらのまま泳がされ
春ならひたかが尻拭く紙なれど
草餅の転がつてゐる集会所
膝を抱く少女のスマホ母子草
風光る少年転ぶこと平気
別れ霜窓は電線しか見えぬ
誰ひとり焦土は知らず野焼人
新樹晴自粛しろとは言はれても
闇米も穀象虫も知らざりき
蟬生れて声奪はれし人のこと
らんちうのつぶやいてゐる泡ひとつ
おめぐみの十万円や芥子坊主
蠅取リボン議員手当の疾きこと
めまとひやおとぎの国の失業者
戸籍なき天皇一家繭を煮る
ほんたうは兄がゐたはず螢籠
家にゐるだけの正義に豆の飯
人間の死は色ばかり七変化

雲梯

原　詩夏至

永遠はかくもまどかに夏の月
夏月を仰ぎ彼方にまた誰か
南風やガーゼ買ふべく薬局に
パン耳のやうな畦道青田風
薔薇の辺を過ぎ黙々と走者また
もつさりと今は葉桜川堤
片隅に大き丸石夏の庭
ソナタふと止みまたカノン夏館
Tシャツの青目に痛し白砂も
夏蝶の影三角や甃《いしだたみ》
犬怒り仰ぐ樹の蛇南国の
踏めば鳴る白き玉砂利夏日影
シジュポスの蜘蛛また張れり銀の網
九十九折《つづらおり》なれど甃《いしみち》夏薊
プールしんかん覇者敗者共に消え
蟻の旅追ふや子の眸《まみ》どこまでも
神の有無など汗あえて男同志《どち》
皿の上《へ》は紅き鶏肉暑気払ひ
湯に歌ふ小さき喜び短夜も
少年もパキと割り箸夏料理
水流の削ぎゆく底《そこひ》夏の川
雲梯を猿渡りゆく炎暑かな

空音

松本　高直

春嵐や赤毛の司祭の譜面飛ぶ
淡雪に椿の輪郭滲み出す
春一番足に絡まる天衣
疫病に背筋が寒い花見かな
万愚節不思議の国は都市封鎖《ロックダウン》
杏咲く信濃の里に名残雪
亀鳴くや壜《ボトル》の底のブラックホール
陽炎に羽休ませる紙の鶴
花冷えのドルシネア姫の解れ髪
疫病の都大路に桜吹雪く
雨降らず予報士つくる愛想笑い

初夏の処女に更新プログラム
手品師が戦争取り出す麦藁帽
遠くまで行くんださらば夏の影
紛失せる水兵並ぶ射的場に
巨峰捥ぎ頬張り眺める茜雲
にわか雨軒へ駆け込む番《つがい》猫
鹿威し髑髏杯の未練を叩く
秋日和園丁の愚痴一頻り
吊し柿のっぺりぬっぺり黄昏れる
除夜の鐘皇帝ペンギン日本脱出
通販で訛購う民俗学者《エスノロジスト》

残響

福山　重博

コルク栓ぬけないワインさくら散る
うぐいすのとおいなきごえ二八そば
銃声の無限の残響野獣死す
月末の韮がしなびてピアノ弾く
行く春や人形つかいの笑い声
ため息のかなたの町のかしわ餅
野良犬の夢くだかれて立夏かな
新緑や死にかけている本の数
ソラマメや静寂だけのながい夜
紫陽花や猫は家出のまねをする
破れ傘正義を叫んで散る紫陽花
陰険な街の静寂白牡丹
誕生日血を吸っていない蚊を殺す
瓢吉も信介も早稲田　土用波
永遠という名の国の蟻の塔
仔羊や鉄路の果ての薔薇の棘
遠吠えや昭和の町の遠近法
スニーカー闇に染まらずまだしろい
射抜かれた林檎の声なき悲鳴かな
ふりむけば鴉のためいき終電車
満月や野良犬だけが夢をみる
砂時計きのうの紅茶とマドレーヌ

Spring is finally here
darting between sunlight and shadows –
the hummingbirds

春来たり
ハチドリの飛ぶ
温《ぬく》き昼

Romero creek
running fast and clear –
making music as it tumbles

瀬を速《はや》み
ロメロの河の
滝の音

Trees reflected
in an old pond –
unescapable silence

静かさや
樹の影落ちる
古き池

To fill the empty spaces
in the gardens of our souls
you bring cymbidiums

君埋めし
こころの隙間
春の蘭

Spring comes galloping in
on a bush bursting
with pink camellias

駆け足で
春の来たりて
椿咲く

Listen carefully –
the buzz of honey bees
doing their essential work

蜜蜂の
羽音を聴けよ
これぞ春

From afar I wonder
cherry trees in Kyoto
have blossomed yet

異国にて
偲ぶ京都の
桜花

Friday night –
up past midnight watching movies
and holding hands

手を繋ぎ
二人で映画
夜更けまで

Another gray day –
spring can't seem to decide
what outfit to wear

空暗し
早く纏へよ
春衣

5／20／20

51 SPRING HAIKU by David Krieger by Noriko Mizusaki : Translated

春 —— 俳句五十一句 ディヴィッド・クリーガー 作 水崎野里子 翻訳

The still air punctuated by the hawk's cry and the hummingbird's whir	静けさや ハチドリ羽音 鷹の啼く
A gray day the sycamore leaves are back tomorrow the rain	梅雨空に プラタナスの葉 明日は雨
After a spring rain the sun comes out – green leaves glistening	春の雨 過ぎて太陽 葉の緑《みどり》
Our fluffy white dog dreaming he's a fluffy white dog	夢を見る わが犬白く 綿毛着る
Sharing our solitude we watch movies, read books – grow old together	日常を 一緒に生きて 老ひ迎ふ
A majestic pine beyond the ferns and oaks stretches to the sky	大空に 伸びゆく松の すこやかさ
Love and mystery – the ingredients of faith in a better future	愛　神秘 なくてはならぬ 良き未来
Our dog has trouble getting onto the couch, while I have trouble getting off it	わが犬が 椅子に居座り 追い出され

A feast for the eyes
flowers
like shooting stars

空に散る
流れ星ごと
花宴《うたげ》

A honey bee
darting from blossom to blossom –
no rush to fly home

矢のごとく
花から花へ
蜂の飛ぶ

Grandchildren
doing awkward cartwheels
on the grass -- what joy!

孫たちの
側転成功
青芝生

The hot day sapping
her energy … she puts off feeding
her chickens and peacocks

暑さゆえ
鳥たちの餌
母延期

Orange-throated orioles
at the hummingbird feeders –
not waiting their turn

ムクドリは
ハチドリ餌の
母待てず

Smiling
amidst a sea of white
a single red rose

笑み浮かべ
白き海なか
紅き薔薇

No marker –
my mother's ashes scattered
on the sea

墓碑なくも
海に撒かれた
母の灰

A dark night
clouds obscuring the moon
or was I dreaming

暗き夜
月隠す雲
または夢

Rough canyon winds
set the trees to dancing
in the moonlight

月影に
谷風荒く
踊る木々

I remember
the full moon shining down
on Kealakekua Bay

満月の
輝き落つる
ハワイ湾

Our daughter sends me
old photos of a young me –
who was I then?

これが我？
旧き写真よ
娘より

Last night
I looked for the moon, but saw
only a distant star

きのふ夜
月を探せど
遠き星

Through the gusts of wind
blustering down the canyon
the sound of a train

突風や
渓谷穿つ
汽車の音

A lone crow
perched outside my window
averts his eyes

窓の外
カラス一匹
目を逸らす

Our peaceful Buddha
meditates
from morning to night

瞑想の
仏陀安らか
朝も夜も

Curious white cat
wanders into my office –
curls up for a nap

白き猫
さまよい来たり
丸く寝る

Hot dry winds
howling through the night –
tree cleaning

夜もすがら
熱風吠えて
木は裸

Canyon wren –
trilling back and forth,
back and forth

ミソサザイ
囀る声の
おちこちに

In the warmth of the sun
the gentle curve of the earth
explodes into fragments

破壊せし
やさしき大地
陽の光

* * *

How I miss them –
those endless days of playing
on the grass

死者いとし
戯れし日々
永遠に

The earth keeps spinning
the seasons keep changing
and we keep growing older

老ひてゆく
地球は回る
四季めぐる

Spring –
a white butterfly flutters
through our garden

春の日に
白き蝶飛ぶ
わが庭に

When they spot me
the koi come swimming over
mouths gaping open

口開き
泳ぐ鯉たち
孫と見つ

Walking along –
suddenly overwhelmed
by the scent of Jasmin

歩きゆく
ジャスミンの香
驚きぬ

Romero creek singing
birds singing –
spring symphony

ロメロ河
春交響楽《シンフォニー》
鳥の歌

Normal –
an old-fashioned word
from another era

ありきたり
古き言の葉
他の場所の

Full moon –
we found you playing
in the dancing oaks

満月や
遊びにけりな
踊る樫

An old pond
the moon slips in
without any sound

古池や
月忍び入る
音も無く

The sun also rises
to unflinchingly face
another new day

陽は昇る
負けず魂
新たな日

Who is smarter –
the very stable genius
or the virus?

どち利口？
あの自信家か
ウイルスか？

Even Secret Service
cannot protect the president
from himself

ガードさえ
大統領を
押さへ得ず

No boundaries –
her ashes scattered
in the wind

境なく
母の骨灰
風に散り

A beautiful smile
braces removed
from our granddaughter

孫娘
自由になりて
笑み可憐

Covid-19
has given the world clean air
and a common enemy

コロナ菌
世に与へたる
共通の敵

七月童子

鈴木　光影

六月のペットボトルに小さき湖《うみ》
検温やすずしく尖る電子音
地下鉄を大緑蔭にせり都心
目の合うてむわわんと避け合ふ薄暑
薔薇煌く暮色の町と引きかへに
はらと脱ぐマスク緑夜のひと一人
梅雨の月祀るブレーキランプの火
駐車せり四葩かすかに震はせて
何もなき日を目に映し網戸猫
黙々と花売る花屋早苗月
南風に揺るる公共アナウンス

瞬刻に翳の先立つ夏の蝶
夏草のふいの殺気を怖れけり
七月の童子らは駆く駆くるために
織りたての白布のやうに山法師
蜘蛛の囲や繋がらないといふ自由
停車場の突端の夜に蜘蛛を飼ふ
太る蜘蛛警官は顔寄せあつて
熱帯夜潜水艇のごとき窓
遠雷や生きると怒る隣合ふ
走馬灯家から沼につづく路
十年の既に来てゐる驟雨かな

何でも有り得る世界の光たち

――「コールサック102号」の俳句・短歌・川柳を読む

岡田　美幸

コロナ禍を機に短歌界で新しい流れが生まれた。一つはそのまま短歌界に定着するかは未知数としても、10～20代の新人が次々と歌集デビューを発表した。そんな中、私は今29歳で経験や人脈を活かし次の30代はどんな活動をするか試行錯誤の日々だ。

二つめは短歌と何かを合わせて目新しい活動をする歌人が増えたことだ。特にTwitterなどSNS上のネット歌人に多くみられる。具体例を挙げると

・YouTubeで短歌の音読動画の発表
・Zoomなどを活用したオンライン歌会
・短歌とイラストのコラボレーション
・自前で短歌賞を設立し、その選者になる

枚挙にいとまが無いが、上記のような活動をSNSで宣伝する活動形式が増えた。おそらくステイホームによって生まれたおうち時間を社会や自分の為の表現に使おうとした結果だろう。まとめると、コロナを機に2つの「新」が生まれたのではないか。それは「新人」と「新しい活動」である。

それを踏まえて私は新たな一歩として「コールサック」評に挑戦する機会を頂いた。（以下敬称略）

杉山一陽『新型コロナウイルス』一・二〈判るころマンション中に感染し〉最近のマンションは密閉構造だ。そんな中で住民が一人でも感染したらと思うと恐ろしい。**〈新コロナにやる五輪の美しき〉**人類よりもウイルスの方が、スポーツ（運動）として人々を蝕むゲームに興じているようだ。

水崎野里子『川柳連作：寒い春』〈ダイアモンド／プリンセス号／悲劇のタイタニック〉ダイアモンドプリンセスという豪華で覚えやすい名前がコロナの悲劇と関連付けられる。どちらも豪華客船を舞台にした悲劇だ。**〈死者数字／感染者の増加／グラフに慣れる〉**実感としてよく分かる。コロナ騒動の初期は、グラフの増減に一喜一憂していた。今は自分が感染しないことに集中して、感染者の勤務先・感染場所を注意するようになった。感覚がマヒする怖さを改めて感じた。

原詩夏至『無菌室』〈人間のため人間を絶対に入れない天国の無菌室〉天国のお役所仕事感が漫画的かつ本質的で気になった一首。天国は決まり事が多そうだ。行ったことはないけど。**〈不義の報いで海豹に変えられた姉とその間男冬の月〉**自分に当てはまる要素があると短歌を読んだ時に謎のダメージを受けることがある。この短歌は私は姉なので、何故か胸を抉られるようなエグさがある。露悪的というか。それにしても、姉を海豹に変えたのは魔法使いか。**『駆け比べ』〈春愁にゐて読み返す難解詩〉**春愁の気怠く理解しきれない憂鬱感は難解詩のようだ。難解の複雑な字面も春愁のイメージと重なる。**〈籠りゐる子にせめてもの春メール〉**自分に出来ることはメールを送るくらいという切なさ、やりきれなさがある。春メールで良かった。これが冬や秋だと暗くなる。

古城いつも『東京ポリスドール』〈きっちりと幸福生活語ら

れて今更気づく幸福過ぎる〉幸せは振り返った時や思い出している時が一番幸せなように感じる。幸せに気付いた時はいつも『今更』になっている。幸せにはタイムラグがあるのだろう。だとしたら幸せはタイムカプセルのようなものかもしれない。〈**禁欲のひとの長寿をおもうとき何を無性に青春謳歌**〉この場合の禁欲は、性欲だと仮定して読む。子供のいないまま生きていくとしても、本人が満足ならそれでいいのではないか。青春のような派手なことは無かった分長生き出来たのかもしれない。または青春が無いのに長生きしてどうするんだという皮肉か。

荒川源吾『合図』〈**言の葉がはらり開く夕べあり土筆すんすん伸びゆくころの**〉言の葉が開くのは、目線的に空中であるような気がする。そこから視線が地面に移りすんすん伸びゆく土筆が注目される。オノマトペで動作の様子と時間経過を二重に語るという技術の高さを感じる。〈**花も葉も空を摑みて朽ちゆけり生前の名を「ひまはり」といふ**〉この歌は摑み取ることが出来た点に独自性がある。よく見かける内容だと空を摑み取れずに朽ちていくというストーリーで無念さや諸行無常を詠むものが多い。だがこの歌は『摑みて』とあり、ひまはりは空を一度でも手に入れてから朽ちている。ひまはりは命を全うしたのではないか。

福山重博『既視感』〈**走馬燈まわりはじめてざらざらに昭和の記憶の粒子が粗れる**〉古い映画フィルムような画質で、走馬燈が再生されていくイメージだ。〈**脱皮して　また脱皮して超人になったあなたは　何がしたいの？**〉全角スペースによる空間が脱皮している様子と重なる。人が超人に変身して（皮を足すイメージ）ウルトラマンや仮面ライダーになるのは分かる。この歌はその逆で脱皮として変わっていくために余計なものをそぎ取った結果『何がしたいの』という質問が投げかけられる。きっと超人のことだから何をしたいか自力で思いつくだろう。『**酸性雨**』〈**三毛猫のオスはいずこに麦の秋**〉三毛猫のオスは珍しく、遺伝子的に生殖が出来ないと聞いたことがある。そこに取り合わせた季語は『麦の秋』で麦が受粉して沢山実るイメージだ。動物と植物で対比になっている点も面白い。〈**天高し夢を追う犬やせてゆく**〉『天高し』とあるので壮大な夢だろう。一生懸命走る犬は痩せていくが餌を食べ忘れるほど夢中になっていて羨ましい。

香焼美矢子『**春愁**』〈**淡雪のこゝろのうちを濡らす闇溶けて流るゝ我が恋ありて**〉雪女のような悲恋の匂いだ。『雪』『濡らす』『闇』『溶ける』『流れる』など美しいイメージが重ねられていく。そして『我が恋ありて』で終わる。物語が流れるように進行しひとつの恋に突き当たり美しい構成だ。〈**春の宵おはじき遊ぶ束の間にふたりの笑ひごゑ轟きて**〉『ひびきて』が『響きて』ではなく、轟音の方の『轟きて』となっている点がポイントだ。子供たちが大声で盛り上がっているイメージだ。本当は音量的は小さいが、二人「だけ」のおはじき遊びで盛り上がっているので『轟きて』に感じたのかもしれない。『**小江戸川越**』〈**立春の伽藍に満ちる無常かな**〉伽藍はがらんどうの語源である。伽藍からがらんどうへ、がらんどうの空虚さや広さから無常へイメージが広がりながら繋がる巧みさがある。『立春の伽藍』という見えるものから、『無常』という見えないものへ移り変わり、形あるものが形のないものになる様子がまさに無常だ。**〈兄よりも妹のつぽつくしんぼ〉**幼い兄妹だろう。身長の伸び盛りで背比べもするだろう。そんな兄妹はにょきにょき育つ土筆に似ている。妹の方が背が高いというオチもあり句の雰囲気は明るい。

座馬寛彦『二の足』〈白い月白い眠りのチューリップつぼみの内に春の幻燈〉チューリップの内側の幻燈には夢が投影されているのか。健やかで平和な春の幻。**〈水槽でスナメリが笑いかけるのはわたしでなくてインド洋の陽〉**想い出に笑いかけ続けるスナメリは幸せだろうか。それはスナメリに聞いてみないと分からない。

松本高直『ポアロの顎鬚』〈海風が余熱の街を駆け抜ける〉熱い町を『余熱』としたことで暑さと時間が堆積している気怠さが表れている。駆け抜ける海風の何と爽やかなことか。**〈木の芽時一反木綿舞い踊る〉**春の芽吹きの時期は妖怪も舞い踊って喜ぶ。この一反木綿は季節を大切にする風流な存在だ。きっと高級な木綿で出来ているのだろう。

奈良拓也『CAIS』タイトルは遺伝子疾患のことで、かいつまんで説明すると外見は女性（胸があるなど）だが体内に子宮が無く精巣があるという症状らしい。それを踏まえて読む。**〈魔法仕掛けの「生きたい」のランダムウォーク〉**魔法仕掛けとは遺伝子による命令か。それがランダムに作用した結果の不条理。**〈白日　海底洞窟の赤が喘ぐ〉**白日は『照り輝く太陽』『身の潔白』という意味だ。白日は太陽の下の潔白だとして、その逆は海底洞窟（太陽の当たらない場所）の赤（嘘）だろう。タイトルと関連させると体の表現型（白日）と体内の生殖器（洞窟）が一致しないともとれる。

鈴木光影『ふきのたう』〈春の月夢もまことも照らしをり〉夢もまことも同列で静物のようなイメージだ。月のような遠い存在から見ると夢もまことも同じだろう。**〈花の雨小部屋に『ペスト』電子版〉**ペストは小説だが、ペストという人災と電子版という技術が一句に共存している。人災も技術もどちらも人間の行動の結果だ。また古い文庫本ではなく手軽にダウンロードできる電子版である点が皮肉として効いている。

渡辺健二『命』〈海の底さらって人は食いつくす〉飽食の時代で食べ物はあるのに美食を求め海底までさらう。人の業の深さを感じさせる。**〈大海の鯨小切れで皿の上〉**広い海と皿の対比、大きな鯨と小切れの対比は皮肉に満ちている。小さい一皿の上に肉片が盛り付けられているのだろう。

私は新設の『コールサック句会』に参加させて頂いている。夏雲システムを使った文字中心のオンライン句会で、〆切までならスマホからいつでも手軽に詠草を提出、訂正、評と選が出来る。このシステムは個人的に重宝していて通勤電車の中や、仕事の昼休み休憩など自由な時間に句会に参加できて便利だ。

私はコールサック句会から夏雲システムの運用方法を学び、私設のネット歌会を一つ運営している。

オンラインの会はリアルの会には情報量で及ばないが、リアルの会が開催出来ない時の代用や、リアルだけでは発表の場が足りない作家のサブの発表の場として有効だと思う。

六月

荒川源吾

黙禱は一分間がよし梅雨の間の風凪ぐ樹々の永き黙禱
宥されて一日ひとひを生きむかな　さよならの後の追記のやうに
強風を連れて六月梅雨に入り総身のみどり空にあばれる
知らなかつたでは済まぬ無知もまた罪である日の雨降りやまず
住み分けを無理やり壊して人類は新型ウイルスを誘きよせたり
原生菌と人界の渚をぬるりーとパンドラの箱の底がぬける
体力脚力とみに衰へて六月ひがなひねもす眠たかりけり
織姫と彦星のやう私たち離れればなれにすごす内省
電線が風に撓みて歌つてゐる私の体はたわむ力もない

原因不明ふひの嘔吐の激痛に吾は神の手の中ふるへる小鳥

死の種は夜ごと日ごとに成長《おが》りつつ落ちそで落ちぬしなびた果実

花のやう彩《いろ》づけられしウイルスの漂ふ中をマスクがチラホラ

マスク越し言葉くぐもる真実か　眼二つの虚妄ありあり

汚染水《フクシマ》もコロナもコントロールそこまで言ふかアベノますくが

どたくさに紛れて悪法通さむか巨大な意志の執念をみる

二メートル分断つづく網の目のドミノ倒しの一駒《ひとつ》に　触れよ

永かりし自粛を蹴つて孫が来る梅雨の晴れまに蝶のとぶを追ひつつ

何も見えぬ外はどしや降り死ぬほどにやさしく迫るものをあばけよ

無力とは斯くにかなしか山々を木の葉言の葉音たてて吹く

あるがままでよしとふ声に歩みけり贋アカシアの白く咲くみち

歩道橋

原　詩夏至

遠い夕陽を見るためにまだそこにあるもうぼろぼろの歩道橋

バイクふと来て朝刊を投げ入れるつかのま降りやまぬ雨の中

空を飛ぶ呪文唱えて公園を駆け巡る子の群れ昭和の日

その先にまるで牧場《まきば》が待つようにきみを呼ぶ春夜の〈非常口〉

きみの寝息がきみがまだ死んでないことを確かに告げ疫病《えやみ》の夜

朝の雨音曖昧に聞きながら計る布団を出るタイミング

マスクから覗く眼が皆美しい女たち花咲く〈死〉の傍《かたえ》

獣苑に迫る夕闇人間も精霊の想いもみな昏く

犬に水やる容れ物の水面をかき乱す雨の輪忽ちに

臨終の喘ぎのようなパソコンのノイズ恋猫媚売る夜も

初めての魔宴《サバト》に向かう魔女のまだ青い箒の尾よ星朧

造り酒屋の跡取りは破産して詩人に鳥は空に春風

ショッカーの戦闘員に女子もいたことライダーは誰にも告げず

逃亡の足ふと縺れよろめいた裳裾に既に火の粉後宮《ハーレム》

偉人伝中言い淀む筆振りの一・二章そこだけ皐月闇

斎場の花輪の中の肉太で雄渾な死者の名夏間近

しんと空見る蛙の眼黄金《きん》とエメラルドの山吹の草叢に

音を消された口パクの演者みな瀕死の魚めくバラエティー

女官・宦官みな消えた王宮の廃園に初蟬日は巡り

遂に誰にも似ていない夏雲が寄り添う空と海と太陽

糸瓜

福山　重博

明日ガクルマエニ時計ノ電池ガキレテ　ウゴクモノマタヒトツ消エタ街

ゆめのなか毎日かかってくる電話　ゆめのなかのぼく英語がわかる

廃馬ト呼ンデ恩師ヲ〈処理〉シタ従順デ行儀ヨク凡庸ナ教エ子

死の国のぼくにもかかってくる電話　いつもまちがい電話だけどね

風光ル処刑ハスデニ完了シ影ヲヒキズル天使ノ無力

終電車今夜も乗っているぼくは死人ですけど誰も気づかない

ヒコクニンノ　ワタクシイガイ　コトゴトク　アヤツリ人形　キョウノ裁判

秋の日の根岸の病床臥す子規の　笑《えみ》　紙　文《ふみ》　墨　闇　糸瓜の実

文明ノ沃野ヲ墓標ガ隙間ナク埋メテ彼方ニキノコ雲映エル

あたらしい知恵の果実を育てる　とおくの　とおくの　どこかの星が

四六時中

たびあめした　涼香

そんなとき、誰かが私に言いました。「二十四時間うろたえますか？」

揺れている部屋干したちと私たちに選択のできる事は少ない

寝ていてもしゃべるラジオと窓の外誰かが待ってるなんて思わない

時差のある涙は過去に流せたかそれとももきょうものみこめぬままか

思い出の批評ばかりをしていても当てはまる歌などありゃしないんだ

三つ子の魂百まで石の上にも三年と変わらずに居る

すべては宇宙のせいだと思うことにしていた叱られたあとの世界

本番に至る日はまだ来ないのに私の死ぬ日が近づいている

祈りと呪いは役立たず何事も変えられず変わってしまったね

散華

水崎　野里子

咲きぬれば散りゆく運命《さだめ》と知りつつもなほ恨めしき花の乱れる

春遅く花びら千々に風の吹き散り敷く夕べにわれひとり立つ

ひとあはれ生き物あはれと哀しきもやがては散りゆくわれらぞ愛《いと》し

花吹雪狂ひ散るなかひとりゆくこの世束の間たまゆら命

この世とは束の間短き花命《はないのち》せめて散華を美と摑みたし

生きるとは空しく短きさだめなるいさぎよき散華は救ひとぞ知る

春の日に満開桜の散りゆくをひとり眺める夕暮れの影

緑なりしわが黒髪もいつの日か白きを抱きて風花と吹く

父母も既に逝きたる春の日に咲きにし花の影を踏みしむ

ぱっと咲きぱっと散りゆく命かなもののあはれぞいとしくもあり

三番叟

古城 いつも

掃除するマキタの充電クリーナーでろりんとしたこころ離れて

食卓塩テーブル胡椒ブルドッグそのへんのものそんな加減で

欲という茶色い空気に当てられて三半規管を病みにけるかも

縄跳びを遊んで時を埋めてゆくそして現る必然がある

酸きものと甘きものとを思案してそれは快楽否むかどうか

強制と脅迫いかがわしき医師のあからさまなる性の逸脱

病院に閉じ込められる悪夢以て父の最後のお仕事である

憑き物がおちたと言うより他はない母の入院父の解放

ひと寄らぬところにひとを確かめる電話来たのは土曜の八時

金山寺みそで胡瓜を食べたいな河童が相撲を取っているらし

兵隊さん軍人さんで誑かし未熟医師ＶＳおじいさんＡ

ハニトラが現れたとき逆上しおとことおんなの出汁巻き卵

壊してはならないそして壊れないみずの球体愛と呼ぼうよ

山神を友とし友は放っておく滝が枯れたら呼んでください

このひとの技に見惚れて三番叟踊る人形わたしを託す

叔父叔母が破綻してゆく途上にて奪われてゆく思い出いくつ

喉渇くわたしに自動販売機欲しいと言えば目の前にある

脳内に玄関チャイム鳴る夜の囚われたひと父ソクラテス

疚しさも弱き心も持たぬから生きて意味なしそれはロボット

バスタブは薄き黄色で香しき湯に浸からねば負けてしまいぬ

紙の上に溜まったお金腐らせて母挑むから要らないという
入浴剤森林浴の青みどり泣かない逃げないみな引き受ける
両国の橋を渡ったその夜のいけないいけないそのひとは死者
約束の時は西風弥生盡母を死なして家を手にした
ひな人形五月人形そのあいに人形作家の三番叟かな
コンピューターおじいちゃんには六畳間箪笥どかしてディロンギシャープ
警察は桜の花に置換され詩編の中に散ってゆきます
名を売りて覇権すなわち政治力芸術家なら闇に咲きたし
チンピラも番長娼婦も揃い踏みF警察署虚無的人事
山牛蒡の海苔巻きを売るお店在りずっと続いてふと畳まれた

学校と友達捨てて羽根生えて天使いえいえむしろ小悪魔

わたくしは梅の木春を告げる花鉈振り回す女男の怖ろし

悪人と名札をつけて其処に居る鬼のゴブリン五度死んでなお

文字盤は黒に限るね目を病んでブラックフラットシルバーフォント

人生の負荷を語りぬ仕事場の弛びふたりで缶コーヒーで

三番叟贔屓の作家の創作は在庫一点贖いにけり

レトルトのご飯とおもちとトーストで命吹き込む今日の憂鬱

建設は地場産業の一等星ガテンな社員親分社長

銭湯は声をかけてもよいところあなたを知るに服脱ぐところ

偉ぶったおんなに拒絶されたときたぶんわたくしのみにてあらず

鏡の面に

座馬　寛彦

消毒用アルコールの代用として
はつ夏の風に召されるスピリッツ祈りのように手に塗られたら
不安げに窪みに竦むふたつの眼マスクのなかへ隠れられずに
対面の乗客の目はすれ違いとりとめのない景色を泳ぐ
梅雨の日にすこし重たくなるページ端の小さな染みがうごめく
どしゃ降りをゆっくりと這う蝸牛《かたつむり》昨夜の訃報の記事を追う間に
呼ばずとも月はまた来る　湖面にはきょうもひとつの不実な灯り
現し身は不自由なのだと知らぬ子が玩具の前で身もだえている
甕の水を覗きこむ子と父の影無言のうちに透きとおりゆく
両の目でいくど紙面を攫っても活字は白い夏の陽のなか
ひっかいた痕の消えない茜雲さざなみもない鏡の面に

ネット歌会体験記
〜ZOOMを使った歌会について〜

岡田　美幸

この文章を書いた二〇二〇年六月時点で、外出して対面の歌会への参加に不安が残るご時世である。コロナの第一波の山場は越えたように見えるが、第二波の心配などがあり社会は不安なままだ。社会はコロナ以前とは変わらざるを得ず、ニュー・ノーマルというスローガンが生まれた。

そんなニュー・ノーマルの中で、ネットの通信技術を使った歌会が提案、試行錯誤されるようになった。そこで私が参加したオンライン歌会の中で、目新しいものとして、ZOOMを使った歌会を紹介したいと思う。少しでも読者の皆様の参考になれば幸いだ。

ZOOMとは簡単に言うと、パソコンやスマートフォンでテレビ電話が出来るシステムである。主に外出自粛中の会議や、遠隔地との商談などビジネスで使われる場面が多かった。最近はその便利さが注目され、更に用途が広がった。ZOOM婚活、祈禱、動物園の中継、オンライン飲み会、ライブ、読書会、塾、教育、講座、ヨガ教室など、枚挙にいとまがない。すなわち、テレビ電話で出来そうなことがZOOMを使って色々な分野で試行錯誤されているのだ。

そしてその流れは歌会も例外ではなく、私はZOOMを使った歌会に参加した。偶然にも手持ちのパソコンはWebカメラ搭載型だったので、場所と時間と詠草以外は特に用意するものはなかった。

最初のうちは操作にまごついたが、特に問題無く歌会は進行した。今回の歌会の基本的な流れとしては、一人一首、事前に短歌を詠草まとめ係に送り、当日作者名を伏せてフリートークをする形式だ。

参加させて頂いたZOOM歌会にはとても優秀なオンライン技術者の方がいらっしゃったので、ノンストレスだった。ほぼリアルの歌会と同じ要領でてきぱきと進行した。他の表示設定もあるが、画面は基本的に参加者の人数分に四角く分割される。テレビ電話の特性上、参加者の正面の顔が一画面にずらりと並ぶ。人によっては目線などに緊張しそうで、それ故に好き嫌いが分かれるかもしれない。その場合は音声だけ参加したり聞いたりするモードもあるので、機能を把握し使い分けるといいだろう。また、画面のどこを見て発言すればいいのかなど、リアルの歌会とは違う画面越しならではの疑問もある。

その上、ZOOMは背景を合成する機能もある。背景として自宅を映したくなければ、レンタルオフィスなどを借りなくても、好きな画像を合成すれば良い。私は今度、スタジオジブリから公式に配布されているジブリ映画の背景にしようと思う。

ここまで読んでいて読者は

「おや？歌会の話は」

と思ったかもしれない。ZOOMを使った歌会は、歌会自体はリアルと似たように進行出来るので、ZOOMのより良い操作方法など他の事が気になるのだ。少なくとも私はそうだった。以下に列挙すると

・ウェブカメラの画素数が粗いので、お化粧をするより、画像補正機能を使えば良かったかもしれない。
・顔が暗くなるので、雑誌で紹介されていたライト（ドーナツのような輪に棒の持ち手が付いている形で、輪の部分が光る）を買えば良かった。
・いい合成背景を探さなきゃ！
・この部屋だと暗いみたいだから電気をつけてみよう。あれ、電気をつけたけど暗いなあ。設定をいじれば何とかなるかな、とまごつく。
・部屋が明るすぎて顔が暗いので、窓のシャッターを閉めてみたが、マイクオンのままだったのでシャッターの開閉音が他の参加者に聞こえたのではないか。
以上、雑感である。

ZOOMを使った歌会は手軽に参加出来るので、ありだと思う。リアルの歌会には、場の空気感や雑談のしやすさなど、ネットとは違う良さがある。当面はそれぞれの良さを活かして、歌会に参加していこうと思った。

台湾の短歌が語るもの

座馬　寛彦

胆疾を纏ひて癒ゆる日を知らぬ侘びしさに詠む敷島の道

今年七月刊行の『アジアの多文化共生詩歌集　シリアからインド・香港・沖縄まで』（コールサック社）に収録された一首。作者の洪長庚《こうちょうこう》（一八九三〜一九六六年）は台湾人で、幼少期から日本統治時代の五十年間を過ごしている。彼の短歌は死後、遺族の意思で台湾の短歌誌「台北歌壇」（台北短歌会）第二集〜第六集に掲載され、その後、冒頭の歌を含む二十五首が『台湾万葉集』（孤蓬万里編著・集英社）に紹介された。「敷島の道」は和歌の道、歌道を指す。同書によると、この歌は胆石に苦んだ晩年の歌。心身の痛苦と恢復の望みが薄いことを憂うなかでも、なお「敷島の道」を求める、ただならぬ思いを感じる。

なぜ洪のように戦後も日本語を用い、日本の短歌や短詩形文学に取り組む人がいるのか。それは、戦後の台湾に約四十年間布かれ続けた戒厳令と国民党・蔣介石・蔣経国政権による恐怖政治への反発から来る日本統治時代への懐古や「親日」という文脈では説明できないだろう。一九二六年生まれの「日本語世代」、孤蓬万里の『台湾万葉集』「まえがき」に、その一つの答えが示されている。「私は自分の半生をふり返ってみて『孤蓬万里半世紀』という半世記を刊行した。その半世記になぜ自国語を用いず日本語で綴るのかと、台湾人は侮蔑の目を向け、日本人は奇異の目を抱いた。（中略）私の借りるのは日本の思想ではなく、日本語の形式にすぎない。思想的に頭を切り替えるのは容易かもしれないが、文学的に一つの言語から他の言語に完全に乗り替えるのは難しい」また、孤蓬は『「台湾万葉集」物語』（孤蓬万里著・岩波書店）で次のように語ってもいる。「台湾人で還暦以上の人たちにとって、日本語は一生の中で最も自分の情操生活に寄与する言葉になってしまっている。二十代前後になってから学んだ中国語は、どうしても文学的素養となるには、質量ともに不足である」日本語の初等教育システムが体系化されるのは一九一九年に台湾教育令、一九二一年に新台湾教育令が公布されてからだ（『台湾を知るための60章』赤松美和子・若松大祐編著・明石書店）が、洪は台湾総督府第一付属学校を卒業した後、日本の学校に通い、現・大阪医科大学を出て医師となったエリート、幼いころから日本語を学んできたゆえ、孤蓬のこれらの言葉は、洪にも当てはまるだろう。

彼らのように文学表現、自己表現に日本語を用いざるを得ないということは、同化政策の「後遺症」とも言えるように思えてしまう。しかし、それは的外れな表現だと彼らに反発されてしまうかもしれない。孤蓬万里に次の二首がある。

日本語のすでに滅びし国に住み短歌《うた》詠み継げる人や幾人

短歌とふをいのちのかぎり詠みつがむ異国の文芸《ふみ》と人笑ふとも

今年七月三十日に亡くなった、台湾の「民主の父」、李登輝元総裁も「日本語世代」、日本語を習得し、京都帝国大学に進学、志願し日本軍陸軍少尉となった人だ。二〇一二年の「台北高等学校創立90周年　国際学術研討会」でのスピーチで「中華民国総統として働いてきたところの基本的な考え」を築いた古典を八冊挙げ、その内、鈴木大拙『禅と日本文化』、西田幾多郎『善の研究』、新渡戸稲造『武士道』という三冊の日本の書物を挙げている（田中美帆「李登輝氏が話す「日本語」の意味とは「親日家」と表現して報道する違和感」〔Yahoo!ニュース〕）。また、俳句を詠む人のようで、〇七年には「奥の細道」を巡る旅をし、その目的について「日本文化とはなにかを、『私の奥の細道』と題して世界に紹介したい」と語っている（日本李登輝友ＨＰ）。

孤蓬万里から「台湾歌壇」の主宰を引き継いだ歌人・蔡焜燦《さいこんさん》は「内地で行われていた教育と同じ教育が日本の最南端の台湾でも行われていたのであって、〝強制〟などという卑しい言葉は不適切であるばかりか、我々台湾人はそうした歴史の歪曲に不快感を覚えることも知っておいていただきたい」と述べ、「逆に、日本の道徳教育こそが台湾人の精神基盤となって、その後の台湾発展に大きく貢献したというのが歴史の真の姿なのである」とまで語る。（『新装版　台湾人と日本精神《リップンチェンシン》』・小学館）

ただし、こうした一見「ポジティブ」な言動を受け止める時、日本語や日本の文化・精神が、彼らのアイデンティティに関わっているということを忘れてはいけないだろう。日本統治時代を全否定することは彼ら自身を否定してしまうことにもなりかねない。李登輝も生前語っていたように、彼らは少なからず「日本人だった」という意識を持っているのだから。

司馬遼太郎著『街道をゆく　台湾紀行』（朝日新聞出版）には、司馬が台湾の原住民種族の一つプユマ族の頭目（首長）の男性宅を訪れる場面がある。その人は「大野」という日本名をいまだ名乗っており、司馬が彼に飼い犬の名前を聞いたところ、「ポチです」という答えが返ってくる。「言いようのない寂しさに襲われた」と著者は綴っている。旅したのは一九九四年、李登輝が総統となり、自由と民主の国になったと思われた台湾だが、日本統治時代の痕跡はこのように台湾の人々の中にもはっきりと残されていた。日本が行った同化政策の罪深さを、司馬は目の前に突き付けられた思いをしたのだろう。彼の抱いた「寂しさ」は、その地域の文化、歴史、風俗、人々の「記憶」というべきものを内包していたはずの（一見意味を持たない犬の名前の中にも留められている）言葉が失われる寂しさ、そして、「日本人」となり生き残るためにプユマ族の言葉と本来の姓名を手放し、それによって失われるものを省みることができなかった彼らの運命に対して抱く寂しさではないか。

台湾を代表する歌人でもある黄霊芝《こうれいし》（一九二八〜二〇一六年）は自著の序文で次のように述べる。「自国語が他国語ほど自由に操れないということは一見不思議なようであるが、考えてみると、これは人類の歴史のうえでしばしば繰り返されてきたことであり、しかもその災いはほとんど一世代にも及ぶ。このことを考えるとき、数人の権力者の采配のもとに動かされた歴史的変動の陰に、幾多のすばらしい文学の芽が滅び去ったかもしれないという危惧が生まれる。一つの言葉を覚え、それをこなすにはほとんど一世代を要する」（『台湾万葉集〈続編〉』孤蓬万里編著・集英社）公用語を日本語とされたために「幾多のすばらしい文学の芽」が失われた可能性がある、ということにも思いを致さなければならない。新たな言語を習得するまで膨大な時間が費やされ、その地域の言語による文学を醸成させる時間が失われる、これを想像した「支配者」はいただろうか。

悲しかり化外の民の如き身を異国の短歌《うた》に憑かれて詠むは

『台湾万葉集〈続編〉』収録の傅彩澄の一首だが、この歌は台湾人として日本の短歌を詠むことの苦しみが吐露されている。「化外」とは国家の統治の及ばないところ、蛮族の住む地という意味を持つ差別的な言葉。ここでは十七世紀に台湾を領有した清国が「台湾は騒擾を繰り返す「化外の民」の住む野蛮な僻遠の地であり、風土病のはびこる「化外の地」だとみな」した（日本総研ＨＰ）ことを背景としているのだろう。「如き身」という表現には、国民党独裁と外省人（中華民国国民党とともに台湾に渡ってきた中国人）による本省人（戦前から台湾に居住する台湾人）の弾圧・差別が台湾人としての自尊心を損なうものだったことを物語っており、さらにオランダとスペインの支配に始まり日本の植民地化に至る歴史をも負っているように思える。そして、日本を「異国」と突き離しながらも短歌に「憑かれ」るように魅かれてしまう己を、「悲しかり」と嘆く。相反する思いに引き裂かれる痛みが、生な言葉から伝わってくる。そして、台湾人としてのアイデンティティを持つことの困難さを思わずにはいられない。

このような痛みを抱えながらそれでも短歌に惹かれる、その心情の深いところを理解するのは不可能かもしれない。しかし、原体験として、日本人との幸福な出会いがあったはずだと想像したい。孤蓬万里は日本統治時代、台湾の学校で犬養孝（のち大阪大学名誉教授）の万葉集の授業を一年間受け、それを機に万葉集を独自に研究、歌人の道を辿ることになったという。「万葉の心は日本人特有のものではなく、ヒューマニティのある人たちの心にある共通なものとして捉えた」（『台湾万葉集』物語』）と犬養からの影響を語る。また、戦前、日本の歌壇に台湾の歌壇を応援する機運があり、例えば、台湾歌人クラブを後援とした短歌誌「台湾」（昭和十五年創刊）の賛助員に、北原白秋や吉井勇ら著名人も名を連ねており、白秋をはじめ松村英一や石榑千亦らは訪台して台湾の結社を激励した。日本と台湾の歌誌の交流もあったようだ。原ひろし歌集『紫紺の海』（コールサック社）には、「あらたま九月号読後感」として「紀伊短歌」昭和十五年十月号掲載の二千字ほどの散文が収録されているが、これは台湾の短歌誌「あらたま」所属の陳奇雲の追悼号の歌誌評。「あらたま」同人たちが故人の人柄や歌の才能を讃えて早すぎる死を惜しんだ歌を詠む、それを読んだ和歌山の一歌人が「胸があつく」なり筆を走らせていた。原はこんな歌も引用している。

本島人に生れたるゆゑわが友は一生苦しみぬ業のごとくに　平井二郎
日本人になりきりをりて本島人ゆゑ本島人として一生あつかはれき

台湾人を差別し蔑み「チャンコロ」と呼ぶ日本人もいた当時、台湾人の「業」に思いを致す日本人も確かにいた。

最後に、台湾人の短歌ならではの、諧謔や風刺の中に深い諦観を潜ませる三首を紹介する。

骨までも乾したき気持ち久々に雨の上りし故郷の空　呉寿坤
鉛筆の芯ぎりぎりに尖らせて今日一日の嘘記し居り　林彩雲
諍ひて割りたる皿を掃き居れば詫ぶるが如く犬の寄り来る　黄霊芝

詩 Ⅳ

「善い方」を選び取る、ということ

原　詩夏至

「さてみなが旅行をつづけるうち、イエスがある村に入られると、マルタという女が家にお迎えした。マルタにマリアという姉妹があった。マリアは主の足もとに座ってお話を聞いていた。するといろいろな御馳走の準備で天手古舞をしていたマルタは、すすみ寄って言った、「主よ、姉妹がわたしだけに御馳走のことをさせているのを、黙って御覧になっているのですか。手伝うように言いつけてください」。主が答えられた。「マルタ、マルタ、あなたはいろいろなことに気を配り、心をつかっているが、無くてはならないものはただ一つである。マリアは善い方を選んだ。それを取り上げてはならない」(ルカ伝第十章三十八〜四十二節)。印象深く、またそれでいてどこか謎めいた一節だ。何かとても重大なことが語られているようでいながら、同時にどこか釈然としない、複雑な後味。例えば、昨年(2019年)映画化された平野啓一郎の小説『マチネの終わりに』(2016年・毎日新聞出版)にも、物語の中核をなす二人の女性・小峰洋子と蒔野(旧姓・三谷)早苗がこの挿話を巡ってぶつかるシーンがある。早苗は言う――「わたし、マリアは絶対、わかってやってるんだと思うんです。姉が忙しく準備しているのは百も承知で、その上で、ただずっと、イエスの側にいたんだと思うんです。マリアは心の中では、姉を馬鹿にしてるんですよ！　イエスって、どうしてそういう女の狡賢《ずるがしこ》さがわからないのかなって」「マルタだって、本当はただ、イエスの側にじっとしていたいでしょう？　けど、そしたら、誰もイエスをもてなす人がいなくなってしまうじゃないですか。だから我慢して、一生懸命、動き回ってるんじゃないですか？　マルタは別に、妹に手伝ってほしかったんじゃないと思うんです。ただ、イエスにその気持ちを知ってほしかったんじゃないですか？」。一方、洋子は、こう答える――「イエスは、神の子でしょう？　単なるゲストじゃない。マリアが、ただイエスの側にいることを選んだっていうのは、よくわかる。他の選択肢はなかったでしょう」「マルタはかわいそうね。……でも、イエスも、マルタが妹を咎めるまでは、彼女が忙しく立ち振る舞っていることに、何も言わなかったでしょう？　マリアから、たった一つの『必要なこと』を『取り上げてはならない』っていう言葉には、マルタの不安を鎮めようとする響きもあるんじゃないかしら。」「ある時、突然、神に語りかけられる。その存在を間近に感じる。それは、決定的瞬間なのよ、日常的な時間の流れとは断絶した。――その時には、ただ神の下で、その言葉に耳を傾ける以外にない。イエスは、マルタを理解した上で言っているんじゃないかしら？　神のために尽くすことを考えるあまり、彼女はその決定的な瞬間に、神から遠ざかってしまっているんだから」。だが、二人は、単に「信仰的」な観点から、神に対する「活動的な生」と「観想的な生」の優劣について論じ合っているわけではない。マルタとマリアに仮託しつつ、ここで真に争われているのは、実は一人の生身の男――天才クラシックギタリスト・蒔野聡史――をめぐる二人の女の二つの愛のありようと、その行方なのだ。

かつて、早苗は蒔野を崇拝する献身的なマネージャーだった。例えば、彼女は言う——「みんな、自分の人生の主役になりたいって考える。それで、苦しんでる。自分もずっとそうだったけど、今はもう違う。蒔野さんの担当になった時、わたしはこの人が主役の人生の〝名脇役〟になりたいって、心から思った」「蒔野さんが主演を務める人生に、ずっと、すごく重要な脇役としてキャスティングされ続けるなら、自分の人生はきっと充実したものになる」「だから、蒔野さんのためなら何だってできる」。だが、その蒔野が、成功の絶頂で密かな限界と行き詰まりに直面し苦悩していた時、それをいち早く察知し彼を孤独から救ったのは、コンサート後の楽屋で偶々紹介された初対面の洋子の方だった。二人は忽ち親交を深め、共に多忙なためまだたった三度しか会っていないうちから早くも結婚を誓い合うに至る——殊に、洋子は、既に決まっていた裕福なアメリカ人経済学者との婚約を一方的に破棄してまで。一方、それと機を一にするかのように、蒔野の音楽活動も、迷走を始める——と言っても、それは洋子との出会い以前から内包されていた危機の避け難い顕在化であったのだが。《ヴェニスに死す》症候群——「中高年になって突然、現実社会への適応に嫌気が差して、本来の自分へと立ち返るべく、破滅的な行動に出ること」。二人はいわば、傍目から見れば——そして恐らくは現実的にも多分に——お互いがお互いにとってのアッシェンバッハでありタッジオだった。そして、早苗は、そんな彼らへの嫉妬から、ある時、到頭マネージャーとしての一線を越え、偶々預かった蒔野の携帯から洋子に別れを告げる偽メールを送信して、愛し合う二人の仲を無理やり裂いてしまう。そして、そうとは知らない蒔野と洋子が、突然の破局に打ちひしがれながらも懸命に前を向き、その後の人生を建て直しつつあったある時（ちなみに、その過程で蒔野はその当の早苗と結婚している）、蒔野の再起を賭けたコンサートツアーの会場に足を運んだ洋子を見かけた早苗が、無理に誘ったスターバックスで開口一番切り出したのが、先の聖書の物語だったのだ。

早苗は言う——「今日のコンサート、洋子さんには来ないでほしいんです。お願いします。チケット代はお返ししますから」「会場にいてほしくないんです。洋子さんに気づいたら、蒔野は音楽に集中できなくなります。だから、困るんです」「洋子さん、知らないと思いますけど、二人でここまで辿り着くのは、言葉に出来ないくらい大変だったんです」「洋子さんは、蒔野にとってのマリアのつもりなのかもしれませんけど、彼に必要なのは、マルタのように彼の人生の面倒をみんな引き受けられる人間なんです！　ただ気が合うとか、喋ってて楽しいとか、そういう非現実的なことじゃないんです。どうして今頃になって、また彼の前に現れようとしてるんですか?‥」。気圧され沈黙する洋子。だが、早苗は、勢い余って口走った言葉の端から洋子に事の真相——卑劣な背信によって二人の仲を裂いた犯人が自分であること——を見破られる。計り知れない洋子の衝撃。だが、それでも早苗は引き下がらない。「洋子さんを欺してしまったのは、……申し訳なかったと思います。」「でも、あのままだったら、蒔野はきっと今もまだ、ギターを弾けない状態だったと思います」「洋子さんには、洋子さんの素晴らしい人生があるじゃないですか。でも、わたしの人生は、蒔野を奪われたら、何も残らないんです！　とにかく、どんな方法でもいいから、彼の側に居続けたいと思いました。たとえそれが、人として間違っているとしても」「正しく生きることが、わたしの人生の目的じゃないんです。わたしの人生の目的は、夫なんです！」「もう彼の人生に関わらないでください。今はもう、彼とわたし、それに、新しく生まれてくる子供の人生があります」。子供――そう、この時、早苗は妊娠していた。そして、洋子は、これらの言葉を、早苗の大きなお腹を目の前に見ながら浴びせられ続けていたのだった。「――なぜなのかしら？」――そう、幾度となく心に問う洋子。「早苗に尋ねたいのではなかった。もっと漠然とした、運命的なものに向かって、洋子はただ当てもなく問うていた」。実際、このような状況においてなお理路整然と語り得る「愛」「正義」とは、一体何だろう――というより、そんなもの、そもそもあり得るのか？「なぜ？　どうして？」――それは恐らく、人間が、この世界のありようについて生まれてから死ぬまで絶えず発し続ける、永遠にして究極の問いなのだ。

「それで、……あなたは今、幸せなの？」――そう問う洋子に、早苗はきっぱりと答える――「はい、すごく幸せです」。だが、とすれば、今度は、「幸せ」とは、一体何だろう？「あなたの幸せを大事にしなさい」――最後に、洋子はそう早苗に告げて店を去る――「ふしぎなほどに皮肉な響きのしない、親身とさえ感じられるような穏やかな口調で」。では、洋子は、全てを受け入れ、納得したのだろうか――勿論、そんなことはあり得ない。帰宅した洋子は「一人きりの部屋で、絨毯の床に崩れるようにして膝を突くと、シーツが取り替えられたばかりのベッドに突っ伏して、ようやく、誰憚ることなく号泣した」のだ。

一方、早苗は、その後、夫にも偽メールの真相を打ち明ける。きっかけになったのは、夫とコンサートツアーを共にした実直なギタリスト・武知の突然の死だ。「自分が犯したような酷い罪を、武知はきっと、一度も犯したことがなかっただろう。にも拘らず、自分はその報いどころか、なぜか奇跡のように願いが叶って、蒔野の愛だけでなく、今やその子供までをも授かっている」「早苗は、そのおかしさの中に生きていた」。突然の妻の告白に呆然とする蒔野。だが、今となっては「蒔野は瞬時に、妻を憎むことが出来なかった。それほどまでには、既に深く妻を愛していた」「精神的、経済的な支えだけでなく、日常生活の何もかもを彼女に負うていた二年半という時間。――それは否定し得ない事実だった」「彼は、テーブルの上の二つのコーヒーカップを見つめ、部屋の隅に置かれていたベビーベッドと、その中に溢れている、新品の赤ちゃん用の衣服やおもちゃの類に目を遣った」「早苗の嘘がなければ、この生活は、きっと存在していなかっただろう。そして、彼は自問した。では、これは悪い現実なのだろうか、と。なくても良かった二年半で、その延長上には、あるべきではない未来が待っているのだろうか」。かくて、蒔野は「冷たく激しい憤りと何となく寂しい思いやり。突き放すような軽蔑と見捨ててもおけぬ憐憫。その言動の一つ一つに対する根本的な不信と、これまで以上の深い理解」等々の矛盾した感情に苦しみながらも、妻・早苗との暮らしを守り育てて行く。そして、洋子も又、国際人権監視団体の難民局に新たな活躍の場を得て、力強く己のその後の人生を築き上げる。そして、その後に漸く、ニューヨークのとあるコンサート会場で、演奏者と一観客として再会を果たす——或いは、こう言ってよければ、何か見えざる大きな力により、再会を果たすことを許される——のだ。

「天使よ！　私たちには、まだ知られていない広場が、どこかにあるのではないでしょうか？」「そこでは、この世界では遂に、愛という曲芸に成功することのなかった二人が、得《え》も言わぬ敷物の上で、その胸の躍りの思いきった、仰ぎ見るような形姿を、その法悦の塔を、疾《と》く足場を失い、ただ互いを宙で支え合うしかない梯子を、戦《おのの》きつつ、披露するのではないでしょうか？」——作中に引用されるリルケ「ドウィノの悲歌」第五悲歌（平野啓一郎本人の訳による）より。結局、牧野と洋子は「この世界」では「愛という曲芸に成功しなかった」。だが、それでもなお、彼らのために残されている「まだ知られていない広場」があるのではないか——そうリルケは（そしてリルケと共に平野は）私たちに静かに問いかける。「無くてはならないものはただ一つである。マリアは善い方を選んだ。それを取り上げてはならない」——そうイエスは言う。だが、それは裏を返せば、その「ただ一つ」の「善い方」以外のものは全て、マルタの——或いは泥だらけになって日々を生き抜く全ての「マルタたち」の——取り分という意味でもあるのではなかろうか。そして、そこには通常の意味での「恋愛の成就」も「結婚」も「子供のいる幸せな家庭」も——というより、極論すれば、そもそも「この世界」において「幸せ」と呼ばれるものの殆ど全てが——含まれているのではなかろうか。とすれば、それら全てを断念してなお、マリアが選んだ「ただ一つ」の「善い方」——それは、もはや「この世界」の外にしかないものだ。或いは、もっと突っ込んで言うなら、「この世界」には「存在しない」ものなのだ。

「まだ知られていない広場」。それは、言うならば「〈非在〉の時空」だ——そう、例えば、天才ギタリスト蒔野のギターが鳴り響いている間、その間にのみ、垣間見ることが可能であるような。その代わり、そこでは——と、リルケは続けて言う——「彼らは、きっともう失敗しないでしょう、いつしか二人を取り囲み、無言のまま見つめていた、数多の死者たちを前にして。／その時こそ、死者たちは、銘々が最後の最後まで捨てずにおいた、いつも隠し持っていた、私たちの未だ見たこともない永遠に通用する幸福の硬貨を取り出して、一斉に投げ与えるのではないでしょうか？／再び静けさを取り戻した敷物の上に立って、今や真の微笑みを浮かべる、その恋人たちに向けて」。

ここでの「死者たち」——それは、恐らく「この世界」において実現されなかった無数の可能性だ。例えば、出されなかった偽メール、壊されなかった蒔野と洋子の仲、生まれなかった二人の子供、等々。彼らも「この世界」にとっては〈非在〉だ——そして、とすれば又、彼らが「恋人たち」投げ与える「永遠に通用する幸福の硬貨」も。しかし、それでも、私は思うのだ——やはり、それこそがマリアの選んだ、誰にも奪い去ることの出来ない「ただ一つ」の「善い方」ではないのか、と。

いずれにせよ流れゆく日々に刻む

植松　晃一

「アビラ」第二号

フランスの作家ロマン・ロランを信奉し、今年一月に亡くなった詩人・清水茂さんを敬愛する、宮崎県の詩人・後藤光治さんが発行する個人詩誌だ。三月に創刊し、六月に第二号を出した。

詩作品のほか、ユニークな連載論考「ロマン・ロラン断章」を軸にして、現代詩の陥っている閉塞状況を打破し、現代の社会に「魂の偉大さ」を取り戻すためのヒントを探ることを命題としている。それは「決して軽佻な世相に流されてはならない／お前はしっかりと眼を見開き／お前自身の真摯な眼差しで／本当に大切なものを見極めていくのだ」（詩「万奈」から）という自身の生き方の表現であり、詩人としての使命感の表れといえるだろう。編集後記に記された詩篇に、同誌の目指すものが凝縮されているように思う。

「僕の裡に　火を灯して／巨星が落ちた／ほんの微かな灯り《あか》だが／この火を　他のどこかに繋がねばならぬ／その　長い旅が始まった／それが　ロラン信奉者の／掟だ」

人びとに手渡そうとしているその「火」の実体は、詩誌発行を重ねる中で明らかになっていくだろう。ロマン・ロラン的な世界の現代的意義が示されることを期待したい。

「トンボ」第一〇号　追悼 北川太一

今年一月に亡くなった、高村光太郎研究の大家・北川太一さんの追悼号。高村光太郎連翹《れんぎょう》忌運営委員会代表の小山弘明さんは、「どんなに優れた芸術家でも、後の世の人々が、その業績の価値を正しく理解し、次の世代へと引き継ぐ努力をしなければ、たちまち歴史の波に呑み込まれ、忘れ去られてしまう」という北川さんの言葉を引き、「まさしく光太郎という偉大な芸術家の業績を、次の世代へと引き継ぐ、その一点を追い続けられた」と、その生涯を振り返った。

北川さんと長く交流のあった女優の渡辺えりさんは「光太郎の言葉を聞き、ぬくもりを感じた人たちが帰らぬ人になっていくのは本当に残念で寂しい。光太郎の側にいた人たちから伺った話しを若い人たちにも伝えて行きたい」と綴る。北川さんのご子息・光彦さんは「家族を　世の中を　温め／たくさんのいのち　を育んだ／かけがえのない太陽」と一詩を献じ、「父のいのちと意志は、残された家族と力を合わせて、引き継いでゆく所存です」と決意を記した。

北川さんの心に残った言葉を集めた著書『愛語集』（北斗会刊）には、「あなたが何か言うとき　その言葉は沈黙よりよいものでなければならぬ」というアラビアの諺《ことわざ》があった。語るべきことを語り、綴るべきことを綴り抜いた人生は、もの書きの模範だろう。氏の足跡を振り返り、生きるため、生かすための言葉をこそ、語り、綴り、残していけたらと願う。

「あすら」第六〇号　追悼 久貝清次

今年四月に亡くなった久貝清次さんの追悼号。「デイゴのかおりは／わたしたちの　はなを　とおった／わたしたちのいきは／デイゴの　みきを　とおった／ひとつながりのいのち」で始まる久貝さんの詩「ひとつながりのいのち」を再録している。「いのちは／かたちを　かえながら　つながり／このほしの　わ　の　なかを／めぐっている」

「生きて死ぬ、このサイクルでつながっていく永遠のいのち。これが彼の死生観であり、詩を書く根拠となってきたと思う」と指摘するのは、同人の佐々木薫さんだ。「彼の詩はやさしい。易しい言葉の中に、生きとし生きるものへの深い情愛がこめられる。故に、読む人の心を解き放ち、木魂のように響きわたる」と、万感の思いを込めた追悼文を寄せた。久貝さんの作品と豊かな詩精神は、次の世代へ確実に受け継がれていくだろう。

「われわれは／燃える光をいただく／太陽の落とし子／青い焔を灯して／生き死にの境をうっすら跨ぎ／小さな夢をさわさわ与え合い／終わりのない始まりを／心して生きる宇宙の旅人です／蒼い焔の円い球は／銀河宇宙に二つとない／奇跡の星なのです」（かわかみまさとさんの詩「蒼い焔の円い球」から）

「火片」二〇四号

玉上由美子さんは詩「生きる」で、若返ることで死を免れるベニクラゲを描きながら、「近い将来／不老不死という言葉は／もはや不可能の範疇ではなく／私の人生の現実になるかも知れないのだ」と綴る。その可能性を前に「何ということだ／生き直さなければならない／考え直さなければならない／今よりも／もっと深く　正しく　厚く／そうだ／朝を待とう　待たなければならない／朝の光を浴びながら／新しい　生　について考えていこう」と決意する。生から死が抜け落ちたとき、ひとは今を、明日を、どう生きるだろうか。

丹原真理子さんは詩「伝わる」で、六歳になるダウン症の我が子との交感を綴る。子どもと正面から向き合っていることに頭が下がる思いだ。それは決して当然のことでも、易しいことでもないのだから。「一音で伝える／目で伝える／子どもは親に一生懸命に伝える／できる能力をすべて使って全力で伝える／親がきっと分かってくれると信じて伝える／／だから　親は子どもの気持ちを全力で受け止める／子どもは　親が受け止めてくれていると感じるから　また伝える／その積み重ねが　親子の絆になる／／一音で伝わる／目で伝わる／親も子も　お互いに／「伝わる」と強く感じながら」

「錨地」第七三号

宮脇惇子さんは詩「微かな」で、発泡スチロールの箱の中で悪くなってしまった南瓜を描く。「もし箱の中から声を発せられるなら／蓋を持ち上げる手があるのなら」救われたかもしれない。そんな風に「あちこちの明かりのない窓の内側で／いくつもの命が軋んでいる／／たどりきた場所もひたすら暗く／たどり行くその先も見えない／ただうずくまる心」が、人間の社会にも広がっているだろう。宮脇さんは「もし声を発せられるなら／闇を引きさく腕を得られるなら／命は陽の中に戻れるだろう／取り返しがつかなくなる前に」と祈る。

根保孝栄さんは評論「詩人とは何者か、その実像と虚像」で、「現代詩低迷の最たる原因は、若い世代に詩を書く者がめっきり減ったこと」であるとし、「才能ある若者たちは、働くことに精一杯で詩を書きたくても、その時間を持てないセチ辛い時代になっていることにこそ問題の根源がある」と指摘する。確かに現代は忙しく、それなのに「はたらけど／はたらけど猶わが生活楽にならざり／ぢっと手を見る」（石川啄木『一握の砂』から）という心境の若者は少なくないはずだ。その中で詩人には「この時代をうがつ詩を書き、絶望の時代にも光明を点す詩を書きつづける責務がある」と根保さんは訴える。老若男女を問わず、時代が必要とする詩は必ず書かれるものと信じたい。

「漪」第四九号

築山多門さんは詩「鬼の目に涙」で、「社会から疎外された者が／鬼になったのだ／出自や　肌の色／特異な才能の持ち主が／鬼と呼ばれたのだ／／いつの時代も／鬼は差別されいじめられてきた／正義の刃をふりかざし／桃太郎に退治されてきた／アイヌや被差別部落の人たちのように」と綴る。権力者による迫害といった大きな話でなくても、よくも悪くも目立つことで疎外される経験は決して珍しくないだろう。鬼はここにも、そこにも、あそこにもいる。もし鬼ばかりの国ができたら、涙を知る鬼たちが、新たな鬼を生まないことを願う。

河野昌子さんは詩「陽を浴びて」で、「イロハモミジが／花のように紅い／周りの空気も染めている」と鮮やかに描写する。「打ちつける雨／さらっていきそうな強い風／土のはげまし／芽吹きの時から／訪れるすべてをうけとめて」と、深い紅色に染まるイロハモミジの生を見つめ、「わたしも／秋の終わりに近づいている／地からしずかに時を吸い上げて／どんな色に」と、自らの人生を重ねる。きっと河野さんにしか出せない色で、周りの空気を染めていくことだろう。

「東国」一五九号

詩「砂時計」で「朝から何も為たくない日／砂時計のなかの砂を見ている」と綴る川島完さんは、砂が落ち切る瞬間に「メメント・モリ」（死を忘れるな）という「小さな擦過音」を聞く。「競って落ちる砂粒／奈落の底で一度／〈死〉を確かめるのだろう／再生の黙契はないのに／落下する宿命／落下する寒さ／落下する快楽／が　混ざりあって／今だけのいのちを刻む」

しかし、いのちが刻むその音を聞き取るのが難しいほど日常は騒がしい。雷瀬類さんは詩「喪に服す時間」で「「迅速」のみが正義の世界／早喰い、遁走、手際さが善」とされる効率重視の社会の病理をえぐる。一方、福田誠さんは詩「癒やし警報発令」で、粗製濫造される癒やしについて「街中に大量の癒やしがあふれ出し／とうとう注意報から警報にかわりました／

次々と押し寄せる癒やしには／充分な警戒が必要です」と皮肉る。効率や癒やしに罪はないはずだが、どこか狂った世の中だ。フランスの詩人デュアメルのジャムの寓話を思い出した。

ある日、デュアメルがジャムづくりをしていると、経済学者がやってきて、工場でつくったものを買った方が早いと高説を垂れる。それを聞いたデュアメルは、ジャムをつくる際の香りを楽しむのであって、できあがったジャムは捨ててしまうのだとやり返す。もちろんジャムは食べるのだが、効率や経済性のみを重視する生き方への痛烈な批判となっている。本当の癒やしというものが、結局は自らの心のあり様によってもたらされるものであることも考えさせられる。忙しい日常だからこそ、デュアメルのような心を亡くしたくない。

「指名手配」創刊号

文化企画アオサギ代表の佐相憲一さんが新たに創刊した詩誌だ。「紙文字の現代詩、ライヴハウスなどのポエトリーリーディング、インターネット詩。この三者に橋を架けたい」と謳っている。参加している「容疑者」は、井嶋りゅうさん、遠藤ヒツジさん、GOKUさん、柴田望さん、マイケル・シャワティさん、ミカヅキカゲリさん、若宮明彦さんなど幅広い。マニフェストに違わぬ顔ぶれだ。

容疑者の一人である勝嶋啓太さんは、詩「指名手配」で、自身の罪状を「詩人のくせにバカ」と書く。「詩人のくせに、バカな妄言を書き連ねただけの詩とは言えない駄文を、詩と称して詩誌や詩集に発表し、それがあたかも【現代詩】であるかのように読者を欺いた」。詩人だけでなく、作家、画家、音楽家、スポーツ選手、教師、社会人、父親、母親、警察官、医者、官僚、総理大臣のくせにバカな人たちも指名手配されているとし、「世の中〈犯罪者〉だらけ」の様相を呈する。勝嶋さんの軽妙な語り口があればこそ成立する風刺的表現だろう。

同誌から世界中のバウンティハンターに狙われる大物賞金首が現れることを期待したい。

「そして。それから」第二五号

愛知県の詩人・大西美千代さんの個人誌だ。やさしく、やわらかな抒情が心地よい。

「白い／和紙の／丸い提灯／深夜／沈黙のための灯りをともす／灯りは祈りに似て／／今あなたの思い描いたものと／わたしの書きたかったものが／似ていますように」（詩「詩」）

「物語の続きは／風が読んでいった／／読みかけの本を木のテーブルに置いて／立ち上がると／初夏の光が／目に飛び込んできた／青い空　白い雲／森は風に揺すられて／／もう／充分に読んだ／結末はわかっている／けれど／空は青く雲は光っている／夏の風は夏の物語を運んでくる」（詩「夏の物語」）

「慈しむ／いずれにせよ終わる日々について／いずれにせよ終わった日々について／愛したとしても愛されなかったとしても」（詩「冬の植物園」から）

連載　迷宮としての詩集（一）
見直しの進む中世へと遡行する詩的空間
『高柳誠詩集成』（書肆山田）について

岡本　勝人

（1）

かつて岡本章の演出による『始皇帝　現代能』（那珂太郎）が、国立能楽堂で開催された。公演は、那珂太郎さんが外出できないでいたので、特別な意味合いがあったと記憶している。能楽堂には、僧形の出演者たちが、群れかえるようにひしめいていた。舞台が終わり、来場者に挨拶する岡本章の姿が見えた。そこには、詩人高柳誠の姿があった。

岡本章と高柳誠とは、演劇と詩による、身体と言葉による文化の共時的空間を深める間柄である。岡本章は、早くから那珂太郎（１９２２—２０１４）の詩の声に関心をもち、演劇空間である「錬肉工房」の公演に取り入れていた。詩集『幽明過客抄』で知られる那珂太郎が、その詩の芸術性を高く評価していたのが、高柳誠である。

（2）

『高柳誠詩集成Ⅰ・Ⅱ・Ⅲ』（２０１６・１／11／２０１９・３）は、同質の文体を顕著に表象する完成された詩の集積である。しかし、全体を事後性のテクストとして注視して読んでいくと、いまなお生成しつつある、詩の迷宮の可能性に開かれた詩であることに気づかされる。高柳誠の詩の抽象的な完成度は、現在の現代詩にあっては、一線を画するものだ。だが、この「詩集成」が、さらに可能性としてみえてくるのは、寄せられた八人の論考と関連がある。

「都市の中心に位置し、どこから見ても正面を向いている時計台は、無論、時を告げることはない。」（『都市の肖像』「時計台」）。『アリスランド』『卵宇宙／水晶宮／博物誌』『綾取り人』『都市の肖像』『アダムズ兄弟商会カタログ第23集』『樹的世界』『塔』の詩集が収められた第1巻。最初に、比較文学者である高山宏によって寄せられたのが、「詩のカルヴィーノ」である。高山宏は、由良君美の門下のひとりである。そこには、脱領域的に捉えた高柳誠の詩にみる「マニエリスム」という博識な視点がある。詩人の阿倍日奈子は、「フィクショナルな散文詩」と、高柳の空虚から発生する無機質な乾いた詩の文体を指摘した。

「はじまりは一つの落書きだった。」（『夢々忘るる勿れ』「落書」）。『イマージュへのオマージュ』『月光の遠近法』『触感の解析学』『星間の採譜術』『万象のメテオール』『夢々忘るる勿れ』『半裸の幼児』の詩集を収める第2巻。版画家の柄澤齊は、「詩というものが物質でもあった最後の時代」の「遺跡のように記憶の薄暮に佇む詩」であると、鉱石という物質への回帰願望を読み込んだ。同志社大学の経緯を知る山尾悠子は、国文学の専攻である高柳誠と時里二郎のふたりに触れながら、「分かち書きではなく、散文体で硬質なイメージを構築すること。優れて幻想的であること。掌篇小説としての散文詩、さらにその断章性、構造性。」と書いている。

しかし、高柳誠の詩は、一部の人や共創する若い芸術家には強く読まれてきたが、孤高の創作を持続する、至高の詩人という印象が強くある。これまで、高い評価を得てきた高柳の詩業ではあるが、その内実が論ぜられることは、少なかった。読者は、ここで、論者たちによって、高柳誠の詩の形と精神がくっきりとつかみ出される姿に出会うだろう。

「移ろってゆく実在を、哀しみのように胸のうちに抱えて、日常に回帰すること。」(『光うち震える岸へ』「99」)。『廃墟の月時計／風の対位法』『鉱石譜』『光うち震える岸へ』『大地の貌、火の声／星辰の歌、血の闇』『月の裏側に住む』『放浪衛星通信』の詩集を収める第3巻。時里二郎は、高柳の詩のこれまでの歴史を読み解くように、「断片的な散文をパーツのように組み立てて、硬質な言語宇宙を紡ぎあげる方法」と詩の宇宙空間に分け入って指摘した。諏訪哲史は、「宇宙的・地誌的なトポスの設計的な立ち上がり、また架空の歴史についての精確にすぎる記述」として、トポロジカルな読みを行う。「高柳誠は何よりも月の詩人である。」と、高遠弘美は、ひとつの収斂する風景から詩に盛り込まれた風や匂い、記憶や旅の情景、植物や流血、宇宙空間と譬喩、リズムと音楽性の多層性を解析した。岡本章は、詩と演劇空間のコラボで共創した経験からのみ語ることのできる詩的な演劇言語を模索する経緯を語る。

これらによって、この「詩集成」に内在された多面体のプラトーが目の前に現れてくる。

高柳誠の詩業は、未だ生成発展の途上にある。その詩の航跡は、大きな放物線を描いて、詩的空間を築いてきた。散文的なスタイルで、架空の詩的トポスを構造的に醸し出す多様性がある。高柳が自ら語るように、ひとたび詩の言葉の完成に赴いた直後、演出家の岡本章の慫慂もあって、ギリシア悲劇と平家物語を多く題材とする複式夢幻能をテクストとする演劇空間に、詩の言葉を投げ込む難題に取り組んだ。身体性と実存性にかなう声の発生による詩の生成を果たそうとする経緯が存在する。そうした演劇空間への旅の後、いま解き放たれるようにして、さらなる詩空間を飛翔し続けているのが、高柳誠の詩的現在である。

(3)

こうした詩の生成空間を背後で可能にしているものとは、なんであろうか、と思案していたが、そこには、ドイツの中世文化への強い関心があることに気づいた。高柳誠は、菩提樹や砂岩を彫る彫刻家のリーメンシュナイダー（1460頃―1531）に魅せられていた。彼は、レオナルドやミケランジェロと同時代のドイツ中世における後期バロックを代表する宗教芸術家である。その晩年は、能劇のように、ルターからはじまる農民戦争に関わると捕らえられ、釈放後は制作物がなかった。彼が市長を務めたヴュルツブルグ市は、農民側につき、マイスターとともに敗北したのだ。詩人は、何度もドイツを訪れ、時には那珂太郎とともに、その精巧な木彫祭壇に接している。職人（マイスター）の影絵のなかに、自らの世界を投影しつつ、そこにひとつの鏡像を確認していたのかもしれない。はたして、木彫りの内部から発する霊的な光と声に、どのようなポエジーを詩人は感得していたのだろうか。

シュルレアリズム以後、非自我的な創作活動が、引用を含めた文化遺産の模倣と差異を伴う反復表象によってなされている。高柳誠の詩の放物線が行き着く舞台を見下ろすのは、上方からのイメージである。高山宏が指摘するのは、ルネサンスからバロックの移行期への精神的な危機を反映したのが、マニエリスム（1520―16世紀末）であった。人間の非合理的なものに対応する衝動でありながら、高次の美的世界を現出する。そこには、エル・グレコのような聖書と神話がネオ・プラトニズム的に和解している。

錯綜とした空間構成のなかに、寓意性（アレゴリー）を見せる高柳の詩的な宇宙空間は、中世世界に融和すると同時に、抽象性で詩を書くモダニズムを相対化する地平と合体するのだ。私たちは、高村光太郎の木彫り彫刻や三好豊一郎が私淑したグリューネヴァルトの磔刑図を思い起こす。根のないモダニティから根のあるモダニティを求める志向性は、自由精神を核とするモダニティが、無意識や構造を意識する時、モダニティの相対化と関わることを学んだ。「全てと無、無限とゼロの関係」をテーマにし、「激しいパラドックスを修辞として選ぶ」詩は、「超の付く形而上学的文学」であり、「マニエリスムがロマン派を介してモダニズム、そしてポストモダンに流れこむ巨大な脈絡を知る人間」と、高山宏は、第一次大戦後に見直された、マニエリスムという16世紀の芸術様式に、詩人高柳誠の詩作を位置づけている。

（4）

はじまりもなく終わりもない高柳誠の詩の形象は、芸術至上的な至高性（高原）を獲得している。驚嘆に値するのは、カルヴィーノやボルヘスへの知の迷宮から根源的な創世記やギリシア悲劇へとむかう詩の遍歴が、3巻にまとまる「詩集成」の集積によって、散文詩的な構造幻想詩として確認できることだ。

そこから、高柳の詩的言語による構築物である博物館を、軽さと速さ、視覚性と多様性のパノラマとして見ることができる。詩の天使は、書くことによって形をつくってきた。無意識からの発動によって、現在性の寓意を形象する芸術家の統合力は、改めて空間構成の課題への見直しともなっている。

「ひゅうひゅうひゅう、ひゅうひゅうひゅうと、／駿馬の群れが天空を駆け抜け、／ひゅんひゅんひゅん、ひゅんひゅんひゅんと、／駿馬の群れが天空を踏み砕き、／胸のふいごのうちを駆けめぐって、／再び天空の果てへと走り去ってゆく。」（『風の対位法』）。

意識と無意識による韻律の書記行為が、詩に選択と転換を呼び起こす。詩的迷宮は、現代の神話が、原初性を反復するときに、時間から空間へ、人物から情景や舞台へと詩を逸脱させることによってできるものだ。その生成過程は、今日見直されつつある中世的世界の無意識からの光や声の喩と等価である。それは、人間のパラ・イメージがかたどる舞台（詩空間）に宿るポエジーの根源性と多声性のイメージにあると思われる。

柏原充侍・小詩集『くるしみを微笑みに』十篇

雨

雨がふっていた
昼下がりの　かなしみ
明日のことは　だれにもわからない
なぜ　生きているのか
雨はしずかに　ふりつづける
太陽は　一日だけの　雲隠れ

それでも時間はすぎゆく・・・

小鳥の歌
しとしと
雨の音
街中を　キャンパスに描こう
思い思いに

ただ自由だった
なんという恐ろしさよ！

すべてが　己のなすがまま
かなわないのが　お月様と　恋をすること
なみだ
なぜ　そうも　泣き続けるのですか
どこまでも　さきがみえない
だから　だから
追い求め続ける
しあわせになりたいから
平和をもとめるから

いつか雨がやめば
貴女に逢いに行くから

くるしみを微笑みに

初夏の空をポカンとみていた
いまはもうかえってこない　少年の自分
学び舎で　途方もない　夢ばかりみていた
ちょうど　恋を覚えるとき
あのとき・・・もしもあのとき　恋を告げなかったのか
爽やかな風と　矛盾した教育
いつ　いかなるときでも　だいじょうぶだ
世の中にはいろんな人がいる
世間を知るのは　あまりに早すぎる
労働という　若さと忍耐が

救ってくれたのだ
舗装道路の鉛のにおい
雨が降れば　かぐわしく
こどもたちは　ボール遊び
おとなにならなければならない
それが　社会だから
貴方は　あなただけ
夕暮れの　街を金色にして
ただ　なみだをながして
くるしみを　〈愛している〉と伝えよう

ぼくの知らない景色

こころのなかに　胸の内に
思い描こう　どこまでも
若かりし　遠い日の　おもいで
幸福な　そして　ほろにがい
少年時代
いつまでも　光り輝く
必死に　駆け続けた
かつての　僕へ
かならず　しあわせになる
そう　信じて　疑わなかった
やがて　愛をおぼえるようになると

春の日の　さくらの花びらが
どこもかしこも
青い空　澄んだかぜは
ただ　あなたとの　しあわせな人生を
さあ　思い描こう　春の日に
いつかの　友は　ひとみが　蒼く
たかい　たかい　山々が
ぼくらの夢と理想を想わせて
ひとのいのちを　いつまでものせて
景色は　こどもたちの　想いをのせて

また　やさしくなったね

また　やさしくなったね
春から夏へ　どこまでも
とおい　とおい　夏の空
ひととひとが出逢う季節
若々しい　少年の　叫び声
だれのものでもない　自分だけの　青春の日々
この　広い世界のなかで　誰か　待っているひとがいる
平和と愛が　世界をつつむ
「ありがとう」
ただその言葉だけで　こころがあらわれる
はたして　地獄はあるのだろうか・・・

だれにもわからない　だれにも知らない
はじめての　ただ　純粋な恋のすがた
この夏がおわるころには　秋風が夏におぼえた
いまは過ぎ去った　恋人たちのなみだをさらい
だれよりもつよく生きてゆく
それが　優しさの理由だから

過ぎさりし時

想い出せない
誰も知らない
残酷すぎる　季節《とき》のながれ
貴方は　英雄でした
祖国を愛し　島国の自然をほめたたえ
時のながれは　少女の胸を焦がして
春になれば　出逢いと別れ
夏になれば　向日葵が　やさしく微笑み
秋になれば　街路樹の紅葉が　こころ震わせ
冬になれば　人生の意味と　雪がちらつき
また　ひとつ　つよくなった
また　ひとつ　やさしくなった
思春期になり　なやみを覚え　それでも　それでも
生きてゆくと　それは　若かりし　日々の想い出が
過ぎた時間の重さが　生きることの　いや
ひとを愛する　いのちの重さとなって
きょうも生きてゆく

夏は少女の想いをのせて

何処までも続く　少女の想いを乗せた
夏の空
見上げると　はてしない空の蒼さと
いのちの尊さ　胸があつくなる
そう・・・　ひとを愛する　いまこそが　その時だ
蟬の大合唱と　カエルたちの夏の夜の音楽会
あのとき　あのとき　海の浜辺で　青春の日々　そして
夏の挫折　いつまでも　忘れることなき　かすかな微笑み
ありがとう
今こそ言える　あのとき　巡り合えたなら　いまになってみれ
ば
己が人生を　春がいろどり　〈夏〉の誓いで　約束された
もういちど　やりなおすことができたなら
小麦色のからだの輝きが　海の波止場で
太陽の輝きが　あまりにもまぶしすぎて
また　夏がおわり
あの　微笑みが　こころを熱くさせ
夏は少女の想いをのせて

きみのささやき

学生の頃　神経を病んだ
現実に挫折した
恋人もおらず　悩み続けた時
きみはとつぜん　やってきた
姉が鳥かごを　家にもってきたのだ
愛らしかった　愛おしかった
いつもげんきで　えがお　そうだ　小鳥にも
いや　動物には　こころがあると
朝いちばん　おおきな鳴き声で　みなを起こした
「好きよ、あなたが好きよ」
やがて　別れのときがやってきた
ある　朝のことだ
母親が　鳥かごをそうじしている　まさにそのとき
「ありがとう　ありがとう」
そう泣いて　出て行って
死ぬ時期が近かったのか
しずかな朝　いまでも・・・いまでも
きみのささやきが　どれほど
我が家にとって大事だったか
きょうも　雀たちの鳴き声が
朝日は　ただ昇る

母

あなただけでした
いつまでも笑顔でいてくれるのは
あなただけでした
叱り続けてくれるのは
あなただけでした
ごはんを作ってくれるのは
あなただけでした
おとうさんと仲が良いのは
あなただけでした
わすれものをとどけてくれるのは
あなただけでした
姉と兄を産んでくださったのは
あなただけでした
ひとしれずなみだをながすのは
あなただけでした
いのちの尊さを教えてくれたのは
ただ　あなただけでした

あなたがすべてでした

ものごころついたとき
貴方はわらってくださいました
こころがうれしいとき
貴方はなみだをながしてくださいました
ひとが恋しくなる時
貴方はわたしの支えでした
夏の空が　すべてをおおいつくすとき
貴方はお墓のまえで手を合わせていました
そしていつの日か　わたしが恋ごころいだくとき
いさめたのも　貴方でした
かなしみにうちひしがれて　激しい雨のなか
貴方は　いっしょに泣いてくださいました
かみなりが　天の怒りとして　すべてを狂わせたとき
貴方は　お仏壇のまえで　しずかに　祈っていました
あなたがすべてでした
なぜなら　貴方は　亡くなられたとき
〈仏〉になられるから　永遠の存在であられるから

情熱の夏に

あつい　あつい　太陽のまなざしよ
大地を照らす　いのちの輝き
春は挫折の　さくら吹雪
どこまでも　つづく　うつくしき　若かりし季節
海に行きたい
空の恵みと　自然のおそろしさ
海岸線のむこうには　海坊主がおられる
春に感じた愛　夏に感じた情熱
ともに歩んだ〈ひと〉としての笑顔
小麦色に肌を染めて　乙女のまなざし
おとなになる　大人になるんだ
秋を迎えて　生きることのさみしさを知り
冬になれば　滅びとともに　灯をともし
あの日　あの刻　夏の日々に誓ったのは
戦争のない　平和な世界を　それは
ひとり　ひとりの　やさしさの尊さ
情熱の夏に　平和の灯をともそう

永山絹枝・小詩集『欧州における社会研修「オランダ」（一九九四年）』

◆海面より低き地に棲む人びとを包みて
　チューリップ園は拡がる
◆ロッテルダムで貰い育てし金盞花
　太平洋を航く日花咲く　（尾田貢歌集）

【一、個が輝やく国】

自由・自立・協同・連帯の気風ゆたかなオランダ
日本が鎖国をしていたとき唯一貿易できた地
シーボルトとお瀧さん　そして長崎出身の私
風車も呼んでいる　漂う解放感　いざ　行かん！
三週間の教育交換協議会の研修に飛び込んだ
アムステルダムでの大学研修　ドイツでのホームスティ
ＥＵやＮＡＴＯ本部　ハーグの国際司法裁判所訪問
欧州の政治の中枢に臨席できるなんて…
それはスキポール空港での大学世話人の歓迎から始まった
二十三名　固有名詞で呼んでのハグ
言葉や文化が違っても人間として大切なこと
迫害された人々を受け入れ
ユダヤ人のアンネが「私はこの国を愛しています」
「祖国になってくれればいい」と念願したところ

【二、アムステルダムの鐘の音】

たくさんの鐘を聴いた
街の中で　石畳の小道で
今朝も清んだ音が聞えてくる
西教会の庭には平和のシンボル
薔薇の花と胴版色の細《ほっ》そりのアンネ像
きょうも見学の長い列が絶えない
アンネ・フランク財団の宿舎を借りて
アムステルダム大学での学びの日々
窓から陽射し　運河の水面は青空を映す
暮れなずむなか　川面に映る　淡い光
人々は憩い　さざめき　肩を組む
関口狭く奥行き深い煉瓦色の館群
東京駅の原型・ダム広場に屯《たむろ》する人々
船上生活　舟遊び　釣りや日光浴
フェルメールの光の絵画のように
謳歌し　自由が飛び跳ねる
あっ　いま通り抜けたのは自転車の若者
お尻がキュッと締まって
疾風のように滑走していく
街の大通りを歩くと
右手にはレンブラント・「夜警」の国立美術館
左通りには　ひまわり自画像のゴッホ美術館

【三、アムステルダム大学研修】

フッデモルヘン（おはよう）
大学の講義は　この国の生い立ちから
多民族から成り立つ国である
自国名は「ネーデルランド」、低地の国の意味
国土の四分の一が海面下
質問とディスカッション、現地視察
特に日蘭関係の歴史には興味津々《きょうみしんしん》
江戸時代来崎し、私塾「鳴滝塾」を開いた
シーボルト　日本語学科があるライデン大学
しかしここに来て初めて聞く名前が「テッシン」
彼は出島のキャプテンとして三回来日して貢献
医学を学びに若い志士たちは長崎へ
つづく授業は「日本とヨーロッパの政治の有り様」
「隣組で問題解決する日本」え！古くない？
でも‥、なるほど。ヨーロッパは裁判制度を利用
日本の教育は　結果（点数）主義
「規則が厳しく正しい答えを導き出すのみでは
　絶対主義的な危険性を孕んでいる　これでは
日本の学生も教師もストレスがたまる」
思考や自由選択のプロセスこそ大事とのこと
他国から我が国の政治を学ぶなんて
視角を変えた物の見方
これまた異次元に降り立ったよう

【四、夏の世の夢・コンセルトヘボー】

夏になると毎晩開かれるサマーコンサート
その代表格である　コンセルトヘボーへ招待を受けた
舞台の真横のバルコニー席から後方まで占める客席
貴賓席　弦楽団のすぐ真後ろ観客席と対峙する
特等席で舞台に上がったような鑑賞のしかた
なんと驚き桃の木！この上ない有難さの紹介
「教育交流で日本からいらした先生方です」
演奏者は総立ちし、つづく客席から友愛の拍手
音楽の調べは記憶にはおぼろげだが
人間ドラマだけが強烈だった友好交流の架け橋
摩訶不思議なことはその後も　続々と‥
「coffe shop」で売られていたのは　ドラッグ！
隠れて吸われるよりオープンな登録制
あげくには公認の赤灯地帯
昨夜ちらっと垣間見た話題に興奮気味の男性諸君
窓にはランプが灯され　下着姿の美女が立っていた‥
夏の世の夢に　殿方は姦《かしま》しかった
安楽死も合法化　何でもありに見えるオランダ
違いを認め合い　個を尊重し合う
自己責任の個人主義
多民族が協調し合う中で生まれた気風だろうか
我が国にも一匙《ひとさじ》欲しい将来像

【五、アンネ・フランクの隠れ家】
◆コルベ神父の祈りと讃美歌の声低く
　　餓死監房の壁に沁みゐる
◆殺したのは誰と問ひくる幼子よ
　　いつかまた訪へその問ひのため　（藤田美知子歌集）

NATO本部（ベルギー）の厳《いかめ》めしい議会室
「何故　日本は出兵しないのか」
来た来た　予感していた質問が！
「日本国憲法第九条がある」
私達は誇りを持って答えきった！
しかし危惧した通り　同調圧力は
日本政府を海外出兵（後方支援）に舵を切らせた
つづく訪問先は　待望のハーグの迎賓館
世界に向かって平和宣言がアピールされる
興奮と緊張で恐る恐る重厚な椅子に座り
血滲む署名を渡す高校生平和大使に成りきってみる
さいごに向かったのは　毎日眺めていたアンネの家
階段の暗い通路を通り回転式本棚を押して屋根裏べやへ
「人間の善意を信じます」と
希望の火をともしつづけたアンネ
そのねがいは無残に断ち切られ　宙に浮いたまま
鐘の音と共に　「アンネのバラ」の化身となり
世界中の善意ある人々の中で広がっていく

【六、残る傷跡・謝罪】
◆慰霊碑は白夜に立てり君が花
　　抗議者の花ともに置かれ　（…妃）

旧日本軍はオランダ領東インド（現インドネシア）を占領し
男性は強制労働を　女性は収容所から慰安所に…
BC級戦犯裁判で有罪判決を受けた旧日本軍もいた
二〇〇一年当地初めての皇室の慰霊訪問の日
「父を返せ、母を返せ」と泣き崩れた女性に
捧げられたお歌である

二〇二〇年1月になって初めて　ルッテ首相も
ナチスの極端な民族主義による残虐さを
ユダヤ人を迫害から守らなかったことを
大量虐殺（ホロコースト）の犠牲者追悼式典で
「政府機関は
正義と安全の守護者として行動しなかった
多くの公務員は占領者の命令を遂行した」
と指摘し謝罪した
十万二千人がナチスに殺害された事実
収容所移送に加担したオランダ鉄道
アウシュビッツ解放から七五年も経っていた！
忘れないように　右傾化の嵐に負けないように
学びの中で粛々と受け継がれゆく

【七、洞窟の絵画とオードリー】

青い空とお城、森，野生馬　美しいたてがみ
ゴシック建築の教会は　尖峰を天に向ける
ミサの厳かな音曲に導かれ
聖ピータースベルグの洞窟に入る
ナチス時代に保管されていた絵画の数々
レンブラントの「夜警」も保管されていたという
鍾乳洞の様な洞窟の中に
誰かの必死の知恵で　守られた！
そう、かの　オードリー・ヘップバーンの話
十歳のときにオランダへ移住した彼女
抵抗運動の資金集めにバレエを踊ったが
従兄弟らは目の前で銃殺
親族は強制収容所に送られた
彼女は引退後　ユニセフ親善大使に就任
残りの人生を捧げた
私たちには愛する力が備わっています
鍛えなくては衰えていってしまうのです
戦争を経験し
逆境に負けない強靱さが身につきました
愛は行動なのです　言葉だけではだめなのです
いのちの言葉が残された

【八、オランダ生まれのミッフィー】

私の枕元には「うさこちゃん」が居る
目は「・・」で　口元は「×」
極限までそぎ落とした線と余白
だれでも手に執りたくなる可愛さ
ミッフィー（うさこちゃん）
ブルーナーのお店を訪問した
日本でよく見かける暖かい色合いの絵本が並ぶ
作家　ディック・ブルーナーの館は保育室のよう
ほのぼのとした　優しそうな髭のおじいさん
描くことに専念できれば幸せな人だった
収益や宣伝といったことには無関心
そんな彼が恋をした
斜め向かいのイレーネさん
試作はまずそのイレーネ夫人に見せる
夫人が首を横に振ればお蔵入り
暴力や流血はおろか口論の場面すらない絵本
十代でナチスの侵攻を受け疎開を強いられた
ユダヤ人迫害をじかに見て
暴力は　人を押しつぶすと知ったという
強制や威圧に屈しない精神のしなやかさ
それがオランダ生まれの　ミッフィー

あなたは　茶人

久嶋　信子

お茶は
こころでいただくものらしい
ちょくせつ
口にしなくても
かすかにでてくる
お茶の湯気だけで
じゅうぶん
あじわえるものらしい

そう
わたしにおしえてくれた
あなたは
ふっと　吹けば
消えてゆきそうな
いのちの日々を
いつも
月のひかりに
てらしだしていた

ただ
手術した腫瘍が
良性か
悪性か
判断がおりる日を
ふるえながら
待っていた
わたしには
そのことばが
わからなかった

カーテンをあけて
わたしに
はなしかけてきた
あなたは
おかしいでしょう
飲めないお茶が
こんなに
おいしいお茶に
見えるのが
と
わらった

病室の窓に
貼られた
満月の
あかりのなかで
あなたは

茶人の
こころを
追求していたの
だろうか

なにも
喉に
通ることもできず
ただ点滴だけが
命綱のあなたは
食事ごとにだされる
看護師からの配茶で
じゅうぶんに
茶の美を
見い出すことが
できる　という

なんの工夫もない
大きなやかんから
看護師が
日常のスケジュールに
あわせて
そそぎだす配茶を
ただ
見つめる行為が

あなたの
唯一の食事

のこされた感覚を
研ぎ澄まして
お茶の
隠されたにがみや
染みわたるうまみや
漂う
茶葉のかおりの
たしなみ方を
みつけた　という

食事の時間が
過ぎ
検温に来た
看護師に
きょうのお茶は
おいしかった
ごちそうさま　と
感謝のことばを
のべていた
あなた

あなたができる

作業は
ベッドの横に
備え付けられた
簡易トイレで
用を足すことだけ
それさえも
できなくなった
あなたは
ふりしぼって
与えられた
作業を試みる

身体に
つながれた管に
からまれて
ベッドのしたで
もがき苦しんでいた
あなたをみつけ
ナースコールの
スイッチを押し続けた
あのとき

応急処置をされた
あなたは
朝になれば

いつものように
看護師が置く
配茶が入った
湯飲み茶わんを
愛おしく
ながめつづけていた

湯飲み茶わんから
上がってくる
茶葉の湯気
こころで
いただいているの
あじわっているの　と
こころの窓を
開け放そうとした
あなた

あなたにとって
お茶をいただくことは
生きるたましいをたぎらす作業
あなたにとって
お茶のかおりをかんじることは
あなたの生きるプライドを保たせる力
あなたにとって
お茶の体温をはかることは

あなたの帰りを待ち続ける
あなたの家族へのおもい

となえごとのように
湯気のでる配茶を
さいごまで
愛でた
あなたから
お茶に疎かった
わたしは
お茶のたしなみ方を
学んだ

しずかすぎる夜
月のひかりよ
ともに
いっぷく
目にて
たしなもう

堀田京子・小詩集『彼岸花』六篇

沖縄よ（語りべ）

米軍が攻めてくる　飛び交う砲弾
沖縄の惨状　糸満の暗闇の壕の中
汗や糞尿の臭いが充満
誰かが叫ぶ　「敵に見つかるぞ！」
「泣く子を殺せ！」
枯れた母乳　次第に弱まってゆく泣き声
骨と皮にやせ細り泣く力もない嬰児
母の腕の中で息を引き取ってゆく
放心状態の母親
岩盤の繁みに穴を掘り手で砂をかける
死ぬために生まれてきたんじゃない！
一人また一人命を落としてゆく
戦争は激化し　凄まじい日々
生か死か　紙一重
家族を十一人もなくした比嘉さん
苦しかったあの時代を胸の内に畳み込んで
閉じ込めてきた年月　夫の三十三回忌
沈黙を破り語りべとなる　生き証人が語る事実
残された自分に課せられた任務と自覚
平和の礎に誓う
平和を願うからこそ
思いの丈を世に知らしめた
頑張り続けた彼女の人生
惨状を生々しく語る日々
九八才　認知症になっても
戦争の古傷は消えることなく
恐怖におのく
娘さんがバトンを受け継いだ
集団自決の悲劇。ひめゆり隊の惨状
戦後七五年たった今でも
基地を背負う
沖縄の苦しみ・哀しみは消えない
湧き上がる入道雲の彼方に
サトウキビ畑の歌が静かに流れてゆく

お盆さま

ほーずき提灯　灯かりがついた
お盆さまがやってくる
萩の枝　束ねあらたか祭壇造り
迎え火たいて　ご先祖さまのお出迎え
ゆかた姿の　女の子
父や母　ばあちゃんじいちゃん
叔父叔母も

みんな集まり供養会
お線香のけむりに包まれ
ローソクの灯りとろとろ
燃えて短くなりました
里芋の葉っぱの上には刻み野菜
ナスやキューリの牛馬にのって
彼岸の国へ帰ります
いつのことだったかな
セピア色した　良き思い出は
私はひとり　ただひとり
盆も正月も　どこへ行ってしまったの
コロナに水害　むし暑さ
令和の夏は曇り空

きもの

母の愛した　銘仙きもの
大島紬もありました
懐かしいのはメリンスきもの
虫に喰われて穴だらけ
私の記憶も虫喰いました
金襴緞子の花嫁衣裳
セピア色のアルバム懐かし
思い出の留袖・絵羽織は
リメイクを待っています
母の形見の正絹黒無垢
私のお守り
今はタンスに眠っています

いつのことだったかな

川辺にゃニナがへばりつき
清き流れに　緑の藻

藁のたわしでゴシゴシと
かまどの灰で鍋磨き

小川の水でイモ洗い
お釜や茶碗も洗います

川の水くみ風呂をたく
もらい湯　裸のお付き合い

つるべ井戸の水をくむ
カメの水は　ひ杓で救う

いつのことだったかな
過ぎゆきし日々の暮らし

彼岸花

畦道を埋め尽くす　彼岸花
今年も　勢いよく咲きほこっている
燃えながら　気高く華々しく
ああ　秋の空にしみわたる
あれは戦争で
命奪われた青年兵士の
燃え上がるはかない希望
あれは戦場で
叫びながら命を投げた兵士の
苦しみの　血の色に違いない
無念の思いが　花開いたに違いない
人生の　卒業証書を
手にすることもなく
父よ　母よ　同胞よ　愛しき人よ
我が子を頼むと　叫びながら
海に消えた魂
山に砕け散った魂
今　故郷に帰って
紺青の空にまっかな祈願花
秋の優しい風が　通りぬけてゆく

帰りたいなー　あの古里へ

あてもなく歩いて行けば赤い月
いつでも帰っておいでよ
遠くで呼んでる母の声
菜っ葉漬け食べたいなー
皆で囲んだ夕餉の御膳
口笛吹いて歩いた野道
麦の穂　風にザワザワうねる
へちまの花の咲く頃に
笹舟浮かべて流れる小川
今頃ドジョウは何してるかな
田んぼのカエルは元気かな
聞きたいなーカジカの鳴き声
トマト畑にコガネムシ
夜空の星が忘られぬ
あいたいなー　あの友に
久しぶりだね　達者かな
石けり縄跳び　遊んだやしろ
父の愛した家がある
そろそろ柿の実熟れる頃
赤いほっぺの童のすがた
空っ風ピープー寒かろな
山には雪が降る頃だ

古城いつも・小詩集『クロスフィルター』三篇

クロスフィルター

臙脂色の珠を編みたるロザリオの持ちてはならぬ憎しみの色

商人には国策は格好の商機
展示会でははしゃいでみせて
ゴムの機関銃を構える
日の丸よりは十字架
思想なんかなくっても

金儲けで法隆寺が建つのか
過去に頭を下げれば
血は体内を巡る
農民は晩柑を送る
詩人はそれを食べる

大きな意志は必要なのか
愛はミニマム
愛は0.1が1万回
たった1回を10万人に恃んだとて
冷やかし気分のインサイダーばかり

契約を知らぬ経営者
だから事業をしくじった
使用するのだと言われなくても
奉仕するのが国民
あなたはマスターだから

人を呼ばぬ扉ほど
広く開け放たれている
あぁ、そこに入ってはならない
あなたの魂胆はお見通し
なぜならあなたはすぐに出てゆく

美しい建前よりも数字
一を以て百を制す
契約の条項にはタイトルを
憎しみの予感はすべて文字に
成立しないことを望みながら

標的の死に
いつの間にか十字を切って
闘いの意味を問い直す
しばらく休もう、料理をしよう
小さな集いを開催しよう

憎しみは言葉、愛はエッセンス
ミニマムな会話を繰り返して
伝えるのはエッセンス
そのやり取りが命脈
意識を上げてゆくエンジン

一気にひっくり返る人生オセロ
やって来るのは馬に乗る人
我は不死なり
汝は死なり
わたしは覚悟をしただけだ

わたしの命の最後に
祝福のポロネーズ
弾いてくれよとCDを買う
芸術家見つけた
指先の詩人

明日の契約も、天国の扉も
わたしにパンを与える
確かにお財布の中身は増えた
十字架はフロントエンド
お財布の守備はバックエンド

小さな船は満載で
難破せぬように舵を切らねば
星は街中に瞬いて
読める人はと訴える
星はこの街で働く人々

レモンウォーターリハーサル

ここでは失敗してもいい
間違えたら上書き
もう一回
どうして間違えるのか
どうやったら
上手く吹けるのか
試行錯誤の場所だから
ペットボトルの
レモン水
誰かが
フルーツを籠に入れて
セレナーデ
マーチ
アニソンまでも
ポスターの絵も
転がるレモン

自問して
わたしの今は青春か
甘くない
楽じゃない
苦しみたいの
泣きたいの
だって今は
リハーサル
苦しみ方を
知りたいの
転んだら
起き上がる
起き上がり小法師
それはおれだ
いえ　わたしだ
レモンウォーター
リハーサル
そしていつの間にかに
毎日が本番になるんだな

お病気です

病気のときは
カップのバニラアイス
味もほのかな水菓子枇杷
保冷筒に冷やした麦茶
梅干しのお茶漬けぶっかけ海苔入り
半分量のお蕎麦柚子風味
固形ヨーグルト
オレンジ　メロン
プリンスメロン
サイダー
苦丁茶あったかい儘
ご飯はお茶漬け
病んでいるのに
カレー食べたい
でも我慢
毒気にあたるということがある
わたしの如き
やんごとなききわには
医者へ行って病気になる常時
あのエム田医師の
粉を振り撒く
いかがわしさに
負けてしまった
勝つためには
渾身のいかがわしさで
ぶるんぶるん

ふがふが状態で
これに負けた今回
一週間おうちに籠り
お水とお茶と
お茶漬けと
朗読読書で毒気抜き
そして冷えた麦茶で
そして滾滾と眠り
起きたら
オランジーナか
バヤリースで
こどものように
喉を潤す

小学生歌留多

赤いバラ　野中のバラ　とげ持つバラ

胃の痛いとうさん　ストレスという病気

うさぎは太ってどうやら食べるのか

駅まで行って貨物列車の通過を待った

音叉を鳴らす先生　ギターが趣味で

柿の実がごりっぱ　里のおみやげ

金星を見たかい　宵の明星

苦しかったマラソン大会ブービー賞

消しゴムで学校消した夢を見た

子鹿子羊かわいい小一

桜満開かあさん女ざかり

潮満ちて川の水位も上がる春の日

すいかは家族で食べるのがいいな

世界地図のどこにいるのか僕たちの日本

卒業した上級生の制服姿

田んぼの実り　列車の窓越し
チョコレート友だちの分明日の分
つられて手をあげ　指されてあわてる
とんぼ止まった自転車のかごの先
泣き虫千代ちゃん　けろっとじゃんけん
肉まんもあんまんもどっちもだ　冬
塗ったら緑　描いたら青ペン
寝てもさめてもかあさんごはん
のきのないマンションに住んでてるてる坊主
走っても走っても前に進まない
ひとりぼっちのクラスメートにカードやる
ふざけてもまじめにライトセーバー

減ってるケーキ食べたのはとうさん
ほっとした　かあさんにバレてないうそ
祭りの出店でキャラメル取った
三つ数えていっきに反論
むつかしいテストができちゃってごきげん
珍しいもの集めてたら友だちも集まる
もくもくと入道雲の下の八月
山盛りの給食平気で食べる
雪降って積もらないからながめるだけ
夜になっても寝ないでゲーム
若いと言うより幼い僕ら
をっと初恋は未来に取っておく

話題の本のご紹介

台湾の「日本語世代」の葛藤を背景に、若い日台ハーフ秀麗《しゅうれい》の日本語の響きに魅せられた老俳人秋日《しゅうじつ》の恋を描く

村上政彦『台湾聖母』

四六判・192頁・並製本・1,700円

台湾で歳時記の出版を志す老俳人劉秋日は、台北の「檳榔スタンド」で働く若い日台ハーフ秀麗の日本語の美しい響きに恋をしていた。少しずつ距離を縮めるさなか、母、兄を連れ秋日を訪ねて来た秀麗は、お腹の子の父は彼だと嘘を告げる…。日本統治下の台湾で生まれ育った「日本語世代」の主人公の体験、秘めた心情が語られ、台湾と日本の関係史の深層に迫る。戦前の台湾の土俗的な暮らし、現代の首都台北の文化・風俗も生き生きと映し出す長編小説。

禁じられた恋愛感情、多様な顔をもつ生徒…。悩める教師五人が、教え子の心の闇に触れる

大城貞俊『記憶は罪ではない』

四六判・288頁・並製本・1700円

再会した教え子との間に高まる恋愛感情を抑え込もうとする「特急スーパー雷鳥88号」、親の失踪や放蕩、心の病など家庭の問題を抱える生徒・保護者と向き合う「青葉闇」など、「先生と教え子」のリアルな心模様を描き出す。沖縄戦をテーマに書き続けて来た元教師の著者が、初めて「先生と教え子」をテーマに書いた5編の小説集。

小説・童話

『湿原』加賀乙彦著　―魂の救済へ―

宮川　達二

神を疑う私が神に祈っている。　―壁―
わが湿原に自由存す。　―春の氷―

加賀乙彦による小説『湿原』の朝日新聞連載（一九八三年五月～一九八五年二月）は、約一年十カ月の長きに渉った。私は新聞連載小説を読む習慣はない。しかし『湿原』は北海道東部の湿原が主な舞台、一九六〇年代後半の時代背景、冤罪《えんざい》というテーマ、一組の男女の稀な愛などに魅せられ、珍しく連載時に読んだ。毎回添えられた画家野田弘志の鉛筆による挿画も強い印象を残した。

―『湿原』への旅―

連載終了後の七月、私は小説『湿原』に登場する道東の根室、風蓮湖《ふうれんこ》、温根沼《おんねとう》、春国岱《しゅんくにたい》を旅した。アイヌ語に語源を持つ地名の湿原地帯は、空がどこまでも高く荒涼とした光景だった。風蓮湖は海とつながった湖で、翼を広げると二メートルを超えるオオワシの生息地である。白鳥の飛来地で、鹿、熊、そしてイトウなどの野生動物が生息している。私は北海道中央部の大雪山の麓で少年時代を過ごしたが、同じ北海道とは言え空気感が違った。この地帯は海が近く、周囲は葦、笹、萩、そして低木が広がり、水面は湿原特有の青黒い色をしている。

湿原は、小説の大きな背景となる大学紛争、新幹線爆破事件をめぐる裁判、人口の密集する大都会とはまったく隔絶した世界である。私はこの地に立って初めて、加賀乙彦が、小説のタイトルに『湿原』を選んだ理由がわかったと思った。

―『湿原』という小説―

『湿原』の主人公雪森厚夫は、大正八年に風蓮湖の西に近接する霧多布《きりたっぷ》生まれ。東京に住み、お茶の水にある小さな自動車整備工場で工場長として働く四十代後半の男である。彼は独身を貫き、家族はない。彼はこの工場の社長の信頼が厚く、狩猟、釣りを好む社長を連れて故郷の道東の湿原地帯を訪れる。雪森厚夫は、若い頃から掏摸《すり》、盗みなどの犯罪を重ね前科四犯で刑務所経験が長い。戦争中は中国で入隊していた陸軍を逃亡、軍の刑務所の経験がある。殺人罪はないが、犯罪者としての過去が、今も彼を孤独にし、人間関係も狭くしている。

ヒロイン池端和香子は、雪森が日曜日に趣味で通うフィギュア・スケート場で知り合った女性である。父は刑法を教える大学教授で、豊かな家庭に育った。彼女は、成長するに連れ深まる両親との相剋で神経を病み、自殺を試み精神病院へ出入りする。一方、元の恋人が全共闘の指導者であったため、学生運動にも関係するが、革命を目指す思想の持主ではない。

背景となった一九六〇年代後半、時代は大きく揺れている。その中で二人は、父娘ともいえる年齢差、環境の大きな違いを越えて愛を育てる。だが、雪森が整備工場を解雇され、それを期に二人で風蓮湖周辺の湿原を旅した直後、東京で死傷者の出た新幹線爆破事件の容疑者となり逮捕される。二人は過激派セクトが主導したとされる新幹線爆破事件とはまったく無縁だった。しかし、事実は大きく警察と検察に依り捏造され、雪森は一審では死刑判決、池端和香子は無期懲役となる。

一審の結果、二人は九年という長き年月を刑務所で過ごすことを強制され、二人の愛は引き裂かれる。しかし、裁判は第二審で大きな展開を見せ、物語の後半で結局二人は無罪となる。

こうして、冤罪という重く困難なテーマを持つ小説『湿原』（上下巻）が刊行されたのは連載が終った一九八五年の九月だった。

―冤罪というテーマ―

小説『湿原』は、すでに触れたように二人が被った冤罪が重要な要素となる。一九六九年二月十一日、社長の誤解が原因で自動車整備工場を解雇された雪森厚夫は、当日午後に起きた新幹線爆破事件の犯人として逮捕される。前科、猟銃所持、風蓮湖での爆破実験、恋人池端和香子を通じた過激派セクトとの関連などをつなぎ合わせ、三週間に渉る警察の強要、誘導尋問に負け雪森厚夫は自供する。もちろん、雪森には思想的背景も、爆破事件に関わる事実もない。一方、池端和香子は同じように過激派セクトとの関係、恋人雪森厚夫との関連から逮捕されるが徹底して黙秘する。第一審では雪森と池端は有罪となるが、新たに二人を担当した若き弁護士阿久津純の丹念な調査により、犯行当日、雪森厚夫が神代植物園にいたことを証明する写真が見つかる。また、和香子は当日の同時刻、通っていた教会の後ろの席に座っていたのを目撃した神父がいたことがわかる。

こうして雪森厚夫と池端和香子は、控訴審で一転、無罪となる。また、決定的証拠の発見により、検察側は上告を諦め、二人の無罪は確定する。雪森厚夫と池端和香子が犯人に仕立て上げられる過程は、国家、組織、警察、検察、裁判への強い不信感を訴える加賀乙彦の執念とも言える筆が冴えわたり、読者を惹きつけて止まない。

―『告白』という手記―

雪森厚夫は、獄中で自分の過去を文章にした原稿用紙三百枚の手記を書いた。タイトルは『告白』、副題は「和香子へ」である。幼少期から、現在へ至る人生を書いた手記は、繰り返した犯罪者としての足跡、刑務所暮らしの実態、中国における陸軍での逃亡、戦後の掏摸《すり》仲間との有様を、正直に詳細に書いている。

第二審で二人の無実が決まった時、雪森は『告白』を和香子に渡すことを躊躇した。自由となり、再び和香子と会えるようになった。だが、彼女がこの『手記』を読んだ時、雪森の過去の罪深さに驚き、自分から去るに違いないという絶望感を持ったのだ。

結局、雪森厚夫は迷った末に、別れを覚悟のうえで和香子に『告白』を渡す。その後、二人が会った時、『告白』を読んだ和香子が雪森に伝えたのは次の言葉である。

「〝なんじらのうち、罪なき者まづ石をなげうて〟よ。私にはあなたを裁く資格はない。まったくない」

――春の氷―

〝なんじらのうち罪なき者まづ石をなげうて〟という言葉は、新約聖書「ヨハネによる福音書」第八章七節のキリストの語った言葉である。和香子は、雪森の手記を読んだ時キリストの言葉に想いを馳せ、宮森厚夫の人生のすべてを受け入れた。二人の犯罪者と精神病者と刻印された長い闘いは、こうして愛と救済の道へと向かう。

―作家・加賀乙彦と画家・野田弘志の共振―

作家・加賀乙彦（一九二九〜）は東京生まれ、東大医学部卒。東京拘置所医務技官を務め精神科、犯罪学研究のためにフランスへ留学している。帰国後は大学で教える傍ら、小説を書き始めた。拘置所医務技官として、犯罪者との面談、書簡のやりとりの体験が『湿原』という作品に大きな影響を与えている。加賀乙彦の『宣告』は、死刑囚正田昭の人生を描いている。

『湿原』の挿画を担当した画家・野田弘志（一九三六〜）は、現在八四歳、九一歳となった加賀乙彦より七歳年下である。新聞連載が行われていた一九八三年〜一九八五年の挿画のすべてを鉛筆で描いた。連載の内容に沿った形で描かれた作品のリアリズムは、対象の手触りはもちろん、人間の精神性の奥へと深く分け入る。

挿画の対象は、連載内容により人物、野生動物、街角、刑務所の壁、魚、機動隊、ヘルメット姿の全共闘の学生、安田講堂、鳥、銃など多岐に渉る。中でも、小説『湿原』のヒロイン和香子の表情を描いた肖像画が印象的だ。笑う、泣く、祈る、躊躇う、喜ぶ、悲しむなどの感情がそこに克明に表現される。次に印象的なのは、数多く書かれた手である。握る、摑む、開く、挟むなどの手の持つ多様な姿が描かれる。特別に印象的なのは―二人の手―が握られる描写だ。年齢差、環境の差、さまざまな障碍を乗り越えて生まれた愛。その強い絆を、二人の手を握る挿絵で野田弘志は表現する。連載小説『湿原』の野田弘志の挿画は、『―湿原―野田弘志挿画展』が開催、また画集として刊行され、独自な存在として大きな光を放った。

―ドストエフスキー、犯罪者への接近―

ロシアの十九世紀を生きた作家ドストエフスキーは、帝政ロシア転覆、つまり国事犯として死刑判決を受けた。死刑は免れたが、シベリアへ四年間流刑された。この体験こそ、後に彼にさまざまな小説を書かせた。加賀乙彦の『湿原』は、彼が死刑囚と向き合わざるを得ない拘置所医官であった経験、そしてドストエフスキーの読書体験、特に『罪と罰』（一八六六）を意識して書かれたものだ。『罪と罰』の主人公ラスコーリニコフと雪森厚夫、その恋人のソーニャと池端和香子たちは違いもある。しかし、大きな苦悩を背負わざるを得ない主人公二人の人生の果てに、二人の女性によって与えられる魂の救済と恩寵。宗教的な世界観、特にキリスト教的の影響が見られるのは、百年以上という時を隔てたロシアと日本の二つの小説の大きな共通点だろう。

加賀乙彦には、『ドストエフスキー』（一九七三年）『小説家が読むドストエフスキー』（二〇〇六年）、そして犯罪に関する著書には「死刑囚の記録」（一九八〇年）、『死刑囚の有限と無期囚の無限』（コールサック社　二〇二〇年）などがある。

―恩寵の音楽、そして甦り―

『湿原』の最終部で、雪森厚夫はキリスト教の洗礼を受ける。雪森は、神への疑いを持ちながらも刑務所で聖書を読み続けた。ドストエフスキーも、シベリア流刑の四年間、唯一読んだ書物は聖書とされる。

『湿原』で主人公の雪森に洗礼を受けさせた加賀乙彦自身は、二年後の一九八七年にカトリックの洗礼を受ける。『沈黙』で知られるカトリック信者で先輩作家である遠藤周作の影響もあったに違いない。『湿原』の執筆は、加賀乙彦の宗教的な道も大きく開かせた。

『湿原』で示された魂の救済の道は、キリスト教だけではない。この小説で、宗教と同等の重みを持っているのが、加賀乙彦自身が愛する音楽による救済である。この小説で音楽が登場するのは、主にヒロイン和香子の独白シーンである。前半でモーツァルトのピアノ・ソナタが、後半ではベートーヴェンのピアノ・ソナタが数多く登場する。

池端和香子は獄中で、ベートーヴェンのピアノ・ソナタ作品一一〇の楽譜を手に取る。

「音楽がたちまち耳と心で鳴りひびいた音を聞きながら同時にさまざまな情景や会話や観念があふれ出してくる。(略)これを作った時ベートーヴェンは全く耳が聞こえず、自分の内心に湧き起きる音楽のみを聴いていたんだ」

―門―

また、池端和香子は、獄を出て雪森の手記『告白』を読んだ後、次のような事を考える。

「和香子は読み終えるとピアノにむかってベートーヴェンのピアノ・ソナタを弾き始めた。迷わず選んだのは、作品八一a『告別』だった。第一楽章のアレグロの半ばで涙が溢れてきた。雨がひとしお烈しくなり、軒端のトタンを打っている。まだ日の暮れに間があるのに、真っ暗な庭であった。あの人がいなければ私は幸福になれない。どうしたらそれをあの人に分かってもらえるのだろう」

―春の氷―

この小説で、本当の意味で精神的な強さを持っていたのは、貧しさと犯罪を重ねた雪森厚夫ではない。ノイローゼ、精神病、妄想を抱く危険性を持つと精神医に判定され、お嬢さん育ちと誰もが考えていたヒロイン池端和香子にこそ強さが存在していた。執拗な警察での尋問では黙秘を貫き、罪多き雪森厚夫の手記『告白』を受け入れ、雪森を心から愛し信頼する生き方は、小説の最後でも飛躍的な自由を勝ち取っている。

恩寵の音楽とは、ヒロイン和香子が経験した、絶対的な沈黙に満たされた孤独な心にこそ響いてくる。ベートーヴェンの生誕二五〇年を迎えた今年(二〇二〇年)、我々はその音楽の恩寵を、加賀乙彦著の小説『湿原』を通して聞き取ることができる。音楽は時に、文学の力を越えて人の心に深く迫る。

草莽伝

青年期3

前田　新

昭和三十四年の暮れ、真は詩人谷川雁の詩論集『原点が存在する』を読んで感動する。谷川は「農村と詩」のなかで、「僕が自分のなかで詩を自覚した最初の二行は、〝おれは村を知り道を知り　灰色の時を知った〟」と書いている。真は、真にとっての詩の自覚とは、何か？を、自らに問うた。谷川は「東京にゆくな」「どんなに苦しくとも、村にいて遊撃戦を戦え」「詩はそのときの有効な武器だ」と真を扇動した。

真は村野先生の『詩脈』にかかわりながら、谷川と同じ福岡で全国的な農民詩の同人誌『民族詩人』を主宰する松永伍一のグループに参加した。松永は六十年安保闘争のあと、上京して毎日出版文化賞特別賞を受賞した大著『日本農民詩史』全五巻を、およそ八年をかけて編むが、真はそのなかに、会津の農民詩人渡部信義や斉藤諭吉ともにその詩と詩論について、下巻の二で約五ページにわたって掲載され、編纂に当たっての協力者としても名を連ねた。

昭和三十五（一九六〇）年、真は町の連合青年団の副会長になった。

年明けから日米安全保障条約の改定で世情は騒然としていた。県連青は改定反対を決議し、安保反対国民会議への参加や国会請願行動などに参加した。そのために例年県の教育委員会と共催で開催してきた青年問題研究集会を教育委員会の共催拒否により、独自に開催することになった。それを契機に安積連青と郡山連青が県連青を脱退して、新たに県青協を結成した。県教委は県連青の活動を政治的な偏向だと非難して、補助打ち切りを宣告してきた。市町村の教育委員会もそれに呼応して、青年団の活動に、とくに真たちの演劇活動や自発的な学習運動に干渉してきた。

真たちは、安保条約改定問題を学習して、軍事同盟のみならず貿易為替の自由化など経済主権に及ぶ改定内容から、未来を担う青年として改定に反対することにし、町の「平和と民主主義を守る共闘会議」にオブザーバーとして参加した。勿論、青年団としてではなく旗をつくった有志としてであった。そして五月に行われた日米安全保障条約改定阻止国民会議の第十六次統一行動にカンパを集めて、旗とともに二名の代表を送った。

白黒のテレビでは連日、国会周辺で行われるデモが放映され、新聞でも報道され、いやでも「安保反対」の声は村々にも浸透していった。真たちは「安保改定反対」の手書きの短伝（ステッカー）をつくり、村の電柱にくまなく張った。勿論、青年団としてではなく、平民共闘会議としてではあったが、村の駐在は真たちを監視するようになった。

四月に入って在京の大学生たちが帰省して、真たちの青年団と交流した。彼らは口々に「安保反対闘争のあとの展望はあるのか」と、詠嘆して、酒を飲み心情論的に過激な行動を煽った。たしかに彼らに問われて、真には答えようがなかった。展望としての具体的な政治機構の構想もその可能性への道筋も具体的には持っていなかった。深刻ぶる大学生たちとの討論に真は所詮は田舎者と、己の無知を恥じた。同時に彼らの思いあがったエリート意識の危うさをかいま見た。首都のデモ行進で整然と行進をする労働者や農民とは異なり、全学連の学生たちが徴発的な行動を繰り返すのを真は醒めて見るようになった。社会党はそれを批判しない。共産党だけが彼らを左翼小児病的冒険主義で社会変革とは無縁だと糾弾していた。

学生たちが帰って行ったあと、村は田植の時期に入り繁忙を極めた。農耕馬による作業は田面を均すためのえんぶり作業に、真は遠縁に当たる斎藤を頼んだ。水系の水上にある斎藤の家では田植が終わると、親の代から真の家のえんぶり作業に例年、来てくれていた。彼は真よりは二つ年上だが中学を終えるとすぐに就農し、毎年真の家に来てくれていた。彼は青年学級のリーダーで四月に行われた町議の選挙では、町政史上初めて立候補して当選した共産党候補者が自転車に乗ってメガホンで街頭演説をする姿に感動し、秘かにその応援をしたと言った。その頃、村での高校進学は三分の一ほどで大方が中卒で就職や家業に就いた。村にはまた奉公人といわれる農家に住み込みて雇われて働く習わしがあり、男性だけでなく女性も数年間大きな農家に奉公し、農作業をしながら、裁縫などを習い嫁入り修行をした。青年学級は彼らを対象にしていた。彼らは村のなかで貧富による差別を体験として実感していた。

斎藤は真に共産党の機関誌、日刊『アカハタ』を置いていった。はじめて見る『アカハタ』に真は目を見張った。そこには全国津々浦々で取り組まれている「安保改定反対」運動の動向が記載され、同時にテレビや新聞で報道される学生たちの過激なデモや暴動化する行動を批判する論説もあった。真はこれが戦前は持っているだけで逮捕され、拷問にかけられたという『アカハタ』なのか、とりたてて扇動するような記事もなく、合法的な政党機関紙という印象を持った。何か過激なことが書いてあるのかと思ったが、むしろ、広範な国民運動としての「安保改定反対」運動を攪乱し、機動隊と衝突を繰り返す全学連の運動は、決して戦闘的なことではなく不必要な挑発行為に過ぎず、警察に弾圧の口実を与えるだけである。国民的な運動においては「百害あって一利なし」だと糾弾していた。

『アカハタ』が主張するのは、国民主権を主張する民族民主統一戦線論であった。漠然としたものではあったが、当時はまだ公安警察の監視対象であった日本共産党に、真は革新の多数派である社会党とは、何がどう違うのかと、改めて関心を持った。その後も斉藤は真に『アカハタ』をまとめて持ってきた。真はそれをせっせと読んだが、特に違和感はなかった。

六月十六日、全学連の彼らが国会突入を企て、東大生の樺美智子が警官に虐殺されるという事件が起きた。痛ましい事件で彼女を犠牲者として哀悼する心情は真にもよく解ったが、学生の彼らが国会を一時的に占拠して「日米安保条約」を暴力的に阻止しても、その後に彼らがどのような政治体制をつくってゆくのか、それは見えてこなかった。この国の「展望」はどうあるべきなのか、と、真は当時の社会党の理論とされた向坂論文も読んで見た。共産党の二つの敵論と当面の課題を民主主義の徹底として、その上に立っての社会主義へ向かうという路線と、社会党の理論である現状から社会主義革命へという社会主義革命論は、ロシアや中国における武力による社会変革の理論としては成り立っても、わが国の国情を考えるなら実現性は共産党の理論よりも遠いのではないかと思った。それよりも社会党として社会変革の指導権を持ちたいための共産党批判ではないのか、と訝った。それは地方においては革新勢力における反共思想として機能していたのであった。

死者が出たことでデモは鎮静化し、国会で条約は批准された。そして岸内閣は倒壊した。七月、自民党は総裁に池田勇人を選んで組閣した。

十月、社会党の浅沼委員長が日比谷公会堂で演説中に右翼の青年によって壇上で刺殺されるという事件が起きた。現行犯逮捕された少年は二十日後に留置所で自殺した。本当に自殺なのか？それは謎のままだ。

そうした激動のなかで、十一月に総選挙が行われ自民党は圧勝した。

国民感情は暴動による変革よりも、冷静に事態に対処して、そこでの対応を求めていたのであった。それに呼応して池田内閣は、所得倍増計画と銘打って高度経済成長政策を閣議決定する。

東西冷戦下で日米安保体制は、東アジアにおける反共の砦として、米国の経済属国としての繁栄を国民にアピールしたのであった。

そうしたなかで真たちは激動の八月六日の広島原爆記念日に、町の連合青年団として、初めて「ノーモア・広島、長崎」、「核兵器廃絶」のプラカードを掲げて、町の繁華街を一時間にわたって平和行進を行った。

前代未聞のことで、町の連合青年団がプラカードを掲げ、「原爆許すまじ」の歌を歌ってデモ行進する。真はその先頭に立った。

青年団の赤化と保守系の人々は色めき立ち、町連合青年団を構成する七つの旧村青年団のなかの三つの青年団が脱退をちらつかせた。その背後は見え見えで、真たちの影響を町の青年団活動から排除し、従来通りに青年団を保守系政治家の支持組織としておきたいという思惑であった。しかし、青年が平和を願う。広島や長崎の被害を繰り返さない。その何が問題なのだと言う真たちの主張に、青年団の政治的偏向を問題とする彼らも、正論には面と向かって反論はできなかった。一部の役員が陰で「アカの手先」などと真たちを非難したが、安保闘争の高揚もあり、青年団の多数意見にはならなかった。

日米安全保障条約改定反対闘争が終息して、ほとぼりが冷めたころに、全学連主流派の委員長唐牛健太郎らが、権力者の走狗として反共活動家になりさがった元日本共産党委員長田中清玄の資金援助のもとで、挑発的な暴動を繰り返していたことが明らかになった。真は田中清玄は会津藩の家老田中玄宰の縁の人であることを知って唖然としたが、地に足のつかないインテリの革命論など、さもありなんと改めて思った。

村の保守層と呼ばれる人々の反共意識にも、真剣に耳を傾け農民として村で生きていくために、地道に仲間たちと、何が真実なのかを事実に即して学んでいくことを肝に銘じた。

昭和三十六（一九六一）年、四月、真と喜与夫婦に次女が生まれた。

　喜与は産後五十日を待たずに、二人の娘を佐和に預けて、真と農作業に従事した。佐和は真に、「何するのも良いが、農作業が遅れてはならない。作物は季節で育つ、だから作業の時期を逃してはならない。その時期を逃せば豊かな稔りはない」と、自らの経験から口癖に言っていた。真は町の農学校を出て一通りの作物栽培技術を理論としては知っていたが、佐和は農業は理屈ではない、それを実践して結果としてその成果を村の人に示さなければ、村での信用は得られないと真を諭して、自分も二人の孫を子守しながら率先して働いた。それは真にも嫁の喜与にも容赦なかったが、喜与は黙々とそれに耐えた。

　真たちの福島県連青は、その年の県青年体育文化祭の記念講演に『わが思想の遍歴』の著者である柳田権十郎氏を選んだ。

　柳田氏は「実践は、階級のいずれかの立場に立たざるを得ない。どの階級の立場に立つかは、その人の思想だ。私は五十年間、西田哲学を学んで生きてきて、今、唯物弁証法の哲学に至った」という言葉に真は感銘した。

　安保条約改定反対に沸くその年、政府は農民に向かって農業近代化のために「農業基本法」を公布した。貿易為替の自由化にともなって日米経済協定の具体化として「農業生産の選択的拡大と生産性の向上、農業の構造改善・並びに流通合理化」の政策的促進を謳うものであった。

　県連青は、その学習のために、全県的に「農民大学」の開催を県内の各方部ごとに開催した。会津方部の開催に真たちは奔走した。農業の構造の改善とは、わが国農業の資本主義的再編成を意図するもので、それはまさに資本の本源的蓄積のためにマルクスが『資本論』のなかで言うように「農民から土地と水と労働力を」奪うことであった。すでに長野県や山形県では「農民大学」が進められていて、福島県連青もそれらの先進に学んでの取り組みであった。

　真は山形の農民詩人真壁仁の『野の教育論』（後に『野の教育論』全三巻として昭和五二年に民衆社から発行される）に学んだ。「実践の思想」には『やまびこ学校』の佐藤藤三郎が出てくるが、彼は『二十五歳になりました』という『やまびこ学校』のその後を書いていて、真はそれを読んで彼に手紙を書いていた。彼らは真より一つ年上だが、地元の村でそれぞれに青年運動にかかわっていた。

　一方、八月八日、仙台高裁において松川事件の差戻し裁判が行われて全員無罪の判決が出た。青年団の仲間たちの代表も仙台にいったが、真は喜与と遅れている水田の三番除草で田のなかで、トランジスタラジオでその無罪判決の実況放送を聞いた。真と喜与は泥手を握りあって、感激に溢れる涙を拭くことも出来なかった。謀略のために罪なき人を死刑に追いやろうとした冤罪を国民が暴いたのだ。まだ、その真犯人は解らないが、犯人とされた共産党員は全員の無実が証明されたのだ。それは何よりも真夫婦への励ましになった。

　秋の穫り入れも終わった十一月の半ば、真たちは隣町の労働会館で湯川村の農村調査に来て『会津平坦地の農村の階級分析』という本を出版した日本共産党の農民部長紺野与次郎氏の「農業構造改善政策と農村の階級分析」という話を聞いた。農業基本法の目指すものは、構造改革と云う名で農村から資本家のために労働力と水と土地を奪い取るもので、日米安保条約の改定によって締結された、米国との農業分野における約束の履行であることを学んだ。しかもその政策は農民の要求である土地改良事業を通して遂行される。それは村の解体と再編をともなうものである。それをどう農民に周知し、団結して村と農民の生活を守ってゆくか、それが農業と農村の当面の課題であることを、現実に即して確認し合った。真はそのときに湯川村の共産党村議、小林秀夫さんや周辺町村の共産党員と初めて会った。

それから数日後に、町の共産党の町議、野中さんが訪ねて来て、日本共産党の第八回大会で決定した「日本共産党綱領」を読んで、是非、共産党に入党して欲しいと『綱領と規約』を置いていった。真が野中さんに会うのは先の講演会と二度めであったが、少年義勇隊からシベリア抑留を経験されて帰国し、町の失業対策事業で働く野中さんは見るからに屈強で不敵な風貌の人であった。

既に真は一通り、党の文献を読んでいたが、入党の誘いに改めて自問し、「綱領」とともに当面の行動綱領と規約を読み直した。

戦後、十五年が過ぎたとは言え、農村ではまだ共産党といえば思想犯として犯罪者扱いされる。真の青年団での行動は、どうもアカ臭いと煙たがられてきていたが、いよいよ入党するとなると、決断するのには冷静な判断が必要で、家族のことを考えて躊躇した。

しかし、「綱領」に基づく行動は「党は多数の勤労農民の土地を収奪し経営を犠牲にする売国的反動的農業政策に反対して、農民の生活と権利を守り、重い税金、独占物価に反対し、営農資金および引き合う農産物価格を要求し、農業協同組合の民主化のためにたたかう。とくに農業、農村労働者、貧農のために土地と賃金と仕事を要求してたたかう」とし、まだ別項では、「国費による土地改良を要求している」この行動綱領に異論はない。同時に真は、党に入るとことは単に政治運動のためだけではない。自分のこれからの生き方の問題なのだと自問し、それには相応の覚悟が伴うものだという自覚を自らの内に確認した。己の生い立ちを振り返って見て、弱者に対する村のサブリーダーの卑劣さは嫌というほど味わってきた。このままでいけば、真もそのサブリーダーの位置につくことも出来るが、それでは弱者の味方ではなくなる。幼少期から少年期にじっと耐えて自らの内部に培ってきた信念を生涯にわたって不退転の決意で貫いて生きる。入党することはそのためなのだ。覚悟とはそのことなのだと改めて自己確認をした。

ただ、懸念されるのは、戦後の民主主義の思想を共産党はどのように考えるのか、武力による革命のようなことなら民主主義ではない。民主民族統一戦線による二段階の多数者革命とは、具体的にはどのようなことなのかと思案し、入党を決意するに当たって日本共産党第八回大会で採択された「日本共産党綱領」と綱領決定に至るまでの変遷の歴史を、一九二二年の綱領草案から、二七年テーゼ、三二テーゼなど国際共産主義運動と日本共産党の一連の経緯と、第五回大会、第六回大会の行動綱領、さらには第七回大会行動綱領などの諸決定とともに、宮本書記長の『日本革命の展望』を併せて再読した。

それでもなお、さまざまな疑問や不安が、払拭されたわけではなかったが、まず「自分が変わらなければ、何も変わらない」

と書く詩人真壁仁の『野の教育論』の言葉に押されて、自分が変わるために、真は入党を決意した。

雪が降り始めた十一月六日の夜、真はヤッケに身を包んで家を出た。村から三キロほどの町に歩いて向かった。明神おろしの強い西風が吹いていて、雪が積もれば、帰りは自転車では無理だとの判断だった。

野中さんの家には白岩さんや斉藤さんがいた。真が入党の決意を語ると、入党申込書が渡されて、書き終えると野中さんと白岩さんが推薦の言葉を書いてくれた。斉藤さんが黙って真の手を握った。真は三人に一言「お世話になります」と言った。野中さんの奥さんが野中さんに一升瓶を渡した。「偶然だが、今日は十月革命記念日だ。同志会田君の入党を祝って乾杯をしよう」と四人の湯飲みに酒を注いだ。真の入党申込書は地区員会の審査を経て許可されるが、生い立ち、階層、経歴、決意のいずれも要件に沿っている。とくに青年運動での経験は貴重だと、真の入党を歓迎した。

町には戦前、全農の支部があり県史に残る小作争議もたたかわれていたが、転向や弾圧で消滅し、戦後も経営細胞の同志はレットパージで活動停止になって、公然と町で共産党活動をはじめたのは野中さんの奥さんを含めてこの四人で真を含めて五人になった。

真はその夜、日誌に畏敬する山縣の農民詩人真壁仁の詩、峠のフレーズを万感の思いで書いた。

峠は決定をしいるところだ
峠には訣別のためのあかるい憂愁がながれている
峠道をのぼりつめたものは
のしかかってくる天空に身をさらし
やがてそれを背にする
風景はそこで綴じあっているが
ひとつをうしなうことなしに
別個の風景にははいってゆけない
大きな喪失に耐えてのみ
新しい世界がひらける

その夜、真はその決意を喜与に話した。喜与はさほど驚きもせず、真にそれによって何がどう変わるのかを聞いた。真は、村で農業を生業とする暮らしは今まで通りで変わらないと思う。言ったら、それじゃいいよ、と、言ってくれた。

喜与は小学二年の時に父親を戦争で亡くしている。戦後の父親のいない農家の辛酸を体験している。戦争が悪であるという思いは理屈としてではなく体験として真と共有していた。わずかだが嫁ぐ前に戦後の青年運動にも関わっていた。保守性の強い青年団で産業振興大会の発表で県の代表になった経験もあった。真が青年運動で飛び回ることを当然のこととして許容していた。真が共産党に入党することを、喜与はその延長として受け止めていた。数日後に、真は日本共産党に入党した。漫然とは生きまいという決意を、真は「地の塩」として生きる覚悟を、胸裏に深く刻んだ。

博徒伽藍日誌《ばくとがらんにっし》 5――青

鈴木　貴雄

一

　夜想曲第1番　変ロ短調　作品9―1。この曲が流れるとともに、アタシは朝、目覚める。ピアノのメランコリックなフレーズで始まるこのナンバーから、アタシの気怠《けだる》い一日が始まる。ショパンの代表作として知られる、夜想曲第2番にトラックが進む。曖昧な流れを押しのけて逆い続けた記憶。そんなアタシの人生の続きへと、徐々に覚醒する。ベッドから起床。洗顔して歯磨き。トーストを焼いて七分間、バターを載せ齧《かじ》る。一面を見ただけで無味な新聞。父《ちち》の大学へのバッシングだけ見当《みあ》たらない。アタシの今日の予定は、午後イチで資格スクールの講義を受ける。そのあとひとりウィンドウショッピング。夕刻、カレと落ち合い映画館。そしてディナーへ。一二月。クリスマスまであと二週間。気温はさほど下がらない。コーディネートが決まり、明るいジャケットを羽織ってスタンドミラーの前へ立つ。食事の際にソースが付いたら、白のシャツはマズイかな。そもそも、カレの好みはコンサバティブだったかしら……。出掛ける準備は、時間が掛かる。クローゼットから色違いのドレスを取り出していると、おしまいまで再生しレコードは止まった。アタシの部屋は静寂に包まれる。今まで押し溜めていたリグレットが、一斉に降り注ぐ。最初から分かっていたハズ。アタシには、幸せなんか縁が無い。シアワセなんて……。静けさの淵《ふち》を掴み続ける。こみ上げる感情に耐える為《ため》。ノクターンを弾くかのように。

　碑河岸《ひがし》ナヲミ――。それがアタシの名前。幼少の頃は、大家族《だいかぞく》だった母方の親戚のもとで育った。小学校に上がる際、両親の元となる今の家に移り住む。のんびりした田舎にて、祖母からたっぷり可愛がられて育つ。そのため都市部へ移り住む頃には、すっかり人見知りになっていたとか。だがそれも成長のうちの一過程だったのだろう。小学生高学年になる頃には、クラスの中でおてんばな現代っ子として通《とお》っていた。アタシに構う同じ学級の男子児童の筆箱を悪戯し、消しゴムの平らな面に黒のマジックで「バカ」と書いたときの事。授業の後《あと》で見つけると、男の子は笑ってアタシの額を指で突っつく。

「あら。アタシが書いたという証拠でも?」

「他の男子が皆、オレも書かれたって言ってるぜ。碑河岸がふざけてるんだ」

　アタシは照れ笑いでやり過ごしたが、誓《ちか》って彼のほかには誰にもやってない。その日一日《いちにち》は釈然とせず。数日後、移動教室の科目。クラス全員、理科室へ向かいがらんどうとなった教室。チャンス到来。その子のペンケースを発見。過日に落書きした「バカ」の背面へ「アホ」を追記してやろう。しかし、確かに記したはずの「バカ」の文字が、消しゴムに無い。良く見ると、同じ商品のまっさらな新品へと切り替えられていた。静まり返った教室。そんなはずは無いと思いながら、元あった所へ直し茫然。そっと男子児童の筆箱を仕舞う。そんなはずは無いのは、そのときのアタシの行動の方《ほう》なのだろう。窓の向こうからは、校庭でボールを追い駆ける子どもたちの声。立ち上がり窓辺へ。嬌声が聞こえる方角に視線を向ける。胸の鼓動が大きくなる。頭の中は電気ショックを打たれたように真っ白。まもなく大人が手縄を持って大勢やってくるのだろう。余程辛いはずだ。彼らに捕まって、真実を吐かされるのは。アタシは床を踵《かかと》で蹴ると、ランドセルを担ぎ上げ教室を飛び出す。室内履きシューズのまま校舎を出ると、校門を駆け抜けた。通りすがりの老婆や、級友の母親などがこちらへ視線を送る。歩みを止めたら、即座に捕まってしまうだろう。そうしてアタシは一目散で自宅を目指した。教室に、白い鱗で這う巨大なバケモノを置き去って。

二

映画館を出ると、すっかり日没を過ぎていた。カレの会社の運転手付き高級車で、レストラン迄。鑑賞したのはハリウッドの文芸作品。あの監督はこの女優と交際している。ニューヨークが舞台の場合、ロケ地には大抵《たいてい》シドニーを使う。車中、カレのそんな蘊蓄《うんちく》に相槌を打つ。ゲーム製作プロダクションの代表。五〇代後半。アタシとは三〇歳以上の差がある。五〇代男性とハタチ前後の娘のカップルなど、今日《きょう》び珍しくもない。アタシと言えば、短期大学を一年次生のうちに中退したのが二年前。その頃には、男《オトコ》遊びなぞさっぱり卒業していた。カレとは友人の紹介から、ふたりで会食するようになる。二回目のデート後、カレから映画館の誘い……アタシにとっては瓢箪から駒。そして、車はレストランのあるホテルに到着。係員が恭《うやうや》しくアタシのドアを開ける。反対側の扉から出たカレは、がっしりした体で小走りにアタシの傍《そば》へ付きエスコート。最上層までエレベータ。四七階へ止まり、扉が開いた。展望が良く、首都の夜景が一望できる。係員にカレが名前を告げると、窓際の席を案内され、そこへ着席。食前にテーブルへ運ばれた赤ワインで、喉を潤す。

「なるほど。児童期にありがちなパニックだね。学校というのは、時に不思議な空間なんだ。事前に危険を回避するような造りになっているのだろう」

「パニックとは違うわ。だって、自宅まで走り続けても全然平気だったのだもの」

「それで、大人《おとな》たちへはその後《あと》、どんな風に説明したんだい？」

カレは、舶来物の機械式腕時計が巻かれた腕で、グラスを引き寄せアタシへそう訊いた。肘《ひじ》の内側によって折り曲げられたダークのスーツは、三段の目立つ皺《しわ》で高らかに宣言していた──「ラグジュアリー・ブランドでございい」。

ランドセルを背負ったまま自宅へ駆け込む。母親が掃除機の手を止め、アタシの姿を見て訝《いぶか》った。アタシはそこでわれに返る。算数の教科書を取りに来た。しかし、家に着いてから、今日その科目は無い事を思い出した。勘違いしたまま、慌てて学校から駆け出してしまった──咄嗟に思い付いた、子どもの嘘。母親は首を横に振り、学校まで付いて行き、校門の前で見送ると言った。一言も口をきかず、通学路を母と歩く。小学校へ戻り、校舎内へ入るまで母親は敷地の門からこちらを見つめていた。今になって思えば、アタシの作り話はお見通しだったのだろう。理科室に行ってみると、級友一堂は準備したまま席に着いていている。アタシが来るまで待っていたとのこと。その後は、何事も無かったかのように授業が進められた。

ワインを半分ほど消費した頃、テーブルへ料理が運ばれて来た。仔羊のトマトソース煮。カレは御機嫌といった風に鼻を鳴らす。ナイフで切り、フォークで口へ運ぶと、マトンとソースの味わいが広がる。なんだかほっとした。自分で探さなければ、ストレス解消の機会などやってこない。大人になるとは、そういうことだ。メイン・ディッシュをかたづけた頃、店員がテーブルにやってきて、メモをカレへ見せた。エプロンとしてネックへ掛けていた白いクロスを剝がし、椅子から立ち上がるカレ。

「三〇分で戻る。ショー・ストッパーだ」

アタシへそう言い残し、カレは忙《せわ》しなくレストランを後にした。新型コンソールがクリスマスに発売される。そのローンチ・タイトルを手掛けているとは聞かされていた。スタッフからの報告が緊急で上がったのだろう。テーブルに頰杖《ほおづえ》をついた姿勢のまま、グラスの赤を飲むアタシ。自分より仕事を優先する男性へ詰《なじ》ることはしないものだ。そう、聡明な女であれば。諦め半分に、ささやかな抵抗をつぶやく。

三

クリスマスも兼ねた忘年会をやろうと「スロプー」から誘われたのは三日前だった。僕はと言えば、定期的に飲み会するような友達も周囲に居ない。居酒屋に行っても、酒を頼んだりしない。それでも良ければとオーケー。繁華街の店。サシで呑むことになった。話題は、いつものギャンブルの戦果など。「スロプー」は、珍しく僕にこんな話題を振る。

「コンピュータも扱えるのだろ。ライノ。オレだけに競馬の予想プログラムを作ってくれよ」

「既にありますよ。モバイルデバイスにも」

「違うちがう。百発百中の奴だ。アイディアだけでも良い」

「確実に勝てるようなソフトウェアが存在するなら、皆それを使って大金持ちになればよろしい」

「だから、お前の腕なら既存のを上回る物が作れるはずだと言ってる」

「そうですね……万馬券が買えるようになるプログラムはどのように動作すべきかと言うと」

「ふん、ふん」

「先《ま》ず、勝ち馬を予測しないことです」

「そりゃあ……どういうこったい」

「出走馬のパラメータを入力させる過程で、ユーザーの深層心理にある当着の予想を導き出すアルゴリズムを構築します。コンピュータは予想しない。苦手なことを、一切《いっさい》行わなくて済むよう設計する」

「今風《いまふう》じゃん」

「ヒトの内心にある予想というのは、正しく引き出せば案外それが現実になるものです」

「元が取れるんか？　開発費用とで」

「それに、ユーザーの予想だと思えば不平もないでしょう。レースで当たらなかったとしても」

「狐につままれたような気分だぜ」

　呼び出しだと言い残してカレがテーブルを立ってから、一時間半。連絡もなく、アタシはテーブルでお酒をちびちび消費する。空調は快適で、その分《ぶん》徐々に喉が乾く。レストランのスタッフに、アタシと同じくらいの年齢の男の子をみつけた。幼顔で、少し歳下《としした》なのかも。彼がテーブルへやって来る。ワインのボトルを回収しながら、アタシにこう言った。抑揚のない口調。

「デバッグ後テストが少々《しょうしょう》長《なが》引《び》いているとのメッセージです」

「アタシがひとりで帰らないと値踏みしたと」

「社長がお戻りになる迄、わたくしがお嬢様へお仕えします。しばしご辛抱ください」

「分かった。その代わり、アタシのお願いを聞いて」

　そう言って椅子を引き、彼の立っている右ななめ前へ向かって座り直す。足を組み、タイトスカートの裾を太腿へ食い込ませる。カラになったグラスを突き出し、逆さにしてみせた。一滴、二滴とグラスから零《こぼ》れるしずく。ブーツに掛かり、厚底を伝って床へ落ちる。時間を掛けて見届けた。絨毯の長い毛足が、僅《わず》かに湿る迄。さて、くだんの希望について、聞いてもらおう。

「飲み物を戴けるかしら？」
深くお辞儀するギャルソン。良く訓練された歩き方で、スタッフ・ルームへと立ち去る。ピークを過ぎたフロアの客入り。テーブルの大半は空いていた。椅子から立ち上がり、窓辺へ立ってみる。全面ガラス張りの夜景へ、今朝方《けさがた》のドレスアップがうっすら反射する。ひとりほくそ笑《え》んでいた。女は勝ち誇る。数多《あまた》という男性を組み伏せたのちに。

「『ショー・ストッパー』だ……」

腕を組み、耳に残った科白《セリフ》をつぶやく。男性と同じ言葉を使ってみたかったのだ。はじめは、軽いリズムで吹き出していた。心臓の下方から、愉快さがこみ上げる。仕舞いには、憚《はばか》るのも忘れて笑い声。今宵《こよい》、首都は不夜城となる。踊れ　アタシを悦ばせる為に。

四

「尾乃道《おのみち》だな」
四、五人くらいの男たち。いきなり、僕と「スロプー」が飲んでいるテーブルを、脇から囲むように集まってきた。痩せ型で、無精髭を生やした三〇前くらいの人物。スウェットの上下姿で、防寒などお構い無しという風。彼は「スロプー」の姓を呼んだのだろう。「スロプー」は、首を小刻みに上下へ震わせたまま、何も言わず声の主を見やった。男は「スロプー」の肩へ腕を廻し、耳元近くでその続きの科白。

「三年前の府中だ。イセノキラクィーンが優勝したレース。パドックまで来ていたよな？　お前」

男がそう凄《すご》むと「スロプー」はロックを啜《すす》る。笑みを浮かべながら相手にこう応えた。

「覚えていないな。昔の話は。忘れちまうのさ。酒と女のほかはな」

彼らは「スロプー」を椅子に座った状態のままに激しく押さえつけた。抱き込む格好で、上半身を背もたれへがらんじめにする。別の仲間が、そこへさらに頭を摑み倒す。曝された首筋へ、火の点いた煙草《たばこ》の先端を近づける。

「そのとき、相棒と一緒に居た筈だ。そいつの居場所を吐《は》いてもらう。アガリを持ってトンズラしやがった」

さながら拷問である。過去の連れ合いが、なにかトラブルを起こしたということなのだろうか。ノーマークだった僕が割って入ったところで、彼らに対し勝ち目など無い。僕はと言えば丸腰の上、多勢に無勢。体が凍りつき、まったく言葉を失う。ミネラルウォーターのボトルを両手で握り締める。中の水温が上昇してゆくように感じた。

「痛《イタ》ッ……イタタタタ!!」

「スロプー」を押さえつけていた男のうち、ひとりの悲痛な叫び。辛うじて自由になっていた腕で、肘関節が極められたのだ。その男が「スロプー」を解放し間合いを置くと、彼の仲間も動揺し手を放した。相手のうちのひとりが、それまで威嚇のために突き立てていたタバコ。あてがなくなった様子で宙に翳《かざ》していた。「スロプー」は自《みずか》ら手を伸ばすと、右手の親指と人差し指でその火種をつまみ、掌《てのひら》で握り締めた。タバコを持っていた男は驚いた様子で手を離す。「スロプー」は、タバコを摑んだ拳《こぶし》を執念のごとく揉み込む。掌の中では、とても耐えられないような熱さになっているはずだ。そして、中身をコンクリート剝き出しの床へ放《ほう》る。ちびたシケモクへと変わり果てた姿になり、転《ころ》げられていた。

「それで、オレに何か用事があったんじゃないのか？　兄ちゃん。それとも、誰かにオレの名前を聞いただけで、舞い上がっちゃってやってきたのではないかな？」

「スロプー」が、そう啖呵を切ると、男は「行くぞ」とつぶやく。それまで囲んでいた彼らは皆、僕らの居たテーブルを去り、店を出て行った。僕は急いで席を立ち「スロプー」へ。

「ケガはないですか⁉　店員さんを呼びましょう」
「びっくりしたかい？　ちょっとした余興だよ。忘年会のな。そろそろお開きにしよう。今夜は冷えそうだ」

そう言うと、ロックで注がれたグラスを飲み干し「へへ……」と笑って会計がバインドされたボードを取り上げる。立ち上がり、右手の掌を見つめ、握ったり開いたりする仕草。先ほど、タバコを握り潰した手だ。火傷《やけど》ができていないか確認しているのだろうか。そうして「スロプー」は、こうつぶやいた。

「勝てない博徒は、博徒じゃないのさ……」

五

「消しゴムに書いた筈の落書きが、どうして消えていたと思う？」

二時間ほど経った頃、カレが店へ戻って来た。バグ・フィックスは完了し、マスター盤の納品が済んだとのこと。今はテーブルに着き、ブルーベリーが載せられた小振りなアイスケーキを食べている。カレが目の前でデザートを頬張る様子を、じっと見つめる。アタシが問い掛けた質問へ、ケーキを存分に味わったという表情で、カレはこう応えた。

「落書きが嬉しくて、その消しゴムは男の子が家に隠し持っていたんじゃないかな。もったいなくて、新品のと交換したのさ。ナヲミに好意を持っていたのだよ、きっと」

それを聞いて、アタシは声に出さずカレへこっそりささやいた。

――バ・カ。

レストラン内に演奏が聴こえて来る。グランドピアノが用意されており、ピアニストがソロでクラシックを弾《ひ》き始めた。夜想曲である。フロアの客からのリクエストにより選曲したとの説明。その旋律は、師走の夜を穏やかに過ごす街の人びとへの思し召しとも思えた。激動とも呼べる一年間が過ぎ、間も無くやって来るだろう更なる荒波までの、暫《しば》しの安らいだひと時。アタシは、この日の事を忘れずに、胸の中であたため続けるだろう。

幼少の頃の不思議な出来事。成人した今になって、その記憶が呼び戻される。幼《おさな》きアタシが、いつの日か理解されるようにタイム・カプセルへと隠したメッセージなのかもしれない。大学を飛び出してから三年目に掛かろうとしていた。その間、様ざまな出来事があった。失われた友人、傷ついた心。だが、逆境にあらがい続けたのち、今の平穏な生活に落ち着くことができた。今日《こんにち》までの予知が、アタシの深層心理に隠されていた……そんな気がする。

やがて、カレとレストランを後にした。カレは、来た時と同じ車に乗る。アタシはハイヤーで帰途へ。

「楽しかったよ。年明け頃、またお目に掛かりたい」
「ごちそうさま。今日はありがとう」

アタシを乗せた車は、首都高速のインターチェンジへと向かう。ホリデー・シーズンを心待ちにしている人びとから、街は賑《にぎ》やかだった。

こうして、静かな夜更がやってきた。ノクターンの調べに載せて――

ひょうたん

古城　いつも

　毎年五月の中ごろの一年で一番気候のいい時分、近所のお寺の境内で骨董市が開かれる。

　今年もその時はやってきて、でもおかあさんに、

「行くんじゃないよ。」

と言われているから、とりたてて遊びに行く道を遠回りして、たくさん開いているお店を覗きに行くこともなかったはずだ。

　ただ、たまたま隣りのクラスの大木君が、おとうさんが買ったSLの模型を見せてくれるって言うので、お寺の境内を突っ切って大木君のうちに行ったのだ。

　その日の交友に満足して、また境内を通って家へ戻る時、居並ぶ店店の端っこに、そのおじさんが構えるお店があった。

　店のテントの前面に、なんか得体の知れない種だか動物だか天然のおもちゃだか、とにかくヘンテコリンなものが、いっぱいぶら下がっている。

　立ち止まって見入っていると、おじさんは言った。

「面白いだろ。」

「おじさんぐらいの年になると、カッコイイとも言う。」

「これ、なに？」

と聞くと、

「ひょうたん。」

と返ってきた。

「ひょうたん？」

と聞き返す。

「美しい形だろ？」

「絵にもなるんだよ。」

「ひょうたんの絵？」

「おじさんには、ニョタイにも見えるな。」

「ニョタイって、筑波山の女の山？」

「どうだい、坊や。これは全部は売れないから、明日のお店が閉まる頃もう一度おいで。残ったひょうたん、一個あげるよ。」

「やった！」

　なにが嬉しいんだかよく解らないまま、僕はおじさんと別れて家へ帰った。

　骨董市は土曜日、日曜日と開かれていて、その日曜日の四時過ぎにまた、おじさんのお店を訪ねた。

　おじさんは、

「おっ。ちょっと待ってろ。」

と言うと、テントの軒から束になったひょうたんを下ろして、一個はずすと僕にくれた。

「おまえ、何年生だ？」

と聞くから、

「小学五年。」

と答えた。

「学校はおもしろいか？」

と聞かれると、ちょっと気取って、

「ぼちぼちでんな。」

と言ってやった。

おじさんは、

「また秋に来るから。」

と言いながら店じまいを始めた。

僕は家へ急いだ。


子供部屋の壁にひょうたんの房を画鋲でくっつけると、ひょうたんはからからなのになぜかみずみずしく見えた。

「おかあさんは聞くだろうな。そのひょうたんどうしたのって。」

「もらったって言うしかないよね。」

お風呂に入って、おかあさんとふたりで晩御飯を食べて、今日はテレビを見る気がしなくて部屋に入った。

明日の学校のしたくもすんで、ＪＲの列車の雑誌をぱらぱらと読んでいたら、か細い声が聞こえてくる。

「後生でございます。」

「・・・・？」

「死ぬに死にきれないのです。」

「だれ？」

「この世に未練がございます。」

そこには鯉の絵の描かれた銀糸の着物を着た、若い女の人が立っていた。

「わたしは鯉の霊でございます。」

「霊なら死んでるんでしょ？」

「成仏させてくださいませ。」

「後生ですから。」

「死にきれないんでしょ？　じゃあ生きちゃえばいいじゃない。」

僕にはさっぱりわけが解らなかった。

鯉の霊が、この世に未練があるって・・・。

だったら霊は霊として、この世で活動すればいいじゃないか。


その鯉の霊と、しばらく話をすることにした。

「どうして僕のところに来たの？」

「ひょうたんに封じられておりました。」

「日中は気圧のせいで、ひょうたんからは出られないのです。」

「それに、霊には夜が似合うのでございます。」

「なぜあの世へ行きたいの？　この世に仕事はないの？」

「わたしはこの世では報われないのです。ただ『鯉』なのです。」

「霊ですから、おうちもなければ名前もないのです。」

「仕事をしても、そのほまれは誰か人間が持っていってしまいます。」

「なぜ、死にきれないの？」

「ひとつのほまれも持たないからでございます。」

「ひとつ勝てたら。とにかく一勝。東大野球部のような心持ちでありましょうか。」

「『ほまれ』がひとつあればいいんだね。」

「なにか得意なことある?」

「踊りを踊れます。」

「それだよ!」

僕はトンとひざを叩いた。

「今年の町内会の夏祭りで、飛び入り参戦するんだ!」

「君は夕暮れの夏祭りでかっさいを浴びるんだ。」

「わたしが出ても大丈夫でしょうか? わたしは霊でございますから。」

「大丈夫だって。その鯉の絵の着物は綺麗だよ。でも、浴衣がいいかな。」

「浴衣も鯉の絵なのです。」

「それは願ったりかなったり。」

鯉の霊と話をして、いつのまにか眠ってしまった。

鯉の霊は次の夜も来て、夏祭りまで踊りの練習をしている、と言った。

練習の成果は夏祭りの舞台でお披露目するとも言った。

そして、夏祭りの日にちを確認していった。


夏に入る前からもう日本は充分暑くて、終業式が終わってから、長すぎるこれからの夏休みを期待と不安と半分半分に思って、八月初旬の家族旅行に思いをはせた。

お父さんの夏休みがお盆休みじゃなくてもよくなって、八月の三日、四日、五日と南アルプスの高原で過ごすことにしたのだ。

そして、お盆に催される町内会の夏祭りを思った。

「鯉さん、上手く踊れるかな。」

「とにかく、お父さんの夏休みが夏祭りとぶつからなくってよかったな。」

宿題はいっぱいあって、でも、夏休みは学校友だちとのしがらみとは離れて、おかあさんと庭いじりをしたり、近所の友だちとはやりの本の交換をしたり、小学生ってけっこう忙しい。

おかあさんは言った。

「ひょうたんは夏に実るんだ。」

「茶色くなったら収穫して、種を抜いて、あんたの部屋のみたいなからからのひょうたんを作る。」

「うちでもつくろうよ。」

「種抜きが面倒くさいわ。」

旅行から帰って、プールへ行ったり、子供会で夕食会をやってもらったり、そしてやっぱり、鯉の霊のことを思った。

お盆の日にちのある前の土日が、町内会の夏祭りだった。

金曜日の夜に鯉の霊はやってきた。

「坊ちゃん、守備は上々でございます。」

「何を踊るの?」

「田楽ばやしです。」

「どんな唄?」

「サプライズですから。」

「歌詞カードは差し上げますね。踊りが終ってから。」

夏祭りの当日が来た。

その日は良く晴れて、まさに祭り日和。

鯉の霊は夏祭りの役員詰所にCDを渡して、かけてくれるように頼んだ。

僕は何もしなくてよかった。

鯉の霊は要領よく働くものだ。

火の国太鼓と木更津甚句が三回づつ流れて、みんな踊った。

その次に、鯉の霊のお願いしたCDの曲が流れた。

鯉の霊はすでにやぐらの上に乗っていた。

そして、舞い始めた。

〽アラ　宮島の千畳敷は
　どなたが建立なされた
〽アラ　宮島の千畳敷は
　どなたが建立なされた
〽飛騨がたくみが　武田が番城
　秀吉さまが御建立
〽アラ　百八燈篭　燃えてつく
　管弦祭りよ
〽山陽名所　数あるけれど
　これが一番じゃ
〽アラ　岩国のそろばん橋や
　五そりそりておるといな
〽百間敷石　錦の河原に
　三国一の橋といな
〽アラ　あの娘の胸に　情け橋
　渡してみたいよ
〽そろばん橋さえ　想いをかけて
　会いに来るぞいな
〽アラ　音戸の背とを切り抜いた
　清盛公よ
〽日の丸の扇で
　お陽を招き戻した
〽アラ　会わぬ瀬　会う瀬
　こぐ舟は　ただ波まかせよ
〽あの舟恋しや　一声呼んで
　戻してみたや

鯉の霊の踊りはこの世のものとは思えぬほどに美しかった。

その姿にはさらに、光の粉が舞っていた。

みな、その場で動作を止めていた。

屋台の前はひとがいなくなって、子供たちはヨーヨーづりを止めた。

飲食店のサービスも飲んでいたビールをテーブルに置いた。

そして掛け声と指笛が入った。

「ヒュー、ヒュー。」

「アンコール！」

「最高っ！」

そして拍手がわいた。

ナンパにいさんも近寄らなかった。

詰所のおじさんは次の曲を出しかねていた。

鯉の霊はやぐらを下りたような、消えたような、でもふっと居なくなったのは確かだ。

僕は、どうしよう、と思った。

「もうこの町内会は下手な踊りでごまかせないぞ。」

そして、鯉の霊は霊としてこの世で活動するのではないか、とも思った。

「仕事あるよね。」


「坊ちゃん、やりました。」

その夜うちへ帰ってから部屋で眠れずにいると、鯉の霊はやってきた。

「これで成仏できます。」

「この世に残らないの？」

「もう充分やりました。」

「とりあえず毎年踊れば？」

「いえいえ、毎年来ると年をとってしまいますから。」

「それに、この世はちと、気圧が高くって。」

「情け橋がいっぱい渡されればいい、と思っております。」

「わたしは『鯉』の霊ですから。」

「刹那に生きることがさだめなのでございます。」

そして鯉の霊は田楽ばやしの歌詞カードを手渡してくれた。

「自分は要らないの？」

「もう暗記しております。そらで歌えますから。」

「もう、会えないの？」

「坊ちゃんが将来恋をしたら、静かに寄り添うつもりでございます。」


そして朝が来た。

壁に飾ったひょうたんは、小学生の僕にも美しさが解るような気がした。

夏休みが終わるまで、毎日ひょうたんを見つめてはため息をついた。

『少年ため息ついて恋を知る』
・・・か。
『鯉』とは、『恋』のことを言っているのかな？

いや、恋はもっとときたないな、俗だから。

鯉の霊は静かに清かった。

「やっぱり、この世のものではないのかもしれないな。」

そして、ひょうたんをもらった五月から今日のお盆の日までの不思議な出来事の数々を思い返した。

誰にも話さないでおこう。

おかあさんに言っても解らない。

夏休みが終わる頃、おかあさんは町内会からもらった写真を見せてくれた。

「あの踊りの上手なおねえさんが写ってるよ。」

「ほんとだ。霊なの写真に写ってる。」

「霊ってなんの話？」

「いや、なんでもない。」

来週から学校が始まる、というとき、僕は同級生に会うのが恥ずかしくなった。

自分だけ特別な体験をしたことが、どこか後ろめたかった。自分だけ先に大人の世界に足を踏み入れたような気持ち。

「鯉の霊の成仏を助けただけなのに、このウキウキした気持ちはなんだろう。」

そしてひとつの決意をした。

二学期は運動会がある。

今年は無理だけれど、来年六年生になったときのために、運動会で踊りをやろうって提案する。

踊りの先生は知らないから、みんなが知っている踊りを練習するんだ。

学校の先生も、知っている曲だったら練習時間をつくってくれるだろう。

それだったら、児童会に立候補しようかな。

そこまでしなくてもいいように、先生たちに前もって話しておいたほうがいいかもね。

おかあさんが声をかけた。

「とうもろこし茹だったからね。」

「うん、今行く。」

机の上に田楽ばやしの歌詞カードを置くと、僕は階下に下りて行った。

そして言った。

「おかあさん、宿題は万全だよ。」

＊挿入詞「石本美由起作・田楽ばやし」

小説

昼の月

北嶋　節子

一

五月の連休開けに沼田絵里は交通事故で一か月以上前から入院している母親を見舞うため、磯浜小学校に着任してはじめて午後からの年休をもらい、更衣室で着替えていた。五時間目が音楽専科の授業で、クラスの下校指導は初任研講師の三枝真知子に頼んで午後退出することができたからである。

萌黄色のサマーセーターの上にジャケットを羽織ろうとしたが、ふと四月の着任式でつけた後、更衣室のロッカーに置いたままであったマベパールのペンダントを取り上げた。ロッカー室の鏡の前でつけてみた。鮮やかな萌黄色とマベパールの控えめな光沢が絵里の色白の面差しを明るく引き立てている。ペンダントは母親から就職祝いにもらったもので、お守り代わりにつけたと言えば、きっと母親も喜ぶに違いないと思えた。ふっくらした胸の中央で止まったマベパールが、窓から差し込んできた陽射しを受けて、内側から輝くような艶のある光を放った。

五時間目の始業を知らせるチャイムがなったとき、絵里は更衣室から出て、職員室に置いてある荷物を取りに行こうとした途端、絵理のクラスの女子リーダー、木村明美と小林絢香が向こうから息せき切って走ってきた。

「絵里先生、大変。満たちがまた暴れてます」

「えっ、ほんとなの。どこで」

「三階の教室の廊下で康夫さんを引っ張りまわしてます。とにかく早く来て、康夫さんが」

二人の訴えはいつも大げさではある。そう思って駆けつけてもさほどではないことも一度や二度ではなかった。絵里はどうしようかと躊躇したが、このまま退出するのも心配である。後で何かあったら、また管理職に呼ばれ、叱責を受けるに決まっている。

二人の生徒はもう絵里のジャケットの腕をつかんで、思いっきり引っ張っていた。

「わかった、わかった。すぐ行くから。手を放して。痛い、痛い、腕がちぎれそうよ」

現場に到着した絵里は予想した通りの行為を目の当たりにして、思わず息を呑んだ。

「沼田先生よう、この馬鹿たれをなんとかしてくんない」

首根っこをつかんで、三人がかりで引き摺ってきた尾田康夫を蹴飛ばすと、佐野満が薄笑いを浮かべ、不意に立ちつくした絵里を威嚇するように叫んだ。二人の女子はいつの間にか音楽室に向かったようだ。

「ちょっと待って、あなたたちどうしたの。これは、いったい」

「康夫ちゃんですけど。なあ、満」

満の後ろで笑っていた小林正樹が突っ込みを入れた。その横にいた佐藤俊夫が笑い転げて、黄色い声をあげた。

「そうどすえ」

康夫は四月に京都から転入した子どもだ。時々京都弁が出ることをからかっているのだった。康夫は床に倒れ込んだまま、泣きじゃくっている。混乱し、パニックに陥っている。

「うるせえ、泣くんじゃねえよ。みっともねえなあ。赤ちゃんみたいによう」

正樹が一つ蹴りを入れる真似をして康夫の顔をうかがった。康夫はそれを察してびくっと動いたが、そのまま振り向かなかった。白いTシャツが伸びてだらしなく首筋を見せている。黒のジャージズボンは引きずられたときの廊下の埃にまみれて、白くなっていた。

「やめなさいよ。暴力は。友だちでしょ。いつも一緒にいる仲間でしょ。かわいそうだと思わないの」

力つきてうなだれている康夫をかばって、絵里は叫んだ。

「ふん、仲間って何ですか。友だちだって、笑わせるなよ。先公に関係ねえんだよ。うっせえんだよ」

——この子たち、大人を舐めきっている。

満たちは野次馬が増えてきたことをむしろ喜んでいるように、いきまいた。絵里がどうするか見定めようとしている。

——わたしはどうしたらいいのだろう。

絵里は満たち三人組や野次馬に囲まれていた。胸の鼓動が早鐘のように高く打ち、胸を締めつけた。喉が渇いて声が出ない。

「俺らがしょんべんしてたら、康夫がのぞいたのよ。だから、罰を与えているっていうわけ。悪いのはこ・い・つ」

「つまり、お仕置きだよなあ。なあ、満」

俊夫が満の後を続けて言うと、大声で笑った。満が絵里の方に顔を向けてあざ笑うように言った。

「ほら、沼田先生。何とか言ったらどうな」

「こいつ、満のことビビっているんじゃねえの。え、正樹。何も言えないんじゃねえの」

「あの、本当のことなの。康夫さんがのぞいたって言うのは。でも暴力しなくても……」

必死の力をふり絞って言うと、絵里は口をつぐんだ。

その時子どもたちの通報で駆け付けた教頭の村田晃司が満の襟首を後ろから、ひょいとつかんで叱咤した。

「おらおら、満、授業はじまっとるよ。早く音楽室に行かないか。正樹、俊夫、はよ行け」

満はつかまれた襟首を振りほどこうともがいたが、上背もある屈強な村田の手を払いのけることができない。村田は激高すると九州弁が飛び出すのである。

満は卑屈な笑いを浮かべた。

「今、行こうとしてたところですよ。へいへい、わかってまさあ。放してくださいよ」

俊夫も正樹も満と目配せし合いながら、あっという間に逃げていった。

脱力したままの康夫が残された。

「ひどいことをするのね」

康夫を抱えて絵里が起こそうとすると、康夫はいきなり、身体を激しく突っ張らせ、絵里の手を拒んだ。

「ほっといてくれ。先生なんて何にもしてくれなかったじゃないか。いいから、ほっとけよ。どうせ俺なんか」

康夫の剣幕に驚いた絵里は、思わず手を離した。

「康夫。お前なあ、沼田先生はお前を助けようとしたんだよ。

なんちゅう、言い方するんばい。ほれ、立つんばい」

村田はそういうなり、力任せに康夫を立たせた。白くなっているズボンをはたき、伸びていたTシャツの襟元を、有無を言わさず直してやった。

「お前はまず顔を洗ってから教室に戻れよ。あいつらには後で話をつけておくから」

もう、泣く気力もないのか、肩を落としたまま、康夫は廊下の階段を上がっていく。

「沼田先生、今は音楽の野村先生の授業ですよね」

苦々しい顔で、康夫を見送りながら、村田が言った。

「先生の五年二組だけど、先週から特にひどくなったと野村先生が言ってたよ。満は先生にも、あんな口の利き方をするんだね。まるでどっかのチンピラじゃないか」

「ええ、何度か注意はしたんですが」

「あなたね、他人事みたいな言い方しちゃいかんよ。満たちに問題があっても、あんたは教師だから毅然としていなきゃ、毅然と」

「は、はい」

「初任者でも生徒に舐められないように授業の準備をして、子どもに言うことを聞かせないと始めが肝心なんだよ。初任研講師の三枝先生に教えてもらって、しゃんとしなきゃあ」

絵里は村田は苦手であった。有無も言わさず決めつける言い方に馴染めなかった。絵里は、しっかりしろと言われるたびに身体に鋭い針が突き刺されるような痛みを感じた。

黙り込んでうつむいた絵里をふてくされたと見た村田は、深いため息をついて背を向け、職員室へと去っていった。

満の康夫へのいじめがエスカレートするにつれ、明美、絢香らがことあるごとに絵里に訴えるようになった。

「先生、また満さんと康夫さん、喧嘩してた」

「っていうか、あれ、いじめ。一方的に康夫さんがやられてない。おかしいよね」

明美が不安を隠せずに言うと、絢香も大きくうなずいた。二人とも音楽は大好きな子たちで授業を満たちに妨害されるのには我慢がならないのだ。またかと絵里はうなだれた。

「野村先生がキレちゃって大変だったの。先生も音楽の授業、見に来てよ。ひどいから」

「合奏しようとしたら、満が勝手に楽器をいたずらしてさ。他の男の子たちも調子に乗って騒いで。もう、いい加減にしてほしい」

とうとう絵里は頭を抱えてしまった。三枝に相談しても、満たちを取り巻きにしていて、本気にしない。実際満たちは三枝の模範授業の時はよく発言した。定年退職後に講師になり、絵里のクラスについている三枝は、困っている絵里をなだめ励ますだけで、具体的な手立てはほとんど教えようとはしないのだ。

「満たちは確かにうるさいけど、いじめまでするかしら。沼田さんを魅力的な女性として、意識しはじめているのよ。振り向いてほしい気持ちが出ているの。そのうち収まるから」

何度も困って三枝に相談しても、たいていは軽く受け流されるのだった。

絵里は困った挙句、大学で教職課程を専攻した時に世話になった講師の浦山志郎に相談した。浦山は大学時代の友だちの高木啓太が磯浜駅で「湘南すばる珈琲店」を経営していて、現職の教員たちのサークルの場所を提供していることを紹介して語った。

「絵里の学校の近くだし、マンションからも遠くないから、一度一緒に行ってみないか。古い喫茶店だけど、高木は親切だし、若い教員も相談しに来ているっていうから、何かつかめるかもしれないよ。行ってみようよ」

浦山は頬を緩めて絵里を見つめ、熱心に誘った。

三

五月の半ばの夕方、絵里は浦山に連れられて「湘南すばる珈琲店」の扉を開けた。扉のカウベルが澄んだ音を立てた。

店内は思ったより広く、珈琲の焙煎の香りが漂っている。中央の大きな楕円形のテーブルを一二個の籐椅子が囲んでいる。入り口に置かれた観葉植物は高木マスターの好みらしく、店内にもポトスや胡蝶蘭が飾られていた。

「やあ、浦山。今日は『すばるカフェ』サークルの貸し切りだよ」

高木が弾んだ声で手を挙げた。浦山は、含みのある表情でうなずいた。

中央のテーブルにいた北山美保子が立ち上がって、絵里を隣の椅子に案内した。

「いらっしゃい。マスターから聞いています。沼田絵里さんね。どうぞ大歓迎よ」

絵里が緊張してうなずき座ると、浦山は美保子にていねいに挨拶した。明るい声で絵里に手を振り、ドアの外に消えた。その姿を眼で追っている絵里に高木が話しかけた。

「絵里さんは珈琲、それとも紅茶。飲物は二杯まで無料サービス。お好きな方をどうぞ」

高木は浦山と同年配だと聞いたが、落ち着きを感じさせ、浦山よりずっと年上に見えた。集まっている人たちは全部で六人。向かい側に座っている若い男性の顔に視線を向けたとき、絵里は驚いて声をあげた。

「えっ、びっくり。荒川先生、でもどうして」

「あ、俺は沼田さんが入ってきたときにすぐわかったよ」

荒川浩二は穏やかに微笑した。歯並びのいい白い歯とえくぼが見えた。黒のTシャツとジーンズにも見覚えがあった。

「えっ、どういうこと」

隣に座っていた岡崎友紀が二人を見比べて首を傾げた。

「俺は磯浜小学校の三年担任で、彼女は五年担任というわけ」

「えっ、偶然なの。同じ学校の人を連れてくる人はいるけど、偶然は珍しいわね」

荒川は照れくさそうに笑った。まだ三年目の若い教師で、子どもたちからも『荒ちゃん』と呼ばれ慕われている。

「葉山小学校の岡崎友紀です。荒川さんと同じ三年目。今は初めての一年の担任で言葉が通じないっていうか、四苦八苦しています」

絵里を意識して、友紀が自己紹介をした。小太りの身体つきで、優し気な面差しだ。

「大崎小学校の牧慎一です。荒川とは二年先輩で四年の担任です」

牧は、男性にしては身体つきが華奢で線が細い感じがするが、落ち着いた話し方に絵里は好感が持てた。

「慎ちゃんは見ての通りのイケメン。女の子にもてるらしいよ」

「よせよ荒川、絵里さんが呆れているだろう」

つっこみを入れた荒川の言葉にみんながどっと笑った。一気に場が和やかに華やいだ。

友紀の隣の年配の男性は顔を赤らめた。

「あ、大沢武です。僕は教員ではなく中学校の事務職員で、高木マスターとは同じ三〇代。マスターは見ての通り、渋い二枚目なのに浮いた話は聞かなくて」

「おいおい、大沢、自分の自己紹介に俺のこと言うなよ。浮いてなくて悪かったな」

手作りのチーズケーキを運んできて、高木が笑いながらテーブルに並べた。ふと時計を見て首を傾げた。

「あれ、七時になるのに、柏木由美さん、遅いね」

「あら、ほんと。どうしたのかしら。絵里さんと同じ初任の五年担任なのに」

美保子が心配そうにドアを眺めた。

「やっぱり、難しかったのかも」

友紀と荒川が顔を見合わせた。

「そうかも知れないね。そろそろ始めようよ」

大沢がため息をついたとき、不意にカウベルの音が大きく鳴った。

「ま、滑り込みセーフ。お二人さん」

美保子が喜びの声をあげた。

年配の女性と若い女性が息を切らして入ってきた。

「すみません、職員会議が長引いてね。冷や冷やしたわ。ねえ、由美さん」

中村美津子と名乗った年配の女性は三枝と似ている雰囲気を持っている。

「絵里さん、こちらは横舘小の柏木由美さん、初任で五年生を担任しているけど、大変なクラスなので、みんなで応援しようと集まったの。中村さんは初任研講師の方ね」

絵里は初任で五年と聞いてドキッとした。

「あの、いつも報告者を決めるのですか」

「みんな堅苦しいのは嫌だからいつもは決めてないのだけれど、この前悩みを聞いてほしいと由美さんが言われたから、それで」

美保子の後、荒川が続けて説明した。

「みんな自由に喋っているし、言いたくなかったら、聞いてるだけでも大丈夫だよ」

高木がカウンターの方から声をあげた。

「はじめる前に軽食いる人は何人。全部五〇〇円均一でカレー、ナポリタン、カニピラフのうち選んでくれ。まとめて教えてくれるか」

「はいはい、手を挙げて。あ、酒はだめだよ。飲みたい人は終わってから付き合うからね」

絵里は大沢の声にしばらくあっけに取られて考えていたが、

カレーに手を挙げた。大沢がお金を集めてマスターに渡しに行った。

「いつも思うけど、高木、安すぎて店つぶれない」

大沢が冗談交じりに言うと、高木は笑って首を振った。

由美の話は感が極まって、ときどき湿っぽい声になり、隣に控えて座っていた中村も、もらい泣きをしていた。子どもの反抗的な態度がひどく、どんどんエスカレートをしている。教師いじめのようにさえ感じられる。人々は沈黙し、暗く張りつめた空気が流れた。絵里は聞きながら、その場にいることがたまらなくつらくなり、何度も立ち上がろうとした。他人事ではない。眼の前の由美はまったく自分と同じだと思えた。『死ね』と息巻く男子の姿が満に重なったし、騒がしい授業で立ち往生している由美の姿は、はっきり自分のそれと重なった。絵里と違うのは中村がいても事態は変わらないことだった。絵里の場合は三枝の言うことは、満たちは神妙に聞いていた。ある意味、自分だけが矢面に立たされているのだった。由美の場合は中村も一緒に苦しんでいる。それは何とも羨ましかった。ともに悩む人が身近にいることがとても幸せそうに見えたからだ。

ハンカチで目頭を押さえながら語り終えた由美に参加者から思わず、ねぎらいの拍手が起こった。定年退職者の美保子が年長者らしく口火をきった。

「きっと彼らは鬱屈を抱えているのね。『死ね、うるせえ』と言っている本当の理由が彼らだってつかめないのでしょう。だから若い教師に何かを訴え求めているのだと思う。由美さんは自分に力がないと思い込んでいるけど、一緒に苦しんでいることは彼らもわかっているし、由美さんなら、わかってもらえると本当は期待しているのかもしれないわ」

「中学校だと『死ね、消えろ、あっち行け』は普通かな。子どもも心がボロボロになっている。受験も控えて不安な日々を送っていると思う。親も教師も締め付けるし、内申書があるから一握りの子どもたちはおとなしくしているけど、落ちこぼれた他の子たちは不安だろうな。就職はない。進学は難しい。私立受験したくてもお金がない。未来が見えないなかで、勉強だけやれと言われる。変になるのも僕はわかる気がするよ」

大沢が、ため息をつきながら言った。

「もし、自分が彼らだったらと思うとやりきれない。勉強もできない。かと言って授業中に黙って過ごすのは苦痛だよ。そうみられると悲しいだろうな。彼らはどんな生育歴を経て家ではどんな生活をしているんだろう。反抗ばかりする子と見ないで、もっといろんな面の彼らを見たらどうかな。子どもはいいことも悪いこともあってなんぼっていうよ」

荒川も大阪弁が急に出て、いいにくそうに感想を話した。

「本当に由美さんを嫌っていたら、無視すると思う。五年生は思春期の入り口だから単純じゃない。誰からもほめられたり頼られたりしないで、邪魔者扱いされてきたんじゃない」

大沢も荒川の意見に同調して言うと、牧の方を見て同意を促した。

「子どもは授業が面白かったら変わると思う。『死ね、あっち行け』と言うかもしれないけど、叱ったりしない関係をつくるのが大切だよ。昨年担任した自閉症の子は立ち上がったり、叫んだりしたけど、周りが熱心に授業するようになると、威嚇行為はやめていた」

　牧は昨年の重い自閉症の子どもを六年で担任した体験を話した。はじめは不意に外に出てしまい、校舎の中を走り回ったり物を投げたりしたが、子どもたちが迎えに行き、自分は大切にされていることが実感できると、できることは一緒に授業を楽しんだという。自閉症の症状自体はなくなったわけではないが、クラスに居場所ができたことで、彼の気持ちにも落ち着きが生まれたのだと述べた。

「あ、みんな食べながら進めよう。マスターが運んでくれた料理が冷めてしまうよ」

　大沢が湯気の出ているカレーやピラフ、ナポリタンなどを眺めて言った。いつの間に高木が運んでくれたのかわからないほど、みんな話に夢中になっていた。


　絵里は『湘南すばる』珈琲店を出ると、肩で大きくため息をついた。あっという間の三時間で、一〇時を過ぎていた。期待はしていなかったが、荒川に会えたし、由美のつらい話に自分を重ねて、やってみようという気持ちも湧いてきた。反抗している彼らがどう考えているのかを知りたいし、クラスの中に居場所をつくりたいと思い始めていた。

「でも、もう少し具体的に考えましょう。授業を工夫するとか、彼らの本音を引き出すとか、いいアイディアがないかしら」

　美保子が最後に言った言葉がいつまでも絵里の耳に残っている。

――一番知りたいのは具体的な手立てよね。由美さんもわたしもそこが知りたいのに。

　でも由美のクラスの実情をつかむだけで話は終わってしまった。それでも彼らとのつながりを生み出すために、声をかけるようにしたいと由美が言った言葉に、絵里は衝撃を受けた。自分よりずっとつらい体験をしながら、深く子どもたちのことに胸を痛め、かかわろうとする姿勢にうたれたのであった。

三

　一週間後、絵里は疲れた身体を引きずりながら、再び『すばるカフェ』に参加した。

　二度目は緊張せずに、みんなの輪にすっと入れている自分に驚くほど、温かい雰囲気に馴染んでいた。

「あれから、二人で方針を立ててやってみました。ねえ、由美さん」

　中村の弾んだ声に絵里は思わず顔をあげた。以前の由美は消え入りそうな顔でうつむいていたが、今日は覇気も感じられ、自信のようなものが宿っている印象があった。

「クラスをかきまわしている男子四人を最初一人ひとり呼んで、今の気持ちとかクラスや教師にどうしてほしいのか聞いてみようとしたんです。算数を教えてくださっていた教務主任の坂東先生にも協力してもらい、算数の時間に抜けて来るように言いました。でも」

　由美はその時の様子を思い浮かべたらしく、暗い顔でため息をついた。

「ひとりは嫌だと譲らないので、四人揃って部屋に入れたら、えらいことになったんです」

由美は半ば震えながら話し出した。中村がその時の彼らの発言の聞き取りメモを印刷して配ってくれた。


相談室として使われている狭いガランとした教室。真ん中の大きなテーブルにパイプ椅子が一〇脚置かれている。四人とも髪がピンピンにはねて、気だるそうにポケットに手を入れて座っている。

「だからさあ、柏木先生は若いんだし、明るく顔をあげて話したら。みんな言ってるよ。柏木は暗いって」

「まったくだよ。俺らが騒ぐのもわりいけど、下向いて無視して、黒板の方向いて注意するのやめてくんない。きもいし、怖いよ」

「俺らだって、塾行ってお勉強してんのよ。いつまでもばかやっているつもりはないからいい加減察してよ」

「それに同じことやってんのに、俺らばっか注意するのやめてくんない。むかつくよ」

「理科の実験の時なんか、正夫もやってたのに、俺らだけ叱られた。ああいうの、俺ら許せないのよ。喧嘩両成敗でしょ。叱ってもいいけど手落ちなく頼まあ」

「俺たちってさ、誉められたことないんだよ。ろくでもないことやってるけど、正夫をどうしてひいきすんの。仲間外れかよ」

「正夫は結構ワルなんだよ。みんな知ってるよ。この前一年生を通学路でいじめて泣かしてたし、そういうの全然見ないっしょ」

「そうそう、坂東なんて正夫はいいやつだって、マジで信じてるよ」


ここまで話すと由美は顔をあげて大きくため息をついた。聞いている人たちも凍りついている。この場を立ち去りたい思いが、急にこみあげてきた。絵里は再び見ていられない気がした。

「こんな感じで耳障りな言葉をまくし立てられて、わたしは心が折れるし、胸が張り裂けそうでつらかったですが、中村先生が傍で冷静にメモを取りながら、『まず聞こう』と言われるので、立ち上がりそうになるのを必死でこらえていたんです。そうしたら、彼らも疲れたのか、じーっとわたしたちを見て、急に態度が落ち着いてきたんです」

牧が驚いたように深くうなずいた。

「もうだめかと思えて、この話し合いは無駄だったかなと思ったんです。でも……」

由美はメモに視線を落とすと、再び話しはじめた。心なしか声のトーンが明るくなっていた。


「しっかし、柏木先生も中村先生も俺らのことを我慢してよく聞いてくれたな」

「俺らだって何をやってるんだかわかるさ、でも大抵の先公は話なんかまったく聞きもしない。特に坂東はひどい。『うるせえ、黙ってろ。ちゃんとやれ。目、覚ませ。出てけ』だろ。はじめっから俺らを弾いているくせに力で抑えつけんのよ。マジでむかつくんだよ」

「いままで、俺らの話、聞こうとする奴なんて誰もいなかったよ」

はたで見ている人がいたら、いい加減、彼らをのさばらせていいのかと怒りすら感じるであろう。もし、自分だったらその場から逃げ出していたに違いない。絵里は聞いているだけで身体が震えるのを抑えることができなかった。だが由美の表情には、明らかに変化が現れた。

「この子たちのねじ曲がった根性をまっとうなものに向けてやりたいと思っていたけど、でも本当にそうなのという疑問が湧いてきた。ひょっとしたら、彼らが言っている本音こそ大切で、わたしたちは彼らを決めつけて潰そうとしていないかと思えてきたんです」

そばに控えていた中村も大きくうなずいている。

「ああ、わたしも感じた。やっぱり彼らは一一歳の子どもよね。保身のために自己弁護する言葉が多いけど、それを理解してやれない大人にも問題があると思った。もちろんわたしも含めて。彼らがすぐに素直にはならないけど、由美さんは頑張って説得したのよ」

「ほう、それは勇気がいったでしょうな」

珈琲のお代わりを持ってきた高木が、思わず感心して声をあげた。

「ええ、わたしも見て見ぬふりをしてしまっていたから、そのことをまず心から詫びたの。困るとすぐに坂東先生を呼んで。確かに汚いやり方だったとわたしも思ったし」

「そうしたら、どうだった」

荒川も身を乗り出して聴き始めている。

「いいすよと言って彼らの突き刺さるような視線がスーッと薄れてきたんです。少しずつ授業も学習も取り返して行こうよと話しました。すると、一人の男子が『俺さあ、今度学級委員やっていいかな。俺らのことびくびくして、ちっとも注意しないし、しゃきっとしなくてむかつくんだよ』と言ってきたんです」

「だけど、学級委員になるときちんとやんなきゃいけないことが増えていくんじゃないか。めんどくせえよ」

「そうそう、いまさら職員室に行くのも照れくさい。やめた方がいいんじゃないの」

他の男子が怪訝な顔で言った。

「まあ、そこんとこは大目に見てもらってさ、楽しくやるのよ。由美先生。今のクラスはぎくしゃくして面白くねえし。クラスの奴らには文句は言わせねえよ」

由美も中村も狐につままれた感じもあったが、彼らとの密約めいた共感が生まれたというわけであった。それまでじっと聞いていた大沢が不安そうに言った。

「だけど、中学校ではヤンキーみたいな子に体育祭で応援団長をやらせたりすることを見てきたけど、そう簡単ではないよ。うまくいけば彼も立ち直るし、クラス集団も前向きに変わる。でも逆に彼らに食われてしまって、言いなりになってしまうという危険もある。もっとクラスは手が付けられなくなるんだ」

「そうだよな、無理っぽくない」

牧がつぶやいた。だが、何か良い考えがないかと考え続けて、発言した。

「やりたいと言い出したときに反対したり、やめさせたりするのは勇気がいるよ。子どものエネルギーを奪うんだからさ。もっと信頼関係が崩れて、今度は糸口さえ失ってしまうかもな」

「はあ、まいったね」

荒川が不安を隠しきれずに言った。由美と中村が顔を見合わせた。

「それじゃあ、八方塞がりなの」

友紀がまだ残していた珈琲に視線を落としてつぶやいた。

大沢が再び、口を開いた。

「難しいけど、二つにひとつだよ。別のポストも用意してやり、納得づくでやめさせる方向にもっていくか、それとも危険を承知で彼のやりたがっている方向にフォローしていくかだよ。別のポストは魅力あるポストが必要だから、探すのも難しいんだ」

重苦しい雰囲気が辺りを覆った。

「それで、由美さんはどうするつもり。学級委員って夏休み明けに決めるんだろう」

高木がアップルパイを切り分けてお皿にのせて運びながら言った。

「今すぐではないです。その方が根回しもできるし、自分たちも作戦を考えるし」

「立候補したとして、みんなに選んでもらえるの」

「うちのクラスは彼らが怖くて誰も立候補しないんです。今の委員の子も彼らが裏でやらせているから、決まるのは決まるのですが」

「そうかあ、そうなるとやらせた後のフォローが重要だね」

大沢が腕を組んでため息をついた。それでも由美は怖いもの知らずのように微笑むと、眼をきらきらさせて言った。

「でもやらせた方が、荒れるかもしれないけれど可能性があると思うんです。やめさせたり反対したりすれば、もう彼らとは決裂するしかない。だから教師は信用できない。お前もかということになりかねない」

中村も力を込めて言い切った。

「こんなに苦労して彼らと約束した以上は、守っていくことが大切だと思います」

それまでじっと聞いていた美保子が中村の方を向いて続けた。

「本音でつながろうとしたんだからここは彼らと手を結んで、食われることも覚悟のうえで、対策を彼らと一緒に練りながらやっていく方がいいと思う。たとえうまくいかなくても彼らに胸張って言えるじゃない。『わたしたちはあなたたちを信じたんだ』と。その一点がなくなったら、おしまいでしょ。抑えつけて、囲い込んで身動きできなくさせて、取り締まって何が残るの」

絵里のなかで美保子の発言に鋭く反応するものが動いた。強いスイッチが入ったといってもよかった。

——わたしも満たちの話を聴いていない。嘘でも『君たちを信じている』と言えるだろうか。

絵里は切なそうに身をよじった。自分と由美さんとは違う。中村という強力な援助者が由美にはいるのだ。心を一つにして動いてくれているという点では、どれだけ由美は頼りにしているか、想像がつくのだった。

――だが、それでも。

眼の前の現実が突如として切り替わっていく、その瞬間の何とも言えない清々しさを絵里は否応もなく感じていた。

四

「どうだった。絵里さん、すばるカフェは二回目だけど、ずっと来てほしいな」

帰りに荒川は、友紀、牧と一緒に磯浜駅まで送ってくれた。

「ええ、とても楽しかったです。身につまされたところもあったけど、また来週来ます」

「由美さん、最後は明るい顔してたね。この前より元気だったと思うけど」

荒川は苦しんでいた由美のことを思い出しながら言った。

「大丈夫じゃない。彼女懸命にメモしてたし、中村さんもついてるから」

牧は大らかに背伸びしながら応じた。

「子どもと波長を合わせ寄り添うって、何年生でも大変ね。他人事ではないと思った。美保子さんの言うことはさすがインパクトがあったけど。ねえ、絵里さん」

友紀も絵里の方を見て、うなずいた。

「ええ、本当に。今日は同じ学年の話だったから、とても参考になりました。じゃ」

「絵里さんは茅ヶ崎駅までか。このごろ学校へ行く楽しみが増えたなあ。じゃ気を付けて」

荒川は屈託なく笑うと、手を振って背を向けた。

翌日は土曜日で、久しぶりの晴天が広がった。季節は六月に向かって、ぐずついた天気が続いていたからだ。

絵里は昼頃、洗濯物を干すためにマンションのベランダに出た。遠くに山並みやビルが立ち並ぶ住宅街が眺望できた。

真っ青な雲一つない空に太陽が昇ってきている。ぎらぎらと眩しく差し込む光を遮るように、絵里は眼を射られながら洗濯物を竿に干していく。なるべく早く太陽を見ないように干していこうと手を懸命に動かした。直接太陽の光を浴びるのは眼を弱めると教えられてきたからだ。入院中の母親の汚れ物も持ち帰っていたので、かなりの量になった。

絵里は働きはじめてから、土曜日が一番楽しかった。明日は日曜日で、明後日の学校の仕事は今日のうちに済ませてしまえば、一日ゆったりと過ごせるからだ。まだ仕事を覚え、子どもの前に立つということだけでも精いっぱいな気がする。全部干し終わって改めて真っ青な空を眺めたとき、絵里はふと昨日の美保子のまとめの話を思い出した。

「子どもに寄り添うっていうのは、何かやってあげるとか、その子の傍にいればいいのではなくて、わたしは昼の月を思い出すの。

夜、暗いときにわたしたちの足元を月は照らしてくれる。真っ暗で心が不安な時も、煌々と照らしてくれる月を見ると、ほっとするわね。でも昼間は太陽がいるから、ちゃんと空にいるのに見えにくい。わたしも傍にいて、その子の行動を見守っていく昼の月のようでありたいと思う。困っていて暗闇のなかにいるときは方向を照らしてやり、明るいときはその子の自然な行動を見守るような、焦らず、その子の波長に合わせて一緒に歩むこと、それが寄り添うということだと思う」と。

——満たちと教師である自分と、中途半端ではなく、きちんと向き合って行こう。

寄り添うことはまだできないかもしれないが、わたしも満たちの昼の月になりたいと絵里は心から思えた。

夕方、再び洗濯物を取り込みにベランダに立った。まだ黄昏色に染まっていない空に、なんと絵里は昼の月を見つけた。上弦の月だ。

——こんなところに月がいたのね。

今まで明け方の空に月を見ることはあったが、こんな時刻に見るのは珍しかった。

上弦の月は薄く白い花びらのように儚げに浮かんでいたがしっかりと根を張って沈んでいく瞬間を待っているようにも感じられた。

兎と亀のかけくらべ

渡辺　健二

幼稚園から帰ってきた長男が、元気な声で歌い出したのは、兎とかめの童謡だった。

が、突然歌うのを止めて問いただして来た。

「お父さん。兎さんの方が早いでしょう。でもかめさんがのろいと馬鹿にするのは、よくないではありませんか。それに油断してひるねをして負けるのも悪いでしょう。」

この質問には驚かされたのです。明治に日本でイソップ物語から作詩され、教育に取上げられて、自分も子供の頃歌ったものでした。

何の疑問も持たずにいたのです。

純真な子供だからこそ、気付いたのでした。

「そうだな」と。お茶をにごして、その時は終わりましたが、気になって仕方がありません。

考えぬいた後、この歌のつづきになる童話をつくろうと思いつきました。

＊

兎とかけくらべをして勝った亀は、低い鼻をぴくぴく動かして大自慢です。

負けた兎は油断したのを後悔して、もう一度亀とかけっこをするように申し込みました。

前にはキツネにコースを決めてもらいましたが、今度はタヌキに頼みました。

タヌキは面倒くさいので、反対の山のふもとをゴールと決めました。

兎は今度こそ負けまいと、一所懸命に走り出しました。亀もがんばって走るのですが、たちまち兎の姿が見えなくなります。

兎が休まず走っていくと、大きなみずうみがあって、およげないので大きく遠回りすることになりました。

一方たいへん遅れていた亀はみずうみにたどりついて大喜びで、ざんぶととびこんで、スイースイと泳ぎ始めます。湖の魚たちや蛙も一緒に泳いで応援します。

みずうみには川が流れこんでいて、亀はここも見事な速さで泳ぎました。

岡の鹿やいのししなどの獣たちや、ハトやキジなどの鳥も空から亀をおうえんします。

亀はスピードをあげて泳ぎ、ゴールの山のふもとについて、またまた兎に勝ちました。

兎は遠まわりしてすっかりつかれはててゴールにつきましたが、またまた負けてしまいました。

勝った亀は低いはなを一層高くして、日本一かけっこが早いと自慢しました。

しかし誰もほめる者はありません。

兎はまた負けて、亀の泳ぎがうまく速いことをみとめ、ばかにしたことをこうかいしました。

しかしどうしても勝ちたいと思い、三回目のかけくらべを申し込みました。

三回目のかけくらべが始まって、兎は一しょけんめい走り出しました。亀も本気で走るのですが、兎は何倍もの速さです。

この三回目のかけくらべは、大へん評判になって、沢山の動物が見物に集まりました。

亀を一番おうえんするのはカタツムリで、亀のかけ足の速さにあこがれていたからです。

二回目のかけくらべに、亀を応援した魚たちや、サンショウウオやイモリなどは、水気が無いので、代りに鯉のぼりを立てていました。

空ではツバメやハト・カモなどの長い時間とぶ鳥たちも、一緒になってとんでおうえんしました。

陸に住むけもの達も、沢山集まって応援しています。月の輪ぐまや鹿・かもしか・さるなどの、大きい動物は兎と一緒にはしりますが、小さな動物は兎の速さにとどきません。

空中には、オニヤンマやギンヤンマ、アキアカネなどのトンボたちや、ハチやチョウ、キリギリスやバッタなども集まって来てにぎやかです。

足の速い兎はしんけんに走って、テープを切りましたが、亀はまだ見えません。

兎はしんぱいして、後もどりして亀をはげましました。

テープを切った亀は、「兎さん、ありがとう、あなたはとても速いね」とほめました。

兎はよろこんで、「亀さんの水およぎはとても速くて、すばらしいね」とほめました。仲なおりした兎と亀は、固いあくしゅをして、見物の動物たちは一せいに「ばんざい、ばんざい」と、大きな声で二人をほめました。

＊

幼い子に教えられて、この話を作って話しました。

長男が大人になってからでしたが、ある日兎と亀の話が出て、この話を思い出したと言いおどろきました。たった一度の話をおぼえていたのです。

人の欠点を笑って馬鹿にするのは悪いことで、良い点を見つけてほめるようにすれば、この世の中は平和になるでしょう。

そんな思いをこめて、この童話を発表するものです。

にがくてあまい午後

葉山　美玖

第一章　出会い

暑い、夏であった。

あたしは、ふつーに就労支援所で働いてるふつーの障害者だ。ふつー、でもないかも知んないのは、毎日真面目にやってないとこと、だけど毎日家では真面目に小説を書いてるとこだ。けいちゃんは、そこの指導員だ。

一年前に、けいちゃんは実習に来てたはずだ。でも、あたしはその当時、付き合ってる彼氏がいてけいちゃんのことはよく覚えてない。覚えてるのは、当時髪が長かった、けいちゃんらしき人が、「男にメール二通続けて出したらダメ」って、忠告してくれたことだけだ。そのけいちゃんらしき人はもう四十才で、色んな恋愛したようなことをつぶやいていた。

けいちゃんに再会したのは、一年後だった。けいちゃんは、PSWの試験に合格して四月にここに正職員として来てたのだ。でも、あたしは当時落ち込んで支援所をさぼってたので、けいちゃんの面接を受けたのは夏の初めだった。その頃、あたしの小説はブログランキングのトップを走ってた。けいちゃんは、ちょっとはにかんだ様子で、「僕大学の時ずっと図書館にこもって小説書こうとしてたんですよ」とか言った。それからちょっと悔しそうに、「まぁ岡本かの子を目指してください」って言った。あたしはその細い目が気に入った。けいちゃんは、それから髪をバサッと切った。

当時、就労支援所は法律が変わって、もう障害者の居場所じゃなくなってた。根性で、健常者のように働くことを目指す場所になっていた。だけど、けいちゃんの目の優しい感じと、目の下の小さいあざは変わんなかった。けいちゃんは、多分あざのことを気にしてたのだろう。けども、あたしはそのあざが好きだった。それが、けいちゃんを障害者の人に対して優しくしてる、根っこのように思えたからだ。けいちゃんは、あたしが早く帰ると「さみしいな」って言ったし、時々、皆の打った残りの讃岐うどんをくれた。本当は、指導員はそういうことしちゃいけなかったのかもわかんない。

けいちゃんは、お盆の前に突然休んだ。「体調崩してるのよ」と、他のスタッフは言った。でも、あたしには周りに気を配るから疲れやすいけいちゃんのことはわかったけど、責任感が強いけいちゃんが二週間も休むのは理解できなかった。

第二章　試練

けいちゃんがいない就労支援所は試練の場だった。ちょうど、TVではうるさいくらいロンドン五輪を放映してた。頑張れニッポン。元気になりました。あたしは、けいちゃんが休んだ次の次の日、なんとなく殺気立ってるスタッフの前で、うっかりビール代わりのパインジュースを片手に、「シューローシューロー、イエィ」と言った。たちまち弾丸は返ってきた。

「あのね。体の調子が悪かったり、お金があって働かない人のことを、悪く言ってるんじゃないのよ。働くのは、社会に参加するのでいいことだけど、差別はよくないもの」

なら、そういうこと言うなよってあたしはのどから出かかった声をぎゅっと押し込んだ。もう就労したうすぼんやりした単純作業にピッタリな子が、うきうきと近づいてきた。

「あたし、初めて稼いだお金でジュース買ったんですう。暑いから、皆さんで飲んでください」

ビターシュエップスとかなんとかいうその炭酸飲料には、148円というラベルがついたまんまだった。あたしたちは、四人でそれを湯呑に注ぎ分けた。苦かった。あんたの爪の垢の味がするよ、煎じていただいてますと言おうとしてやめた。

「ほんとにえらいわねぇ」

あたしは、五日間続けてビーズ細工をしたので、少し目がかすんでぼおっとしてた。目がかすむのは疲れのせいだけではなかった。

「帰ります」

そういって、あたしは就労支援所のドアを荷物をひっつかんで思いっきり開けた。仕方ないのだ。今、緩衝剤であるけいちゃんがいない。みな、自分の感情を持て余してそれを手近な人にぶつけているだけだ。でも。

マンションに帰って、窓を開け放ってベッドで寝転んでいたら涙が出てきた。けいちゃんがいないとあたしのストレスは二倍三倍になる。痛いくらいに、人の悪意が体の芯にじーんとしみた。ふいにメールがちゃららららと鳴った。編集部の河嶌さんからだった。

「ご本の定価は九百円に抑えることが出来ました。強い、ご希望でしたので」

嬉しくって、涙は止まった。あたしの初めての初めての自費出版なのだ。そう、けいちゃんにも絶対絶対読んで欲しい。けいちゃんの目の下のあざにキスしたいなって、あたしは急に思って枕に顔をうずめた。外では入道雲が動いている。

第三章　失敗

次の日、少し元気が出たあたしは、けいちゃんに残暑見舞いを書いた。「一人で頑張って疲れてるような気がします。お元気で。お盆明けにまたお会いしたいです」

朝九時の郵便局で、絵手紙に五十円切手を貼ると、あたしは外に出た。日差しは強かったけど、もう殺人的な暑さではなかった。自転車をぐるっとまわして、アスファルトを走って就労支援所についた。しかし、ことは思ったほど簡単じゃなかった。

朝の打ち合わせが終わったところを見計らって、所長さんに、あたしは絵手紙をおそるおそる渡した。

「近藤さんに、残暑お見舞い書いたんです。できたら、送ってくださるようお願いします」

自分でも、馬鹿なことやってるなぁとは思った。こんなまどろっこしいことする前に、もっともっと早くに、けいちゃんのメルアドを聞き出しておくべきだったのだ。だけど、あたしはけいちゃんと二人きりになるチャンスを、なんとまだ掴んでなかった。あたしは空気を読むのがど下手なのだ。所長さんは、文面をちらっと見て言った。

「この文面はどうかなぁ。近藤君は、盆が明けても出てこられるかどうかわからない。せかすのはよくないからね。このはがきは、返しておきます」やっぱり。

あたしはしょぼんとすると同時に、不安で泣きたくなってきた。けいちゃんの具合はそんなに悪いんだろうか。もしかしたら。心身ともに、この暑さで消耗しきってるのかも知れない。それきりあたしは、苦手なパッチワークを一生懸命した。またぼおっと目がかすんできた。

（けいちゃん）

（けいちゃん）

（今、泣いたらいけない）

ふと、気がつくと手芸担当の、元木さんの顔が目の前にあった。

「どうしたの？そんなに根をつめて縫わなくてもいいわよ」

あたしは、ただ何かに集中していないと、泣き出しそうだったのだ。

「敦美さん、一人暮らしでぼっちだって気にしてたけど。最近、明るくなったなって思っていたのよ。他の子だって、家に帰りたくて帰ってるわけじゃないし」

あたしは、はっとした。

「お父さんのことも、『ありがたいと思うようになった』って昨日言ってたじゃない。もし、食事作らなくっちゃいけないんだったら、帰っていいのよ」

「……」

「家族って大事よ」

「帰ります」

あたしはぎらぎらする陽光の眩しい外に出た。確かに、あたしには同居できる家族がいない。一家離散したのは二年前のことだ。でも。たぶん、我慢してるのはあたしだけじゃないのだ。それでも出来るだけ家族連れを見ないようにして、自転車で道を飛ばした。けいちゃんは、生まれてはじめてあたしを大事にしてくれた人だったのだ。その、けいちゃんが今いない。だけどスタンドプレーはまずい。

ふと、思いついてあたしは文房具屋の前で自転車を止めた。

「色紙、一枚いえ三枚ください」

寄せ書き。皆で、けいちゃんにお見舞いの寄せ書きを送ろう、と思ったのだ。サインペンは支援所に沢山ある。空気読めないあたしは、はっきりいって人望はない。でも、けいちゃんは違うはずだ。仲のいい、食堂担当の子から口説き落としていけば、十人、いや二十人は多分集まる。それにけいちゃんはホントに、なんかのせいで就労支援所を無期懲役になってるのかも知れないと、あたしは当たる勘で思った。

労組運動、しなくっちゃ。

第四章　怒り

だけど、ことは思ったようには運ばなかった。土曜日、けいちゃんに寄せ書き書いてよ、とあたしは思い切って一番仲のいい小池に頼んだ。だけど、小池は言った。

「まだ少し早いんじゃん。ほっといた方がいい気もする。どうしてもっていうなら、お盆明けでもいいじゃん」

「ん」

「敦美ちゃん、近藤さんのこと好きなの？」

「え？」

「あの人さ、スタッフだけど鬱っぽいみたいだよ、前から」

「そうなの？」

「やめときやめとき」

あたしがビターシュエップスを貰って心の中で悪口言った、佳奈美ちゃんがふと言った。

「わたし、書いてもいいけど」

「頼める？」

「うん」

寄せ書きは、二人分になった。だけど。お昼休みに、色紙を見せたらしっかりした元木さんも言った。「今はそおっとしておきなさい、ね」

あたしはいよいよ落ち込んで、その午後はパッチワークを何とか仕上げるととぼとぼマンションへの道を歩いた。日差しはきつかったけど、空気に秋の匂いがした。マンションで、鯖の唐揚げとご飯を食べた。考えるのはけいちゃんのことばっかりだった。こたつに寝転んで、ＰＣを開いたけどだるくて寝てしまった。

フェイスブック。

ふと、あたしは座布団から跳ね起きて、けいちゃんの面接を思い出していた。

「僕、野球が好きで」

「昔、北区に住んでました。生まれたとき」

「好きな作家は、村上春樹とサリンジャーとカート・ヴォネガット」

あたしは夢中で、フェイスブックを検索した。すぐに答えは出てきた。「Ｋｅｉｓｕｋｅ Ｋｏｎｄｏｕ」

そこには、あたしの知らないけいちゃんがいた。髪が今よりさらに短くて、イ・ビョンホンみたいな口髭たくわえた、トップページの写真。だけど間違いなく、あの細い神経質そうな目はけいちゃんのものだった。「いいね！村上春樹、サリンジャー、カート・ヴォネガット」やっぱり。

あたしは殆ど、何も考えずにいきなり友達申請を送信した。これが、やっと繋がった細い細い糸だと思いながら。だけど。次の日になっても、その次の日の朝になってもレスポンスはなかった。けいちゃんは、寝込んでるんだろうか。軽率なとこのあるあたしは更に、メッセージを送った。「お体の様子がわるいようで心配です。急に友達申請してわるかったと思ってます。だけど、安否だけでもメッセージで知らせてください」

打った後、あたしははっとした。けいちゃんには。けいちゃんの世界がある。あたしにも、知られたくないことが。迂闊だった。

次の日にも、メッセージは来なかった。けいちゃんに嫌われたのかも知れない、とあたしは暗くなった。だけど、何にも来ない画面を見ているうちに、腹も立ってきた。勝手に落ち込んでればいいじゃん。

あたしは息を吸って、メッセージを削除した。

第五章　相手ありき

次の日は、あたしは遅く目を覚ました。ＴＶでは、ロンドン五輪の閉会式をやっていた。寝坊したから、大好きなブライアン・メイもケイト・ブッシュも見られなかった。よぼよぼになったロジャー・ダルトリーが最後に歌ってるだけだった。最悪だ。あたしは落ち込んだ気分のままで、東京事変を聞きながら、もう一度けいちゃんのフェイスブックを無意識に開いていた。

「言語・日本語、韓国語、英語」

どうにも気になる一節だ。ちょうど、ニュースでは李大統領の竹島訪問を騒いでいた。あたしは寝っ転がって考えた。けいちゃんの感情表現のストレートな訳。魚のホイル焼きに、マヨネーズをかけるとこ。支援所でなんとなく孤立してる理由。考えながらいつのまにか、またうつらうつらしてると、支援ヘルパーさんの佐藤さんがベルを鳴らした。あたしは慌てて飛び起きた。

「いらっしゃい」

「暑いわねぇ、自転車で子どもにぶつかりそうになってアスファルトで転んじゃって。体のあちこちが痛いわ」

「今日は、私やりましょうか?」

「いいの、いいの、無理しないで」

それでも、あたしと佐藤さんはいつものように一緒に掃除をして、そうめんと野菜のてんぷらを作り始めた。あたしは大根としょうがを下して、ゆだったそうめんを一口ずつ、巻いたけどへたっぴだった。

「上手よ」

「そんなことないです」

「落ち込んでるわねぇ」

「こないだ、電話で言ってた指導員さんが休んでて」

「あらまぁ、それで元気出ないの」

「はい」

「どういう人?」

「就労、就労って言わない人」

「そう」

あたしは、佐藤さんのこういう、順を追って人のペースで話をきいてくれるとこが好きだ。

「でね」

ふと、あたしは気がついた。あたしはけいちゃんに対して、いっつも自分のペースでことを進めようとしてたことに。でもけいちゃんはあたしとは別のひとりの人間で、苦しいときもあれば返事をしない権利もあるのだ。

「どうしたの?」

あたしは、できるだけ努力して佐藤さんの目を見ながら答えた。「勝手に、その人のSNS調べてメッセージ送っちゃったんです」

「それは、別にわるいことじゃないし」佐藤さんはねぎを刻みながら言った。

「病気で寝てるのかも知れないし、入院してる可能性もあるんじゃない?」

佐藤さんの言うとおりだ。

「うん」

「泣かないで。待ってらっしゃい」

その夜、ひとりでそうめんを食べた後、あたしは少ししゅんとして、思った。けいちゃんに返事くれ、というのはよくない。どうして返事くれないの、というのもあたしの勝手だ。あたしはめずらしく、考え考えもう一度メッセージを書いた。

「こんばんは。気になって検索してたら出てきちゃいました。すみません。だけど、所長さんによれば復帰のめどもついていなそうで、とても心配です。お体の具合はどうですか。ゆっくり静養なさってください」送信ボタンを押すと、あたしはもうこのメッセージのことは忘れようと決心した。

外は湿った空気が流れ込んで、雨になりかかっていた。

第六章　自分の日常

その週の後半は、ゆるゆると過ぎた。あたしは、一人ぼっちの部屋で、けいちゃんの心境を想像するのに疲れ果てて、自助グループのお茶会に出ることにした。

土曜日の朝は、湿っぽい空気が漂ってた。

あたしは、ロッカーの鍵を開けて部屋のドアを開けて、いつものように資料を机の上に並べた。誰も来ない部屋はひんやりしてた。だけど、書記のノートが見つからない。間もなく、仲のいい高ちゃんがやってきた。

「おはよう。ノート、見つかんないんだけど」

「ああ、先週の人がきっと持ってるよ」

そういって、高ちゃんは黒板に今日のスケジュールを書き始めた。あたしはほっとした。（今日も、高ちゃん司会してくれるんだ）高ちゃんの司会は、安定感がある。

無事、話し合いが終わると、いつものようにマックでお茶会をする流れになった。あたしは、オージーデリとか言うのを思い切って頼んだ。

「俺、いつも粗食だからさぁ、ここで栄養取ってるの」

「（マックで栄養？）普段何食べてんの、高ちゃん」

「二百円の惣菜に、百円の袋入りのキャベツの千切り、三回に分けて食べてる」

「油分足りないね」

「うん」

高ちゃんは、一年前家を出た。超過保護のお母さんが、いやになって家出したのだ。それ以来、高ちゃんは障害者枠で元気に働いてる。家を出る以前の高ちゃんは、いまよりもっと綺麗系のファッションで、だけど鬱で自助グループのはみ出しっこだった。

「あたし昨日、カレー作った」

「やるじゃん」

「へへ」

こうやって、普通に会話できるのが高ちゃんのいいとこだ。あたし自身、普通に働いてないということで、自助グループではどっか「お味噌」だったから。

「俺さぁ。ルームシェアできる人、探してるの。分かち合える人」

「それはさ」

「ん？」

「口で言うよりむつかしいよ。一緒にいるとどうしても喧嘩するし」

高ちゃんは、ちょっと「ふん」という顔をして、てりたまバーガーを頬張った。「やればできるさ」

あたしは、高ちゃんの意図に鈍い感じで話を横にずらした。

「こないだの、バラエティーのＤＶＤ取ってる？親子の依存が話題だったやつ」

「取った取った」

「貸してほしいな」

「あれ、どうやってハードディスクからＣＤに落とすんかな」

「無理しなくていいよ」

「いや、やってみる」高ちゃんはあっさりいうと、マックの包み紙を丸めた。「いつもありがとう」「いや、そんくらい」

あたしは、Ｓ線に乗るという高ちゃんと別れて、ごとんごとんと冷房車に揺られて思った。けいちゃんは魅力的だ。手放しで褒めてくれるし、大切にしてるよって空気がダイレクトに伝わってくる。でも、それはけいちゃんが援助職であるせいもあるのかも知れない。もともと情熱的な、けいちゃんではあるのだ。でも。

現実には、あたしの、境界線を越えたプライベートな返事は、返ってこない、のだ。

あたしは、普通の友達である高ちゃんを見直す気持ちに揺れながら、電車を降りて暑い道をマンションに急いだ。蟬がうるさいくらい鳴き始めていた。帰って、もう一度それでもフェイスブックを開きなおすと、またしてもショックな情報にぶつかった。

「いいね！鬼束ちひろ」

これは。第一には、けいちゃんはフェイスブックを見てるけど、返事はスルーしてると言うことだ。しかし第二に。あたしは、けいちゃんという人がわからなくなりつつあった。

第七章　グッド・バイ

鬼束ちひろ。あたしは、よくは知らないけど、奔放な言動が話題になってる人だ。けいちゃんは、ああいう万年青春した、つまりあたしの音信不通の母親みたいな人が好きなんだろうか。あたしは、ちょっと母親の面影を思い出しただけで、ぞっとした。ああいう風にだけはなりたくないと思って生きてきたのに。

しかし、すぐ週明けつまりお盆明けに、いよいよショックなことが待っていた。けいちゃんは出てきてなかった。そして、支援所でのミーティングで、所長さんはなにげなくしかしはっきり言った。「春日井君は、他の民間の施設に移った。今まで、戦力としてよくやってくれたが、今後は皆が代わって欲しい」

春日井。あんまり、好きじゃなかったけど。一番気になってて、一番就労に向けて頑張ってきたやつだ。

あたしは慌てて、ミーティングが終わるとすぐ、給湯室で薬を飲んでる、おっとりした橘に聞いた。「春日井君、どこ移ったか知ってる？」

「アルファポート。就労支援Ａ型。時給八百円だって」

やっぱり。皆、死ぬほど稼ぎたいんだ。その意味で、スタッフのいや国の方向性は、間違ってるとは言えない。でも、あたしは額がじっとりして咳が出始めていた。「大丈夫？」

「ん、だいじょぶ」

あたしは、働くこと自体は嫌いじゃない。でも、長年引きこもって寝込んでたあたしの体に、そもそも就労自体が向いてないのだ。ドクターもはっきり診断書に書いた。「就労は無理と考えられる」

あたしはかなり落ち込んで、こんこん咳をしながらロッカーの荷物をこっそり全部出すと、自転車の荷台に積んだ。それから、まだ暑い道を、自転車をマンションに向けて発進させた。グッバイ、就労支援所。

けいちゃんは本当に疲れてるのかも知れない。それで返事したくないんだ。というより、そもそもあたしにメンバーとして優しかっただけなんだ。


「一人分、ご飯つくるの大変でしょう」

「歩いて何分くらいのとこに住んでるの？」

「絵の先生になれるよ」

「明日はまた必ず来てね」


そんな、けいちゃんの台詞がフラッシュバックした。あたしはちゃんと来たのに。マンションに帰ると、あたしは冷房をつけてベッドに倒れた。あとからあとから咳が出てきた。涙も出てきた。誰も大事にしてくれなかったあたしのことを、一時だけ、大事にしてくれた人よ、さようなら。

第八章　恋しい

あたしは、土曜日いつものように自助グループに出ていた。高ちゃんにまた書記を頼まれて、就労支援所のスタッフがパリへ行って買ってきたというお土産のボールペンで、ノートに会計収支をつけた。暇なので、ボールペンのボディに浮かんでる飛行機を見つめていたら、前に何度か食事したことのある、芹田が遅れて来た。あたしが、最後にむかっ腹立てて、「ブランド物着たくず」って言ってそれっきり別れたやつだ。

だけど、芹田はどうも、いつものように要領のいい発言をした後は、めずらしく上の空みたいだった。話し合いが終わると、本当は大好きな、お茶会にも出ないと言って駅に向かって歩いて行った。

（新しい彼女、出来たのかなぁ）

あたしは、それっきり黙って、高ちゃんと向かいの席についた。何故か、今日は高ちゃんとよく目が合う。


「何好き？食べるもの」

「お寿司。特にうにとかいくらとか」

「あたし、まぐろとかあなごとかさっぱりしたのが好きなんだけど」

「俺さ、毎日ふりかけ弁当なの」

「ふりかけ？」

「ご飯、タッパーにつめてのりたまかけるだけ」高ちゃんは、上目づかいであたしをちらっと見た。あたしはなんといっていいか分からなかった。

「今さ、障害者枠でしょ、俺」

「うん」

「みんな、コンプレックスって言うか、恨みが強くって始末に困るんだよ。上司は天下りの人で、なんでこんな部署に配属されたの俺、ってありありと思ってるしさ」

「天下りはだめだよね」

高ちゃんは、あたしの言葉を無視して続けた。「俺、一般枠になんとしても入るよ」

「うん」

あたしは、それっきり言葉を飲み込んで、マックの入り口で高ちゃんと別れた。ルームシェアしようよ、という台詞をなぜかおなかに詰め込んだまま。

高ちゃんと一緒になったら。毎日、十時近くに起きるのやめて。朝早く起きて、高ちゃんにたこさんウインナ入ったお弁当作って。高ちゃんが一般枠に入ったら、うにといくらのお寿司でお祝いするんだろうか。ケンゾーのシャツと、ビルケンのサンダル履いた高ちゃんの後姿を見送りながら、あたしは思った。ブランド物着たくず、って芹田には言っちゃったけど、じゃあブランド物着た「本物」だったら、あたしは好きになれるんだろうか？あたしは、高ちゃんのこっちのペースを大事にしてくれるとこが好きだったのに。

暑い中、マンションにふらふらになってつくと、パパから電話があった。「いつもは日曜日だが、今日は一日早いが行くよ。お母さんが、明日来てくれと言うから」

パパはいっつも「お母さん」の都合優先だ。

「はいはい。冷やし中華でいい？」

「いいよ」

あたしは麺をゆでて、きゅうりとハムを切り始めた。もう一個のコンロで、卵をじゅっと焼いて広げて、細く切った。間もなくチャイムが鳴った。


「いらっしゃい」

「咳、大丈夫か？」パパは抑揚のない声で言った。「うん、大丈夫」

それっきり、あたしたちは席に着くと黙って冷やし中華を食べ始めた。「あのさ」

「ん？」

「お母さんの具合、どう？病院かホームに入んないと無理なの？」

パパはちょっとむっとしたように言った。「それはかわいそうだからまだ」

「ふうん」

どうして、パパはママを甘やかすのかなぁ。なんで、あたしのこと産んだんだろう。パパはママとふたりっきりでいたいの、痛いほどよくわかるのに。

「お父さん、子供の頃捨て猫を拾うのが好きでな」

「うん」

「スポイトで、牛乳をやるとよく飲むんだよ」

「そうなの」

「お母さん、貧乏でかわいそうだったろ。一度、拾ったものを捨て置けない」パパはそういうと、ふっと後悔したように、あとは黙って冷やし中華を平らげた。

「ばいばい」

「気を付けるんだぞ」そういって、パパはドアを閉めて歩いて行った。あたしに、スポイトで牛乳をくれる人は現れるんだろうか。

けいちゃん。けいちゃん。けいちゃんが恋しい。

評論・エッセイ

池上永一の文学世界
～沖縄文学の新しいシーンを創出する作家

大城　貞俊

○はじめに

池上永一の登場は新鮮な衝撃だった。沖縄文学に馴染み、沖縄生まれの作家の作品を読んできた人々は、たぶん私と同じような感慨を持ったはずだ。デビュー作「バガージマヌパナス」や続いて直木賞候補にもなった「風車祭《カジマヤー》」は沖縄文学の新しいシーンを創出した作品で、ファンタジックなエンターテインメント小説であったからだ。

沖縄文学の本流は時代へ真摯に対峙する倫理的な作品が多い。それは近代以降、沖縄文学の担ってきた特徴である。戦前期の差別や偏見、沖縄戦の惨劇、戦後の米軍基地建設や基地被害、どれも時代の生みだした負の象徴であり沖縄文学の大きなテーマになり題材になった。この系列の作品に対峙して池上永一は全く異なる作品を表出し、沖縄の歴史さえもエンターテインメントの対象にしたのだ。従来のテーマや題材とは異なる作品世界の大胆さに衝撃を受けたのである。

さらに登場人物の多くは、沖縄の古層にあり延々と息づいてきた伝統や慣習を身に纏った人々であったからだ。例えばそれはユタやカミンチュなどのシャーマンであり、マブイ（魂）でさえ個性を有して人物化された。彼らが彼岸と此岸を自由に往還する役割を担ったのである。彼らが創り出す世界は、ときには琉球王国を舞台にした豪華絢爛としたロマンであり、多くは決してあり得ない未曾有の物語でもあったからだ。

文化人類学者であり沖縄のシャーマニズムなどの研究で優れた功績のある塩月亮子（跡見学園女子大学教授）は、近年の沖縄文学にはユタをはじめとしてシャーマニズム的な世界を描く作品が多いとして、玉木一兵の「神ダーリの郷」、大城立裕の「後生からの声」、池上永一の「パガージマヌパナス」と「風車祭」、崎山多美の「くりかえしがえし」、又吉栄喜の「豚の報い」、目取真俊の「魂込め」などをあげている。そしてその根拠と沖縄文学の動向について次のように述べている。(注1)

沖縄を描いた最近の映画や文学においては、アメリカに関すること（沖縄戦やその後のアメリカ統治、現在の基地問題など）や日本本土による開発問題に加え、ユタやシャーマニズムに関することが、「沖縄的なるものの本質」、あるいは沖縄の風土として描かれることが多くなった。そして、沖縄の精神世界を描写する際、一九八〇年代は琉球王朝から正式に祭司として任命されたノロなど神人がその表象の中心であった。だが、一九九〇年代後半からは、近世・近代を通して時の為政者に反社会的というレッテルを貼られ弾圧されてきたユタの方が、より多くの注目を浴びるようになってきている。このような動きは、個人が霊的なものと直接コンタクトをとることを重視するというアメリカのニューエイジ文化の影響を受けて出現した、日本における一九九〇年代以降の「精神世界」や「癒やし」ブームと深く関係すると考えられる。（中略）さらに言えば、シャーマニズムがエスニック・アイデンティティの再構築を促し、そのエスニック・グループの象徴となるのは、シャーマニズムが従来の権力（為政者など）に対する「反権力装置」、あるいは「反体制装置」となりうるからであろう。

沖縄映画や沖縄文学において、ユタをはじめとするシャーマニズム的世界に注目して作品を生みだした映画監督や作家が皆、シャーマニズムの「反権力・反体制装置」的側面を意識してシャーマニズムを取り上げたと断言はできないにせよ、彼らが「沖縄的なもの」を表す時、以前にはあまりみられなかったユタやシャーマニズム的世界を取り上げ始めたという現象は、大いに注目されるべきことである。彼らは沖縄の「伝統」を再構築し「沖縄らしさ」、あるいは「沖縄アイデンティティ」を表現する手段として、シャーマニズムを選択したと捉えることができるのである。

（104—106頁）

塩月亮子のこの指摘は極めて興味深い。沖縄文学の新しい文学シーンを構築した池上永一の作品世界で、地域に根ざしたシャーマニズムやユタはどのように描かれているのか。具体的な作品を検証しながら、沖縄において新しい潮流を作りつつあるシャーマニズム文学、ファンタジックノベルの意義を考えてみたいというのが本稿の目論見である。

ただし、すでに流行作家として活躍している池上永一には多くの著作がある。その全部を読破する時間的な余裕がない。そこで、ここでは「パガージマヌパナス」「風車祭」「テンペスト」「黙示録」「ヒストリア」の五作品を考察の対象テキストとして扱うことにする。いずれも話題作であり池上の履歴の中でも重要な作品だと思われるからだ。また「パガージマヌパナス」以外は、いずれも単行本で400頁を超える長編大作である。

Ⅰ　5作品の梗概と読後感

本稿のテクストとなる五つの作品については、私の読書ノートに記載されたメモを参照にしながら紹介する。発行された当時のままの読後感なのでややためらいもあるが、基本的には原文のままである。

1『パガージマヌパナス』（1994年）

◇沖縄文学の豊穣な収穫

本作は池上永一のデビュー作である。「第6回ファンタジーノベル大賞」（1994年）を受賞した作品だ。一読して沖縄文学の大きなエポックを記す作品だと思われた。

沖縄文学の担い手たちは「時代」に対峙して倫理的な姿勢で作品を紡いできた。近代期は日本国家への併合の時代で、言語の問題をはじめ差別や偏見に悩まされた。昭和期には住民の四人に一人が犠牲になった沖縄戦の惨劇があった。戦後は米軍政府の統治期があり、米軍基地建設のための土地の収奪や婦女子への強姦などを含む基地被害に悩まされてきた。これらの特殊な状況に対峙して平和を祈願し沖縄戦の記憶の継承や基本的人権を守る闘いの声を上げてきたのが沖縄文学である。

ところが、「パガージマヌパナス」はこの流れから離れた作品である。沖縄文学には欠落していた「笑い」をふんだんに取り入れたエンターテインメントの作品なのだ。まさに「ファンタジーノベル」で沖縄においてはほとんど未踏の分野での作品の登場といってもいいだろう。

物語は次のように展開する。高校を卒業した島の娘19歳の仲宗根綾乃と大親友の86歳のおばあオージャーガンマーの二人が主人公だ。二人はガジュマルの木の下で14年間もユンタクをしてきた友人である。綾乃もオージャーガンマーも、島が大好きだ。綾乃は島を出て行くなんてことは考えたこともない。友人たちが那覇や本土にある大学への進学や就職のために島を出て行くことにも全く関心を示さない。島での、のんびりだらりんとした生活が大好きだ。高校を卒業しても定職に就かず島の暮らしを満喫している。

だが、心配事が一つある。綾乃の夢に神様が現れて、ユタになれ、ユタになれと催促するのだ。綾乃はサーダカマーリをしていて(セジ高く生まれて)幼いころからその兆候を示している。また曾祖母にはユタがいて隔世遺伝とも思われるのだが、今のままの生活がいいと、神様の催促に激しく抵抗している。綾乃はオージャーガンマーに相談する。実はオージャーガンマーも神様からユタになれと告げられて断った過去があったのだ。最終的には神様やオージャーガンマーの意見を聞き入れて綾乃はユタになる。ここまでの日々と、ユタになってからの日々を、島の風土を背景にしながら、奇想天外なエピソードを織り混ぜながら展開したのがこの作品である。

オージャーガンマーの死を看取る綾乃の心情や、死者たちの霊を慰めるためにユタになる決意をする綾乃の心情などが温かく軽やかな筆致で描かれる。ファンタジーノベルと言われているが、細部にリアリティのある描写に思わず文学の力を感じてしまう。

本作品の魅力は数多くある。一つは島の風習である「アンガマ」や「風車祭《カジマヤー》」などに見られる伝統行事をふんだんに取り入れたことだ。また一つは、作品の中に混入される「シマクトゥバ」である。それは時にはカミンチュらの祈りの言葉になり、時には人々の生活の言葉として飛び交うが、味わい深い妙味を醸し出している。綾乃の喜怒哀楽を表す言葉はこれ以外にないとさえ思わせる土地の言葉だ。また他の一つは、まったくあり得ないエピソードに混じってさりげなく示される新鮮な比喩だ。心が解放された自由な心で遊び回る綾乃であるからこそ手に入れることのできる発見や比喩だろう。例えば、「旧盆はまるで真夏のクリスマスのよう」だとか、「暑い太陽にほだされて時間がたわんでいる」など、綾乃の言葉は同時に島の再発見でもある。

さらにもう一つ付け加えれば、綾乃の島で暮らす決意やユタになる決意の清々しさである。この生き方は現代という時代を照射する優れた批判や風刺にもなっている。例えば綾乃が死後の世界でさ迷ったとき、死んだ祖母と再会して次のように言われる。「綾乃、私を想像してごらん、きっと私が見えるはずだから」と。「だれにも想像されずに現世で忘れ去られた人たちは光の粒になって消えていくのだ」と。そしてまた次のようにも言われる。「私たち死んだ者は現世の供養なくしては存在できないんだよ。(中略)ここに私が現れたのも、お前の力があってこそなんだ。私たちが姿や思い出を保つのは、人間界に住む人々の故人を偲ぶ心だけなんだよ」と。そして大好きだった祖母はさらに次のように言うのだ。「私たちは消えてしまいたくないのよ。ウガンブスクが出ても拝みをしない人たちがいる。そうした子孫に偲んでもらえない者たちは霊としての力を失い、最初に綾乃がいた大きな想念の渦へ、自分の思い出を落として消えてしまうのよ」「最近になって、このように消えてゆく人たちが多くなってきたの、わかる綾乃」「現世の人たちは、見えるものばかりを信じていて、誰も私たちを振り返ってはくれないの。それを人々に伝えるのがユタの役目なんだよ。ユタが私たちの世界と交信することで多くの世界の人たちが救われるんだよ」と。

作者池上永一の視線の先にはユタの存在する沖縄社会の特殊性にも届いているように思われる。本作品について、本書に挟まれた「栞」に紹介された3人の選者の選考評は次のとおりである。

○**荒俣宏**：「ここに書かれている話は、ユタの典型的な事実談ともいえる。祭りや伝説への突っこみが食い足りない感じだが、南の匂いを堪能できた。めずらしくリアリティのある作品で、ファンタジーが写実小説ともなり得る可能性を示してくれた」

○**井上ひさし**：「今回は『パガージマヌパナス』（池上永一）が頭一つ、他を抜いていると考えた。南島の年若いユタの誕生を描いたこの作品は、とにかく文章がよろしい。未整理なところはあるものの、文体に読者を誘い込まずにはおかない生き生きとした勢いがあって、さらに南の島の風や光や温度や色彩をしっかりと言語化してさえいる。それだけでも大手柄なのに、至るところに質のいい笑いが仕掛けられており、その伸び伸びとした笑いに誘われているうちに、読者はいつの間にか女主人公の魅力に降参せざるを得ないような塩梅式になっている。『書いてしあわせ、読んでしあわせ』とでも評すべき明朗闊達な快作、活字の列の間から南の風が吹き上がってくる」

○**高橋源一郎**：「わたしの考えでは、ファンタジーには堅牢に見える目の前の現実を揺さぶり、そこではないどこかにある『現実』を発見させる力なのだ。我々の前に置かれる作品の多くは、目の前の現実の儚さは訴えるが、どこかにある『現実』を提示する力をもたないのである。『パガージマヌパナス』の作者は、『南島』にファンタジーの根源を求めた。そこは日本であると同時に日本ではない。『南島』の現実から見た、現代日本の現実はなんとおぼろ気だろう。ファンタジーというものが、ほんとうは現実への最大の『批評』であることをこの作品は教えてくれるのである。それも、憂鬱なインテリ風ではなく、きわめてチャーミングなヒロインの肢体と行動と言葉を借りて」

いずれの評も納得され肯われる。本作はこれらの特性を有して沖縄文学の新しいシーンを作り上げた一作であり、豊穣な収穫の一つであると考えられるのだ。

2『風車祭《カジマヤー》』（1997年）

◇読むことが難儀な作品／新しい沖縄文学の行方

本作品は単行本2段組で536頁にも及ぶ長編作品だ。読むことが難儀な作品である。この難儀さは長編だからという理由だけではない。作品として緊張感が弱く白けてしまうエピソードのオンパレードで、直木賞候補作というのでなければ途中で読むことを諦めていただろう。

このような感慨は、私がウチナーンチュだからだろうか。他府県の読書人には面白く読めるのだろうか。直木賞候補になるぐらいだから優れたエンターテインメント小説なんだろうが、良さを考えないと、なかなかその良さを発見することは難しい作品だ。もちろんこのような作品があってもいいのだが私の好みではない。本作よりデビュー作「パガージマヌパナス」のほうが完成度としては大きく優っているように思われる。

作品は現代（本書が出版された1997年頃）が舞台で石垣島に住む高校2生生の比嘉武志が主人公だ。物語は武志が1年間に体験した島での出来事として構成され閉じられる。武志の冒険談として読めなくもない。自由奔放に多くの支流としてのエピソードを取り込みながら長編作品に仕上げられている。

ある日、武志は「マブイ」になって島に住み続けているピシャーマに出会い恋をする。ピシャーマは228年も前に婚礼に向かう途中でマブイを落とし、6本足の豚のギーギーと一緒に暮らしている。ピシャーマは石になっていたのだが明和の大津波で石が粉々に砕け今は盲目のマブイになっている。その世話をするのが洗濯好きなギーギーだ。

ピシャーマは神の使命を担っており、この島に再びやって来る厄災から島の人々を守って欲しいと言われている。ピシャーマとギーギーの姿はマブイを落とした人にしか見えない。ここが作品の仕掛けの一つだが、この二人と武志の出会いと交流を一つの柱にして物語は展開していく。

もう一つの物語は、97歳のフジオバァの物語だ。フジオバアは「風車祭《カジマヤー》」祝いを来年に控えているが、相手の失敗を喜び、なければ作ってやる程の破天荒な行動をするキャラクターとして登場する。この笑いを誘うフジオバーと悲劇のヒロイン、ピシャーマとを絡ませて人間の強欲や愛情が赤裸々に描かれる。フジオバアはピシャーマの子孫に当たり、武志が出入りしている仲村渠《なかんだかり》トミの母親でもある。この二つの物語が縒《よ》り合わされて物語は展開される。

この二つの本流に様々なエピソードが挟み込まれた支流が合流して作品は気ままに流れ出す。支流の多くは島の風習、文化、伝統、伝説などに拠るものだが、カミンチュやユタ、大洪水や大干ばつ、古くから伝わるウガンなど、何でもありのエピソードが面白おかしく挿入される。それはもうこれでもかというふうに次から次へと珍奇で新奇な物語のオンパレードで、私たちの常識を覆す。ここでの常識とは現在を生きるに有する必要な知識という意味だけでなく、小説へ対する一般的な概念をも含む。これらが無視され乗り越えられて作者の溢れるほどの想像力で作り出されたのがこの作品だ。

読者の評価は、それを作者と共に面白がって読めるか。あるいは際限のない与太話にうんざりするかのどちらかであろう。例えばギーギーと武志が性行為をしてギーギーが妊娠するとか、武志に恋する高校生の睦子が毎晩のように飲み屋街で酩酊して路上で仰向けに寝た後に学校へ行くとか、睦子に恋している宏明と武志が遊び心で飛行機に石を投げたら当たったとか……。これらのエピソードが作品の面白さとユニークさを作り上げているのだと思われるが、これを素直に面白いと感じる読者には大いにウケル作品であるはずだ。また肉体から遊離したマブイと実際の肉体とを併せもつ二人の武志や睦子やフジオバアが登場するから、なんともややこしい。こんな物語が現在という時代を舞台にして展開するのだから違和感を払拭するのは容易なことではない。

しかし、それゆえにこそ作者の物語を作る膂力はたいしたものだと思う。作者はこのような作品世界を作り出すことに喜びを感じ魅力を感じているのだろう。そして多くの読者もまた面白く興味深い文学作品として受け入れているのだろう。このように受け入れることのできる読者には、作品の長さも苦にならないはずだ。喩えて言えば材料や調理法などを詮索せずに、ただ作者から差し出された料理を美味しく食べればいいのだ。この姿勢があれば読書の醍醐味や満足感が得られるはずである。もちろん並べられた料理は、みんな石垣島で誂えた食材から作られた料理だとは思わない方がいい。つまり、この作品にはリアリティなんか求めない方がよい。辻褄合わせなんかしないほうがいいのだ。挿入されるエピソードや人々の暮らしはデフォルメされカルカチュアライズされたもので、必ずしも石垣島の実態に添ったものではないように思われるからだ。

また、本作品は時代や状況に対峙し倫理的な生き方を問うた作品ではない。作品のテーマを強いて上げれば「マブイ（魂）を失った人間」と「肉体を失ったマブイ（魂）」が、生きるとはどういうことかと葛藤し問い続ける作品とでも言えようか。この物語を私たちはマブイを失わずに笑って読むしかないのだ。繰り返しになるが、作者の言葉は、いや登場人物の言葉は私たちの心に着地しない。いたずらに周辺を飛び廻るだけである。それがエンターテインメント小説の目指すところであると言われれば返す言葉はない。このような小説作品の特性を有しているのが本作品であり、それゆえに沖縄文学の新しい作品世界であり、このような作品世界を創り出す新しい作者の登場ということになるだろう。もちろん、このような作品の行方は未だ定かではない。

なお、本作品ではウチナーグチが会話文でも地の文でも多用されている。ウチナーグチを日本文学の中にどのように取り込むかは、近代以降、沖縄の表現者たちが担ってきた大きな課題の一つである。このことの実験をも示した作品である。

本作品には様々な違和感があるとは言え、沖縄文学の新しい世界を切り拓いてくれる作品であることは間違いない。沖縄文学に欠けていた笑いやエンターテインメント性を有した新しい文学シーンを切り拓いていく作家の登場を、この作品は改めて強く印象づけるものである。

本作品が候補になった第118回直木賞は「受賞作品なし」という結果になった。選考委員のなかの次の三氏は本作品について次のように述べている。

〇**黒岩重吾**：「沖縄の伝承や神事、風俗などがよく描かれているが、小説的構築が未完成である」

〇**阿刀田高**：「作者の強い志に圧倒された」「が、読みにくいことは相当読みにくい」「本筋を離れたエピソードが多過ぎるし、ストーリーの発展もゆるく散漫な感じが否めない。それが沖縄風と主張されると私には応ずるすべもない」「最後の最後まで悩みながら、エンターテインメントとして不足がある、と考えざるをえなかった」
○平岩弓枝：「一番、作者の心の熱さが伝わって来た」「ピシャーマと少年のかかわり合いにロマンがあり、ギーギーという六本足の豚の存在もユーモラスで大いに笑ってしまった。この作者に必要なのは調べ抜いたことの八十パーセントを捨てて書くという姿勢で、それが成功すると捨てたものが行間に滲み出て来て、書いたよりも更に深く、読者を理解させる」
いずれも肯われる選考評で私の読後感とも重なることが多く納得がいく。今回、拙稿を書くために本棚から取り出して再読したのだが、1998年に読了との記載が奥付欄にあって驚いた。読んだことを忘れていた。読み進めていっても、作品のあらすじは記憶に蘇らなかったのである。このことも不思議な体験であった。

3『テンペスト』(2008年)
◇詩情豊かに描いた豪華絢爛な琉球絵巻
本作品は上下巻の単行本で、いずれも2段組で400頁余にも至る大長編作品である。仲間由紀恵主演でテレビ化もされた話題作である。余りの長編さに読むことを躊躇っていたのだが、地元の新聞社に書評を依頼されたので気合いを込めて読み始めた。読後感を記した掲載原稿は次のとおりである。


いやあ……参った。とにかく面白いし、切なくなる。これが流行作家の話題作かと納得してしまう。読後の感想は一日では語れないほどだ。

池上永一は、「パガージマヌパナス」で登場し、「風車祭」や「シャングリ・ラ」など、次々と話題作を発表してきた。破天荒な物語は、作者の体内に若くかつ老獪な「語り部」が巣くっているのではないかと思われるほどであった。今回の作品は、紛れもなく池上永一の最高傑作の一つになるはずだ。

作品のタイトルは「テンペスト」。大騒動、猛旋風とでも訳せよう。上下二巻になった大作で読み応え十分だ。時は十九世紀、場所は首里王府、薩摩と清国との間で翻弄され、ペリー提督の黒船が来航する第二尚氏王朝末期が舞台である。その王府に一人の美貌の若者が登場する。名は孫寧温。難関の官吏登用試験に合格し、ライバル喜舎場朝薫と競い合いながら夢を語り、大国に翻弄される琉球の生きる道を懸命に模索する。ところが孫寧温には秘密があった。第一尚氏の末裔であり、真鶴という女性の性を偽り男に変身して宦官の役人として王宮に入ったのだ。

物語は、この孫寧温を中心に展開する。孫寧温を琉球の歴史にはあり得ない宦官に設定しただけでも破天荒な着想であるのだが、恋や友情に引き裂かれる孫寧温のドラマチックな人生を縦糸に、王宮内部の権力争いや女官たちの奸策、薩摩派と清派の覇権争いなど様々な愛憎を横糸にして明治十二年「琉球処分」そのときに向かって王国滅亡のドラマが詩情豊かに織りなされるのである。

作品は、実在の人物や事件を随所に配してリアリティを保持し、琉歌の詩情を巧みに利用しながら時代を凌駕する語り手のスタンスによって、沖縄の「源氏物語」あるいは「平家物語」

と冠してよいほど魅力的な作品に仕上げられている。読後の感動のままに首里城を訪ね、ロマンの風に吹かれてみたい気分に誘われるほどだ。

沖縄文学は今、振幅の広い成熟期へ向かいつつあるのだろう。先般、北林優という優れた作家を失った悲しみを乗り越える契機になれるような気がする。

なお、本書を紹介する出版社の「宣伝文」には次のように記されている。「時は19世紀の琉球王朝、これは、千年の眠りから醒めた龍たちが、雷となって大空を疾駆しながら発情する夜に生まれた伝説の女性真鶴の物語。百花繚乱、絢爛豪華、艶やかな舞台を司るキャラクターたちが実に素晴らしい。真鶴はもちろん、朝薫、詞勇、雅博、多嘉良、聞得大君、等々、千両役者に魑魅魍魎が揃い物語を動かす。待ち構える驚くべき真実、謀略、思慕、活劇。薫りたつロマンティシズム、そこはかとない色気、冴え渡る知慮。これもまた紛れもなく冒険小説、若き血潮の青春小説、そして正真正銘の大エンタテインメント！」と。

4『黙示録』（2013年）

◇虚実織り交ぜた「組踊」誕生の秘話

作品は『テンペスト』と同じように琉球王国を舞台にした。物語の構成は、歴史上の人物である玉城《たまぐすく》朝薫《ちょうくん》が冊封使《さっぽうし》の前で組踊「執心鐘入」を披露する場面を中心に置き、前半部に組踊を創出するまでの経緯や背景を描く。後半部は冊封使の前で「組踊」を披露する玉城朝薫の苦悩や矜持、さらに若き踊り手たちが、組踊を琉球文化の極上の型として千年の時を越えて継承されていくことに奮闘する内面の葛藤や愛憎のドラマを描いている。

前半部は、玉城朝薫を含めた江戸上りの一行がその途次や江戸で見聞した様々な風物や文化に触れて驚く様子が描かれる。また同じように江戸の人々が琉球の人々の服装や音楽、舞踊などを見ての感慨が様々なエピソードを取り込みながら、エンターテインメント風に仕立てられて展開される。

後半部は、組踊「執心鐘入」の主役を演じる二人の若き天才舞踊家、雲胡《くもこ》と蘇了泉《そりょうせん》の愛憎のドラマが中心になる。二人は江戸上りにも楽童子として参加するライバルである。二人の若者の「組踊」や「舞踊」に関する希望と苦悩は、王国の誇りや琉球に古くから伝わる基層の文化をも照射しながら細やかに描かれる。エンターテインメント性を超えた心情の描写は圧倒的な迫力がある。

物語は、前半部、後半部ともに実在の人物を配しながら、組踊に象徴される新しい琉球芸能文化の創作と隆盛に向けた人間模様が虚実織り交ぜて展開される。実在の人物には玉城朝薫だけでなく、尚敬王や蔡温、さらに冊封使の徐葆光など。さらに江戸では時の将軍だけでなく、新井白石や市川團十郎なども登場する。その他、雲胡と蘇了泉のそれぞれの妻や、蘇了泉の母親の出自にまつわるエピソード、蘇了泉の友人のチョンダラーなども興趣を盛り立てるように配される。また琉球まで渡ってきて、尚敬王の死顔の肖像画を描く江戸瓦版屋の銀次がいる。

これらの登場人物が織りなす物語をどのように読むか。読者の視点や姿勢で、作品の評価が分かれるように思う。しかし、どのような視点で読むにせよ、『テンペスト』に続いて「琉球王国」を舞台にした作品を創出した池上の営為は、沖縄文学の世界をより広げることには間違いない。本作は特に琉球王国や琉球文化への関心を喚起する大きな力を持つ作品となっている。作品に品位というものがあるとすれば、やや気になる箇所もいくつかあるが、読み物としての面白さは群を抜いている。

5『ヒストリア』（2017年）

◇沖縄と対峙する作者の新たな視点

本作品は、過去1年間で最も「面白い」と評価されたエンターテインメント小説に贈る文学賞「第8回山田風太郎賞」を受賞した。帯文には次のように記されている。

> 第二次世界大戦の米軍の沖縄上陸作戦で家族すべてを失い、魂《マブイ》を落としてしまった知花煉《ちばなれん》。一時の成功を収めるも米軍のお尋ね者となり、ボリビアへと逃亡するが、そこも楽園ではなかった。移民たちに与えられた土地は未開拓で、伝染病で息絶える者もいた。沖縄からも忘れ去られてしまう中、数々の試練を乗り越え、自分を取り戻そうとする煉。一方、マブイであるもう一人の煉はチェ・ゲバラに出会い恋に落ちてしまう……。果たして煉の魂の行方は？『テンペスト』『シャングリ・ラ』の著者が20年の構想を経て描破した最高傑作！

こんなメッセージに惹かれて読みたいと思ったものの、629頁の単行本の厚さに気後れもした。途中、展開も中だるみになり語り手もだれがだれだか容易に分からず、何度か読むことをやめようかと思ったが、後半になると明快なメーセージもあり、作者の「最高傑作！」と名付けるのもうなずけた。

作者池上永一は、『パガージマヌパナス』や『風車祭』で沖縄の土着を描き、『テンペスト』『黙示録』では琉球王国を舞台にした作品を描いた。今回は沖縄戦が題材である。池上の新たな境地を切り拓くものだ。

方法も極めて斬新である。主人公知花煉は、沖縄戦に巻き込まれて瀕死の重傷を負いマブイを落とす。そのマブイが、ボリビアに飛翔する。九死に一生を得た知花煉は沖縄の地で逞しく生きていくが、密貿易に手を染め、共産主義者としてのレッテルを貼られ、米軍政府統治下の沖縄を脱出しボリビアへ渡る。

ボリビアに渡った知花煉は、すでに飛来していた自らのマブイと再会し、一つの肉体に二つの性格を持った知花煉が登場する。一人の知花煉はゲバラと出会い、南米各地の革命に遭遇し、もう一人の知花煉はコロニアオキナワでウチナーンチュと共に開拓に励む。それぞれに波瀾万丈の物語が織りなされるのだが、沖縄が本土復帰したことを知り、大富豪となった知花煉は故郷沖縄へ里帰りする。しかし、その沖縄は、今なお米軍基地に蹂躙されていた。知花煉の生まれた故郷は、米軍の実弾射撃訓練の標的にされていたのだ。知花煉は叫ぶ。「やめてえっ！　もう撃たないでえっ！」と。南米の騒乱は一段落したのに、沖縄は陵辱され続けていたのだ。そして最終行、「現在も、私の戦争は終わっていない」として閉じられる。

６２９頁の紙数を費やした結論は、説得力がある。池上永一のメッセージに快哉を叫びたくなる。ただし、作品の作りにはやや荒っぽさを感じた。知花煉という魅力的な二人の人格を作り出し、それぞれの知花煉が語り手となって物語は進行していくのだが、どっちの知花煉だか分かりづらい。さらに時代や状況を説明する第3の語り手が、いきなり混入する。また、時代考証や、当時の登場人物の造型や語りには違和感を溢れるほどに覚えた。一言で言えば、またもやリアリティがない作品ということだ。

しかし、池上永一は、詳細のリアリティなど気にしない作家なんだろう。展開が荒っぽくても、人物造型が破綻していても意に介しないように思われる。目的へ向かって一目散に走るアスリートの姿を彷彿させる。アホらしくて、作者のお遊びについていけないと思う一方で、時代や沖縄に関するコメントや箴言は辛辣で魅力的で捨てがたい。

本作もまた池上ワールド満載だ。時間や空間を飛び越えた物語、エンターティンメント性を追求した物語、これらを併せ持った池上文学は、やはり沖縄文学の新しい台頭だと思う。

Ⅱ　5作品に見られる共通した特性

さて、5作品についての梗概や読後感を述べてきたが、幾つかの共通した特性が挙げられる。これらが池上文学の世界を構築するキーワードにもなり得ているはずだ。

一つは徹底したエンターテインメント性である。面白ければいい、楽しければいい、それが私の作品だ、と言わんばかりである。沖縄の歴史的惨禍や苦悩は吹っ飛んでいる。換言すれば5作品のすべてがリアリティを無視した破天荒な物語なのである。ここに読者は惹き付けられるのであろう。大いにカタルシスを感じるのかもしれない。

二つめは、溢れんばかりの生命力の発散だ。登場人物のもつ生命力のみならず作品全体が有するエネルギーだ。それは物語だけでなく人物さえもが破天荒なキャラクターを有して造型されていることによる衝撃波かもしれない。それだけに、作品が放出する生命力は2倍に増強されて半端じゃない。このエネルギーは読者へ生きる喜びさえ与えてくれる。閉塞された社会状況から、たとえ架空の世界であれ解放されるエネルギーにもなる。

三つめは、登場人物が沖縄の古層からやって来たかと思われるカミンチュ、ユタ、マブイなどであることだ。これらが登場して作品中を闊歩し躍動するのだ。さらには豚もマブイをもち、人間然として登場する。まるでスピリッツ文学と喩えていいほどである。それゆえに作品は土地に伝わる神話の世界、伝説の世界を浮上させ、さらに死後の世界、彼岸と此岸を往還する物語をも容易に紡ぎ出すことができるのだろう。

四つめは、郷土の言葉、シマクトゥバを縦横に駆使しているということだ。正しいシマクトゥバということではない。正しくないかもしれない。いや正しいシマクトゥバなどというものはないかもしれない。いずれにしろ、この言葉に、作者の故郷、沖縄に寄せる愛情が託されているように思われる。デビュー作

「パガージマヌパナス」の綾乃は島を離れないが、島を愛する作者の分身でもあるはずだ。

五つめは、いずれの作品も舞台は島、沖縄という時間と空間であるということだ。それは琉球王国をも射程に入れる広がりを有している。そういう意味ではまさに沖縄が生んだ沖縄の作家と言えるだろう。沖縄から目を背けているのではないのだ。沖縄はチャンプルー文化と言われるように多様である。多様な沖縄の庶民の生活に根ざした来世を取り込んだ暮らしに目を向けているのである。

この姿勢は、従来の表現者が有していた倫理的な作品を生みだす姿勢とは異なるが、同じく沖縄という出生の地を愛する姿勢を表しているように思われる。デビュー作の主人公綾乃の沖縄を愛する姿勢や、近作「ヒストリア」の主人公知花煉が沖縄に戻って来て、故郷が米軍の実弾射撃訓練の標的にされていることを知り「やめてえっ！　もう撃たないでえっ！」と叫ぶ声は、作者の沖縄に対する揺るぎない愛情の発露かもしれない。

沖縄の歴史の惨禍や苦悩だけを語るのが必ずしも沖縄を愛することにはならないはずだ。池上永一が創出した一連の作品は、一人の表現者の沖縄の愛し方を表したものだと言っていいかもしれない。このことに気づくと、琉球王朝にスポットを当てる作者の視線も郷土への限りない愛情が生みだしたものとして一気に目の前に浮かび上がってくるはずである。

六つめは、パターン化された方法と語りである。それは言い換えると、ファンタジーノベルとしての作品創出の一貫性であり、マジックリアリズムを駆使した作品創出の方法でもある。この姿勢は少なくとも5作品を貫く一貫した姿勢で揺らぐことはない。

さて、これらの特質が沖縄文学に新風を吹き込んだのである。いずれの特質も沖縄文学においては政治的な状況の厳しさゆえに見落とされがちな視点であったように思われる。この視点を補塡する池上永一の登場で、沖縄文学はさらに豊穣さを増し、文学としての振幅の広さと多様性を獲得していくように思われるのだ。

Ⅲ　歴史の力・神話の力・文学の力

さて池上永一の作品世界を5作品を対象にして概観したが、やはり巷で公言されているファンタジーノベルの騎手であり、マジックリアリズムを駆使した作家だと考えることは妥当であるように思われる。

ファンタジーノベルの定義はやや曖昧であるが、辞書などによると「超自然的、幻想的、空想的な事象をプロットの主要な要素として主題や設定に用いるフィクション作品」などと紹介されている。漠然としているが、「現実的にはありえないことだが、物語として矛盾なく一貫性を持った設定として描くこと、そこでは神話や伝承などから得られた着想が一貫した主題となっている」などの要素がファンタジーノベルの特徴として挙げられるようだ。作品例としては「不思議の国のアリス」「オズの魔法使い」「ピーター・パン」など、また近作では日本でも人気のある「ハリーポッター」などが挙げられるようだ。

またマジックリアリズムとは魔術的リアリズムのことで、「日常にあるものが日常にないものと融合した作品に対して使われる芸術表現技法で、主に小説や美術に見られる」とされている。作品例としては近年の芥川賞受賞作品『百年泥』（石井遊佳）などが挙げられるようだ。『百年泥』では「通勤ラッシュを避けるために空を飛ぶ」「百年に渡って蓄積された泥から人が姿を現す」など、不思議な表現が度々登場する。「非日常的」なことを「日常的」に描く手法のようである。

　マジックリアリズムもシュールレアリスムと同じく、幻想的な出来事を表現する技法であるが、夢や幻覚ではなく、現実に起こった神話的な出来事を表す時に使われるようで、ラテンアメリカ文学で多く使われる手法だという。

　これらの技法は池上永一文学の主要な技法であるように思われる。もちろんここでその技法の可否や賛否を云々するわけではない。マジックリアリズムを駆使した作品にはノーベル文学賞を受賞したガルシア・マルケスの代表作「百年の孤独」や、バルガス・リョサの「緑の家」なども該当するようで中南米の作家たちに優れた作品が数多く創出されているようでもある。

　ただ、池上永一の使用法には懸念がないわけではない。特に琉球王国の歴史を舞台にした作品「テンペスト」や「黙示録」などでは、歴史の真実が後方に退き、面白さを狙ったがゆえに歪曲され誤解されて伝わる場合があるように思われる。琉球王国の歴史に知悉している読者ならともかく、初めて作品を通して琉球王国の歴史に触れる読者にとっては、作品の舞台となる事件や背景は真実のように捉えられなくもない。

　例えば「テンペスト」では琉球王国にはいかにも「宦官」の制度があったように描かれているが、なかったというのが歴史の真実である。また、冊封使や聞得大君などの描き方にも違和感は拭えない。作者は見破られない嘘を上手につくことによって優れた作品を生み出すというが嘘が露わでありすぎる。小説はフィクションであるという前提とはいえ懸念される歴史の歪曲は随所にある。

　後《しい》多《た》田《だ》敦《あつし》はこれらの懸念を次のように述べている。（注2）

　琉球王国が明・清の冊封体制に参加したのは、琉球国の意思であり、それは前近代の東アジアにおける合法的な国際関係である。これに対し、島津の琉球国占領は、島津が武力で侵略して支配することに起因する。島津（ヤマト）は琉球国を実力支配してきたが、それは侵略に起源を持つ非合法的なものだった。琉球国にとって中国の明・清との関係は冊封関係は合意に基づくものだが、ヤマトとの関係は『無理矢理』の関係だったのである。

それを小説「テンペスト」は真逆に描いたとして、次のように懸念を表明するのだ。

　「テンペスト」が描いた真鶴・寧温の波乱に満ちた半生は、琉球・清国・ヤマトの関係が人格化されたものである。そして、そこでは史実とは真逆の「侵略と友好関係」が描かれた。小説は真鶴（琉球・女）、寧温（琉球・男）、雅博（ヤマト）、徐丁垓（清国）の3（4）人の人間関係を通して、琉球・清国・日本の関係を歴史的事実とは違った姿で描き、読者へ「修正」した歴史像を提示した。

その意図するところは「合法・非合法」「表・裏」など関係性の読み替えである。言い換えれば琉球王権の正当性を支えた一つである琉球と清国の関係を作り替えるものだったと考えられる。琉球と清国（中国）、日本との関係に対する伝統的意識、記憶の作り替えの試みだと言っていいだろう。（37―38頁）

後多田敦はこのように指摘し、そして次のようにまとめる。


小説「テンペスト」は実在の史料なども使用しながら、その史料の一部を書き換え、あるいは用語に誤解を与えるような表現がなされていた。（中略）小説「テンペスト」は創作である登場人物の役割や関係、行動や意識を通して、史実と異なる新しい歴史像を描き出している。その創作された歴史像は、時に史実よりも一般的な歴史像として定着していく力を持つことになる。

19世紀末、琉球国が日本に併合される過程で、日本政府によってさまざまな歴史の書き換えや隠蔽、ねつ造がなされていた。娯楽・時代小説としての「テンペスト」が、歴史を素材としながら、これまでの歴史像の書き換えを試みているとすれば、文学作品を越えて政治的意味合いを含んだ作品と言えるだろう。（40頁）

後多田敦の指摘は了解できるものだ。ただし、登場人物を国家を担うメタファーとして考えた場合の懸念である。この懸念は読者の作品への向かい方にも左右されるように思う。文学作品の危うい立ち位置を示しているようにも思われる。

ところで、1951年イギリス生まれでオーストラリア国立大学教授であるテッサ・モーリス・スズキの歴史小説に言及した言説は極めて示唆深い。彼は自著『過去は死なない』（2014年）の中で次のように語っている。[注3]

歴史小説の想像的風景を検討することは「歴史の真摯さ」のプロセスにとって重要である。歴史小説と「正しい」歴史とのあいだの関係は、小説にでてくる出来事や人物のリアリティの問題として論じられることが多い。言い換えれば、小説の物語を検討して、「これはほんとうか」と問いかけることが議論の中心になりがちである。しかし、「歴史への真摯さ」の追求にはもっと広いプロセスが内包されていて、次のような疑問も考察しなければならない――どうしてこの小説家はこの出来事について書きたかったのか、どうして読者は読みたいのか？　わたしたちが読んでいる小説にどのような風景が不在か？　小説のなかで出遭う過去の風景は、歴史の特定の部分との一体化やその解釈にどのような影響を与えるのか？（中略）
（歴史小説は）目に見えないひびの走る、不均衡な風景も創りだす。過去の特定の出来事や場所を鮮明に記憶に刻む一方で、その地平はほかの出来事や場所を遮断して、漠

として想像しがたいものにする。(76―77頁)

テッサ・モーリス・スズキの指摘は、歴史を扱う小説の功罪を言い得て共感することが多い。もちろん、歴史は語られる主体によって浮上し多様な歴史が存在することになる。そのどれもが真実の色彩を帯びるがゆえに、歴史への誤解の危険をはらむ記述には配慮も必要となるはずだ。また先述した後多田敦の『テンペスト』に対する懸念も十分肯われるものだ。

翻って、それでもなお、なぜ私たちは池上永一の作品に惹かれるのか。今一度考えてみたい。そこには歴史の力、神話の力、文学の力、命の力、他者を励ます力、など多様な力を発見することができるからだ。破天荒な作品世界の中に多くのこれらの力が潜んでいるのである。さらに言えば、池上永一の文学の力を借りて私たちは私たちの愛する故郷を発見できるからである。

現在は混迷な時代であるとも言われている。殺伐とした時代でもある。だれもが生きる上での居場所が欲しい。自らの存在意義を把握することのできるアイデンティティが欲しい。たとえ破壊され揺れ動くアイデンティテイであっても、共振できる何ものかが欲しい。文学の力はここにもあるように思われるのだ。

池上永一は故郷を離れ、東京での生活のなかで故郷を発見したのではないだろうか。それは「パガージマヌパナス」に結晶し「風車祭」で語られる故郷だ。さらに「テンペスト」や「黙示録」で語られる琉球王国に象徴される故郷でもあり、「ヒストリア」で語られる現在の傷付いた故郷でもある。池上永一はだれもが喪失した故郷を呼び寄せて故郷を語る作家であるのだ。ここに池上文学の発展的視点があるように思われる。池上文学の照らす射程はファンタジックな面白さだけでなく、明らかに「故郷」や「居場所」や「アイデンティティ」を照射する歴史の鏡をも有しているのだ。

琉球大学でアメリカ文学やジェンダー研究を専攻する喜納育江は、「故郷」や「居場所」について自著の中で次のように述べている。(注4)

人間の中には生まれついた「故郷」を「居場所」として一生を終わる者もいれば、「故郷」を離れて「居場所」を失う者もいる。あるいは、「故郷」を離れた場所を「故郷に代わる場所」とするようになる者もいる。生まれついた「故郷」でない場所を、なお「故郷」と等しい親密さをもって自らの居場所として認識するときの「故郷」とは、「空間」が「場所」へと転じ、さらにその「場所」における他者との関係性を自分が受容すると同時に受容されてもいるという安定感を獲得して、「居場所」へと醸成されたときに生じる認識であると言える。

「場所」に関する認識論と存在論の両輪的なアプローチは「アイデンティティ」の理解にも共通している。「アイデンティティ」という言葉の日本語訳は「帰属意識」と「自己認識」の二つがあり、前者が存在論的で後者が認識論的であると言えるが、「場所」にも、自分でつくるという「自己意識」的な「場所」があると同時に、受け容れられているという帰属感がえられるという意味で「居場所」がある「場所」がある。そして、それらは、どちらがより正しいか、どちらのほうがより重要かという問題でなく、どちらも必要十分で、表裏一体の関係なのである。（22—23頁）

○終わりに

池上永一は、自らが発見した故郷を描くためにフンタジーノベルやマジックリアリズムの手法を駆使して作品を作り上げた。沖縄は多様であり、多様な文学者たちの胎動がある。池上が創り出したこの作品世界は若い表現者たちの先導的な役割を担うかもしれない。マジックリアリズムの方法を駆使したファンタジックな作品世界はすで現れ始めている。

塩月亮子は、前述した著書のなかで「今なぜシャーマニズムや呪術が文学に重要なテーマとなり得るのか」と自らに問いを立て、その原因について次のような提案を披瀝している。(注5)

自己（自我）の理想的なあり方の変化もまた、ひとつの要因として考えられるのではないかということを提案したい。近代文学は、その多くがいかにして自己を確立させるかをテーマとしてきたといえるだろう。それこそが自己救済へ至る道だということを示してきた。しかし現在は、自己確立のみが救いをもたらすのではなく、自己を確立しながらも、それを崩壊・解放させることが救いに繋がるのではという認識が出てきたようにみえる。自己の確立と崩壊の往復運動こそが、救いへ至る過程という認識である。

シャーマンたちは、カミダーリといった象徴的な「死」により、自己の死と再生をはかる。脱魂のような体外離脱、あるいは自己の人格が変換するような憑依を体験するうちに、従来の自己の殻が壊れて新たな自分に再生する。その繰り返しが絶え間なく続く。このような、絶えず消滅と生成を繰り返す非一貫的な自己、ひいてはそのような自己を取り巻く世界のあり方を希求して、人々はシャーマニズムや魔術的なものを、他人が、今のところマジックやファンタジーを最も許容する文学だということができるのである。（129頁）

池上永一の作品は沖縄文学の行方を占う恰好のテキストかもしれない。だれもが生きるに呻吟し、だれもが幸せを望んでいるからだ。この課題があるかぎり文学は死滅しないはずだ。

【脚注】

注1　塩月亮子『沖縄シャーマニズムの近代——内なる狂気のゆくえ』2012年3月16日、森和社。

注2　後多田敦「小説『テンペスト』の比喩と歴史像の検討—素材としての史実と創作の間」／『地域研究No.9』2012年3月、沖縄大学地域研究所収載。

注3　テッサ・モーリス・スズキ著・田代泰子訳『過去は死なない—メディア・記憶・歴史』2014年8月25日、岩波書店。

注4　喜納育江『〈故郷〉のトポロジー』2011年7月10日、水声社。

注5　注1に同じ。

近藤益雄《えきお》を取り巻く詩人たち（その一）
江口季好《すえよし》（その2）―二人の平和道〝教師への道〟

永山　絹枝

生活綴方教育、児童詩教育、そして障がい児教育に命をかけた近藤益雄と江口季好。共通する二人。彼等は敗戦直後の混乱する教育界の中でどのように自身の矜持を保持しながら、社会的な目を深め、教育創造に励み、愛と教育魂を深めたのか。

江口は一九二五年、佐賀県諸富町に生まれている。益雄とは十八の年の差である。小学校入学は一九三一年だから、江口の青春は戦争と共に在ったと言えよう。

（1）愁いの中の青年期

アカシアの花　（江口季好）

中学校の校庭に
アカシアの花が咲くころ
一つの人生を夢みた
体の弱いわたしは
軍事教練の時間にも
白秋を思い
啄木を思った／／
深い霧の中で
ときに見失いそうになりながら
ときに瞳をこらし
アカシアの花よ
わたしは生きてきた／／
ひとり
講義をおえて帰る
夕ぐれのキャンバス
あのころと
かわりなく咲く
白い花よ

（『生きるちからに』）

中学生という齢に軍事教練という偽りの教育を受けながら、作者の心に在る真実（作者の夢・白秋や啄木を思う心）を見失わず今に生きてきた作者。「アカシアの花よわたしは生きてきた」という箇所が時代の波に翻弄されながらも作者の信念を譲らなかった本物の力強さを感じ、アカシアに託された思いが、時空を超えて伝わってくる。

愁い　（江口季好）

家の北がわの陽のあたらない冷えたところが
ぼくは妙に好きだった。
天山と背振山の麓まで
藁こずみがつづいて、
積木のような小学校から
ひとかたまりの子どもの声が
強くなったり弱くなったりして聞こえた。／／
大東亜戦争がはじまって

日本が戦果に わいた日、
ぼくは、ここでじっと山を見ていた。
希望もあこがれもなく、
愁いは透明な空にさまよった。

（『風、風、吹くな』）

戦争の真っただ中にあり、希望が持てない江口少年の感性は、山を見つめる憂いの中にあった。透明な空にさえ夢はなかった。
戦争が終わったとき、江口青年も人々もまずは生きねばならなかった。恥も外聞もなく、がむしゃらに生きるしかなかった。戦後の荒廃した中で政府も誰も助けてはくれなかった。民人《たみびと》は敗戦時ただ生きるためだけに、食べるためだけに必死にならなければならなかった。

背振山　（江口季好）

秋が深くなって、
東佐賀駅の高架ホームに立つと、
築紫野のはるかな山肌に
ぼくの手がとどくようだ。
目をとじると、
山裾に立ちのぼる煙が見え、
落葉の音さえ聞えるようだ。／／
背振山よ。
この空間にのばしたぼくの手の、
なんと、みじかいことか。
戦争は終わった。

しかし、
自らの可能性はおまえの頂きよりも遠い。
生きねばならぬ。
生きねばならぬ。

（『風、風、吹くな』）

「私は生きて、希望をつくりたい！」「生き抜いて、志を遂げたい！」、だがその可能性は遥か遠い。不安と意欲の入り混じった思いのなかでも江口青年は前向きに生きようとする。

(2) ささえた母の愛

死と戦いだけが待ち構える希望のない未来に江口少年を支えたのは、本能的な母の愛だった。

初夏　（江口季好）

朝な、
朝な、
にわとりの餌を摘みに行く
母の後ろ姿は小さく、
その
スベリヒュの花に似て。
＊＊＊
日ぐれ
日ぐれになると、
とんで、うちに帰った。／／
日ぐれになると、

母のそばにいた。／／
ぼくは、いつから、
そうしなくなったのだろうか。
（『風、風、吹くな』）

筆者の母も満州に夫を召集されている間、大村三十六連隊の兵隊を間借りさせ、馬の飼葉集め等に必死に働いていた。

次の詩には我が子を守りたい一心の母の姿が描かれている。

命を産み出す母ゆえに本能的な強さと判断力があった。

軍人より教師の方が…と母の愛は江口少年を諭《さと》す。

「あの時の母の導きの手がなければ、私の人生はどうなっていたかわからない。」…母への感謝の言葉である。

母の像　（**江口季好**）

一九四〇年、ぼくは中学二年生であった。
学校の中央廊下には、
少年航空兵募集の大きな広告がいくつもはってあった。
飛行機を背に、軍旗に向かって挙手の礼をしている
少年航空兵の顔は、美しく、凛々しかった。
だが、ぼくたちはこんな広告には無関心であった。
先生たちのあだなのことや、授業のことをおもしろく話し合って、
中学生活を楽しんでいた。
日曜日や　ながい休みには、ぼくはさかなつりに夢中になっていた。／／
その日も、ぼくはさかなつりにいって、夕方おそく帰った。
こんなとき、母はお茶がゆがさめないように、
かまどに、かけたりはずしたりして待っていてくれた。
おそくなって、そっと裏口からはいっていくと、
母は村役場の兵事係の人と、何ごとかを話していた。
一瞬、
その母の背中に、ぼくは真剣な心を感じた。
ぼくは、きき耳をたてた。
兵事係は、ぼくを少年航空兵に志願させてほしいと言っていた。
父は留守であった。
母はお茶も出さずに、うつむいて、じっと座っていた。
「あの子は、兵隊にむいとらんけん。」
母のかすかな声が聞えた。
兵事係は、応募者がまだ数に満たないので困っていることを
くりかえし、話していた。
しかし、やがてあきらめて帰っていった。
母は、わたしのところに来ると、
なめくじのはっている、うす暗い台所で、こう言った。
「おまえは、からだが弱いから兵隊になったら苦労する。それより、
学校の先生か、おしょうさんか、お医者さんになったがよか。」
母が、このとき断っていなかったら、
ぼくは少年航空兵にいったかも知れない。

そのころ、ぼくは国家のために戦場へ行くことが
いちばん立派な生き方だと、
少しずつ考えはじめていたのだから。
そして、おそらく間もなく戦死したであろう。
小学校時代の親友も、このとき応募して、やがて戦死した。
母は「ゆき」といい、
では「雪」とも書き、「夕起」とも書いた。
ぼくは母のことばに従って教師になった。
母は安心してぼくのお嫁さんの話などするようになったが、
腎臓を患い、一九五三年一月二十三日の夕刻、他界した。
静かな死であった。
母は、学問をしてはいなかった。
しかし、国家権力に左右されないで、
子どもの教育を親の権利として、しっかりとにぎっていた
のだった。
自分の手もとから子どもをはなしたくないという
母性の本能であったにせよ、
母は、わたしの生命を守り育ててくれたのだった。
一九六九年一月二十四日、
東京地裁で教科書裁判の証言に立ったとき、
ぼくは、しきりにこのことを考えていた。

（『風、風、吹くな』）

「母の像」は、母の叡智、子を守る強い意志を静かに語るように詩作されたもの。子どもを人間として深く見つめるところから作文（詩文）を論じる江口氏にはこんな強いお母さんの存在があった！　戦争の時代を生き抜いてきた女性の姿やことばを、江口氏はクローズアップすることで平和の原点を示唆していく。

（3）敗戦下における正義とは

①生きる道を見つけた益雄

日本国憲法が公布され、「一切の軍備を保持しない」と高らかに宣言された。日本は民主主義国家への道を歩み始めた。近藤益雄が『国語創造№2』に書いた文章の冒頭である。

「綴方復興―思えば胸のおどることだ。昭和十五年、綴方についてのペンを折って以来私は暗い日本の片すみで、ほそぼそと生きてきた。…何という暴力が日本の子供たちを追っかけまわしていたことか。そのために綴方の世界もすっかり荒れ果ててしまった。今や人間の復興とともに綴方もまた復興されなくてはならない。おもへば、あらしの夜は、ながかった。…」（近藤益雄「綴方復興」『国語創造』2号　1947）

と、深い感慨をもって迎えた。しかし…。長男耿《あきら》を原爆で亡くし、教え子たちも戦死していた。日記には、

「悲しみは深く、いとしさは更に強い。この気持ちを、どうすればよいか。今はただ寂しい人々のために、この身を生かそう。ほんとうの生き方をしよう」と刻まれている。

巷《ちまた》は荒廃した貧しい暮らしで溢れていた。空襲に遭い、焼け

野原になった貧しい民人たちは、五年たっても家を建てる財力はなく、焼け残った材木や焼けトタンで、かろうじて小屋を建てて子ども達を育てていた。

ともしびのない村　**（近藤益雄）**

一戸当たりの負担金がこわいので、
電燈もひくことのできない村。
おれは、そのくらくて、ぼろぼろになり、
傾いてくずれかけた家々のあいだを
身をそばだてるようにして
歩きながら 何をしたらいいかを考えた。
何もかも くらいことばかりだ。
つぶやく人間の愚痴と、
うずくまる病人のなげきとに
ああ せめて、
ひとつのともしびとなりたいと思いながら
くらい谷間の 青い空をみあげたりした

（『近藤益雄著作集5』）

益雄は三十八才になっていた。戦争への反省をふまえ、人民の立場にたった、真《しん》に民主的な教育を探求しようとしたとき、「…女学校に帰ってはみたものの、毎日が砂漠の生活であった。…」軍閥、官僚、地主らに対する怒りは日増しに募っていった。…と、天皇制、独占資本に投げつける罵声で、当時の日記は埋め尽くされた。虚無に陥ろうとする自分と必死になって闘ったのである。彼はこの苦悩の中で思想的に高められたと言ってよい。「プロレタリア・デモクラシー」ということばが、彼の日記に登場したのもこのころである。（著作集2巻付録・加藤十九雄）と、正義感で怒りを沸騰させている。

だが、さすが益雄だ、積み上げてきた教育への実績、綴方教師としての矜持があった。教え子たちの健気な姿に感じ入り、一体化し、それが益雄をしてぶれない世界に引き戻していく。

◇どん底のこの生活にこそ学ばんと
やがて少女は書きてよこしぬ

そう、益雄は現実を見つめることから逃げなかった。児童の内面に深く入るゆえに社会的な目を持ち、強い正義感、倫理観、使命感を抱く綴方教師であった。益雄はヒューマニズムの精神を持ちながらリアリズムの道を歩み出した。

時代は、地下に蠢《うごめ》いていた民主勢力が連帯を組み、「がんばろう！」「再び戦場へ送るな！」と労働歌を歌いながら闘いの炎を広げていた。

②正義の矢を放つ江口青年

一方、あまりにも重い事例を前にすると、江口青年教師は戸惑い、苦悩した。人間の正義など殴り棄てた、生きるだけの悲惨な教師の生き様、子等の姿があった。ここには、大きな波を幾度も乗り越えて一筋の光、生きる道を見つけた益雄と、敗戦の中で人間の有り様を見て苦悩しながら成長していく江口との微妙な温度差がある。

おとな　（江口季好）

はずかしさをわすれてしまったおとなは、
ギラギラ光る南の海で
その脳髄を
洗濯しなければならぬ。

＊＊＊

池山吉之助君へ　（江口季好）

一年生にもならないおまえは、
芋と豆ばかり食べさせられ、
疎開した八ヶ岳山麓の寂漠さのなかで、
開墾を手伝い、
それでも
おまえは一口もひもじいとは言わなかったという。
ごはんを食べたいとも言わず
つかれたとも言わずに働いたという。
戦争は終わった。／／
いま、おまえは
やりたくないことは、やりたくないと、傲然と言い、
自分が正しいと考えたことは
一歩もひかない、
字を書くことはきらいだと言って
絶対に作文を書こうとしない。
おまえのこころの強烈さは
おまえが幼い日に
理屈なしに奪われた生活の悲しみが
燃えているのか。／／
燃えろ。
パチパチ、燃えろ。
（『風、風、吹くな』）

戦争を耐え抜いた子の深い傷心、生活苦からの痛恨が燃える。強固な芯を持っている少年を登場させ、自分で考え、嫌なことは嫌と言う、正しいことは勇気を出して主張しようと呼びかけている江口青年教師。

＊＊＊

末路　（江口季好）

東京に残った子どもたちと
終戦まで生きぬいたこの老教師。
給料をわずかずつ貯えて建てた家は
あとかたもなく焼失し、
ひとり息子は戦死し、
空襲の夜、妻は焼夷弾の直撃で即死し、
いま、天涯孤独だ、と言う。
終戦の年に定年で退職し、
結核を患い、
ほったて小屋にひとりぐらしをしているこの老教師。
力なく咳をしながら言う。
物価がこうあがっては、もう生きていけんな。
マイシンやらペニシリンやら、いい薬をつくっても、
貧乏人には、用はないとよう。
この老教師にも、

子どもの中で生きた若い日があったろう。
この末路は、その喜びの日の代償だというのか。
老教師の目はわずかにぬれて、
何物かへのたたかいの光を放っていた。
ぼくは、いくばくかの金をおいた。
老教師はすなおに、
じつにすなおに受け取った。
ありがとうとも言わずに
わずかに頭をさげ、
ポケットに入れると、
また、咳こんだ。／／
末路！

（『風、風、吹くな』）

戦争の中を懸命に生き抜いた一人の老教師の人生の事実を思うと、苦しみ悲しみ、痛みの深さを感じて言葉に詰まる。賃金は低く物資もままならない。当時の教師の待遇は悲惨だった。自分の口が賄えないでどうして教え子を懐へ包む余裕があるだろうか。結核にかかり、それでも生きて行こうと頑張っている姿を江口青年教師は直視し、表現する。

戦争さえなければ実直な教師としての穏やか日々であったろうに。

戦争がもたらす悲惨さの事実をここでも知らされる。

彼が何故、このような状況に置かれているのか、世の仕組みへの憤り、行動は、現実をありのまま見つめることから生まれる。人間とは何か、何をこそ憎まねばならないか、怒らねばならないか、どうすれば幸せに暮らせる道が拓けるか。「老教師の目はわずかにぬれて、何物かへのたたかいの光を放っていた。」に救われるが、これは江口青年教師の共感と決意でもあったろう。後《のち》に、江口は「苦悩の底から真実をさがしてじわじわと立ち上がった誠実な老教師のお姿を美しいと思わないではいられなかった」と述べている。

女教師　（江口季好）

小児麻痺の長男がいるから
きょうだいをおおくしておきたいと
ちかく、八人めの子どもを産む女教師。
ＰＴＡの役員会では、
お産をする先生は子どものためにならない、
と話し合われ、決議して、
役員は校長に、申入れ書を渡した。
翌日、校長は女教師に退職を勧告した。
ＰＴＡ役員は、
女教師にきこえよがしの悪口を言った。
しかし、女教師はやめなかった。
やめることはできなかった。
一週間に一日か二日は必ず休むので
学校の子どもたちの心は荒れた。
万引きする子どももあらわれた。
しかし、女教師はやめなかった。
笑うことは絶えてなく、

腰の痛みをおさえて、
清潔な服を着る日もなく、
化粧品を買うこともなく、
しかし、
堂々たるおなかを突き出して、
勤めているひとりの女教師。／／
罵詈雑言と屈辱の中でも平然と、
反抗もせず　屈服もせず、無表情に、
六十何歳まで教師を続けるのであろうか。
ただ、純粋に、生活していくために。
がんばれ、がんばれ、
がんばれ、がんばれ、

（『風、風、吹くな』）

現代史にみる働く女性の権利は、こういう先輩たちの苦痛の頑張りの中で、勝ち取られたものであった。

一例を挙げると、岐阜県の恵那で開催された「第一回作文教育協議会」（一九五二年八月）に参加した鶴見和子は、四日市の紡績工場の生活を綴る会の人たちと出会う。その縁（えん）で「生活を綴る会」に関係するようになり、広がりに奮闘する。長崎でも、原爆乙女の会の渡邉千恵子、福田須磨子等が投稿していく。

生活綴方・生活記録運動は、人びと（とくに抑圧されている女性）の自己形成・変革およびその生活と社会の変革とへつながっていった。一九八〇年代の筆者の時代は産後休暇のみ八週間。希望するものは産前でも無給であった。今では同伴者（夫など）の育児休暇制度もある。母と女教師達の身を削る長い闘いの軌跡でもあった。

真実　（江口季好）

ほんとうのことを正直に書くのだ。
勇気を出して書くのだ。
それをみんなで考えるのだ。
わたしはこう言いつづけてきたが
君の書いた真実を、
ぼくはいったいどうすることができよう。／／
おとうさんとおかあさんと、
夜おねえさんのことで、いつもけんかする。
おねえさんはアメカのへいたいのところにいる。
アメリカ人の子どもを産むのは嫌だと言って泣きます。／／
君の両親とねえさんを、
わらいものにしていくことになりかねないことを、
消えることのない辱《はじ》をきざむことになりかねないことを、／／
わたしは、どうしてできよう。
真実とは公表されてはならぬもの。
ひそかに語り合っていくもの。
耐えていくもの。
真実とは
美しいものなはずなのに。

（『風、風、吹くな』）

辛い真実を告げられた時、貴方ならその作文をどうするか。綴方サークルで何度も議論を重ねた課題である。益雄も知的障がい学級の教師として、親の気持ち、その兄弟姉妹の気持ちを思って、「世の親達よ怒れ」と代弁し、社会に訴えた。このように苦しんでいる人が居るのですよ。偏見で見ていいのですか。ほっといて良いのですか。貴方はどう考えるか、どう行動するかと、蓋《ふた》をしたがる世間に「それこそ、真実」を突き付け、波紋を投げかけた。「真実は、悲しい場合もある」「考えさせられる場合も」、「解決がつかない場合も」ある。でも勇気を出して書かないといけない。その「葛藤」がこの詩に表現されている。江口青年教師は、現実直視から飛翔し、正直にありのままに吐露した詩を綴った。彼は解決しなければならない社会の実像を真摯にとらえていく。このような眼（視点・思想）は、どのように形成されていったものだろうか。

この事に関して最近、早川恒敬氏（東京清瀬市）から、心に刻まれている江口季好の貴重な発言、教えのことばが届いた。

「『生きる力』とは『問題を解決する力である』。私たちの生活には問題がたくさんあって問題だらけである。雨が降り注ぐように問題が降りかかってくる。子どもたちも同じである。子どもたちには問題を解決する力、正しく解決する力を身につけさせる必要がある。そのためには身の回りの出来事に目を向けさせ、生活の中にある出来事を教材化する、力のある教師の下でこそ子どもたちは成長する。」

と。早川氏は、この言葉を心に刻んで教育実践を紡いだという。今回取り上げた江口青年教師時代の詩群も、ありのままに詩作し、ここから問題解決へ向かおうとする決意であったろう。

（4）民主教育の建設

次の言葉は、一九四六年九月十六日—二二日、益雄の日記に刻まれた自省の中での決意である。

「よい子供を育て上げようとしてゐる。（略）然《しか》しこれは今までのやうに国家のために一身を捧げる人間を作ろうといふのでは絶対ない。（略）こゝで私たちは明日のよき社会とはどんな社会であるかを確認しなくてはならない。これは私たち人類が歴史の必然的な流れの中で捉えなくてはならない命題だ。」

ところで、二〇二〇年五月に私（著者）は『魂の教育者詩人近藤益雄』を上梓したが、熟読してくださった寺井治夫氏（京都）から貴重な感想が届いた。その中には益雄の戦後すぐの民主教育建設に向けての取組みの一環が纏めて紹介されていた。

「綴方教育は戦前から戦後にしっかりつながります。戦後の教育復興と重なって、綴方教師がその先頭に立たされた現場も多かったのではないでしょうか。ただどの教師も深い傷を抱えて奮闘したことでしょう。益雄も悔い、怒り、慟哭を深く抱えながら、むしろそれ自体から希望を生み出そうとするという強靭な精神を持っていたことを、ご著書によって理解しました。

敗戦後の益雄は、悲しみ、憤りを超えて、『何か良いことをしなければ』と、みずからを奮い立たせます。その努力は世づくりに向いていきます。益雄は村の貧困と農業の問題が教育の課題と不可欠であることに目を向けています。村の行政に、そして村人たちに積極的に改善課題を提起しています。巡回文庫、託児所開設などを実に現実的、説得的に実現していきます。子どもを救い、村人を支援する益雄は、教員の職場教研を組織しています。

「児童生活研究所」はその延長線上にある画期的な実践だと思います。戦後の新しい社会活動として公民館が設置されますが、この運動と連なるところもあるのではないかと察します。益雄のこの経験は、みどり組での「手をつなぐ親の会」にも応用されたことでしょう。敗戦後の世づくり・国づくりで多くの人々が努力した跡を掘り起こして私たちは今学ばねばならない、と考えます。百五十年前の明治維新を現代から捉え直すのと同じほどに大事なことです。」

江口季好も『君にはきみのうたがある』(P125)で「起承転結」と題して自分の思想の歩みを表し、次世代へ呼びかけた。

「教師になる前に三木清の詩に出会った。これを『起』とするなら、戦後、わたしは教師になった。はかり知れない国民の犠牲と惨禍によってかかげた憲法を考えて教師生活をつづけてきた。『戦死せる教え児よ』という詩は、まさに『承』であった。そして『転』は、眼を世界に広げた『ストラスブール大学の歌』(フランス詩人アラゴンのヒットラーへの抵抗詩)であった。」

「選ぶ力」　(江口季好)

…

悔いることのないような
選ぶ力を身につけてほしい。
その力を生かしてほしい。
君の言葉と行動に。
日本の未来に。

(『生きるちからに』)

ここには二人の傷つきながらも実践の中で学び取った思想が垣間見える。誰もが言いたいことを言える世の中に、誰もが弱者のことを考え、自分の頭でものを考える。そういう平和な世の中に。益雄と江口。時代差はあっても一つの地平に立っていた。

最後に、二〇二〇年六月一〇日、江口夫人・さつき氏(96才)から感激と激励のお便りを頂いたことを付記しておきたい。

「故・江口季好は早い時期から近藤先生に心酔して全集を書架に並べて折に触れ、私にも話をしてくれていました。障害児教育、子どもの詩について、江口季好の原典こそ近藤益雄先生です。」

東総の土とともに生きた農民詩人　伊藤和

星　清彦

すいか

あせがながれる／かんかんてる／／ガキらは　どんなにたべたいであろう／しるのしたたる　まっかなスイカにむしゃぶりついて／はらをてんてんたたくまで／／はたけのなかに　おおきくそだち／あっちに　ごろり／こっちにごろり／そのうえに　つるとはがかむさり／はなもたくさんついている／／そしてかんかんてりますから／スイカはあかくいろづいたろう／ひとつひとつゆびでつついて／はやくまっかにならないか／ああ　おおきくなった　はつなりとにばんなり／おおきい　おおきい　おつきさまのようだという／ガキらは　よる　そのゆめをみるだろう／そして／はたけのなかに　はなとはなをむすばせながら／おおきい　はつなりとにばんなり／おららとみんなと　わけてたべたい／／ガキらは／どこのガキらも　おなじことです／けれど　かってにたべてはならないど／かってにたべてしまってどうするか／おとなは　ガキらを　しからねばならない／／けれどかってにたべてはならないど／かってにたべてしまってどうするか／おとなは　ガキらを　しからなければならない／／ああ　おとなは　やっぱりかなしいだろう／おおきい　はつなりとにばんなり／くるまにつんで　とおくのまちへ／あせをながしてうりにいく

真壁仁『詩の中にめざめる日本』（岩波新書　昭和四十一年）

「文学通信第二号　一九三二年九月号」

この作品は伊藤和（いとう　やわら）という農民詩人によって書かれたものです。この悲哀に満ちた「すいか」という作品は、実体験からきていると考えられます。この作品は全てがひらがなで書かれていますが、それは意図的であり、誰でも読めることを狙い、それによって確かに作ったすいかを子ども達に食べさせてあげられない無念さが、読み手の心の中にも滲みてくる効果を感じます。秋山清は「百姓の辛苦とかなしみが、うつくしいまでリアルにうたわれている」と評しています。

何故この作品を目にすることができたかというと、真壁仁さんを久し振りに読もうと思い、真壁さんの本を数冊まとめて購入しましたが、その中にこの「詩の中にめざめる日本」があったのです。「詩の中にめざめる日本」は当時国土社から出ていた「月刊社会教育」の中で真壁さんが持っていた、詩のコーナーのタイトルでした。毎月このように紹介して、ある程度の数になったことで一冊に纏めたのでしょう。そしてこの本を読み進めていくうちに、千葉県在住だったこの伊藤和という人物を知ることとなり、もう少し調べて見たくなったのです。なお本文を書くにあたり、「北総の詩人伊藤和はいかにして一揆の鐘を響かせたか　村田裕和著」他を参考にさせていただいたことを記しておきます。

伊藤和の幼少年期について

伊藤和は九十九里浜に面した千葉県匝瑳郡栄村（現匝瑳市）

に生まれています。最終学歴は叺瑳普通学校中退とウィキペディアで見ることができました。（一九〇四年～一九六五年）一九〇四年は明治三十七年ですから日露戦争開戦の年になります。家は自作兼小作農で実際は貧しい暮らしぶりだったようです。伊藤はそんな貧しい生活を子どもながらにも嫌気がさし、当初は百姓仕事を嫌っていたのではないでしょうか。それはこのような行動から想像できるのです。数え年十六歳になると出奔し（大正時代中期頃）様々な労働に就き、やがて村に戻ってくるというようなことを、この後数度に渡り繰り返しています。現在でもある「若者の都会志向」が当時の伊藤にもあり、モボやモガを東京で見ては、別世界の生活、服装に憧れ、できれば都会に住みたいと願ったこともあったのではと考えます。そして住み着くために仕事を探しますが、結局土方や人夫仕事しか貰えず、こちらも「少年伊藤和」には日々が辛く、そうしてまた村へ逃げ帰るといったことを繰り返さねばならなかったのでしょう。

父親はそんな息子を何としても我が家に引き留めたい、村で百姓仕事を手伝わせたいと思ったのでしょう。十八歳で伊藤を結婚させています。フラフラせずにこの地に留まれ、この地で生活する覚悟を決めよ、という父親からの強いメッセージを感じます。そして結婚がきっかけであるかは定かではありませんが、この頃から詩作を始めています。しかし当初は伊藤の定まった評価「激しく闘う詩人」というものとはほど遠く、意外にも叙情的な作風のものが主でした。

アナキズム的作風への変化と伊藤の周囲について

前述のように結婚直後から詩作を始めましたが、最初に作品の発表が確認できるのは朝鮮にあった雑誌「耕人」に発表した、「夏の夜窓べに寄りて」と「無題」で一九二四年（大正十三年）八月号です。つまり二十歳の頃の作品ということになります。何故国内ではなく朝鮮の雑誌だったのか、その伝手は誰からのものなのかは解りませんが、伊藤はこの「耕人」に以後も積極的に作品を発表し、翌九月号には後の農民詩人という称号に相応しい「百姓の嘆」を発表しています。それは「過酷な日照りに苦しむ百姓達が、空を見上げて黙然として祈るしかない」といった内容で、何百年も昔からこういったことが繰り返されてきたのだろうということを教えてくれます。そしてそんな中にありながら、ただ諦め、堪え忍んでばかりいる現実の生活に、伊藤自身が憤りを隠せなくなり、それが筆を持たせた原動力になったのでした。農村と都会の生活の格差を知った伊藤は、その現実に、世の中に激しい怒りを感じさせたのです。しかしこの時代、そういった人々は勿論伊藤一人ではありませんでした。そしてそのベクトルはやがて「アナキズム」へと向かっていったのです。

昭和初期よりそういった人々は、詩雑誌を拠点とした活動が活発化していきます。それは小説では「プロレタリア文学」として一時代を築きます。しかし創刊も多かったのだけれど、長続きするものは少なく廃刊、終刊もまた多かったのです。これは経済的理由もあったでしょうが、実際抗いの文学であったわけで、当時の官憲当局に睨まれたこともその理由でしょう。そんなこともあってか「耕人」は一九二五年十二月に終刊となります。次に作品の発表先としたのが「詩神」でした。伊藤は一九二六年から一九二九年一月号までにこの「詩神」に二十編以上の作品を発表しています。当初「詩神」は福田正夫が顧問となって、「民衆詩派」の詩誌としてスタートしていますが、号数が進むにつれ、アナキズム詩やモダニズム詩を多く掲載するようになりました。

この「詩神」に伊藤と一緒に作品発表の場としていた人に「鈴木勝」という方がおられます。千葉県山武郡豊成村（現東金市）の出身で、伊藤とは殆ど同郷です。そして農民運動家であり詩人という伊藤と同じスタンスで活動していました。一九二九年に創立された千葉詩人会には二人して参加しています。私はこの鈴木勝さんの晩年時に、僅かではありますが交流させていただきました。千葉市星久喜というところにお住まいでしたので、そこから取られたものか、「星久喜通信」という個人誌を出されておりました。そして私が山形の出身であることを知ると、毎回「山形とは懐かしい。私の友人に真壁仁という人物がいて、その真壁が山形の人なんです」とお手紙には書かれていたのを想い出します。当時はもう引退なされておりましたが、千葉県議会議員になられ、県議会議長も経験なされました。お手紙をいただいていたのは昭和の終わり頃だったと思います。

高神村事件と「馬」

伊藤和は「詩神」と同時期に、有名な「文芸戦線」や「太平洋詩人」にも作品を発表していますが、投稿を重ねるうちに自分でも詩誌を創ってみたくなったのでしょう。同人を募り「馬」という詩誌を創刊します。前述の鈴木勝氏も同人として加わりました。一九二九年のことになりますが、当時は都会だけでなく地方（北海道から九州まで）にまで、多数の詩誌や雑誌が誕生しています。昭和恐慌の頃で労働争議なども頻繁に起こり、地面を這うような貧困や、理不尽な搾取による多くの不満が渦巻き立ち上り、書かずにはいられない人々や、時代への抵抗を正面から訴えた多くの人々がいたからでしょう。尤もその殆どがガリ版刷りの粗いものだったせいか、現存するものが多くないのは残念です。そしてこの詩誌「馬」を創刊させたことが、私は伊藤の「都会への憧れの決別宣言」だと思っています。この地で生きる覚悟が定まったことで、ガリ版刷りの「馬」は誕生したと考えています。

そんな「馬」創刊後の翌年、一九三〇年に近隣の高神村で農漁民が蜂起した一大事件「高神村事件」が起きます。

九十九里浜の北端、関東平野最東端の犬吠埼とその付近一帯は、一九三七年に銚子市に編入されるまでは、高神村と呼ばれていました。農民、漁民、石切場で働く石工たちからなるこの村では、村内の漁港改築のために高い戸割税がかけられていました。そうした中で、村長山口籐兵衛が高額な村費を私的に流用していたことが発覚したのです。九月六日の夜半、反村長派の指導者たちの呼びかけに呼応した、村民約二百五十名が村長宅を襲撃します。そして指導グループの計画では、村長宅を襲撃し一部を破壊したら、鐘の合図で速やかに退避する筈でしたが、村民の燃え上がった炎は消すどころかさらに勢いを増し、制止が利かなくなり役場や駐在所、村長派議員宅などを次々に襲撃したのです。これが「高神村事件」の全容でした。

手拭いで顔を覆い、竹の棒や鍬、石など身近な物や道具を持ち、村の半数近い男女が加わったこの事件を、「馬」の同人達は百姓達による「一揆」と呼び、「馬」誌上で一揆に参加した者、あるいは家族の声を代弁し、支持声援を送りました。恐らくそれはかなりの激しい言葉で表現したと思われます。

「高神村事件の時の詩」(馬四号　一九三〇年十月十五日発行)は代表的な作品ですが内容は、事件の翌日の犯人捜しの様子から始まります。

野原の芒のように騒ぐあいつ等はゲートル巻きサーベルをガチャつかせた／野菊がいちめんに咲いたそんな処にさえ卓上電話が置かれ／受話器を通して〇〇〇に犯人は間断なく報告された

ここでの主人公は子ども達であり、その目線を通して作品は書かれている。子ども達が破壊された建物などを見に行き「万歳」を叫ぶと、サーベル姿の警官が追い散らすのです。そしてトラックが来ると同時に子ども達の父や兄、家族を乗せて連れ去っていくのでした。

あとからあとから　たくさん縛られて行く者の目がギロギロ光る／おとっさん！　兄さん！／呼びかけは泣声になる泣け！／部落の男はみんな犯人である／さあ　みんな犯人だ縛って行け

そして最後に

われわれは幾度も信ずることについて行う！

で結ばれています。

このように「馬」では詩作品だけでなく、ルポも掲載しこの事件に関わった人々を支援したのでした。当然当局からは目を点けられてしまいます。結果この翌年の一九三一年二月に伊藤は不敬罪、治安維持法、出版法違反という容疑で逮捕されました。後「馬」も発禁になっています。発禁の直接の原因は事件の公判を通しての村政非難、蜂起支持の田村栄の文章を掲載したことからと、前述の「高神村事件の時の詩」についてによるものでした。また不敬罪は田村栄が掲載した神武天皇を征服者とする文章が不敬罪と判断されたことによりました。

裁判とその後

裁判は千葉地方裁判所で行われ、伊藤和は懲役二年執行猶予四年の判決が下ります。一緒に検挙された田村栄は入営しており軍法会議で懲役三年とされました。この判決が決定して保釈されたのは七月でしたので、結局保釈まで約五ヶ月も伊藤は拘束されていたことになります。なお、裁判の証人として交流のあった萩原恭次郎が呼び出されています。萩原恭次郎は翌年から前橋市で、「クロポトキンを中心にした芸術の研究」という詩誌を発行しており、伊藤は毎号作品を送っています。参考までに「クロポトキンを・・・」に載せた伊藤の詩を紹介します。

赤んぼ産る隣りに六人目の子供が生れた

納戸の暗い板敷の上でおやぢは産婆のかわりになり／おふくろは苦しみをこらえておまえを産んだ／（これで六人の子供を持つおやぢとおふくろ）／／月も星も見えないローソクを立てた納戸の板敷に／初めて声を上げボロにくるまって／おまえの泣く声がおやぢとおふくろの胸に矢張り喜びにひびえたろうか／なんとしても子供が生まれるたびに死んでくれればいいって考えも起る／が、胸をくんで考えてみりゃ矢張りそうじゃなくって生かして置こうということになる／「マアマア　安産でよかった」／おふくろは床からあれこれとおやぢにさし図し／馳けつけた近所のおかみさん達がウブ湯をつかわせたり汚物一切かたづけてくれる／／その間にコンロに鉄瓶が煮立つ／「サア　サアお茶をのんでおくんなさい」／／泣く声が太くボロにくるまってやがてスヤスヤ眠る／おまえの兄弟たち　幾人の子供もこうして産れ／骨太く丈夫になり　暗い／しかし百姓はだのネンバリ強いおやぢやおふくろのぬくもりの中に愕く程きっ揃い／ますます一団は育つ／そして無いものは世間の乳母車や絹の紅いウブ着やクルクル回るガン具／ナニ赤んぼが産れたってお祝いごとに何するものか／贅沢はあっちのこと　こちらは番茶でやる／おやぢは世間に恥じるなく／ネンバリ強いやりかたで五十年を考える／そうだ景気やお天気ばかり考えるんじゃねぇ／実際もっともっと沢山うまれた方が好いじゃないか／こいつらが／やがて／百姓の土台骨になる

これは一九三二年八月号の中の伊藤の作品です。貧しいけれども力強い農民の詩です。アナキズムというと都会的な雰囲気も感じますが、伊藤はこの時すでに完全なる百姓だったのが解ります。だから本当は百姓詩人、農民詩人という称号の方がピッタリだと思うのです。

しかしただの農民には収まらずにこの後も一九三五年に、無政府共産党事件による逮捕で、東京砂町署に六ヶ月勾留され、更に翌一九三六年七月には、農村青年社事件で千葉県八日市場署に、そして終戦の年、一九四五年一月にも反戦的な言葉を吐いたというだけの理由で、千葉県旭署に検挙されそのまま終戦を迎えています。弾圧され検挙を繰り返された終戦までの伊藤でした。

失意からか既に筆を折って十年が経過していましたが、終戦直後に岡本潤と前後して共産党に入り、再度詩作を始め「コスモス」や「詩精神」に発表していますがその作品数は少なく、評価も今ひとつでした。「コスモス」の秋山清は「戦前よりボリュームが減少した」と残しています。それは一体何故なのでしょうか。戦後五年ほどでこの活動にも終止符が打たれ、その後の作品は解りません。恐らく書くことを止めて本当の「ただ

の百姓」に専念したのかも知れません。晩年は体調も優れなく一九六五年に銚子市で亡くなりました。

終わりに

伊藤和はこうしてみるとやはり、アナキズム系詩人と評されていますが、農民詩人といったほうが伊藤自身も喜びそうな気がします。そういった点で鈴木勝さんや真壁仁さんと同類の人だと思いました。当初はモダニズムにも憧れ、やがてはアナキズムに落ち着くという、こちらは萩原恭次郎に共通点を感じます。いずれにしても浅い紹介しかできませんことをお許し下さい。最後に一九三〇年、発禁になりましたガリ版刷りの詩集『泥』から「町へ売る」を載せて終わりとします。

町へ売る

頬かむりしているからおやじずいぶん若く見える／むすこが兵隊から帰れるといって／この頃はすっかり元気が出たね／肩に天びん棒そしていっぱいにつまった肥桶をかついでいる／菜っ葉や大根をうんとほき*させて置くのか／と、いっておれらが食うのではない町へ売る／大根が一本五厘、／菜っ葉が一貫目五銭、／おれらはこんな相場で売っている／どうだい　いい菜っ葉と大根になったなとおやじを／ほめたら／おやじふふんと笑って　糞肥を五石もぶっ掛けましたヨという

*ほきる　伸びる・成長する

参考
村田裕和『北総の詩人伊藤和はいかにして一揆の鐘を響かせたか』
真壁仁『詩の中にめざめる日本』

◇**アナキズム系文芸雑誌年表（主立ったものだけです）**

一九二七年　一月「文芸解放」創刊（昭和二年）
　　九月「バリケード」創刊
一九二八年　六月「銅鑼」終刊　草野心平が広東で創刊
（昭和三年）「単騎」創刊／「黒旗は進む」創刊
　　七月「矛盾」創刊／十月「黒色文芸」創刊
　　十二月「学校」創刊／「犀」創刊
一九二九年　二月「第一次黒色戦線」創刊
（昭和四年）「第一次国線」創刊
　　この年千葉県に「馬」が創刊される
一九三〇年　一月「南方詩人」創刊／「北緯五十度」創刊
（昭和五年）二月「第二次国線」創刊／「第一次弾道」創刊
　　この年「婦人戦線」創刊
一九三一年　九月「第二次黒色戦線」創刊
（昭和六年）この年「昭和恐慌」始まる。／「満州事変」起こる
一九三二年　六月「アナーキズム文学」創刊
（昭和七年）「クロポトキンを中心にした芸術の研究」創刊
　　「解放文化」創刊
　　九月「第二次弾道」創刊
一九三三年　六月「自由を我等に」創刊
（昭和八年）八月「文学通信」創刊
　　この年、小林多喜二が築地署で虐殺される
一九三四年　この年、日本プロレタリア文化聯盟解散（昭和九年）
一九三五年　三月「詩行動」創刊
（昭和十年）六月「反対」創刊／十月「エクリバン」創刊
　　この年「無政府共産党事件」起こる
一九三六年　四月「詩作」創刊（昭和十一年）

過去世の夢

淺山　泰美

それが前世なのか、さらにもっと前の過去世のことなのかはよくわからないのである。

　三歳くらいの幼い頃の記憶に、何処からか流れくる胡弓の調べを聞いたのである。その刹那《せつな》、柳の木が立つ水辺の風景が脳裏に閃いたことがあった。切ない、やるせないといった言わくいい難い不可思議な感情が胸にわきおこった最初の体験である。だがそれをもって「前世の記憶」と断ずるのは余りに単純との誹《そし》りを受けそうであるが、「前世」とはそのような感覚なのではあるまいか。確かに私にはそのような幼児体験があったのである。

　私が過去世で中国大陸に生を受けたことがあったという理由が他にもある。夢に幾度か、日本にはない形態をした家屋の映像が現れたことがある。円形の長屋というのだろうか、一族の者が暮らす集合住宅なのだ。後年、それが鄧小平《とうしょうへい》の故郷四川省固有の住居であることを知った。もう二十年近く昔のことであるが、その映像を見たときは正直、ぎょっとしたものである。だから、どうということでもないし、その家屋をこの目で見てみたいとも思わない。だだ、過去世のことはもう変えようがないが、来世はまだまだ変えることができるのではないかとは思っている。

　南伝仏教の国であるタイやミャンマーのテレビ映像のなかで、二十歳そこそこの娘さんたちが、真顔で「徳を積んで、来世がよりよくなるようにしたい」と寺院で話している姿がある。日本も一応は仏教国であろうに、そのようなことを口にする若者を見かけることが遂ぞない。そうであっても、彼らとて無意識のうちに前世や来世をイメージせぬわけではあるまい。けれど、やはり一番肝腎《かんじん》なものは現世であろう。過去とは塵のようなものであり、未来は言葉のなかにしか存在しない。「今」が変われば、未来も又変わらずにはいまい。来世をよくしたいがために積む徳は、「陰徳」とはいえぬかもしれないが、今の中高年の輩さえ、「来世」うんぬんより、苦しまずに死ぬことを望む時代になった。たやすく死ぬことを許されぬ時代の不幸としか言いようがない。

ノースランド・カフェの片隅で―文学&紀行エッセイ

連載第二十五回　宇宙的孤独―中島敦の詩歌―

宮川　達二

ある時はスティブンソンが美しき夢に分け入り酔いしれしこと

「和歌でない歌」―遍歴

狼星《シリウス》方爛々　参宿《オリオン》燦斜懸
凍夜疎林上　悠々世外天
（シリウスは爛々と輝き　オリオンは燦として斜めに懸かる
凍るような夜の疎林の上に　悠々たる天が広がる）

―和歌《うた》でない歌―

十年ほど前、北海道旭川で古本屋を営む友人から『中島敦全集』全三巻（筑摩書房一九七六年刊）を手に入れた。第二巻に収められた―歌稿―の最初に「和歌でない歌」がある。ここに―遍歴―全五十五首が収録されている。「ある時は」で始まる彼の残した短歌を読んだ。

読書量が多かった中島が共感する東西を問わない哲学者、作家、詩人、音楽家、画家が次々と登場する。冒頭に掲げた歌のスティブンソンとは、後に中島が小説『光と風と夢』で晩年のサモアでの人生を描いたスコットランド出身の作家の名である。中島敦は、芸術家たらんとする情熱と心に秘めた思索を次々と短歌へと結実する。

ある時は若きランボーと共にアラビアの熱き砂漠に果てなむとす
ある時は老子の如くこれの世の玄のまた玄空しと見つる
ある時はモツァルトのごと苦しみ明るき藝術を生まばやと思ふ

五百首の短歌を湧き上がるようにして詠んだ昭和十二年暮れ、中島敦は二八歳だった。既に結婚し、長男が生まれている。持病の喘息に苦しんでいたとはいえ、中国へ、朝鮮へ旅し、海外の音楽家の演奏を生で聞き、第一の目的としていた小説を書き始めている。自嘲的に「和歌でない歌」というタイトルを付けてはいるが、歌稿全体に中島敦の自尊心や芸術への憧憬が溢れ出ている。

―中島敦という作家―

中島敦は（一九〇九～一九四二）東京四谷生まれ、父は漢文教師。幼年時代は埼玉県久喜、奈良、静岡、さらに父の赴任地で植民地であった朝鮮で少年時代を過ごす。東京帝国大学文学部国文科卒。横浜高等女学校の英語と国語の教師となる。持病などを理由に昭和十六年に南洋庁へ転職、妻と息子二人を残し、単身で日本統治下にあったパラオ諸島へ赴任。昭和十七年三月に帰国、『光と風と夢』『南島譚』を刊行するが、十二月に持病の喘息発作に襲われ十二月四日に死亡した。享年三十三。私が初めて彼の作品を読んだのは『山月記』である。唐時代の詩人李徴が虎へ変身する不思議な物語だった。文体は硬質、哲学的で抒情的な文章に強く惹かれた。短歌だけではなく、漢詩も書いた中島敦は、旅を好む詩人的気質の強い文学者であった。

—芸儒家たちへの想い—

昭和十一年二月六日、二・二六事件勃発の直前に中島敦は東京日比谷公会堂へ行き、ロシアのオペラ歌手シャリアーピンの歌を聴いている。この時の印象を—歌稿—の中の「Mes Virtuoses（わが大芸術家たち）」で、彼は短歌としてその印象を詠んでいる。

北国の歌の王者を聴く宵は雪降りいでぬふさわしと思ふ

この前後、日比谷公会堂で行われた海外の著名な音楽家たちの演奏会に、中島はしばしば出かけ、実際に聞いた印象を次々と歌にしている。

ハイフェッツを聞く

颯爽とさても颯爽と弾くものかな息もつかせずツィゴイネルワイゼン

ティボオを聞く

カデンツァの繊き美しさ聞きゐればジャック・ティボオは仏蘭西の人

昭和初期の軍国主義の時代、来日した音楽家の演奏を生で聞き、こうして歌に詠んだ文学者は、中島敦しかいない。他には、私が知る限りでは詩人小熊秀雄が、同じ昭和十一年二月にシャリアーピンの演奏会へ行き、詩「シャリアピン」を書いている。

—中島敦の宇宙的孤独、存在への眼—

中島敦が一歳の時、教師であった父田人と母チヨは離婚する。以後、父のもとに残った彼は再婚した母とは一度も会うことがなかった。その後、父が再婚した二人の継母とは折り合いが悪く、中島は根源的に母なるものへの欠如感が作品に影を落とす。また彼は幼いころから病に苦しみ、その解決の一つの方向として、南洋庁へ勤め、家族と離れ、一人パラオ諸島へ向かう。芸術家としての矜持が人一倍強かった彼は、存在への不安、宇宙という無限の下に生きる恐れが人一倍強かった。

歌稿の情熱に満ちた—遍歴—の歌の数々の最後の一首は、つぎのものである。

遍歴《へめぐ》りていづくにか行くわが魂《たま》ぞはやも三十《みそじ》に近しといふを

中島敦の内省的な孤独は、宇宙的なまでに深く命の短さを知っていたかのようだ。しかし、彼の孤独には大きな救いがある。第一高等学校時代からの親友氷上英廣に次の文がある。

「未亡人は一時は生活に苦労的に苦労されたが子息たちはりっぱに成長された。長男の桓《たけし》氏には光君と風君という二人の愛児がある」　氷上英廣「回想的補遺」　中島敦全集第三巻月報所収

中島敦は、南洋庁に勤めた頃、妻には手紙、長男の桓《たけし》、次男格《ただし》には愛情に溢れた葉書を送った。長男の桓は父の愛を記憶に止め、父の死から長い時を経て生まれた自らの息子に「光」と「風」と名付けた。その二人の名は、父中島敦の第一創作集『光と風と夢』の題名から名付けられた。宇宙的孤独感を持った父を持つ息子は、父との絆を決して忘れることはなかった。

万葉集を楽しむ　六 ―万葉集編纂の真意

中津　攸子

万葉集最古の歌の文字

万葉集の最古の歌は五世紀前半の第十六代仁徳天皇（?～四二七?）の皇后磐之媛の歌です。

仁徳天皇の父は、第十五代応神天皇（?～三九四?）で、応神天皇の時に王仁が『論議』と『千字文』を伝えました。漢字が伝来したのです。

ということは磐之媛が歌を詠んだ時、既に漢字は伝えられていました。しかし漢字が伝わるや否や、漢字の意味を無視して音だけ借り、日本語を表記する万葉仮名を編み出し実用化されたとは考えられません。

埼玉県の稲荷山古墳から出土した鉄剣に「獲加多支鹵《わかたける》大王」すなわち第二十一代雄略天皇（?～四八九?）と彫られていました。この大王の名前は漢字の意味を無視し、音だけ借りて日本語を表記した最古のものであることは既述しました。これが万葉仮名の初見です。そしてこの鉄剣に文字が彫られたのは磐之媛の時代から六、七十年も後のことです。

このことから考えて磐之媛の歌が、万葉仮名で書かれていたはずがなく、古代文字で書かれていたものを後に万葉仮名に書き改めた可能性が大です。

宮中では漢字が伝来して以来、公けでは漢字漢文が使われていましたが、私的には、宮中の人と言えども当分の間は古代文字を使い続けていた可能性が高いのです。

日本固有の文字の存在

イ、日本最古の『天皇記』『国記』

ところで蘇我馬子と聖徳太子が編纂した六世紀末の日本最古の書『天皇記』と『国記』は、惜しいことに六四五年の大化の改新の時、蘇我馬子が自宅に火を放って焼いてしまいました。しかし、〝『国記』は火中から船史《ふなのふひと》恵尺《えさか》が救い出して中大兄皇子に献上した〟と『日本書紀』に書かれています。しかし『国記』は後世に伝わっていません。

聖徳太子は十七条の憲法を漢文で書いていますから『天皇記』や『国記』も漢文で書かれていたかも知れません。

どのような文字で表記されていたかは確認できませんが、『天皇記』や『国記』には、意図的に皇室有利の表記を心掛けて新たに書かれた『古事記』や『日本書紀』と内容の違う所があったため、せっかく救い出された『国記』は焼かれてしまったのではないでしょうか。

という事は『古事記』や『日本書紀』の編纂時に、歴史の思い切った改ざんが行われた可能性があるということです。『国記』が後世に残っては、『古事記』や『日本書紀』との内容の違いがはっきりし、歴史の改ざんが明るみに出てしまうことを恐れ、跡形もなく焼失したと考えられるのです。

ロ、昭和41年発見の「ホツマツタヘ」

「ホツマツタヘ」は松本善之助が昭和41年に神田の古本屋で図案のように見える奇妙な文字の本『写本秀真伝』を偶然見つけて買い求め、ねばり強く研究を重ねたことから蘇りました。『日本書紀』の中でイザナギノミコトが我が国のことを「秀真《ほつま》の国」と呼んでいますから「秀真」は〝我が国〟のことです。「ツタヘ」は〝伝え〟で歴史のことですから「ホツマツタヘ」は「国史」であり、秀真を真実と取れば「真の伝え」で「正史」のことです。

松本善之助が求めた本『写本秀真伝』には「ホツマツタヘ」と仮名がふってあり、近江国高島郡産所村の三尾神社の神宝と書かれていました。

ハ、「ホツマツタヘ」の著者

「ホツマツタヘ」は40アヤから成っています。アヤとは巻のことで、神武天皇から書き起こされ、四十巻あって、前半と後半に分かれています。

一アヤ～二十八アヤ・・・・クシミカタマノ命の著述
二十九アヤ～四十アヤ・・・オホタタネコノ命の著述

でオホタタネコノ命は、クシミカタマノ命の著述と共に1アヤから40アヤまでの全てを景行天皇（生没年不明・第十二代天皇）に献上しました。

景行天皇は日本武尊を日本各地に派遣して天皇の統治範囲の拡大に努めた三世紀末から四世紀半ばの天皇です。

そして「ホツマツタヘ」の後半部分を書いたオホタタネコを祀っている神社が、太田神社で、上賀茂神社の境内外摂社でカキツバタの名所として周知されています。オホタタネコは太田田根子命、古事記には意富多泥子命と表記され、三輪氏の祖とされています。

ニ、天保14年に出版された「ホツマツタヘ」

時代は下がって左京二条座（います）神社の宮司、小笠原通《みち》当《まさ》が近江国高島郡産所村へ行った時、古老から、

「村に非常に古い文書がある」と聞かされて見せてもらいますと、古代文字で書かれた古文書でした。

小笠原通当は、

「調べさせてほしい」と熱心に頼み、古文書を借りて京に持ち帰り、苦心の末に解読して、天保14（1844）年に『神代巻秀真政伝』十巻を出版しました。しかしさして反響もなく通当は亡くなってしまいました。

小笠原通当の意志を継いだ甥の小笠原長弘は、叔父と同じく生涯「ホツマツタヘ」を研究し、叔父が借りて来た三尾神社の神宝「ホツマツタヘ」の全てを筆写して原典を三尾神社に返し、写しを郷里の宇和島に家宝として伝えました。

ホ、千数百年経た「ホツマツタヘ」

「ホツマツタヘ」の成立は、日本武尊を全国に派遣し、天皇家の全国支配を確立した3世紀から4世紀の景行天皇の時代ですから今から千数百年余り前に書きあげられ、景行天皇に献上されました。

この献上された「ホツマツタヘ」が、いつの日か近江の三尾

神社に移され、以来、神社の神宝として無事に保管されていたのです。

へ、「ホツマツタヘ」を宮中に奉呈

宇和島に伝えられた小笠原家の家宝「ホツマツタヘ」と、安永八（１７７８）年に「ホツマツタヘ」を漢訳し、日本書紀との異同を問答体で書いた和《わ》仁《に》估《こ》安聡《やすとし》の『生洲問答』とを、「明治の良き時代になったから」と小笠原長弘と正木寿之助（宮城公訴院検事）とで宮中に奉呈しました。

ト、松本善之助の研究

松本善之助が神田の古本屋で昭和四十一年に発見した『写本秀真政伝』の研究を生涯続け、小笠原長武の記録や写本、さらに「ホツマツタヘ」の全文を小笠原長種宅で発見し、「ほつまつたへ」上下巻を出版した鏑武夫等同志と共に研鑽を重ね「ほつまつたへ」に光を当てました。今では「ホツマツタヘ」についての出版も多く「ホツマツタヘ」を知ろうとする人の存在は確実に急増しています。

万葉集の構成

万葉集は二十巻から成っていますが、その第一巻の始めの歌は、埼玉県の稲荷山古墳にその名を刻まれていた第21代雄略天皇の、

籠《こ》もよみ籠持ち掘串《ふくし》もよ・・我こそは告《の》らめ家をも名をも

と菜を摘む女子に呼び掛けるほのぼのとした長歌です。

そして第二十巻の最後の歌は、

新《あら》しき年の初めの初春の今日降る雪のいや重《し》け吉事《よごと》

で良いことが重なりますようにとの天皇統治の世を寿ぐ大伴家持の短歌です。

万葉集は天皇家を寿ぐ歌を最初と最後に配置し、その間にさりげなく庶民の実際を知ることのできる歌を巧みに挟み込んでいる歌集です。

万葉集を編纂した大伴旅人と家持の真意

万葉集以後の歌集は勅撰集で、天皇、貴族、僧侶等社会の上層部の人の歌が集められています。が、万葉集は朝廷の支配している全域から、三百五十年間の全ての身分の人の歌が四千五百首も集められています。

このことは古くから日本全域の人々が日常的に歌を詠んでいた証です。

ところで何故万葉集は、後世の多くの歌集と異なり、あらゆる身分の人の歌を集める、といった特徴を持っているのでしょうか。

万葉集の歌を集めた大伴の旅人、そして万葉集を編纂した大

伴家持を家長とする大伴家は、古代から天皇家の軍事を司る大豪族でした。五・六世紀には代々、大連《おおむらじ》の役に付くなど常に中央政府の中枢に君臨していました。

しかし大和朝廷の全国制覇がほぼ終わり、武力がさして重要でなくなって来ますと、物部氏や曾我氏が台頭し、大伴氏は次第に隅に追いやられて行きました。そしてついには家長の大伴旅人が大陸との接点の重要な地とはいえ、中央の政権から離れた大宰府に派遣されました、完全に左遷です。

しかも旅人の子、大伴家持も越中（富山）の地方長官の役に着かされるなど、中央で勢力を持っていたかっての勢いを完全に失っていました。

そこで大伴旅人、その子家持は大伴家の先祖の輝きはもちろん、わが国の本当の歴史を後世に伝えたいと考えたのではないでしょうか。

しかし事実をありのままに書いては『天皇記』や『国記』のように跡形もなく焼かれてしまいます。

そこで決して焼かれてしまわないあり方を考えたのだと思われます。

歌の語源は〝訴う〟で人の真心や心情を相手に伝えることとの説があります。歌には人の真実の思いが詠まれているものが多いのです。ですからより多くの歌を集めれば、今の、そして今までの世の姿をありのままに後世に伝えることが出来ると旅人は考えたのだと思われます。

その志を継いだ家持も歌を集め、編集することに全力を注ぎ、さらに歌の表記を朝廷の否定する古代文字、ホツマツタへでなく、朝廷の薦める漢字で表記したのです。

漢字の音で日本語を表わす万葉仮名を完全なまでに編み出し、表記して万葉集を編纂し完成させました。

そうすることで後世に真の歴史を伝えよう文字表記などは問題ではない。歴史の真実を伝えることが大切なのだと心を決めて涙ぐましい努力をしたのです。

真の歴史伝達の夢

万葉集巻五の太宰師《だざいのそつ》大伴旅人が邸に三十四人の人々を招き、梅花の宴を催した時の各人の歌を集めた序文「…初春の令月にして気淑（よ）く風和らぎ…」にちなみ、二〇一九年の五月から年号が令和に改められました。

この梅花の宴を催した当時、宮中では梅は珍しい花でした。こんな話が記録されています。

万葉集成立より三百年ほど後の十一世紀に奥州に内乱があり、軍勢を引き連れていた源義家が介入して勝利した後三年の役で、捕えられ都へ連行されて来た安倍宗任《あべのむねとう》をもの珍し気に見ていた大宮人が宗任に梅の花を見せ、

「この花の名を知るまい」

と得意げに言ったところ、

我が国の梅の花とは見たれども大宮人は何といふらむ

と即座に詠んだというのです。大宮人は大いに驚きました。

たいした文化もない東北の武将がこの花も知るはずがない。大いにその無知を笑ってやろうとしたにもかかわらず、安倍宗任が梅の花を知っていて、即座に歌を詠んだのですから。

宮中では珍しかった梅は、日本国中どこにでも咲いていたのです。ですから今、俳句で花と言えば桜ですが、万葉集で花と言えば梅でした。

この梅の花のことだけ考えても、当時の宮中が庶民とかけ離れた存在であったことが分かります。

そして朝廷にまだ征服されていなかった東北も含めて全国の庶民の文化程度は高く、武将でも誰でも日常的に歌を詠んでいたことが分かります。

和歌が、庶民の文化であり、五七調が日本人の血肉となっている基本的なリズムであることが分かります。

旅人は多くの庶民が詠んでいる歌を集めて記録すれば本当の生活が、世の中の有様が見えるはず、と考え、漢詩がもてはやされていた時代に梅花の宴を開き、各自が歌を詠んだ宴の席上で、古今東西の歌を集めたいので協力してほしいと呼びかけたものと思われます。

出来る限り多くの歌を全国から集める努力をして逝った父、旅人の遺志を継いだ大伴家持は、さらに歌を集め、集められた古代文字他で書かれている歌の全てを万葉仮名に直し、時代や、地域、内容によって分類するなど生涯をかけて真の歴史伝達の為、万葉集の編集に生涯をささげたのです。

太陽に最も近い傷

原　詩夏至

平野啓一郎の小説『マチネの終わりに』にこんな一節がある。

彼は、《イプノスの綴り》の中の次のような謎めいた一文に心を奪われていた。

「明晰さとは、太陽に最も近い傷だ。」

その言葉は、閃光のように彼を貫き、いつまでも強い印象を残していた。

蒔野はそれを、自分の演奏に対する、最も鋭利な批評であるように感じていた。

ちなみに《イプノスの綴り》はフランスの詩人ルネ・シャールの詩集。「一文」はその中の第１６９番目の断章の全文だ。『マチネの終わりに』の主人公である天才クラシックギタリスト・蒔野は、この時、病気や自身の芸術的行き詰まり、また私生活上の挫折（分けても、小説のもう一人の主人公・小峰洋子との恋の予期せぬ破局）等々の複合的要因による長い活動休止を乗り越え、再起に向けての「リハビリ」に本格的に取り組み始めたばかりだった。その過程で、彼は「自分がどういうギタリストなのか」、客観的に考え再認識する契機を摑んでいた。

「自分は演奏技術の特に運動能力の部分に関しては、ほとんど苦労知らずなほど、抜群の素質を持っている。練習好きで、むしろ、努力をしないことの不安に堪えられないというのも、一つの性分だろう。そして、そのいずれもが、彼の音楽性の欠如が批判される際には、「確かに超絶技巧で、その鍛錬に余念のないことには敬服せざるを得ないが、しかし、……」と、皮肉な前置きとされてきたのだった」――そう、かつての自分を回顧する蒔野。若い頃にはそれに反発し「ヘタだと音楽的だ、人間味があるっていうのは、卑しい音楽観、人間観じゃないですかね」と反論したこともあった。だが……。

再起を助けてくれた友人・武知の突然の死。恋人・洋子との破局が当時マネージャーだった妻・早苗によって仕組まれたものだったという衝撃的な真実への直面――蒔野の苦闘と葛藤は、その後も更に続く。そして終章、見事復帰を果たした蒔野のコンサート会場に一聴衆として足を運んだ洋子は、その演奏（それは、かつて神童・蒔野の名を世界に知らしめたのと同じバッハだった）に深い感銘を受ける。「彼は、バッハの音楽の無限とも思われる形式的な試みの中に、何か恐ろしく慎ましやかな、わからないという疑問を探り当て、それと静かに、強く共振していた。二十代の頃の確信に満ちた演奏よりも、蒔野は、はるかに深く、わからなくなっていた」。

「明晰さ」から「わからなさ」へ。そう、蒔野は年を重ね、苦難や不条理への直面を通して、「人生」や「世界」がより「わからなく」なったのだ。かつて人として「太陽」に最も近づいた若きイカロス・蒔野。だが今や彼は、それ故に被らざるを得なかった「傷」――つまり「失墜」――を通して却《かえ》って学んだのだ。海の深さを、空の更なる高さを、そして「畏怖」と「痛み」を知る者のみの知る真の「暖かさ」「大きさ」「優しさ」を。

アメリカ東海岸に暮らす（四）奴隷解放の樫の木

小島　まち子

　ハンプトン市はバージニア半島突端にある風光明媚な海辺の町だ。チェサピーク湾を挟んでノーフォーク市の対岸にあり、湾の水上に架かる橋を渡り海底トンネルを抜けるとバージニア半島最南東のハンプトン市である。町の歴史は古く、英国の植民地としてジェームズタウンと同時期に発展した。一七世紀初頭、初の恒久的イギリス人開拓地となるジェームズタウンの設立に伴い、開拓者たちはチェサピーク湾河口水域に防御施設を次々に設け町を作る。その町をハンプトンと名付けた。

　ハンプトン市は私たち家族が住むニューポートニュース市の隣町であるが、あまり訪れることがなかった。

「住民は黒人が多くダウンタウンなどは特に荒んでいるから近寄らないように」と、夫に言わしめる町であるらしい。

　しかし、ニューポートニュース市も黒人と白人の割合は半々であり、立ち入れない区域もある。危険区域と呼ばれる所には確かに黒人の姿が圧倒的に多く見られる。かつては奴隷として白人のために労働力だけを求められ、自由の身分になってさえ差別は歴然と彼らを苦しめ続けてきた。いかに法律で平等を謳《うた》おうとも、人種差別は日常の中に根付いている。貧困層が厚いため高度な教育を受けられない若者が多く、故に良い仕事には就けず、場末のバラックが立ち並ぶ地域に追いやられる。何代続いてもその繰り返し。最低の生活を余儀なくさせる中で酒に溺れ、麻薬に耽り犯罪に手を染める者も多い。しかし、そんな環境に生まれてなお、歯を食いしばり努力を重ねて成功する人もいる。私達が住んでいた二〇〇〇年前後は中流以上の黒人家庭が増えつつある、といわれた時代ではあった。

　夫にダメと言われたが、ハンプトン市には大きなショッピングモールがあったので、下町には行かない、との条件付きで子供たちと出かけた。娘が高校二年生、息子が中学二年生の冬休みのことだ。大きなモールは高速道路の出口から車線が駐車場へと直結している。巨大な駐車場はホリデーシーズンを控えて車がびっしりと駐車していた。ホリデーシーズンとは、一一月末の感謝祭から一二月末のクリスマスシーズンまでを指し、どちらも月末の連休が続き街は買い物客で賑わう。アメリカ人が一年で最も買い物をする時期といわれている。巨大な白亜の建物の入り口を人の波に乗って進んだ。大きなデパートが三つ、数えきれない程の専門店、カフェ、レストランが放射状の通路で繋がれている。他の地域のモールと同じ店舗でも取り揃えている洋服や帽子、靴、全てが黒人の好みを反映し、鮮やかな原色がショーウィンドウを飾っている。買い物客も圧倒的に黒人が主流だ。家族やグループで賑やかに話しながら、満面の笑顔を浮かべた人の波が通路を行き来している。私たちがお上りさん状態で半ば呆然と周りを眺めていたその時、中央の通路で何事かを大声で叫んでいる声が聞こえた。途端に息子の顔がほころび笑顔が広がった。全く聞き取れず何が起きたのかと訝る私と、笑顔の子供たち。前方から黒人の若者数人が叫びながらこちらに向かってくる。腰の下までずり下げたジーンズを手で押さえながら屈託なく笑い、その中の一人が息子と向かい合って儀式のような特有の挨拶を交わした。握手した手を腕相撲する時のように組み換えて胸元まで持ち上げ、親指を交差させ、グッと胸を近づけるというような。そのまま息子に何事か囁きおわると、手を振りながら去っていく。大きな声で、

「お前が好きだよ、仲間だよ」

というようなことを叫びながら。

「クラスメートだよ」

と息子。あんなに背が高くて大人びて見えるのに、と呆れながらも、

「いい子たちだね」

感動で声が詰まる。

「黒人はね、私達には優しいんだよ。白人の子たちは遠巻きに眺めているだけの子が多いけど、黒人の子は自分たちのほうから寄って来てドアを開けてくれたり、声かけてくれたり」

娘が遠ざかる彼らを目で追いながら呟く。息子も彼らを笑顔で見送っている。それは多様な人種が集合する学校生活の一端で、私が初めて見聞きする彼らの世界だった。学校の様子を訊いても面白い事は話してくれるが、こちらが一番知りたい事柄はあまり話さない。二人共そんな年頃だった。

娘の話を聞いて、私達が同じカラード（colored）、有色人種だからか、と一人胸の内で考える。自宅近くのスーパーで買い物をしていた時のことが思い出された。客は白人が大半という少し高級なスーパーだ。老齢に達した白人のレジ係が、汚いものでも見るように私を見た。おもむろにカウンターから退いて距離を取り、レーンに並んだ品物を嫌々袋に詰めた。鈍感な私は最初面食らい、何故なのだろうと彼女の態度を訝《いぶか》ったものだ。二度、三度と続くうちにようやく、これは人種差別なのだ、と悟った。同時に得も言われぬ怒りがこみ上げる。自分に非のないことで侮蔑されるのは屈辱的だ。ほぼ単一民族からなる社会で育った日本人の私には想像すらできなかった。皮膚の色で優劣があり、白い人が最上だという信念を持つ人々が存在する社会というものが。勿論、あからさまな態度をとる人は稀だ。嫌悪感をむき出しにする人は高齢者に多く見られ、やはり生きてきた時代背景によるものなのだろうか。

黒人はアメリカという社会に根強く残る白人至上主義を嫌というほど感じて育つ。それは彼らの生活そのものですらある。

黒人の祖先はある日突然生まれ育った灼熱の大陸で捕獲され、鎖に繋がれて船に押し込められ、アメリカ大陸にさらわれて来た人々だ。彼らは奴隷として市場で家畜のように競りにかけられ、嫌も応もなく雇い主に買われ重労働を強いられた。一体、白人はどのように自分の良心と折り合いをつけたのだろう。肌の色によって殊更に優劣をつけることにより、自身を納得させたとしか思えない。南北戦争時に南軍を率いたロバート・リー将軍は、敗北を喫した戦争により黒人が奴隷から自由の身分に変わってもなお、分離主義、人種隔離主義のリーダーとして、ここ南部バージニア州では英雄として称えられてきた。脈絡とその思想が密かに受け継がれてきたとも言える。先頃、警官が不審な黒人男性を路上で必要以上に拘束し圧死させたことに端を発する人種差別への抗議デモが全米に拡大している中、バージニア州知事は州都リッチモンドにあるロバート・リー将軍の

銅像撤去を発表した、とのニュースを見た。歴史を語り継ぐ目的のためなら最初から市街地の通りに設置すべきではなく、戦争博物館などにあるべきだった。

ある日、以前住んでいたインディアナ州から友人が訪ねてきた。翌朝、コーヒーを飲みながら外を見ていた友人が呟くように言った。

「南部だねえ。芝を刈る人も､ごみを集めに来る人も黒人だね」

「そうね、そういう仕事は黒人が多いね。あとレストランの給仕とか掃除する人とかも」

言いながら、彼女が指しているのは我が家の庭で早朝から芝を刈っている黒人作業者のことだったので、白人の女主人気取りで家の中から監視しているようで心地悪かった。私達日系企業の駐在員家族は安全第一を考慮する本社の恩恵を受け、富裕層の住む地域に家を借り、当然のように外回りの清掃は業者に依頼する。結果派遣されてくる作業員は黒人が多い。しかし、それが彼の職業である限り、雇うほうは人種に関係なくその技術に対して賃金を払うのみだ。医師、政治家、大学教授、法律家など、エリート層の黒人も白人と半々くらいに存在し活躍しているのも事実だ。アメリカ社会、特に南部は連綿と続く人種差別を少なくとも法律では禁じ、平等を謳って各職業の人種別雇用率も定められている。

一方友人は、私たち家族が最初に住んでいた中西部から訪れていた。私たちが住んだ九〇年代初め、中西部の田舎町の住民は殆どが白人だった。都市部に近づくに従って町外れに荒れ果てた黒人街が現れてくるが、バージニアのように共生しているようには見受けられなかった。その風景を思い出しながら、時に差別や諍いにより傷つき絶望することがあるにしても、深刻な事件に発展することがあってもなお、全ての人種が共存共生を目指す社会こそあるべき姿の筈だ、と思う。公民権運動指導者だった、マーティン・ルーサー・キング・ジュニアが行った、詩のように美しい演説の一説のように。たとえ今なお道は遠くても。

私には夢がある。
それはいつの日か、この国が立ち上がり、
「すべての人間は平等に作られているということは、
自明の真実であると考える」
というこの国の信条を、
真の意味で実現させるという夢である。

私には夢がある。
それはいつの日か、私の4人の幼い子どもたちが、
肌の色によってではなく、
人格そのものによって評価される国に住む、
という夢である。　　　　　　　　（前、中、後略）

高速道路を車で走って四時間もかかる大学に進学した娘は寮生活になり、息子も順調に高校生活を送っていたある日、夏休みもあとわずかという日、日本人の友人から電話を受けた。

「あなた以前言ってたように働く気があるなら、ハンプトン大学で日本語講師を探しているから面接受けてみて」

と、忙しそうに言い電話番号を伝え終わると切れた。詳細が分

からないまま、すぐにその番号を押し学部に電話してみた。はやる気持ちを抑えながら呼び出し音を聞いた。応答を待ちながら、以前フィリピン人の友人に

「日本人の奥さんて働かないのよね」

と、鼻先で笑われたのを不意に思い出した。彼女は地元病院に勤務する看護師だ。

駐在員の妻は滞在ビザのみで就労ビザは持っていないのだ、と説明すると、

「永住権取ればいいじゃない」

と、事も無げに言う。

しかし、いつ帰国命令が下るか見当がつかず、何より、二〇〇一年アメリカ同時多発テロ事件以来、外国人の永住権取得は困難になっていた。

ところがしばらくして、長年アメリカで働く夫のビザの階級が上がり、新しいビザでは妻にも短期間の就労ビザが支給されるという。それを聞いて私は小躍りして喜んだ。運良くそんな時期に受けた就職の可能性を与えてくれる電話だった。

学部のオフィスでは急を要するらしく「すぐに面接をする」というので、その日の午後に出向いた。面接はすぐに終わり、九月新学期から働くことが決まった。大学で教えるために必要な科目の単位を取りながら、同時進行で新学期初日から教壇に立つことになった。そのまま図書館に行ってクラスを受講する手続きをコンピューターで行い、教材授受手続き、職員としての契約手続き、給料を受領するための手続き、学生証と駐車許可証の申請、など案内図を見ながらビルからビルへキャンパス内を歩き回った。初めてキャンパスを歩いたその日、夏季休暇から戻って新学期に備えるために私同様ビルからビルへと移動する大勢の学生に取り巻かれるような状態になった。彼らは一様に訝し気な目でこちらを窺っている。幾重にも彼らに囲まれて私は不覚にも怯えた。人種差別などあってはならない、と主張する自分の中にも存在した本能的な恐怖にうろたえた。しかしそれは一瞬のことで、彼らとの交流がこれから始まるのだ、と学生たちの視線を受け止め、背筋を伸ばして歩いた。

ハンプトン大学はハンプトン市にあり、全米でもトップクラスを誇る黒人の私立大学である。黒人学生の割合は九五パーセント以上で、全米から富裕層黒人子弟が集まっている。駐車場には学生が所有する名だたるブランド車が並び、身の廻りの物にも贅を凝らしている学生が多い。それは男子も女子も年中Tシャツとジーンズ、スニーカーで過ごす一般的なアメリカの大学ではあまり見かけない光景だ。

大学の建造物は設立当時のものも多数保護されており、黒ずんだ焦げ茶の建物が幻のように佇む一角がある。日本語クラスは選択科目で、同じ階にへブライ、ヒンズー、ドイツ語などの教室が並んでいた。週三日、初級、中級の二クラスを一時間半ずつ教えることになった。学部から支給された分厚い講義指導書があったので、レッスン内容そのものは楽だった。挨拶や自己紹介、簡単な日常会話を実践させながら、「てにをは」など基本の文法の理解、ひらがな、漢字で短い文章が書けるレベルまでが目的の初級。中級は、日用漢字、作文が書けるレベルの文法、文章力の習得などが目標である。

一クラス二〇人前後の学生達の日本語能力にはばらつきがあった。しかし能力の有無に関わらず、彼らは人前に出て話すのが大好きだったので、会話や作文の発表の場を多くとるようにした。

「私はマイクさんです。私はハンサムと大学生です」

「私はジャネットです。可愛いと頭が良い趣味です」

などと胸を張って発表するので講師が頭を抱える中、教室は笑い声に包まれた。彼らが明るく伸び伸びしているのを見るにつけ、恵まれた環境で育ったことが窺えた。

明るい顔が一変するのは、折に触れて人種差別に対する不満が噴出する時だ。

「ホワイト（白人）」から受けた理不尽な扱いや言葉を苦々しげに語る学生たち。

「フェア（平等）じゃない」

と口々に訴える。すっかり英語になってしまう討論に相槌を打ち、

「さあ、同じことを日本語で話してみてください」

と言うと、たちまち静まり返った。インターネットの普及で日本通の学生が多く、漫画やアニメの話になるとこちらが理解できず、お手上げだった。朗らかで優しい生徒たちは、明らかに不慣れな日本語講師を始終気にかけ、助けてくれることが多かった。

二年目の中級クラスに進んだ学生の中から、夏休みに日本に短期留学したいとの申し入れがあった。ハンプトン大学は日本に姉妹校がなかったので、知人の紹介に頼り北海道苫小牧にある大学で受け入れてもらうことになった。その夏、四人の学生を伴って苫小牧に飛んだ。彼らの世話係である地元大学職員が選んでくれたホームステイ先に落ち着き、留学生が多いその大学の夏期講座で日本語を学んだ。大学の職員や地元の方々に手厚くお世話していただき、思い出深い夏を過ごした。

留学後に彼らの作文を読み、いろいろな体験をさせて頂いたことに感謝で一杯になった。ある女子学生は偶然目にしたアイヌの織物に関心を持ったのをきっかけに、博物館などを訪れてその歴史や文化に触れ深く心を寄せた、と書いている。また、自分の宗教上生き物の卵を食べることは禁止なのにイクラの誘惑に負け大好物になってしまった、とユーモラスに懺悔している学生。最初は戸惑いばかりでなじめず苦労したが、周囲の人の気遣いに感激し自分を変えていけた、と書いた学生。どうしても行きたかった「ハラジュク」に連れて行ってもらった感激を述べた学生。九月新学期の初め、選択科目の学生には珍しい短期留学の成果として、大学側からは彼らにボーナス単位が付与された。

ハンプトン大学に通い始めて三年目のある日、講義の後キャンパス内を散策した。いつも広大な敷地の中の一定のルートしか動かないので、知らない場所が多くあった。かなり古い教会のチャペルを通り過ぎ、学生たちが「ホワイトハウス」と呼ぶ学長宅の白亜の豪邸を見物し、裏手の水際の通路を運転していると、芝生の上に樹齢の高そうな古木が立ち並んでいるのが見えてきた。駐車スペースに車を止めて遊歩道を歩いてみる。中でもひときわ目を引く大きな樫の木に向かったのは偶然だった。背丈はそれほどでもないが、横広がりに太い枝葉を広げ、その

太さ、木肌の古さは驚くばかりだ。しかもこの古木は低い鉄柵で丸く囲まれ、二枚の案内札が建てられている。書いたものによると、樫の木全体の横幅は三十メートルにも達するという。案内札によると、「奴隷解放の樫の木（Emancipation Oak）」という名前で呼ばれているらしい。記されているのは次のような事柄である。

一八六一年、南北戦争開戦後ハンプトンの要塞を占領した北軍大将、ベンジャミン・バトラーが声明を発表する。曰く、「戦争によって雇い主の元を離れ、逃げ惑っている全ての奴隷たちが、北軍の砦となったこの場所に一歩足を踏み入れたらこれを保護し、戦時禁制対象とみなし二度と雇い主の下に送り帰したりしない。」これを伝え聞いた奴隷たちは北軍の要塞に引きもきらず押しかけ、たちまち周囲に難民キャンプを設け住みついた。この集落は自由を得た元奴隷たちによる全米初のコミュニティーとして機能していったという。奴隷として市場で売買され、労働力だけを求められてきたこの多くの黒人子弟に教育を、と立ち上がったのがキリスト教徒でもある民間活動家たちで、彼らの計らいでメアリー・ピークという若い女性がほどなく教師として派遣された。メアリーは黒人と白人の両親を持つ自由な身分の女性でありワシントンDCで教育を受け、戻ってきたばかりだった。当時、バージニア州では黒人が教育を受けることを法律で禁じていたにも拘らず、メアリーは最初の授業を二十人程度の生徒でスタートさせた。教室はといえば、キャンプ地の近くにそびえ立つこの大きな樫の木の下だった。人数が増えるに従い、樫の木の下の教室はやがて新築の木造校舎に取って代わり、南北戦争終結後、どんな境遇にあろうとも全ての人種に平等な教育を授ける、という目的の下、農・工業技術専門学校が設立された。ハンプトン大学の前身である。一八七八年には戦争犯罪者として投獄されていたインディアン七〇人が解放され、インディアン初の学生として送り込まれたという。大きな樫の木は今も教育を受ける権利と平等のシンボルとして、大学の第二校門近くに立ち続けているのだ。

もう一枚の立て札を読んでみる。一八六三年、時の大統領リンカーンは一三項目の憲法修正書を発令する。この中で彼は、戦争に借り出され南軍に従事して北軍の捕虜となった奴隷たちや北軍に逃亡してきた奴隷たちが雇い主の下に帰る必要はなく、自由の身となることを憲法で保障している。やがてこれが全米を挙げての奴隷解放運動へと発展していくきっかけとなるのだが、その憲法修正書が南部初の奴隷解放宣言として、この大きな樫の木の下に集まった人々の前で読み上げられた。以来、大きな樫の木は「奴隷解放の樫の木」と呼ばれるようになった。

二枚の案内板を読み終えため息をつきつつ、何とすごい樫の木なのだろう、と仰ぎ見る。かつて奴隷と呼ばれ、同じ人間とみなされなかった祖先の苦しみ、悲しみを見つめ、ついに訪れた開放と自由の証となった。以来、アフリカン・アメリカンと識別されいまだ不文律の差別に憤る人々をさらに見つめ続け、希望の道標となっている。その木肌は裂け、瘤を持ち、干からびてなお枝先には青々とした緑の葉をたわわに纏って枝を広げている。その様はまるで、泣きながら駆け込んでくる子のために両腕を広げて待ち構える母のようだ。

エッセイ

供花の朝市——インドの思い出

水崎　野里子

インドに出かけたのはもう何年も前のことである。メモを見ればわかるはずだが、その気もない。メモを見れば次に他国が出て来て、印象が薄まるだけのことでもある。幸か不幸か、今年はコロナ騒ぎで出国禁止、あるいは自粛、インドのコロナ被害は甚大そうであるので行く気もない。

とにかく、何年も前に私は総じて一か月インドにいた。暮らしていた。（私は旅行の二泊三日でもその国に暮らすということにしている）。そのある日の思い出である。当時はオートリクシャーと呼ばれる一人乗りのオートバイで引っ張る人力車のような乗り物があった。私は朝、何かの用事で宿舎から市内へ出た。日本円をインドルピーに換金するため？に銀行に行った帰りだったか？と思う。まだインド式のATMに慣れてなかったころであった。銀行から出たら、迎えのオートリクシャーのおじさんかおにいさんが待っていた。どちらかに乗って宿舎の場所を告げたと思うが、だいぶ迂回しながら走ったような気がする。あるいは迂回したように走った。というのは、高速道路の下のような一画で、かなり大勢の花売りの人々を見たのである。売り子に少年や少女もいたかもしれないが、いわゆる当時の〈花売り娘〉ではない。おにいさんもおねえさんもおじさんも、取り立ての生き生きとした花を売っていた。萎れている花は一輪もなかった。驚いたのは、かなりたくさんの人々が買いに来ていたことである。オートリクシャーのおじさんは、見せてくれたのかもしれないが、だがストップしないで迂回して走った。この思い出が二回くらいある。

当時私が書いた詩によると、色とりどりの蘭の花、という一節がある。小さな太陽のような花はマリーゴールドで、ネパールで見た。これは花輪にもなっていて、店の軒下にぶら下がっていた。一方、いままで私が〈インド〉と書いているのは、おそらくはデカン高原の真ん中の大都会であるバンガロールであったと思う。ここで私は十日くらい暮らしたからである。宿のマスターや若いおにいさんと仲良くなった。

私が、バンガロールかどこかのインドの地で売られていた朝市の色とりどりの花々は供花、すなわち家の中に据えられた神（あるいは神々）に供える花であることと気づいたのはだいぶあとのことである。インドの人々は多くはヒンズー教で非常に熱心な信者であることを知ったのは、やはり単独で旅行して現地の人々との交流があったためと推測する。帰り道、これはデリーからであったと思うが、タクシーの運転手さんはデリー国際空港に辿り着くまで、いくつかの寺院（ヒンズー教か仏教？）を廻って一か所ずつ私を下ろしてくれた。参拝には、入り口で靴を脱ぎ、裸足で寺院の石畳を歩く。インドは熱いので、裸足になっても、いいや、裸足であるゆえになおさら、石畳は熱く足の裏も熱くてしようがなかった。でも現地人は平気の平座でスタスタ歩いて行き、神々に参拝してゆく。

小さな社がたくさん並んでいて、ひとつひとつの社（シュラインン）に神様が祀ってあった。赤く口紅を塗ったような神々もおいでだったと記憶する。神々の社自体が色彩豊かで、コインも供えてあったと記憶するが、今でも記憶に強く残る光景は、インドの熱い太陽の光の中で、神々を取り囲んでいた色とりどりの蘭の花々である。あるいは、神々は花に埋まっていた。枯れたり萎んだりしている花は一つもなかった。よく手入れされていた。寺男？寺女？お坊さま？

バンガロールで朝、オートリクシャーに乗せられて見て過ぎた花市は、おそらくは毎朝、供花を買いに来る、信心深い人々の群れであった。そう認識したのは実は帰国後のことである。私の母は花好きでもあったが、毎朝、父の仏壇に供花を絶やさなかった。供花という文化、あるいは宗教的な慣習は今でも日本でも現役であるが、おそらくはインドのヒンズー教文化から来たのではないか？あるいはインド経由の文化ではないか？あるいはアジア圏での共通文化ではないか？との憶測である。今、私にとってのインドは、色とりどりの供花と陽光に満ちている。

老いのほそ道（四）——九十歳をめざして

外村　文象

3月30日（月）
ＮＨＫテレビ春の「こころ旅」が始まった。三重県から出発して北をめざす、火野正平の自転車の旅。食堂での会話が楽しい。
朝の番組「おはよう日本」を担当していた和久田麻由子アナウンサーは夜の「ニュースウォッチ９」に移動した。

新型コロナウィルスの蔓延によって、東京オリンピックは２０２１年7月23日から8月8日に延期が決定した。中止にならなくて良かったという思いが強い。選手たちは次の照準に合わせて調整することが大変だろう。

4月7日（火）　7都府県に緊急事態宣言
東京都、神奈川、埼玉、千葉、大阪府、兵庫、福岡に一カ月間の緊急事態宣言が発令された。
すべての予定が消えてしまったスケジュール帖を眺めて呆然とする。

4月8日（水）
高槻駅前の松坂屋は地下の食料品売場のみの営業。駅構内の店もほぼ半数が臨時休業としていた。

4月14日（火）
近くのスーパーマーケットＫＯＨＹＯは火曜日はシルバーエイジデイで混雑する。今日は入場制限をしていた。お客の密集を避けるためだろう。昼食に行く食堂でも、カウンターの席を一つづつ空けて座るように指示していた。ひとりひとりの忍耐と努力によって新型コロナウィルスを乗り越えることが出来るのだろう。

4月16日（木）
全国に緊急事態宣言は発令された。
併せて国民一人当り10万円を一律に給付すると表明した。

4月20日（月）
ＮＨＫテレビ「こころ旅」、新型コロナ騒動により新しい旅は中止となり、6年前の作品の放映となった。
ＡＢＣテレビ報道ステーションの富永悠太アナウンサーが新型コロナウィルスに感染して、徳永有美アナウンサーも自宅待機となった。残念なことである。

4月21日（火）
外出できない昨今は、家にいて読書かテレビを観るという日常となっている。
テレビは新型コロナ騒動のために新しく取材ができないので、過去の回想番組が多くなっている。これまでに観ていない番組もあり新鮮である。時にはこんなこともあって良いのではないかと思う。
困難に学ぶと言うことを言っていた人がいたがその通りだろう。

4月22日（水）
ＪＲ高槻駅前の松坂屋と阪急は地下の食料品売場のみ営業している。
アルプラザは全館営業している。一階に大垣書店が入っている。物が自由に買えない時代、第二次大戦中の幼い日のことが思い浮かぶ。
コロナ疎開と言われているが、正にコロナ戦争と言える。

4月24日（金）
アメリカへの郵便物の受付が停止となった。これは異常事態と言えるだろう。

4月27日（月）
ＡＢＣテレビ「報道ステーション」の徳永有美アナウンサーが復帰した。富永悠太アナウンサーは退院して自宅療養中である。

5月1日（金）
ＮＨＫＢＳドラマ吉川英治原作「鳴門秘帖」全10話が終了した。若い日に長篇小説を読んだことを思い出起こして感慨深いものがあった。

5月3日（日） 古いアルバムひらき
外出ができず家にいる時間が多くなっている。読書ばかりともいかないので書棚から古いアルバムを取り出して眺めている。ヨーロッパを旅した日のものが何冊もある。日頃はほとんど見ることはないのだが、こんな機会に見ておくのも良いかと思っている。当時参加したメンバーなど多少記憶違いがあることに気づく。

5月4日（月）
全国緊急事態宣言は5月31日まで延長することとなった。

5月14日（木）
高校時代の同級生野田幸子さんから便りが届いた。彼女とは三年間美術部でご一緒した。
姫野カオルコさんは主人の教え子で友人と共にすぐにお悔みに来て下さいました。と記されていた。野田さんのご主人は僧侶の外に高校教師をされていた。
姫野さんは多忙な生活の中で恩師への想いを忘れない作家の誠実さを感じた。

5月15日（金）
先日の「読売新聞」にこんな時だからこそ手紙を書こう、という記事が掲載されていた。私も連休明けに詩友、友人など30名ほどの人に手紙を出した。今回は意外に返信が多く届いた。
電話という人もいたが。手紙はやはり心が繋がって良い。少し手間がかかるが、それだけの誠意は伝わる。

6月1日（月）
アメリカに住む二女一家が6月下旬に2週間ほど帰国する予定だったが、来年に延期となった。

戦争と平和（理想と現実）

黄輝　光一

私は、戦争体験はありません。昭和26年生まれの69歳です。ですから生まれた時には戦争は終わっていました。しかし両親は文字通り戦争を体験しました。もし父が生きていれば98歳。戦時中には20歳で、中国満州で一兵卒として参戦して、敗戦とともにソ連シベリアに抑留され、4年間の筆舌に尽くしがたい過酷な状況のなか、なんとか生き延び、まさに奇跡の連続で本土に戻ってきました。不思議なことに同時期に母は、満州、牡丹江にいて命からがら帰ってきました。そして二人は運命的出会いによって（ある意味必然によって）私は誕生しました。

私の生まれた最大の理由は、戦争に自分が絶対に参加しない事、自分が銃を持たない事。戦争の殺人者にはならないことです。大きく言えば、人類のあってはならない戦争で自分自身が自分ではなくなる、極めて非人間的な悪魔の殺人ロボットにならないことです。しかし私にはその一番大切な、語るべき「戦争体験」がありません。人生は、すべて実体験から反省し学びます。一番大切な戦争という実体験がありません。

しかし私には恵まれた「創造力」があります。人間としての「良心」という羅針盤、センサーがあります。そのセンサーは「銃を持つな、殺めるな」と叫んでおります。

戦争の恐ろしさは「人間が人間でなくなる」ということです。良心などを持っていてはとても人は殺せません。銃を打つ訓練、迷彩服に身を固め匍匐《ほふく》前進《ぜんしん》の訓練、ロケット砲の訓練、限界に打ち勝つための強靭な精神（人間喪失）と肉体の育成。手榴弾、戦車の訓練、高度な殺人兵器の取り扱い方と実践。軍隊とはまさに戦争を遂行するための「人間でなくなるための訓練」です。考えただけでも恐ろしい訓練です。私たちには智慧《ちえ》と想像力があります。基本根底には人間としての良心（愛）があると確信しております。目をつぶって創造力を働かせ、銃を撃ちまくる自分自身を創造すると、涙が止まりません。これは戦争によって「死」に至らされた1億人を超える「無念の魂の叫び」と共に、戦場で亡くなった『無念の魂』から伝承すべき私の使命です。

人類の最大の目標は、戦争をしないことです。

どれだけ戦争を繰り返し、1億以上の人たちの命がなくなっても、いまだに反省なく争いを続ける人類。もはや言葉がありません。残念ながらすばらしい文明社会を築いてもなおかつ、「戦争を絶対にしないこと」が人類の最大の目標です。それ以外に人類の目標はありません。現在、この第二次大戦の「語り部」は90％以上いません。きわめて危険な状況に突入しております。若者は、戦争ゲーム、戦車ゲームに夢中です。「戦争の悲惨さ」「死者への思い」を想像できていません。

確かに、平和だ！平和だ！と叫んでも戦争はなくなりません。究極の理想主義を唱えても現実は変わりません。かといって、軍事費を増やせば増やすほど、間違いなく戦争の危険は高まります。最強の軍隊を持てば、戦争を回避できるわけではありません。もはや、人間として人類として戦争をしないための「決死の覚悟」が必要です。

「政治」とは絶対に戦争をしないことです。そのためには方策が必要です。国と国が、誹謗中傷しあい、大統領同士がいがみ合い、お互いの目をまともに見ることができない状況は実に嘆かわしい状況です。

戦争を回避するためには、あらゆる「外交努力」が必要です。相手の国の歴史と人民を尊重し、人道的、経済的、共存共栄の道を模索するよりありません。自分の国さえよければいいという自己中（国家中心主義）は論外です。報復関税、経済制裁は、戦争です。あってはならない、報復手段です。

「敵も味方」もありません。肌の色の濃淡はまったく関係ありません。宗教が違うから攻撃し、絶対的改宗を求めてはいけません。人のものを欲しがってはいけません。

弱肉強食を旗印にしてはいけません。独善的正義を語ってはいけません。世界制覇（覇権）をめざしてはいけません。

すべて、すべて、愛とは程遠い行為がいまだ行われております。人間としてのこころのレベルがあまりに低すぎます。

「汝の敵を愛せ」とは真逆の『目には目を』が現実の旗印です。精神文明のささえとなる、本来の霊性はいまだに幼稚園児並みです。1万年前の縄文時代の縄文人の精神性の方が、いまよりずっとまともな様に見えます。いったい人類はこの膨大な歴史の中で何を学んできたのでしょうか。

【戦争は絶対悪です】

戦争はあってはならない行為。「絶対悪」です。

世の中は、すべて理想と現実からなっています。実際には、それが大きく隔離しているのが今の現実です。残念ながら、すべてが「いいひと」ではありません。これは私でもわかります。性善説というのがありますが世の中のシステムは、基本はこれで成り立っておりますが、現実にはこれを逸脱し破壊し、大きな問題が発生しております。人間は残念ながら未熟です。すべてが完全なる善人ならきっと法律はいらないでしょう。殺人者がいなければ殺人罪はいりません。しかし､現実には､霊性（人間としての良心のレベル・道徳観、倫理観）も全く違う人達が、この地球上に一同に集まっています。ですから争いが必ず生じます。よって人間の良心に訴え、同時に厳しい法律によってコントロールしてきました。現実には、私のマンションのドアは、二重ロックであり自転車もよく盗まれるのでしっかりカギをかけております。防御しております、自己防衛しております。オレオレ詐欺が、まかり通り「1億総詐欺師」かと思う状況です。ある意味、悪い人がいっぱいいるように見えます。

しかし、戦争では、お話はまったく違います。人間と人間ではなく、民族と民族、宗教と宗教、国家と国家です。

1億対1億です。戦えば、1000万人以上の死者が発生します。

経済が、株価が、不動産が…などと言っている場合ではありません。「完全なる破壊」と「大量死」が待っています…つまり、

人類はどんな理由があろうとも、絶対に、戦争をしてはいけないのです。


私は、1951年（ウサギ年）生まれです。なんと、吉田茂首相の時の「日米安保条約」締結の年に生まれました。

更に、私は70年安保闘争（佐藤栄作首相、安保条約の10年自動更新の反対闘争）の学生運動の真っ只中に、大学へ入学。しかし、その入学式当日は、文学部への革マル乱入で大混乱、即、式典は中止。ノンポリ（政治問題への無関心）の私は、ただただ逃げ回っていました。構内は小さな戦場、とても勉強どころではなく、やむなく退学。こころを新たにして、同じ大学の法学部（別校舎）に再受験、再入学しました。

大学4学年目で、大須賀教授の『憲法ゼミ』を選択しました。

卒論は、私にとっての最大の関心ごとであった「憲法9条」を選びました。（45年前のお話です）

私にとって、この憲法9条は、青春の思い出と共に、絶対に忘れることのない「生命の条文」「人類が生きのびるための条文」です。

2019年、私の現在の思いを、SF小説「ウレラ」に書きました。広大な宇宙には我々よりはるかに進んだ「知的生命体」がいます。地球人類の戦争を繰り返す悲惨な現状を見て、宇宙人ウレラは悲しみ地球人に語りかけます。ウレラから人類に対する「最終警告」です。そのテーマは「戦争と平和」です。原稿用紙で59枚。「コールサック」の99号に掲載させていただきました。

それは、私からの渾身のメッセージです。

書評

村上政彦 小説『台湾聖母』台湾日本語は報復する

森　詠

この小説を読み終わり、あらためて考えさせられたのが、日本語とは何なのか、日本人とは何なのか、であった。

台湾は日清戦争の結果、日本の統治領となった。以来1945年の日本敗戦まで約半世紀にわたり、台湾人は日本人だった。先月亡くなった李登輝元総統（九七才）も、そうした台湾人日本語世代の一人だ。

本書の主人公劉秋日も李登輝元総裁同様、子どもの時から日本語が血となって体に流れる日本語族の台湾人である。

秋日の父は本島人だが、熱心に日本語を勉強して身につけ、日本人と同じくらいに日本語を話し、俳句を詠む俳人でもあった。その日本語のお陰で、父は州庁で本島人として異例の出世をした。

父は母や家族にも日本語を使うように徹底した。秋日はそうした日本語を常用する「国語の家」の子として育つ。秋日は日本人青野秋夫として公学校に通う。公学校では、ほとんどの生徒はそれまで客家語しか話せなかったが、国語である日本語以外の言葉は禁じられた。

秋日の国語の学校は、もう一つあった。父が属している俳句結社の句会だ。秋日は日本語で考え、俳句を作るようになる。

だが、本島人はいくら日本語が上手になっても、日本人にはなれない。日本人なのに日本人ではない苦痛が秋日を苛んだ。

そうした苦しむ秋日を、どんな場合でも受け入れてくれるのが母だった。その母は肺病を患っており、父から捨てられた末、病院で亡くなってしまう。

日本の敗戦ですべてが一変した。大陸から国民党が台湾に乗り込んで来て、国語は日本語から北京語に替わった。日常使う公用語は北京語か、閩《ビン》南語となり、日本語は禁止された。

父は庭に大きな穴を掘り、日本語の本や掛け軸、短冊を放り込んで焚書する。今度は北京語の習得に情熱を注いで、一年もすると読み書きに不自由なくなった。日本文の書類を北京語に訳す仕事で大儲けする。

父にとっての日本語は道具でしかなかったから、焚書で区切りがついた。しかし、秋日にとって、日本語は魂の領域にまで入り込んでいた。体は台湾人だが、精神は日本人だったからだ。

秋日は支配者に迎合する父に反発し、日本語族であることを廃めなかった。国民党政府の戒厳令の下でも、「華麗俳壇」という台湾俳壇の同人として俳句を作り続ける。

秋日は母と同じ肺病で病院に閉じ篭もると、子どもの頃から身についた言葉日本語で表現したいという欲求が高まっていく。言葉はコロナウィルスに似て、それ自身では生きていけない。人間という生き物に乗らなければ生き永らえられない。台湾に種子を下された日本語は、秋日に書くことを求め、奉仕させ、利用して来た。秋日は今も日本語の被植民者ではないかと思うのだった。

そんなある日、物置から現われた父の歳時記の草稿は驚きだった。日本語族の日本語は、内地の言葉を離れ、台湾の土着言語への過程にあるもので、翻訳しないと真の意味は摑めない。

このような季語を網羅した歳時記は、日本語を豊かにすると同時に、植民者の言葉も流用して台湾に独自の言葉の世界を築く試みでもある。

この歳時記が、国語として日本語を強要されたことへの、父らしい、体制への巧妙な弁疏を含む抵抗だとすれば、植民地の現実に屈したはずの人物の中に、抵抗の志が潜んでいたことになる。秋日は一度自分と母を捨てた父への憎しみが和らいでいた。

秋日は台湾に固有の歳時記を作るというやり方で、植民者の支配から逃れようとした父の試みを引き継ぐ。秋日は華麗歳時記を書いて、台湾における日本語の歴史に区切りをつけようと考える。それは自分の祖国のためでもあった。祖国とは日本でも中国でも台湾でもない。秋日と一緒に日本語で教育を受け、今も日本語を使う人々であった。

こうした秋日の日本語との苦闘は感動的だ。

そんな劉秋日が出会ったのが、美しい日本語を話す娘秀麗だった。秀麗は日本人と台湾人の混血だ。七四才の秋日は若者のように秀麗に恋をする。秀麗は、いわば現代の日本語のメタファーだ。

秀麗には日本人の若い恋人景山裕一がいた。しかも、秀麗は景山との子を胎んでいた。景山はアニメーターで、人工透析を欠かせない半病人だった。景山は柳田國男の『遠野物語』を東京に舞台を置き換え、日本の伝統的な文化を蘇らせ、米国化された現代の日本文化との鬩ぎ合いを表現しようとしていた。いわば、新しい日本語文化の道標でもある。

劉秋日は景山から新たな日本語のありようについての考え方に触発される。秀麗と景山との間の赤子を援助し、一緒に暮らしたいという夢を持つが、当然のこと秀麗からきっぱりと拒否される。秀麗に象徴される日本語は、かつての台湾人日本語族の地平から、さらに違った位相に進んでいくことが予感される。

華麗歳時記は日本で出版されることが決まり、劉秋日は同人仲間と連れ立って、はじめて日本を訪れ、芭蕉の奥の細道を旅する。

秋日は日本の日本語を見て衝撃を受ける。日本語は平然としていたからだ。

秋日は思う。日本語は人の人生を狂わせて置いて、秋日のことなど気にも留めていない。秋日は腹を立て購入した国語辞書に火をつける。かつて父親がやった焚書のように。

日本語が何をしたか、知っているか？　知って話をしているのか？　通りすがりに秋日の焚書を見ている日本人にぶつける腹立ちの問いはよく分かる。

短いが有益だった旅を終えて台湾に戻る秋日は、同人たちの俳句を選句推敲しながら、思い至る。台湾を台湾化した日本語で写す、それによって、日本の俳句の間口を広げることができる。ほんの少しだけ日本語を変えることができる。そうすることが、私の、日本と日本語への報復ではないか、と。

劉秋日の日本語の総括は、我々日本人に、とてつもなく重く響いて来る。アジアは多様であり、神秘であり、他方に貧困と混沌がある。日本人にとって、私たちが忘れていたものの発見が詠われている。

村上政彦 小説『台湾聖母』
傷痕の花

宮田 毬栄

本書を手にする人は、タイトル『台湾聖母』に何を想うだろうか。幼子《おさなご》を胸に永遠の愛と慈しみを与える聖なる母。この聖母は近・現代史の大波に翻弄され、現在も揺さぶられつつ健闘する台湾を象徴しているというのだろうか。私は世界地図を拡げて未見の地台湾を眺めたり、1990年、日本に紹介された名画『非情城市』を思い浮かべたりしながら、頁を繰《く》った。

長編小説は冒頭から台湾の日本語族を登場させる。「私」で語られる主人公の俳人・劉秋日《りゅうしゅうじつ》は、1973年に日本語族の仲間たちと俳句誌「華麗俳壇」を創刊。さらに二十年余りを費やして採集した、台湾の風土に根ざす「固有の歳時記」を出版しようとしていた。

七十三歳の秋日は台北の日本人学校で夜警をする代わりに宿直室を借りうけ、台湾闘魚と夜だけ帰ってくるノラ猫と暮らしている。主な仕事は日本語、英語、北京語の文章の翻訳、日本人観光客のガイド、日本語教の室講師など。それ以外の時間はすべて俳句に向けられていた。いや、俳句への愛と共に彼の心をみたすのは、「檳榔《びんろう》スタンド」で働く日台混血の若い女性秀麗《しゅうれい》への憧れに近い愛情である。秀麗の美しい日本語の響きに魅了されたのだ。この愛もまた、秋日の俳句や日本語に寄せる愛と同種のものであったろう。

二つの愛は絡《から》まりながら展開するのだが、秀麗への報われない献身の日々が痛ましすぎる。秀麗は病身の恋人景山の子を妊娠し、家族の手前、お腹の子を秋日の子にしておいて欲しいとさえ言う。秋日が母子の保護者であろうと決意する場面だ。残りの人生をかけた秋日の献身に対する秀麗たちの薄い反応は、老俳人には日本語族が日本語に抱く寄る辺なさと似通って感じられはしなかったろうか。

日本統治下の台湾で生まれた日本語族の懊悩を秋日はこう語りもする。「父にとって日本語は道具でしかなかった。しかし私にとって日本語は魂の領域にまで入り込んでいる。」

幼・少年期から日本語で生きてきた彼らにとって言葉は概念ではなく、感覚であり、思考そのものなのだ。「私の血管に日本語が入ってきたあの頃」の表現は、言葉と人間との痛切な関係を示す本書の核心であると思う。

『華麗歳時記』の出版に合わせた日本語族五人の日本への旅、『おくのほそ道』を辿る旅は、葛藤の末に日本語を選んだ彼ら少数派それぞれの人生を確認する旅でもあったろう。

著者久々の長編小説には躍動する力感がある。新しいもの新奇なものを追い求める世界にあって、忘れられないもの忘れてはならないものの意味を描こうとする一途な熱情が迸っている。

「身体は台湾人、心は日本人」という背反を生きてきた秋日に著者は次のように語らせ、物語を終えている。

「芭蕉に連なる日本語の歴史を幹とすれば、日本語族の言葉は表皮にざっくりと刻まれた傷から芽吹いた小さな枝に過ぎない。しかしその小さな枝が樹木そのものの景色を変えることもある。私は傷として残る。美しい傷として。」

そう。傷痕にしか真の花は咲かないだろう。

大城貞俊 小説集『記憶は罪ではない』
―教え子たちへの愛が溢れる―

網谷 厚子

大城貞俊氏は高校・大学で、私も高校・高専で教師をしてきた。この小説は、幾度も〈共感〉し、自らの人生を振り返らせてくれる、触発される作品である。多くの子どもたちや親の〈生々しい〉悩みや苦闘・現実に直面し、そこから立ち上がろうとする〈ただ中〉にいる彼らの背を押す。教師は、高校なら最大三年間しか、彼らと密接に繋がらないが、この小説の教師は、教え子たちの〈その後〉にも、積極的に関わろうとする。子どもたちは成長し、それぞれの人生を歩み続ける。高校の〈あの時〉に、教師が助言し応援しても、最終的に選択するのは彼らなのである。自らの手を離れた子どもたちの姿は、教師にとって、時に誇らしく、また痛ましくもある。だが、彼らの〈人生〉なのだ。一人の教師として、「頑張れ」とエールを送り続けることしかできない。

熟練の作者の筆致には無駄がなく、自然なリアリティをもって、ダイレクトに読者に届いていく。人の〈人生〉の軌跡を丁寧に誇張なく描き出していく。

一　心に澱むもの

この書は五つの短編小説で構成されている。主人公も男女様々である。村上春樹の小説のように、『海辺のカフカ』を除いてほとんど「成人男性」（女性も少ないがある）で、しかも、たいした特徴のない、なさすぎる主人公でほぼ共通しているのとは違っている。ただ「教師」という一点で生活形態・思考方法が共通している。その点で、大きく見て全小説を共通した「主人公」像で捉えられると思う。

読み進むにつれて、わたしは気に入った言葉のページに付箋をつけていった。それは、私も教師であるから、余計に立ち止まる言葉かもしれない。指導に悩む若き教師もベテランの教師も、また、退職した教師も、〈共感〉できる言葉かもしれない。

私自身も、教師として管理職として、教授として、真剣に必死に、〈命がけ〉で教育に携わってきた。教師という職業に就かなければ、担任をしなければ、決して知ることのできなかった貴重な体験がたくさんある。ドラマよりもっとドラマチックな現実が教育現場では展開される。私は〈墓場〉まで持ち越すことになりそうである。こんな教師経験者には、〈ありがたい〉一冊となっている。

二　〈努力〉すること

この作品では、若い世代と接する教師が主人公なので、〈努力〉が美しい響きをもって、いたるところでキーワードとなって用いられる。

> 人を愛することは難しい。でも愛しようと努力することはできるね。
>
> （「特急スーパー雷鳥88号」56ページ）

なぎさのステージを見てつくづく思うことだが、生きるとは夢を持つことなんだ。それが叶えられなくてもその努力に意味がある。

（「レッツ・ゴー・なぎさ」98〜99ページ）

娘の由希も周子も、息子の大志もそして二人の娘婿も孫たちも最善の努力をした。このことを誇りに思っている。

（「秋の旅」177ページ）

生きるとは自分自身であることに努力することだ。自分の思いをしっかり持ってその努力を続けること、それがかけがえのない人生を作るんだ。

（「青葉闇」266ページ）

「先生、覚えていますか？　先生がおっしゃっていました。努力すれば必ず報われる。その実感を得ることができるまで努力するんだって。ぼく、努力することが楽しいんです。頑張れそうなんです」

（同282ページ）

正克のことは、これでもう心配ないだろう。あとは正克の努力を見守ってやるだけだ。

（同283ページ）

「先生覚えていますか？」と言われて、びっくりするほど自分が言った言葉をだいたい覚えていない。その時その時、最善の言葉を力の限り振り絞って発したはずなのに。受け取った子どもたちは、それをしっかり覚えていて、生きる参考にしてくれている。教師の言葉は後で〈修正〉できない、貴重なものなのだろう。

生徒・学生たちは、今よりもっと成長したいと切実に願い、真剣に苦闘している。そのかけがえのない時期に、接することだけでも、教師の〈醍醐味〉といえるかもしれない。できれば、少しでも、彼らの〈助け〉となりたいものである。最後の短編「青葉闇」は、彼らの〈青春〉の〈光〉と〈闇〉を描き出している。

教師って幸せな仕事だと思う。生徒の夢を語る日々に立ち会うことができるのだ。

（「青葉闇」283ページ）

「幸せ」であるが、自分自身の人生をかけて、一人ひとりに向き合う、精神的にも身体的にも過酷な仕事であることには変わりない。それでもその仕事に出会えた〈喜び〉の方が大きいのかもしれない。

三　〈記憶〉は希望である

教師にとって、日々新たに蓄積される子どもたちとの〈記憶〉は、時に〈上書き〉され、時に〈忘却〉され、〈歪曲〉も起こり得る。毎年三百人以上の子どもたちを三十年以上も教えていれば、「先生、僕のこと覚えている？」と聞かれて覚えているのは、よほど〈個性的〉な子どもである。特に沖縄の場合、姓の数が少なく、「安里」「金城」「大城」等、一クラスに複数人いる場合は、教えている時点ですでに混乱が起きていることもある。これはナイチャーの私だけかもしれないが。

記憶は罪ではない。生きる希望にもなる。

（「特急スーパー雷鳥88号」66ページ）

「記憶は永遠の美談で玉手箱に閉じ込めておこうね！」

（「戻り道」150ページ）

美紀子はまだ過去の記憶と闘っている。闘っている間は、そっとしてあげたかった。泰造だって過去の記憶と共に生きているのだ。過去の記憶を葬り去ったときに、愛は終わるのだろう。

（「秋の旅」224ページ）

「恋愛の記憶は歪曲されるよ」

「歪曲されても、記憶は罪ではないよ」

（「青葉闇」275ページ）

「記憶」という言葉と共に、「人生」「愛」という言葉もこの小説では大きな意味をもっている。

愛するとは、思い出を共にして生きるということなのだろう。

（「秋の旅」183ページ）


長い人生を彩るものは、〈記憶〉なのかもしれない。新しい出会いがもう期待できない「初老」、今まで出会ったかけがえのない人々も、一人二人と消えていく時間で、すがれるものは、〈記憶〉だけかもしれない。その〈記憶〉の残骸も消えてしまったとき、〈死〉はゆっくりやってくるのだろう。

静かに読み進めることのできる、自らの人生を振り返らせてくれる小説である。

大城貞俊 小説集『記憶は罪ではない』「出会い直し」の物語

鈴木　智之

ここに語られているのは、教師とかつての教え子たちとの「出会い直し」の物語である。第一話から第五話の短編連作。それぞれの中心に、沖縄県内の高校に勤務する教員が登場する。

県内有数の進学校に勤める男性教諭・高橋は、金沢の大学に進学した卒業生・倫子を訪ね、帰路の特急列車の車内で親密な時間を過ごす（第一話「特急スーパー雷鳥八八号」）。二九歳の女性教諭・恵子は、デパートの下着売り場で、前任校の教え子・なぎさに声をかけられる。卒業後アメリカに渡りシンガーソングライターとなったなぎさは沖縄でライヴを開き、恵子は力強く成長したその姿に励まされる（第二話「レッツ・ゴー・なぎさ」）。神戸の大学を卒業後、郷里の沖縄に戻って教員を続けてきた洋子は、学生時代を過ごした街を再訪する。そこは当時の恋人との濃密な思い出が宿る場所でもあるのだが、その神戸でかつて担任をつとめた男子生徒・坂本と偶然に再会する（第三話「戻り道」）。五八歳のベテラン教師・泰造は妻・圭子を病気で亡くしたばかりである。妻の遺影を前に、泰造の脳裏には過去に関わった子どもたちの記憶が次々と甦り、卒業後沖縄を離れていった卒業生を訪ねてみたいという思いが募る。退職を決め、彼は旅に出る。はじめに、北海道で医師になり、シングルマザーとして子育てをしている美紀子のもとへ向かう（第四話「秋の旅」）。二〇年余りの教員生活を送ってきた多和田亮介は、生徒たちの進路選択の支援に苦心している。例えば正克は、大学で生物学を専攻したいと思いながら、医学部に進ませたいという母親の意思に背くことができずにいる。そんな生徒たちが送る人生に思いを巡らせる一方で、亮介は、かつての教え子である河野篤のことが気になっている。篤は、高校二年の時、失踪した父親を捜すために、母親と二人で東京へと転出していった。亮介とはメールのやりとりを続けており、篤は現在の生活の様子を伝えてくる（第五話「青葉闇」）。

5人の教員はそれぞれに、かつての教え子たちとつながり、関係を結び直す。そこでの再会は、彼らが生きていく上で大きな意味をもつ出来事となっているように見える。卒業していった生徒たちと出会い直すことが、教師の人生の歩みを後押ししているのである。

しかし、どうして「出会い直し」が必要なのだろうか。それはおそらく、彼らが「学校」という場において、生徒たちと出会い損ねてきたからである。

人と人との交わりは、それぞれの状況に即して地位と役割が配られ、人々にカテゴリーが割り当てられることによって秩序化される。その社会的セッティングに応じて行為が規範化されることで社会関係ははじめて可能になるのだ。しかしそれは、その場の役割や社会的カテゴリーにふさわしくない一面を顕在化させないように、人々がふるまいを抑制しあうということでもある。したがって人は、個別の場に人格の全体をさらけ出すのではなく、状況ごとに見せる顔を代えながら、他者に対面する。ところが、ある種の社会関係は、それにもかかわらず、人と人が「人間として」出会うことを要求する。相互の関りを限定的に秩序化する努力がなされる一方で、その枠組みの中に収まらない「人間」の姿があふれ出し、時としてそれは規範からの逸脱として問題化する。

こうした矛盾や緊張が、最も顕著に表れる場のひとつが「学校」である。教師は「教師」として、生徒は「生徒」として、互いにふるまい続けなければならない。しかし、人はその役割に収まらない何かを抱えており、抑制しようとしても垣間見え、時にはあからさまに露出する。学校ほど「ふさわしさ」を求める規範に縛られながら、「ふさわしからぬ」ものが満ち溢れ、おさまりがつかなくなる空間もない。それによって、「生徒」という名の他者と遭遇しながら、「教師」は彼らと出会い損なう。だからこそ、のちに「出会い直し」の旅に出ることが必要となるのだ。

それぞれの物語が学校の外で、しばしば県外に暮らす卒業生との間で生じていることは、その点で空間的な意味がある。教師たちは職場を離れ、日常の生活圏とは別の場所で、過去の教え子に出会っている。それは、一時的にせよ「場」の拘束から解放され、規範的な自己抑制の枷を解くことができる空間に移動するということである。

そこでは、教師として出会った生徒との関係、教師であったがゆえに十分に出会いきれなかった他者との関係が、別様の可能性をもって再浮上する。かつての教え子たちも「生徒役割」に自己限定することなく、一人の人間としての顔を見せ、語り始める。両者の関係は時に、「教師―生徒」の枠組みから見れば逸脱的な様相を呈する。しかし、その逸脱の可能性もふくめて、彼らはお互いに出会い直す。そうすることで、お互いを、制度的な布置に限定されない「個」として受け止めることができるのだ。

人はしばしば、他者の生に触れながら、限られた役割を超えて関わることができない。それ以上の関与は「罪」となるからだ。したがって、出会いは挫折に通じ、傷を残して終わる。だが、そのようにして触れあいつつ出会い損ねた者たちは、お互いを「特別な存在」として記憶し続ける。「再会」への欲望は、この傷を癒し、自己の生を回復しようとするものとして湧き上がる。そのためには、自己抑制を強いている「場」を離脱し、「罪」をも犯しうる空間において「他者」に相対さなければならない。そのようにして「再び人に出会う」ことで、人は挫折続きの人生を生き延びることができる。

「記憶は罪ではない。生きる希望にもなる」（六六頁）と第一話で高橋は語っている。だが、そこに罪があることは間違いない。しかし、そうした罪の記憶こそが、傷だらけの生を生きることを可能にしている。それは、紛れもない出会いの記憶であるからだ。

かくして、人は記憶にとらわれ、記憶によって生かされる。また人は、状況に縛られて十全な生の実現を拒まれながら、時には、生命力の躍動によって社会規範を踏み外すほどの奔放さを見せる。大城貞俊は、そんな人間の姿を、その危うさをも含めて肯う物語を書き続けてきた。本作は、私秘的な物語を前景化させ、「沖縄」の状況を描くという一面を後景化させたことで、近年の作品群にあっては異色に見えるかもしれない。しかし、ここには確かに、大城文学のエッセンスが凝縮されている。

浅山泰美エッセイ集『京都　夢見るラビリンス』
浅山泰美へのラブソング

中川　貴夫

わたしたちが歩いている、この場所／渡り廊下／土手／あるいは／橋／または／長いながい坂／その前方には闇／その後方にも闇／わたしたちの誕生以前と／その死後とどちらの闇が深いのか／ふと頭上を見上げるとき／そこには大きな暈をかぶった月があり／すでにもう／問うものもなく／問われるものもいない

詩集『月暈』より

十数年前、ある詩誌を開いた際、偶然にこの詩とめぐりあった。たちまちこの詩に恋をした。蔵原伸二郎以来だった。

失礼をもかえりみず、詩集を送っていただきたいとの旨の手紙を書き、京都へ送った。ほどなく黒い表紙に銀色のアンモナイトの浮かぶ詩集『月暈』が届いた。詩人の名は浅山泰美。彼女に会いに、度々京都を訪れるようになった。

現在も敬愛する詩人の中の一人としておつきあいいただいている。

今回、浅山さんのエッセイ集『京都　夢みるラビリンス』の書評をということでコールサック社の鈴木さんより依頼をお受けした。力不足ではあるが、読んだ感想など、書きとめていきたいと思う。

さて、このエッセイ集では、五つの章があり、そこに四十七の作品がまとめられている。各作品の冒頭には、その作品のテーマとなる短歌があり、ノスタルジーを誘う写真が、所々に掲載されている。それが、地下水脈のように京都への迷宮につながっており、作品の味わいを深くしている。

目次にそって各章ごとに、印象に残った文章を書きだしていきたい。三千年の歴史を持つ京都、そして作者のエスプリを少しでも堪能していただければと思う。

Ⅰ　無常の水の揺らめくところ

この作品では、過ぎ去った人物や情景に対する作者の想いがあふれている。

昔見た映画について、又、お亡くなりになった向田邦子さん、久世光彦さんとの交流、アスタルテ書房の終焉、自分の描いた詩の情景の滅びゆく現実、それらをふまえ、エッセイの中で、次のような美しい描写を残されている。

人は去り、町は滅びて、記憶もいずれは消え去ってゆく。不惑の頃、私はどこにでもありふれた、そしてまたどこにもありはしない場所のことを書きとめようと腐心した。ほんの五十年前の、そしてまた永遠の過去のことを。ほんの隣町の、そしてまた地の果てよりも遠い故郷のことを。それも夢、これもまた夢であろう。たまゆら、無常の水に揺らめいては静かに消え去る夢のあわいの幻でもあろう。

「無常の水の揺らめくところ」より

Ⅱ　昭和が呼ぶ

人間が人間らしく息づいていた頃の時代を愛おしさをこめて書かれている。同時代人として、同じテレビ番組、映画、音楽を見たり聞いたりしていた。その時代と現在とはたかだか五十年だというのに、隔絶の間があると感じるのは、なぜだろうか。

中村晃子はあの時代の「巫女」であった。彼女の「お告げ」のような流行歌は今にして思えば正鵠《こく》を得ていたのである。GNP世界第一位という虹色の未来は儚くも消え果てて、今、私たちは未だコントロール不能のままの原発や、諸々の負の遺産を涙ながらに次世代に残さなければならない。

「昭和の家で聴いた歌」より

Ⅲ　善き縁を生きる

これまでの他者との出会いの中で、未来を生きる学びが書かれている。特に京都の長い歴史によりそい、いろいろな学びをしてこられた作者に、僕は心より敬意を表する。又、彼女が出逢った楽器『ライアー』の事も書かれており、勉強になった。

「御開帳日和」より

その日、私は本堂の床の上に坐して観音さまのお顔を拝した。すると、観音さまの伏し目がちの玉眼と、仰ぎ見る私の目線が空で交わった。その瞬間、何ともいえぬ深い感覚に落ちた。観音さまのお声を聴いたと言う人もあるだろうが、そうは思わない。それは私の心の声だった。意識の底に封じ込めて蓋をしてきた、真実の声だった。もう、許しなさい。

Ⅳ　人生は贈りもの

この章では、人生は神様から贈りものだとする作者の謙虚な立ち位置がうかがえる。

最終日、私はホワイトボードにこう書いた。「ほんとうの幸福って、何でしょう」と。創作を終わった人は、静かに考えて下さい、と。

私のすぐ傍の席に座っていた、いかにも利発《りはつ》そうでお行儀の良かった少女Sちゃんは、微笑みながら、家族で晩御飯を食べているときが幸せ、と可愛らしい声で答えてくれた。

「夏の子供たち」より

Ⅴ　うつくしい奇跡

ふと自分の周囲を見渡した時、あそこにもここにも、まるで奇跡のように、美しい情景や人たちが残されていた。それは現在の京都であり、作者の人生でもあろう。

その人が心からして欲しいことをしてあげること、それがその人生を明るく照らし幸福にするものであるとき、そのような心のありようを「利他」というのではあるまいか。「布施」というのではあるまいか。

「北川先生を見舞う」より

京都の夜の闇は深い。しかし現代人の欲望を追求する人たちによって、その闇が次第に希薄となり、気づいた時にはその跡形さえない。

作者は、京都文化の中で生まれ育った者として、人間にとっての本来の幸せとは何なのか、詩人の感性を通してそれをとらえ、エッセイとしてまとめられた。

僕は一度、淺山さんの案内で、銀月荘の桜を見に行った事があった。ちょうど満開の桜が青空をバックに見事なたたずまいを見せていた。

その古いアパート（銀月荘）も魅力的だった。周囲を歩いてみると、私たちのほかに、この地に根ざす何か（未確認生物？）が息づいているとしか思えない、不思議な感覚にとらわれた。淺山さんにその事をお尋ねすると、彼女はただ静かにほほえむばかりだった。

京都に息づく数かぎりないその何かを味方につけ、今後ともこの地のラビリンスを書き続け、僕たちを楽しませて下さることをお願いし、ここに筆を置く事としたい。

髙橋正人 評論集『文学はいかに思考力と表現力を深化させるか—福島からの国語科教育モデルと震災時間論』

文学教育の実践を通して見えてくるもの

福田　淑子

興味のありそうな内容の文学作品を見つけて、自分なりに楽しみながら読むというだけなら、たいがいの人にとって本を読むということはそれほど難しいことではない。しかし、文学的な作品を教材として、複数の読み手にそれぞれが読みの可能性を拓いていくという授業をするということは、そう容易なことではない。授業者は取り上げる作品に対してかなりの作品研究や教材分析を要する。さらに、文学作品の読み取りによって、読む人の思考力と表現力を育成していくというのはさらに修練を要するテクニックと深い素養のいる難解な仕事のひとつだ。どのように難解かということをご理解いただくために、一つ突拍子もない例を挙げさせていただきたい。

以前、優れたピアニストを輩出している音楽教育会の著名な方に、こんな質問をしたことがある。

——どんな、作曲家のピアノ作品がお好きですか。

A：う〜ん…。好きな作曲家というのは、特にいないですね。どんな作曲家の作品でも、それを演奏するピアニストがその曲を解釈して、演奏してくれなければこちらは鑑賞できない。演奏の質の高さで、それをいい曲だと思うわけですから、いい演奏家に出会ったときに、その曲が好きになりますね。

——いい演奏というのは、どのようなものかひとことで言えますか。

A：実は楽譜というのは、演奏家にとって情報が十分にあるわけではないのです。その曲をどう演奏するか、その不完全な楽譜から作曲家の意図を読み込み、さらにその曲の魅力を引き出し、そのピアニストの研ぎ澄まされた技術と感性によって演奏されて初めて、私たちはその作曲家の曲を優れた作品として感動することができるということではないですかね。

というような対話であった。文学作品を取り扱うときにも、これはかなり示唆的な話で、古今東西の文学作品の面白さや魅力を引き出すという技法については全くその通りだと思った。優れた文学作品については、ピアノの演奏家と同様に、これでいいという解釈はない。マンネリの技術と底の浅い知識や分析力で読めば、魅力的な作品も凡庸になる。それが、国語の教師の仕事の難しさのひとつではないだろうか。しかし、現実の教育現場には演奏会で弾くために日々鍵盤に向かっているピアニストのように、日々文学作品を読み込み、多様な解釈の可能性を拓くことに余念のない教師がどのくらいいるだろうか。

髙橋正人氏はその稀有な名ピアニストならぬ名文学作品解釈者の一人であるといっていいだろう。ところで、星の数ほどある文学作品の中から、どの作品を選び、どのように教材分析をしてその作品を生徒に問いかけてその魅力を引き出していくのかが授業者にとっては重要な技法になる。

本書には多くの作品の分析と授業実践が掲載されている。どれも、髙橋氏の独特の感性と緻密な研究によってその魅力が開拓され創造されていく。

その例となる論考は「『少年の日の思い出』(Jugendgedenken)の多層構造分析に関する研究」である。この作品はドイツの作家ヘルマン・ヘッセの小品であるが、中学校1年生の定番教材としてロングセラーを誇っている。物語は「私」という主人公が、友人である「客」から少年時代の「話すのも恥ずかしい」蝶集めの体験を聞くというところから始まり、その体験は「私」という主人公を語り手として持ちながら、いきなりその「客」が「ぼく」という一人称で過去の体験を語り始めるという構造である。つまり、語りが入れ子多層構造を持つ複雑な仕掛けになっていて、中学生と共に読むとしても、おざなりな作品分析では、この魅力的な物語が、つまらない道徳の教科書になりかねないのである。

髙橋氏はドイツ語の原典にあたりながら、ヘッセの語彙の核心に迫る分析を入れて作品の構造を繙いている。私もこの作品については多数の先行研究を読み、自分なりの読み解きをして様々な学生の解釈に付き合ってきたが、髙橋氏が指摘する「身をかがめる」という動詞、また「眼」を核とするこの作品の「眼をめぐる言葉のネットワーク」の広がりには思い及ばなかった。「生まれて初めて盗みをする」少年のきっかけはそのクジャクヤママユの「眼状門」の魅力であるという指摘は興味深い。オックスフォード大学の動物学者アンドリュー・パーカーは『眼の誕生』(草思社)という著書で「生命の爆発的な進化は眼の誕生から始まる」と記しているが、この作品において「眼」と「見る」という単語は読み落としてはいけないキーワードであるという観点には説得力がある。ぜひ、読んでみていただきたい論考である。

また、読み手によって、解釈が大きく相反することもある。例えば「山月記」だが、この作品は高等学校の国語の定番教材で、人口に膾炙している解釈は多数あるのだが、髙橋氏は「『山月記』論考～自己認識の方法をめぐって～」では、主人公李徴の自己認識のありように焦点を当てている。

他者を意識しない「透明」な自己はこの作品には存在しない。ここにあるのは、内と外とが一つの壁ないしは膜によって分離されてしまっている人間の姿である。(略)結果的に彼は、外部との相互関係を保ち、自己の姿、詩作の実力等を判定する基準、映し出すべき「鏡」の一つをうしなってしまう。そして身を避けることにより、李徴の自己像は夢幻化、内向化、肥大化することになる。

部分を抜いて論じるのは心苦しいが、髙橋氏は、李徴の〈虎〉への変身は他者を意識しない「透明な自己」の喪失という読みを立ち上げているが、私は「透明な自己」など存在しようもないと考える。「他人の目」を排除しても他者の評価から自由になってもやはり「まなざし」は「他者」のものである。恐ろしく厳しい自己の内面のまなざしであれ、それはもう一人の「内なる他者」である。言語によって「意味するもの(エクリチュール)」を認識すれば、それは「透明」でありようもない、何らかの社会構造的な「幻想性」を被ることになろう。拙著『文学は教育を変えられるか』（コールサック社）に所収した「『山月記』—美しい〈虎〉になる壮絶な叙事詩」では、〈虎〉のコードを自己解放と読む構造分析をした。もちろん、〈虎〉を「絶望」の表象と読んだ髙橋氏と私の読みのどちらが「正解」ということではなく、そのような読みの違いが出てくるのが、文学作品の読み解きの妙味である。たったひとつの正解を求める学校教育のテストに飽き飽きしてきたなら、ぜひ、作品読解に心血を注いでみてほしい。一つのテキストの読みが多用になればなるほど、「他者」も様々に立ち上がってくる。恐れ多い比喩を使わせていただくと、どちらも紛れもなくショパンの曲に聴こえるのだが、ピアニストのルービンシュテインとアルゲリッチの演奏では同じ楽譜とは思えないほど、ショパンの楽譜の解釈に開きがある。作者は一人でも、読み手のそれまでに培った生き方や感性、蓄積している知識や技術の相違は、深く読もうとすればするほど、作品が重層性を持つ深いものであればあるほど、多様になるということだろう。そのように作品を通して自己と異なる「他者」との出会いに遭遇するということこそ、文学作品の読みの多様性が拓かれるということに他ならない。

　髙橋氏の教材分析の緻密さ、幅広い見識などには驚くものがあるのだが、教育現場での実践に対する掘り下げについてもその見識の広さを遺憾なく発揮していて、特筆すべきものがある。特に「東日本大震災後の福島における国語科教育モデルの構築に向けて」という論考には、あの大震災とそれに続く原発事故の体験者に対して、国語教育は何をどのように展開していくことが重要なのかということについて、現場での様々な授業の実践を通して考察している。思い出したくないような悲惨な出来事をそのまま心の底に埋もれさせてしまうことが、いかに成長期の精神の発達にとってマイナスになるかは語るまでもないだろう。しかし、過酷な体験をどのようにして表現行為にまで持っていくかは難しい。そのことについて髙橋氏は以下のように言及している。

　対話形式には自己対話と他者との対話との二つがある。震災後に文章を書く機会を得た生徒にとって、個人的な体験と再び対峙することとなった震災作文は心の傷を癒す働きとなる場合もあれば、むしろ心に大きな負担を齎すことになった場合もある。一概に文章化することの功罪を断定することはできない。ただ、多くの場合には、自己対話が進み、自分にとって生きることを深く考える契機となったものが多い。さらに、「あの時、あの場所で」という一回性の体験が、様々な体験を経た後に行われる想起により内面的に深まり、認識の変化を生じる。

辛い体験を語ることはカタルシスになりうるか。これはまさに前述した「少年の日の思い出」のテーマそのものである。優れた聞き手（それが自分自身であることも含めて）の存在を得てこそ辛い体験を語ること、そしてそれに耳を傾けることが、起きた出来事を超えて、未来の時間を生きることを促すのではないか。髙橋氏は、最後に「震災時間論」を展開している。

遠いところへ　心よ／連れて行っておくれ／希望よりも遠く／絶望をはるかに超えた／遠くへ　（詩「遠くへ」谷川俊太郎より　ｐ２９５）

河野美千代句集『国東塔』を読む

杉本　光祥

令和二年六月、コールサック社より「沖」同人河野美千代さんが第一句集「国東塔」を上梓された。河野さんは東京都のお生まれであるが、三歳の頃にお母様の故郷である大分県国東市に移住、教育を受けられ、看護師人生を全うされた方である。病院退職後、「沖」の同人であったお兄様の林一郎氏の薦めで平成十年に俳句を始められ、同十一年「沖」に入会、同二十三年「沖」潮鳴集同人となり、今日に至っておられる。

筆者は河野さんとは平成十六年の「沖」同人研修会兼九州大会の折、知り合ったのが初めてと思われるが、以後いろいろな句会や沖誌において河野さんの句に出会い、その素晴らしさに注目してきた者の一人である。

ここに河野美千代俳句の特徴と素晴らしさをご紹介したい。

1、看護師人生の句

まず、挙げられるのが、看護師人生に根付いた句である。

もろもろの管抜き去つて死者涼し
脈をとる一分間の秋思かな
職退きて薔薇の花束重かりし
信じたる自然治癒力山笑ふ
木の葉髪まだ捨てきれぬナース帽

一句目の死者に対する冷静な見方、二句目の脈をとる間の秋思、三句目の薔薇の花束に象徴される職務の重さ、四句目の自然治癒力への信頼、五句目の看護師人生への愛着、など、季語も効いており、経験者でなければ詠めない句と言えよう。

2、感性豊かな句

特徴の二として、感性の豊かさが目を引く。

化粧水ひとつ買ひ足す残暑かな
水中花妊婦は水の匂ひせり
豊の秋指輪が少し緊まりたる
十月の風の軽さや乱れ髪
ルノワールの少女のやうな春の風

一句目の残暑の感覚、二句目の妊婦の匂ひ、三句目の指輪の緊まり、四句目の風の軽さ、五句目のルノワールの少女など、河野さんは天性からであろうか、看護師生活に由来するものであろうか。素晴らしい感性をお持ちである。

3、写生の効いている句

特徴の三として、写生がよく効いていることが挙げられる。これは河野さんが初学時代からいい先生についたことが幸いしていると思われる。俳句は写生が基本いわれるからである。

蘂しべのくの字のままの初氷
由布《ゆふ》山鶴見《つるみ》山枯野の裾を分かちあふ
亀の喉奥まで白き旱かな
磐梯山の裾野や蕎麦の花あかり
一陽来復だんだんに減る花器の水

一句目の蘂しべのくの字の形状、三句目の亀の喉奥の白さ、五句目の花器の水の減り具合などは、他人が目に着かないところを発見して素直に句に詠んでおられる。二句目と四句目は山岳風景を的確に写生し、女性には珍しいスケールの大きな叙景句に仕上げておられる。

4、若々しさの出ている句

句の若々しいのも特徴の一つである。初学時代は勿論、八十才を過ぎた今日まで若さあふれる句を詠んでおられるのがいい。

竹皮を脱ぎて青さを漲らす
還暦の未だ夕焼ほど闘志あり
老いてこそ化粧は愉し返り花
太陽に似合ふ水着を買ひにけり
春宵のワイン注ぐ音どれみふあそ

一句目の竹皮を脱ぎては自己投影とも思われ、二句目の夕焼は還暦を迎えて益々燃え盛る闘志であり、三句目は返り花を取合せて老いを愉しむ心境を詠い、四句目・五句目はうきうきする心情を若々しく詠んでおられる。

5、仏心の有る句

第五の特徴として、仏心の有る句が多いことが挙げられる。仏の里・国東に育たれた作者の心情からくるものであろうか。

柚子風呂に如来のごとく眼閉づ
凛と立つ国東塔や春まぢか
水芭蕉咲き霊界と通じ合ふ
水仙の叢を包む陽ほとけみち
先師句碑よむ空に満つ鴨の声

仏心は一句目の年中行事の中でもそうであるが、二句目の句集名となった国東塔でも然りである。三句目に水芭蕉の咲く様を霊界と通じ合ふと詠み、四句目に水仙の叢を包む陽をほとけみちと詠っている。そして最後の先師・能村登四郎先生の句碑の句。これは表面的には仏心を詠んでいないが、そこに刻まれた句は「国東や枯れていづくも仏みち」なる句なのである。

この句碑の建立は沖大分支部の力があって実現したものであるが、入会二年目の河野さんも立ち会い、先師の世話をされたと伺う。

6、比喩・見立ての上手な句

第六番目の特徴として、見立ての上手なことが挙げられよう。

湾といふ袋のかたち春の月
梅八分埴輪のやうに人佇ちて
帆柱は海の十字架夏惜しむ
秋燕の空鉄塔のみをつくし
麗かやジャングルジムは方眼紙

それぞれのものを、袋、埴輪、十字架、みをつくし、方眼紙に喩え・見立てて詠んでおられる。その的確さと説得力に驚く。

7、面白い表現の句

最後の特徴として、面白い表現の句を取り上げてみたい。

船虫らの避難訓練見てしまふ
北風に乗りマイナンバーの通知くる
負けて脱ぐ剣道防具息白し
寒明けて洗車日和となりにけり
意気のあふ孑孑同士手水鉢

舟虫の逃げるさまを避難訓練、マイナンバーの通知が北風に乗ってくる、剣道の勝者でなく敗者が防具を脱ぐ、洗車日和、孑孑が浮遊している様を息のあふ同士と面白く表現されている。これらの傾向は句集の後半になって、顕著となってくるのであるが、一種の俳諧味である。俳人としての余裕が出てきた証拠であり、一人前の俳人に成長されたのだと言えよう。益々のご健吟・ご活躍をお祈りして止まない。

河野美千代句集『国東塔』
国東に根を下ろして

和田　満水

河野美千代さんは、平成十年に俳句を始められ、平成三十一年作までの三〇二句を纏めて句集「国東塔」を上梓した。序文は「沖」主宰・能村研三が、跋文は「沖」大分支部長・田邊博允が書き著している。

凛と立つ国東塔や春まぢか
国東に住むは端居のここちして

句集名となった国東塔は国東半島に分布する宝塔で一般の宝塔に比べてすらりとしている。土地の者は国東塔を「いぐりんさん」と呼んで親しんでいる。凛と立つのは国東塔だけではない。作者自身も何らかの決意を持っているから、春が待ち遠しいのだ。土地の人々は国東を「くにさき」と呼ぶように、国東は日本の先駆けの土地であったと、自負している。しかし、今は何処にでもある田舎である。国東に住むのは端居の心地と詠んでいるが、心のどこかで端居とは違うと感じている。地名が効いている。

もろもろの管抜き去つて死者涼し
脈をとる一分間の秋思かな

作者は元看護師である。重篤な患者には諸々の管が繋がっている。治療の甲斐無く患者は亡くなり、看護師は患者から管を抜き去って死者の顔を見た。苦しがっていた顔は見えない。平穏な顔である。顔涼しは親族であれば出てこない言葉である。看護師だから出てきた言葉である。看護師が脈を取る時間は通常は十五秒で十五秒の脈数を四倍して、カルテに記載する。一分間まともに脈を取るときは、患者に何か異変を感じたときであろう。脈拍を数えながらいろいろな心配事が過ぎる。

大根は花となりけり子の門出
露の世の女でありし水仕事

子の門出の取り合わせに華やかの大きな花は期待が出過ぎてしまう。大根の花とはいかにもつつましい。しかし、我が家にある大根の花こそ、太く大きな真白い大根になるという親の気持ちが詰まっている。露の世の句は、昔の日本女性の姿で、今の若い人たちは賛同しないだろうが、現実の作者の生活である。

太陽に似合ふ水着を買ひにけり
花の夜やバイク相乗りして了ふ

水着を買うときに、太陽に似合うと言ったところが大きく、明るく、朗らかだ。水になんか浸かっていられない。花の夜にバイクの相乗りこれも田舎ならではの景である。だが、これは句集の他の句を読んだ読者が作者の土地柄を想像しての解釈である。句の字面を素直に読めば、ハワイか湘南で加山雄三と遊んだときの句であろう。作者の違う一面を表した句である。

啓蟄や長靴逆さに干してあり
抽出しの何か悶へし十二月
亀の喉奥まで白き旱かな
ありありと子の蒙古斑神の留守
河馬の口開くこの世は五月晴

長靴は逆さにして干すのは当然の景である。いつ干すか、それは長靴が汚れた後であろう。もう長靴を使わなくてもよい季節になった季であろう。啓蟄はこれから春を迎える季語であり合っている。箪笥の抽斗を出し入れするときにちょっとの歪みで悶えるときがある。忙しい十二月だから焦ってそうなることが多い。旱のときは草が枯れて世界が白くなる。たまたま見た亀の喉は奥まで白かった。そして、亀の喉奥を見てますます旱を感じた。日本人なら赤子に蒙古斑がある。決して綺麗な物ではないが、諾わなくてはいけない事実である。神様のいない月であるから仕方が無い。動物園で河馬が大きな口を開けたのは五月晴れの日であった。二つの事象は合っている。「この世」を入れたのが作者の手柄である。
いずれの句も事象と季語の取り合わせが巧い。

稲刈られ泥のすがたへ田を還す
水芭蕉咲き霊界と通じ合ふ
夕立の音はこの世を敲くおと

中七の「泥のすがたへ」の修辞が秀逸である。稲藁が運ばれていった後の田圃は荒涼としている。しかし、これが素の姿である。水芭蕉の喇叭型の花は霊界と通じ合っているとの見立ては理解できる。似た形でもカラーではそうはいかない。夕立が降り始めると、雹まじりとはいかないまでも、家や車の屋根を、木々の葉を敲く。作者は夕立があの世からこの世を敲く音だと捉えた。

北風や仁王の眼玉こぼれさう
虎杖の丈すこやかに無医の村
鉄塔のはみ出してゐる枯木山
山の背や大きリボンの天の川
誰よりも遠くが見たし今年竹
たんぽぽの絮奪はれて棒立ちに
湯煙は地球の吐息春の風
こともなげに菜は間引かれて雨催
春潮の右往左往や関門峡
吊り橋は山のバンダナ初紅葉

紙面の許すかぎり、作者の身近な風景を詠んだ句を列挙した。いずれも佳句である。作者は現在退職されて時間がある。これからもますます良い句が生まれるであろう。

渡辺誠一郎『俳句旅枕　みちの奥へ』
みちの奥の闇への拘りと矜持と愛

広渡　敬雄

本書は総合誌『俳句』に二〇一七年二月号から二年間にわたって掲載された「俳句旅枕」を加筆再編成したもので、晴れて一書になったことを、掲載当初からの愛読者として喜びたい。

あとがきに「私なりのささやかなみちのく物語であり、訪ねた各地の歴史や人物を掘り下げることで、その地の風景が浮き彫りに出来れば」と記されている。単なる旅枕ではなく、著者の歴史・地理・風俗・文学（含む俳句）・美術への並々ならぬ関心と素養の深さが浮かび上がって来る。

宿でその地の銘酒を味わいつつ、ゆかりの俳人らの文章を、硯と筆で巻紙に書写して魂の交感をする著者は、近現代の著名な詩歌を口ずさみつつ、自身も句をなして披露する。

巡った地は、盛岡、平泉、釜石（含む大槌町）、八戸、下北、津軽、羽後・秋田、八郎潟、酒田—飛島、須賀川、三春・二本松・飯舘、いわき、塩竈、寒風沢島・桂島、多賀城等東北六県の全域に及ぶ。各地ごとに添えられた詳細な地図に対象地が明示され、読者は著者と一緒に当地を訪ねている気持ちになる。

本書の底流に流れるのは、師佐藤鬼房同様、歴史的にみちのくが背負ってきた深い闇と中央文化へのカウンターカルチャー（対抗文化）であり、反骨の気概である。更にやませによる冷害の飢饉、再三の津波の惨禍や戦災についても書き加え、改めてみちのくの苦難の事実を示す。

風雅を求めた「奥の細道」の芭蕉とは異なる視点に立ち、芭蕉には概してやや厳しい目を向ける。塩竈から松島を目指した芭蕉は、小舟を浮かべて漁に励む漁師には目もくれず、松島を「扶桑第一の好風」として美辞を尽くすだけであり、多賀城の「壺の碑」で感涙にむせぶが、古代東北の北辺「陸奥国界」での猛々しい蝦夷との抗争は頭になく、平泉では「南部口をさし固め、夷をふせぐとみえたり」と「夷」の言葉を用いる。

先に掲げた訪問地で筆者が殊に感銘を受けたのは、「飛島」「釜石」「いわき」「塩竈・寒風沢島」である。

「飛島」、酒田沖の日本海の孤島だが、北前船の寄港地であり、当島出身の俳人齋藤愼爾の句碑〈梟や闇のはじめは白に似て〉がある。終戦後両親と共に朝鮮から引揚げて来た齋藤は、日本海の闇の中で、闇そのものとして生きる梟への親密度・偏愛度を深めたが、それは光への希求であり、その後一貫した信念「闇を見ずして状況の本質には迫れない」を得たと看破する。

先述の東北の深い闇を、師鬼房共々担っているのである。

「釜石」、近辺の豊富な鉄鉱石により、幕末以来製鉄業で栄えたが、明治二十九年、昭和八年、更に平成二十三年の大津波で壊滅的な被害を受けている。明治の惨禍には正岡子規も伝え聞いて津波を詠み、平成の惨禍では、当時釜石高校教諭として被災した照井翠の〈泥の底繭のごとくに嬰と母〉等を含む迫真の句集『龍宮』が、大いなる反響を呼んだ。「人は自分の何かを失った時、俳句のみならず表現することで己を取り戻す」との照井の言葉が印象的である。更に終戦間際、世界にも類を見ない艦砲射撃で製鉄の街釜石が灰燼に帰したことを知り、いまさらながらに言葉を失う。一方釜石に隣接する大槌町では、井上ひさしの「ひょっこりひょうたん島」のモデルとなった「蓬莱島」が大津波の被災から修復されていることに少し安堵する。

「いわき」、大地震、大津波、原発事故（放射能飛散）の前代未聞の惨禍を前にしてその大きな不安を〈見る人もなき夜の森のさくらかな〉と駒木根淳子は詠んだ。その後幾グループかの俳人達が当地を訪ねたが、「現地での句作は、俳句形式の寡黙さをもって、どれだけその土地の『話が聴けるか』が問われる」との関悦史の言葉が重い。又戦時中、当地で九千個の風船爆弾（焼夷弾、爆弾を積んだ気球）が製造され、偏西風に乗せてアメリカ本土に向け放流されたことも、余り知られない事実である。

「塩竈・寒風沢島」、大津波で被害を受けた数日後に訪ねた著者は、震災で転げ落ちた島の守り神の地蔵を抱き起こして台座に戻し〈寒雁やしばり地蔵が目を覚ます〉と詠み復旧を誓った。更に当島漁民の千石船が、江戸時代暴風雨で漂流し、日本人として初めて世界一周し、十一年後に帰国した事実も披露する。

塩竈に近い「多賀城」では、その「壺の碑」に感涙した芭蕉に対し、師鬼房は〈ただに寒し征夷拠点の藪椿〉と征夷された側に身を置いて詠む。又当地在住の高野ムツオは〈泥かぶるたびに角組み光る蘆〉と詠み、古今幾たびも津波から生き存《なが》えて来た蘆に、我らを見守る祖霊の姿を見て生きる力を得る。

その他の地では、「盛岡」、当地出身の平民宰相原敬が俳句に親しみ、俳号「一山」は薩長勢力の東北への嘲笑「白河以北一山百文」から取ったもので、藩閥政治に抗する原の強烈な反骨の意志・覚悟であることに共鳴する。一方〈みちのくはわがふるさとよ帰る雁〉と詠う山口青邨には、みちのくの風土の卑屈さや暗さはなく、筆者は文人然たる懐の深い資質を感じる。

「平泉」、加藤楸邨は芭蕉の風狂とは違う視点で、〈邯鄲やみちのおくなる一挽歌〉とみちのく人の悲しみを詠い、著者は〈夏草の夢ことごとく鹹《しおからき》〉と芭蕉の〈夏草や兵どもが夢の跡〉の無常感に呼応し、藤原四代が祈願して作り上げようとした仏国土の思想、精神を現在も受け継ぐ町に深く感銘する。

「八戸」、やませによる飢饉の餓死が多く、江戸時代初期に徹底した平等を唱えた特異な思想家安藤昌益には〈北奥に耿然とあり大冬木〉とエールを送る。藩主も含めた「八戸俳壇」が盛んで、昭和三十四年～五十年代には「角川俳句賞」を多く輩出した「北奥の風土俳句」（村上しゅら、木附沢麦青、加藤憲曠）と共にえんぶりや海猫の蕪島や俳枕「淋代海岸」も魅力的だ。

「秋田」、虚子や碧梧桐と共に子規門四天王のひとり、石井露月の「生まれた地で生き、死ぬことを最高の幸せと思う人間」との信念に深く頷き、虚子への対抗心に大いに拍手する著者。

現在の青森県、「下北」では戊辰戦争後に転封され斗南藩となった会津藩士の惨状を述べ、霊場恐山のイタコも取り上げる。一方「津軽」では、太宰治の小説『津軽』の地を巡り、戦時中に富山疎開の折、前田普羅の下で俳句に励んだ彫刻家棟方志功や五所川原の成田千空を取り上げる。北の地から湧き上がる幻想が三内丸山遺跡、立佞武多等巨大なものを出現させたと解く。

著者は「この旅は、東日本大震災後のまちの姿を目の当たりにすることになり、復興の後には、新たなまちの物語が始まることを願い更に新型コロナウイルスの感染の終息を祈る」と結ぶ。本書は、著者のみちのくへの熱い想いと、その歴史を含めた闇への拘りと矜持と愛が貫かれた一書である。

渡辺誠一郎『俳句旅枕　みちの奥へ』みちの奥なる

川村　杳平

宮城県の俳誌「小熊座」（佐藤鬼房創刊）の編集長を二十四年も務めている渡辺誠一郎は一九五〇年生れの俳人である。三十歳代後半に作句を開始。本書の著者略歴によると、俳句四季大賞、現代俳句協会賞を第三句集『地祇』（二〇一四）で受賞している。朝日新聞「みちのく俳壇」選者であり、東北六県の同紙地方版でも、むろん著者は俳句活動を旺盛に継続中と思われる。

『俳句旅枕―みちの奥へ』（コールサック社刊）は、こうした文芸活動の円熟の境地の所産であり、その豊富な識見に惹きこまれるように、同世代の私は一気に読了した。しかも大いに啓蒙された。みちのくの心ある俳人たちとって、半世紀に一冊でるか出ないかの瞠目の一書であることは間違いない。著者同様に三十数年間、俳句に関わってきた盛岡住まいの私。不勉強なせいもあるかもしれないが、これほど文学の香りのする類書は見たことがない。いまも枕頭の書の一冊である。貴重な出版物の例に洩れず、数年後には文庫本として再刊され、さらに広範な読者の目に触れることを、最初に願っておく。

旅のはじめ、冬の盛岡と平泉、釜石

第一章は、盛岡、平泉、釜石（大槌）の岩手俳句紀行から始まる。盛岡藩釜石は、著者が師事した鬼房の出生地。ただ風聞によれば著者は「盛岡大好き人間」の由。馴染み深い不来方の城下町から、俳枕への旅の一歩を記している。光原社の賢治を尋ねる。三ツ石神社、報恩寺、南部絵暦をたどる。ここからが著者の独壇場となる。河東碧梧桐の『三千里』を引いて碧梧桐の盛岡での動向を書く。また美術家村上善男の著書からその絵暦の謂れを解説する。生前の村上は高校教師から弘前大学教授となったユニークな前衛画家で、私も僅かに接点があったが、盛岡駅地下道のタイル画「四季の図譜」でも、市民や観光客に親しまれている。本文中の一句と『地祇』より三句ひく。

啄木も賢治も愛し雪やまぬ　　誠一郎

炎天の南部赤松父のごと

青邨旧居しだれ桂から揚羽

晩夏光南部曲屋土間に待つ

次に新渡戸稲造、山口青邨、小原啄葉、原敬らの俳句を、その風土や生き方をからめて鮮やかに綴る。圧巻は師の代表句を引用した次のくだりである。

岩手の地は、〈やませ〉に象徴される厳しい風土であったことを忘れてはならない。〈やませくるいたちのやうにしなやかに　鬼房〉。やませは不気味に何度もこの地を襲った。これによってもたらされる深刻な冷害は、昭和の時代まで続く。藩政時代の歴史は、飢饉と一揆の繰り返しであった。宮沢賢治が求めた〈イーハトーヴ〉は、この「反動」としての理想郷でもあった。

そして平泉では加藤楸邨、石寒太の句、芭蕉の俳句や句碑と中尊寺に踏み入る。さらに釜石では、田村了咲、佐藤鬼房作品を引き、釜石鉱山ストライキ、大島高任の洋式高炉と橋野鉄鉱山。やがて「東北の上海」と呼ばれるほど鉄の町として発展したという歴史の一頁をもひも解くのである。こうした文脈で岩手の俳句史を書いた俳人を私は知らない。ついに東日本大震災に著者の筆が及ぶ。明治三陸大津波と「海嘯義捐小説」、正岡子規の大津波俳句への言及。もちろん私は未知であったが、工藤大助（俳痴）と碧梧桐『三千里』の記載、高村光太郎、岩谷小波。大東亜戦争、あの釜石艦砲射撃まで書き連ねる。とうとう著者は大槌町へ自家用車を駆る。伊能忠敬、井上ひさし、の足跡を追跡。津波てんでんこ、では照井翠の「震災鎮魂句集」より三句引用する。〈泥の底繭のごとくに嬰と母〉、〈三・一一神はゐないかとても小さい〉、〈生きてをり青葉の雫頬に享け〉。

照井翠と同様に山口剛（宮古出身、元小熊座・草笛同人、祭主宰）は、現代俳句協会新人賞を受賞しているが、惜しいことに先年他界した。本書では取り上げられていない。私と同齢で俳誌「草笛」の先輩だったが、鬼房論や楸邨論は手がけないほうがいい、と忠告された事が忘れられない。おそらく俳人渡辺誠一郎の存在を熟知していた彼は、私への警鐘のつもりもあったのだろうか。最後に著者は「歓迎2019ラグビーワールドカップ」の看板まで登場させて、「北の鉄人」の再来と震災復興を祈念して釜石の町を去るのである。『地祇』より句を引く。

俳諧はがらんどうなり虚子祀る　誠一郎
寒日和国文学専攻にはあらず
梅の香や純文学ほどにながめいる
東征の詔とや鬼蜻蛉

「詔」とは、みことのり。歴代天皇のお言葉のことである。あの明治維新が「みことのり精神」の再認識運動として行われた（佐藤健二＝みことのり普及の會副会長）という講演録を読んでいた私は、大正、昭和、平成の詔を、いまこそ心して読まねばならないと考えている。

青森から山形、秋田、福島、宮城へ

少年時代を津軽で過ごした著者は、次章で青森県を一巡する。ご当地ゆかりの俳人たちが、著者の選句によって続々と登場するのは、独自の解読を伴っているせいか殊に興味深い。

初雪の美しからぬ津波跡　木附沢麦青
海猫万羽禊のごとく声降らす　藤木倶子
降りかゝる雪に筋子や陸奥湊　草間時彦
恐山五月の雪のましろなる　富安風生

しかも太宰治、寺山修司、棟方志功、高木恭三、三浦哲郎、陸羯南、安藤昌益の作物など、俳句界にこだわらない視野の広さにも驚かされる。一方、江戸時代の菅江真澄の紀行文にも筆を尽くし、明治維新の会津魂と斗南藩の悲話や小林一茶の雁風呂の逸話までを取材している。著者の博学と史眼、高い問題意識には舌を巻かざるを得ない。啓蒙の書として推奨する所以である。ついでに言えば正岡子規『果て知らずの記』、松尾芭蕉『おくのほそ道』、すでに引いた河東碧梧桐『三千里』を下敷きにして、本書の叙述は文芸書としての厚みを加えている。古典文学への造詣の深さも引用文献『続日本記』、『万葉集』、『古今和歌集』、『新古今和歌集』等で明らかだ。司馬遼太郎やドナルド・キーンの本も出てくるが、私が最も惹かれたのは酒田―飛島の章、『逸脱する批評』（コールサック社）の著者、齋藤愼爾の少年時代の回想であった。いつか飛島へ行きたくなった。

安森ソノ子 英日詩集『紫式部の肩に触れ』

英訳　北垣宗治（同志社大学名誉教授）

方韋子

前半は安森氏の詩を忠実に英訳したものであり、後半は安森氏の日本語の詩という構成になっている。評者はここでは後半部分のみを取り上げることとする。

安森ソノ子氏とは現代京都詩話会でご一緒している。といっても安森氏は有馬敲氏が現代京都詩話会を立ち上げてからの所属で、１９７８年このかた42年間、ご活躍されてきた大先輩になる。当時の錚々たる詩人たちの多くは亡くなってしまった。日高滋氏・名古屋哲夫氏もすでにない。評者は２００５年ぐらいから安森ソノ子氏の薫陶を得ている。

安森氏はとにかく行動力の有るかたで、国の内外を問わず、詩と舞を持って馳せ参ずるかたである。その臆することのない姿が海外の人々を魅了し、しばしば称賛されてきた。

１９８４年第47回国際ペン東京大会に参加、続いて世界詩人会議・アジア詩人会議・第76回国際ペン東京大会２０１０に参加されている。そして２０１４年には第23回世界詩人会議で「優秀詩人賞」を授与された。もはや押しも押されもしない、わが国を代表する国際詩人である。これら大会の参加途上でものにされたのが佳詩『香格里拉《シャングリラ》で舞う』である。

香格里拉は四川省も奥地、チベットに近いところにある。こんな奥地で詩の大会が開かれたことがまず驚きである。中国語よりチベット語が通用しそうだ。この地で安森氏は舞を舞い、詩を朗読されたのだ。

（四連略）舞いおわると　現地の少年が会場の遠くで声を発した／「今の写真　欲しいっ」と切望した／少年は夜を迎えた人々から　早々と姿を消した／

舞を舞っている最中であったが、安森氏の心にはしっかりと少年の願いが届いたのである。安森氏は少年の思いをかなえようとなんとかして少年に会おうと焦る。しかし、シャングリラの夜は深くどうしようもなかった。会えなかったから余計に心が残るのである。読者はこの詩のこの場面に遭遇し、心が揺さ振られ、心打たれるのである。

詩集のタイトルにもなっている、『紫式部の肩に触れ』。これは作者が紫式部の墓に詣でたときの気持ちを素直に詠った詩である。作者がいかに紫式部を敬愛しているか、同性の同じ物書きとして、その労苦を語り合いたいとする気持ちに溢れている。

私は　紫式部の肩に触れる思いで／杉苔の上に　そっと手を置く／／報告と感謝の念が／土中へとしみていく／／「あなたを想い詩を書き／源氏物語を日々読み込み／異国で発表をしてきました／無事　世界大会で担当を終え　帰国しました。見守って下さったのですね」と手をあわせる／／

普通の人がこれを読めば、どこかしょってるとか、わざとらしいいやらしさを感じるのではないだろうか。安森氏はだれがいおうが、だれがみていようが、堂々と思ったことをやりきられるかたである。安森氏は無心になって舞い、謡い、自らの詩を朗読されたであろう。観光客がいようがいまいが、頓着することなく。

紫式部は　初秋の着物で現われて／澄んだ眼差しで　私の
前に座る／

紫式部は、初秋の着物姿で現われ、同じ筆持つ身として積もる苦労話を話し合おうというのである。安森氏の紫式部との奇異な関係、遊離した紫式部の霊（遊離魂）と安森氏の心は友誼を交わすのである。他人にはしらじらしく、そらぞらしさが感じ取られる。ところが安森氏は案外生まじめである。そこに詩人としての安森氏が生きづいているといっても過言ではない。『紫式部が座っている』。安森氏はここでは湖国石山寺に材を得ているが、恐らくこの地では紫式部は筆を執ってはいなかっただろうと一般にはいわれている。筆を執るのはもっぱら住まっていた「現在の廬山寺（京都市上京区北之辺町）」の辺りでなかろうかといわれているが、すべてが曖昧な時代のこと、あまり目くじらを立てるほどのこともあるまい。
（安森氏は一説に紫式部が石山寺の本堂にこもって構想を練り、少し筆を執ったことが、文献にも見えていると言われる）。

大徳寺から東、この地をいまも紫野と呼んでいる。紫式部の墓もかろうじて紫野に入るであろう。安森氏の居宅も紫野付近である。そんなこともあって人一倍親しみを感じられたとしても不思議ではないが、紫野と紫式部とはなんの関係もないらしい。

紫式部は小野篁《たかむら》（平安時代の貴族）と並んで葬られている。篁は東西に、紫式部は南北にと、雑然とおかれている。とても並んでとはいえない状態で盛り土はある。はじめからまったく関係のない別人であるとしか考えようがない。お互いの存在を意識すらしていない。二つの墓は苔むして十薬が細々と咲いていた。角田文衛氏（歴史学）はここは式部の墓ではないだろうといわれる。これが通説のようである。

なにもかもが曖昧模糊とした世界である。そこに詩が生まれる余地があるのではなかろうか。

安森氏は英文でも詩を書かれる。次回は安森氏の英文詩集を拝見したいものである。

『福司満全詩集―「藤里の歴史散歩」と朗読CD付き』
方言の世界は　いい湯だな

徳沢　愛子

方言は地力。方言は母なる精神の大地。方言はふるさと。方言は生地の風、匂い、祖父母の気配。方言は村を、町を、人を一つにする。方言は精神安定剤。方言は赦し、慰撫、万能薬。方言は普段着、など向日的言葉が口をついて出る。

この世に生を受けて81年、どっぷり金沢弁で育ち、暮し、子を育て、老いた私にとって方言は心にしみついた指紋のようなもの。かつてオーストラリア上空で、素敵な日本人男性の隣りに座ったことがある。私は緊張して標準語で話したのだが、「金沢の方でしょ?」と見抜かれてしまった。方言は指紋であるという実感を持った。詩を書き始めて60年。そのうち50年方言詩も書いてきた。福司満氏と同様に方言詩の方が自分に合っている。肩の力が抜けている。フリフリの飾りがない。暮しのまんま。自然体である。

前置きが長くなった。

コールサック社の鈴木氏の要請で、方言詩人『福司満全詩集』に出会う機会を得た。彼は私と同様に途中から方言詩に路線を変えられた。第一詩集『流れの中で』は標準語であるが、第二詩集『道コ』、第三詩集『泣ぐなぁ夕陽コぁ』、第四詩集『友ぁ何処サ行った』は、方言詩、標準語と比べると、方言詩は俄然流れる水のような力がある。その後半は『藤里の歴史散歩』、『単行本未収録詩篇』、『単行本未収録エッセイ、評論』そして川柳、俳句と多岐にわたっていて、すべて網羅されている。全詩集ならではの、彼の旺盛な文学活動の面白さがあり、福司満氏のほのぼのとした人間像が浮かび上がってくる。

その上、何より彼のやわらかな風貌が目に見えるような肉声の方言詩朗読、そのCDまでついていて、否応なく彼の世界に引き込まれてしまう。秋田白神方言詩は独特のリズムである。彼の作品の紹介には、「秋田白神方言の詩により農山村に暮らす人々の生き様を活写し、新しい詩的言語を試みた詩人、方言詩の原点ともなり得る」と。私は心を澄ませて聴き入った。時々聴衆が声たてて笑う。然し聴き入っても、聴き入っても分からない。時々知っている単語がパラパラと聴き取れるばかり。紙面で漢字など見ながら読めば、大体の所は理解できるが、肉声だと殆ど理解できない。その土地の人々だけが理解しうる方言。そこに方言詩朗読の限界がある。

翻って、私の金沢弁も同様である。昔、四万坪の名刹天徳院の境内で方言詩を朗読したことがある。中秋の名月を夜空に頂いて朗読した。天徳院は徳川家康の娘で、3才で前田利常に嫁いできた珠姫の菩提寺である。地元の人たちだけの聴衆である。時々笑いが起きる。朗読者と聴衆は方言の懐かしさに一つになれるのである。心地よい先祖からの言葉という酒に酔うのである。共に盃を酌みかわすのである。福司満氏の朗読CDでもその酔いを感じるのである。肉声で朗読してこそ方言詩であると思う。

然し、東北の方言詩人高木恭造の方言詩は広く理解されている。詩集『まるめろ』には方言でありながら、海外でも評価されている。わかりやすい方言と、わかりにくい方言という事実もあるのだろう。方言の理解度は関西弁が一番ポピュラーであり、二番目に高木恭造の津軽弁と言われている。津軽弁の「まるめろ」は簡潔でやわらかさがある。同じ東北、秋田白神方言は、農村の厳しさ、老いなど骨太の感があると思うのは、私だけだろうか。

その土地、土地にしっくり根付いた日本各地の方言は、それぞれに独自の魂が生きている。

福司満氏は言われる。「…共通語による第一詩集をまとめたのであるが、どことなくすっきりせず、詩は地域のコトバで表現するのが最適と思い…」全く私の思いと同じである。方言で言葉を発する快感は、生きている！と思わせる力がある。作品「がん告知」は胸に痛みをもって迫ってくるが、最後の連で冷静になって立ち止まる、その人間力の凄さに感動する。

だども待でよ
毎日《まいにち》い命乞食《やっこ》ばりしても
埒《らじ》あがねぇ
偽札《にひさつ》でも
びらめがして
大蒜食って
茗荷食って
行《え》くどごまで
行ってみっかぁ

「老い一日」は、老いの哀しみが朝昼夜追い上げるように描写され、最後はもう絶叫である。体力、気力衰えていく日常の、その一日をどうしていいかわからないと叫ぶ。老いた者にしか、この気持ちは理解できない。

まだ目ぁ覚めでぇ
時計の音《おど》コ数《か》じぇだば
行《え》げっ行《え》げっ　行《え》げっ行《え》げっテ
何処《ど》サ行《え》げばええっテがぁ

自らの老い、焦燥感に苛まれる寂しさ。福司満氏の方言詩もまた、年齢相応に自然と死生観がテーマとなっている。

老いという切実な現実と、対峙していく過程で赤い血の出るような詩が生まれてくるものである。

『福司満全詩集―「藤里の歴史散歩」と朗読CD付き』方言詩に込められたもの

成田　豊人

この本には第一詩集『流れの中で』第二詩集『道こ《きゃど》』第三詩集『泣ぐなぁ夕陽コぁ』第四詩集『友《やづ》ぁ何処《ど》サ行《え》った』の他に、『藤里の歴史散歩』、単行本未収録詩二十篇、同エッセイ・評論二十一篇、川柳（三十六句）・俳句（四十七句）、「病床ノート二〇一八年」、亀谷健樹による解説からなり、本人による八篇の詩の朗読を収録したCDが付録となっている。

福司満は一九三五年秋田県山本郡藤琴村（現藤里町）の農家に生まれ、地元の高校を卒業後郵便局に勤務し、方言詩人として全国的に知られていた。二〇一八年暮れにその生涯を閉じるまで地元を離れる事はなかった。

日本の高度経済成長は一九五四年から一九七〇年の間と言われ、ちょうど福司の青年期から壮年期に当る。高度経済成長のお蔭で日本人の生活は豊かになったが、福司の住む地域（農山村）にはその恩恵と共に負の要素も少しずつ入り込み、地域が構造的に大きく変化する事に繋がった。唯一共通語で書かれた『流れの中で』は一九七四年の出版だが、その「あとがき」には「ともかく、この農山村を変えて行く大きな流れは、もはや一人の人間、ひとつの村では解決できない問題なのかもしれない。私も、ただ半ばあきらめながらその流れの中にまき込まれて行くようで自分の哀れさ、無力を痛感しながらもどうしようもないのである。」と記している。高度経済成長による地域の大きな変化に無力感を抱きながらも、冷徹な視線でその変化を見つめ、鋭い社会批評を込めながら描いた作品が多い。

「大きな眠りから覚めると／谷間の村は／どこかへ消えていた／町はずれまでくると／小さなトタン屋根を見つけた／／男は出稼ぎで留守だったが／老婆のにおいが／茶の間に落ちていた／女は／町工場へ行ったという／／村は散った／ばらばらに砕けてしまった／また／大きな眠りから覚めた日／遺跡の発掘に／草むらを分け／ビー玉を拾っては／大騒ぎしているだろうか」（「砕ける村」）

短い作品だが、村や町の大きな変化に伴う出稼ぎ、高齢者、女性の誘致工場勤めに触れ、将来偽の豊かさに惑わされる人々の姿まで予測している。

十八年後の一九九二年、初めて全篇方言で書かれた『道こ《きゃど》』が出版された。その後詩は全て方言で書かれる事になる。その理由として「あとがき」に、「方言で書くことによって心情をより豊かに表現できる場合もあると考えている。」とある。推測だが福司にとり方言は牧歌的でも素朴な物でも又単なる使い慣れた物でもなく、大袈裟かもしれないが大和朝廷に虐げられた蝦夷の歴史や、明治維新後も顧みられず都会人から差別されて来た人々の怨念の籠った言葉なのだと思う。濁点が多く語尾の明瞭でない福司の方言詩からはそれが肌で感じられる。

福司の方言詩の主な特徴を幾つか挙げてみる。①長い作品が多くなり描写が具体的になった。②読む者が福司から直接語り掛けられている気持ちになる。③共通語の時にはどこか余所者的視点が感じられたが、方言では地域にしっかり足を付けた当事者性が増した。

次の詩にもその特徴が表れていると思う。

「畷《たで》の穂抗《ほによぎ》コ裸なて／ぶすぶすど稲藁《わら》コ嚥《えぶ》れば／何処《どっ》からが人捜《ふとさらえ》の叫《さが》びだア／農夫等《おどごだ》ア　何《な》も抵抗《ずぐる》もしネで／庚申様《こしんさま》の道《きゃど》コまっすぐネ下《くだ》って行《え》ぐども／一列《えづれつ》なって学校《がっこ》サ向《む》ぐ童等《わらしだ》ア／来る日々《やんでね》／東京サ　ぶっ走《ぱ》ヒる癖《くひ》つでらどオ（中略）まだ一《ふと》つ冬越ひば／曲角《かど》の大ぎだ茅葺屋《くずや》も消《ね》ぐなて／炉縁ばり　でんと天向《そらむ》えでらおン／頑固者《かだつぱり》だの臆病者《いじやりきやし》ばり残《のご》って／村コ潰《ふぐ》れるテ嘲笑《わらわ》えるども／狼狽《あわく》て田サ堆肥《こえ》コ散《ま》げば／一面《じつぱり》芽コ脹れでくるおン／村人達《んんながら》の目《まなぐ》コも／過去《ふとごろ》の鋭《ひかり》さコ無《ね》ぐなったども／この大地《つぢ》サ四《ぬ》つん這《だば》て／必死《あがくれぐ》なって生ぎできたもン／この温《ぬぐ》みコも／この匂《かまり》りコも／余所者《だんだりがんだり》サ渡《わだ》してならねどお！」（「村っこ渡すな」）

福司は方言で詩を書く事の難儀さを重々理解しており、読者にとり方言詩が読みづらく理解しにくいという事も自覚していた。様々な試行錯誤と工夫を重ね、最終的に方言で平仮名のルビを付すという形に落ち着く。福司は方言が悲哀、切なさ、寂寥など負の感情を効果的に表現できるという事も熟知していた。『泣ぐなぁ夕陽コぁ』には地域の生活の一瞬を切り取った短詩（一連十数行以内）も二十四篇収められているが、次の詩「月ぁ」からは凄みのある静寂感と痛い程の寒気が伝わって来る。

「寒空《そら》のどまん中さ月ぁ出で／誰《だ》ぁ死んだんでらぁ／かりかりど雪下駄コばり鳴て／女等《おなごど》の涙コ凍《しみ》れば／月ぁ沈黙《だまつた》ままだぁ」。

『友《やづ》ぁ何処《ど》サ行《え》った』には主として七十代に書かれた作品が収められていると推測される。テーマはこれまでの詩集とそれ程変化はないが、自身の病・入院、老境、友人・知人の死が多く取り上げられている。

「長兄《あんちゃ》ぁ戦争さ行《え》く時《じき》／「今日よりは顧みなくて／大君の醜《しこ》の……」ってテ／万葉の世辞歌《けはぐうだ》ぁ　うだわひらえで／霊《たましこ》なったば／漸《よやっと》く小言《ごご》めでしゃぁ／／ジャイアンツ勝った翌朝《つぎのあさま》／難病神《やめえのがみ》ね攫《さら》わえで行《え》った倅《ひがれ》／「親父の無力者《えじゃりきゃし》」ってテ／悪態《あくでえ》でも呟《つ》でらんでら耳朶《みみたつぼ》も痒《きゃ》ぐなってしゃぁ／／オラも臆病者《じぐなし》であったども／叫《さが》んでもみだ／泣えでもみだ／「行《え》くな」って引張《ふぱ》ってもみだ／んだども／長兄《あんちゃも》も／倅《ひがれ》も／順番《ばんこ》来たってテ／訳《わげ》のわがらねま／どごの馬鹿者《ばがけ》ねが／荒々《どうど》ど攫わえでしゃ＊／／んんな仕事《しごどこ》忘れだ歳《としこ》なテ／木陰《ひかげこ》でだば／命乞食《いのちほえど》だの／狡猾者《なまずれ》つだの／法螺吹《じほこぎ》だの／懺悔《くまかぐし》ね／ゲートボールさ夢中《もじぇ》なテども／強《つ》えも弱《よ》やもねぇ／順番《ばんこ》だば必ず来《く》っから／／そのうぢね／オラさも呼出《よびだし》かがっぺども／待てよ／その前ね納戸《なんど》サ入って／こちょっと／宝くじでも調べてみっかぁ」（「順番《ばんこ》」）　＊攫われてよ

人生の終盤に差し掛かり人の死は順番であり逆らえないと悟りを見せている。しかし、最終連では買った宝くじに未練を見せ、したたかに生きようとする姿が伝わって来る。全体的にどことなく可笑しみやユーモアも感じられるのは、方言の効果とも言えるだろう。

筆者も含め秋田で方言を話す者は、東京弁を流暢に話す人を前にすると、悔しい事だがそれだけで劣等意識を感じてしまう。福司もそうだったのではないか。素朴で長閑《のどか》な地域を根本から変えた力は、福司にとり東京に象徴される大都会からの「ええふりこぎ（見栄っぱり）」の思想そのものである。敢えて判読しにくい方言で詩を書く事は、その理不尽な力に農山村から強く異議申し立てする意味もあったのだ。

伊良波盛男『神歌《カンヌアーグ》が聴こえる』解説
ムヌスー（ユタ）の霊感と予言に満ちた世界

鈴木　比佐雄

1

私はこれまで宮古島市池間島で暮らす伊良波盛男氏から寄贈された詩集『超越』と『遺伝子の旅』を折に触れて愛読していた。伊良波氏は稀に見るピュアな人であり、その半生を率直に詩の中で書き記している。若い父母が十代の後半に愛し合い誕生した伊良波氏は、祖父母に育てられた。その後二十三歳で結婚し二人の子供を慈しみ育て、二十年の結婚生活の後に、離婚して上京し東京周辺で仕事をしながら勉学に励んだ。定年退職後には帰郷して両親との同居を始めて親の介護などの傍ら、文筆活動を本格的に開始することになる。それらのことは詩集『超越』の中の自伝的な詩「無から生まれて無に還る」や「私の中のアメリカ人」などに記されている。伊良波氏の文体は自己への執着が少なく、家族や他者のために生きようとするどこか諦念を秘めている潔さが存在する。例えば日頃食べられない上等のものを出された時に「父ちゃん一人美味しいものを食べてごめんね」（詩「ごめんね」より）と子供たちに謝る心持が今でもあるらしい。時に祖父母や父母や子を思う時に深い情感が噴き出てくる。詩の題名にある「無に還る」という潔い精神と慈しみの情感が合わさって独自の伊良波氏の詩的精神世界が構築されていた。伊良波氏は祖父で漁師であるインシャ（海人）と祖母であるムヌスー（ユタ）に育てられた。そんなムヌスーの家庭に集う祖母の言葉に救いを求める人びとを見聞きして、池間島の千年を超える神話的世界が伊良波氏の精神の原型になってしまったのだろう。それゆえに今回の小説の舞台となる「ニルヤカナヤ王国」が現実に存在したかのように緻密にイメージ化されることが可能となったに違いない。

この度、小説集『神歌《カンヌアーグ》が聴こえる』の五編の原稿を読んだ時には、まだ知ることのなかった沖縄の精神世界にいつのまにか惹き込まれていき、天と海と地から賛美されているような沖縄の豊饒さを肌で感じた思いがした。小説の主人公のムヌスーたちは、伊良波氏の身近に今も生きていて、相談を受けた人々の切実な悩みを瞬時にその霊感に満ちた言葉に変えて、悩める人びとに具体的な指針や励ましを与え続けているのだろう。

小説集『神歌《カンヌアーグ》が聴こえる』は五編の小説から成り立ち、冒頭の「ニルヤカナヤ王国」は、大正八年に三重県伊勢から八島からなる「ニルヤカナヤ王国」をムヌスーの世界を調べるためにやってきた医学生の吉川健一郎が主人公だ。その健一郎がムヌスーの大御所で創造的な予言をするニルヤ様やその後継者である山城カナスと運命的に出会い、ニルヤ様が予言したコレラの大流行で多くの犠牲者が出ることを踏まえて、伝染病対策に活躍し、カナスと共にこの地で生きようとする物語である。次のような健一郎とカナスの初めて言葉を交わす場面は最も印象的だ。

「貴男の研究室兼住居として、山城家の屋敷内に一軒家を新築してあります。どうぞ気兼ねなくお使いくださると嬉しく思います。近くに黒豚の豚舎がありますが、邪魔にはなりません。庭園には色々な野菜を作っています。生垣の真紅のブッソウゲの花と黄色いユウナの花は貴男の感性を潤してくれることでしょう。」（略）「貴男は、さっそくこのニルヤカナヤの民俗調査に取りかかり、歌も詠み、人助けのために東西奔走されて多忙な日々をおくることになっても、風邪一つ引かず、健康そのものですから、思い切ってご精進ください。食べ物のこと、衣類の洗濯のこと、家の清掃や片付けのこと、何もかもこのわたしが致します。突然ご無礼なことばかり申し上げて失礼しました、とは、わたしは申し上げません。狂気の沙汰とは決して思わないでください。なぜならば、わたしがただ今申し上げましたすべてのことは、何もかも真実です。では、のちほど…」／カナスが黒装束の裾を白波に浸したまま、ボートの中に棒立ちの健一郎をまっすぐ見上げて言った。おだやかなアヤグイ（綾声／ハスキーボイス）である。／この声色と波長には癒し効果があるかもしれない、と健一郎は直感した。／カナスの長い黒髪が潮風になびいている。／健一郎は、呆気に取られ、色白でエスニックな顔立ちのカナスの美貌に見惚れて放心状態だった。

　このようにカナスの言葉はすべて予言が「真実」になるという恐るべき言葉だが、甘美さを感じさせる霊感が満ちている。健一郎は無意識に抱いていた願望をカナスに言い当てられて、その美貌だけでなく「真実」を語る「アヤグイ」に呆然としている。伊良波氏は美貌のムヌスー・カナスの人物像を絶妙に創造し、来訪者の健一郎の運命を導いていき、「ニルヤカナヤ王国」に新たな血を入れて、創造的な「真実」を物語っていく。きっとムヌスーだった祖母たちを身近に接していたからこそ、このような魅力的なカナスをイメージすることが出来たのだろう。

2

　その他の小説「海を越えて」では、鎌倉時代後期に那智で修行する若き僧の宮本日真が小さな帆掛け船に乗って、父母や妹から受けた愛情を断ち切りながら、虚空蔵菩薩のマントラを唱え、サンゴ礁などの様々な障害物を避けながら補陀落浄土という「真実」を探しに向かうのだ。そして琉球らしき「夕暮れの寒い砂浜」に瀕死の状態で辿り着くと、その島の男に発見されてその家族たちから子供のように介抱されて生き返る場面で終わる。衆生救済という高貴な志で補陀落浄土への渡海を試みた若き僧と琉球の相関関係が垣間見えてくる。

　小説「神歌《カンヌアーグ》が聴こえる」は、「野鳥の囀りに聞き違えるほどにどこまでも透き通って薫風を震わせる」霊感に満ちた神歌を歌う神女雅《かんみが》と娘の美海《かぎいん》のムヌスーの母と娘の物語だ。神女雅《かんみが》と娘の美海《かぎいん》による宮古諸島に伝わる神歌の詩行とその響きや息遣いを聞いてみたくなった。

　小説「酋長」では、この小説にもムヌスーの予言が大きな役割を果たしている。長男のフウヤの悲劇的な人生を乗り越えて、琉球王国中山王への初朝貢を白川丸で実現し、宮古島の公認酋長与与那覇船頭豊見親となったマサリとその妻のコイメガの物語だ。

　小説「明けの明星」は、宮古島で人頭税廃止を主張した先駆者で、『宮古方言語彙ノート』を編纂した白木武恵の物語だ。直訴状は友人の玄二によって役人に渡り、武恵は投獄され斬首される。後に娘のメガガマは琉球王国が日本に帰属すると、人頭税の廃止を実現する沖縄県の役人になり、父の遺志を実現する「明けの明星」となる。

このように伊良波氏の小説は、ムヌスーたちはもちろんだが、時代の先を見ている主人公たちが、民衆の一人ひとりの悩みに寄り添いながら、霊感に基づいて的確な助言をしたり、新しい時代を切り拓いていくことを記している。登場人物たちの一人ひとりの描き方がとても魅力的で、この沖縄の多様な島々の植物や生きものたちや海からエネルギーを得て、読者にもそのエネルギーが転嫁されるように感じさせてくれる。沖縄の中でも先島諸島の島々の自然環境とその島々の暮らしや文化を熟知していなければ書けない作品であり、ムヌスー（ユタ）の精神世界を知りたい人びとに読み継がれる小説集が誕生したと言えよう。

吉田正人詩集・省察集『黒いピエロ　1969～2019』解説「カベを破る勇気」を生きたアフォリズムの詩人に寄せて

鈴木　比佐雄

1

詩人とは生涯を賭けて自らの詩を追求した人物に与えられる称号だろう。その中でも自己表現の追求が、同時代の民衆の思いとその感受性の解放につながっていく詩人は数少ないだろう。昨年亡くなった吉田正人氏は、そんな本来的な多様な人間存在と人間の自由を同時に根源的に追求した詩人であったと考えられる。吉田正人氏は二〇一九年三月に七十一歳で他界し、一周忌となる二〇二〇年三月に第一詩集『人間をやめない　1963～1966』が妻の高畠まり子さんによって刊行された。本書は吉田氏が第一詩集以後に半世紀もの年月をかけて書き綴ってきた六十冊もの詩集、童話などの創作物を時系列に編集した著作集である。まり子さんによると吉田氏は生前に私家版の小冊子として発行していた六十冊のデータを後に自ら整理しており、出版を計画していたと言う。そんな吉田氏の詩や創作集に賭けた思いを引き継がれたまり子さんによって今回の『吉田正人詩集・省察集　黒いピエロ　1969～2019』もまた出版が実現できた。

第一詩集『人間をやめない』の中にあった詩「幸福な人に」の最終連は次のように吉田氏の強い思いが記されている。

逃がされた小鳥によみがえる
自由な過去……
そんな気持ちで
世界に呼ぼう
〈立て！〉
幸せとは
カベを破る勇気

第一詩集『人間をやめない』のまり子さんの作成した略歴に記されているように、吉田氏は先天性脳性麻痺により言語（発音、構音）障害を抱えていたこともあり、生まれながらにハンデを抱えていた。しかし学生時代は私家版の手作り詩集を数十部作って駅の地下通路で販売し、その際の交流によって生涯の友人たちを得たり、大学卒業後も亡くなるまで詩作を続けていた。吉田氏には自分とは何かという問いだけでなく、「人間」とは何かという強い問いがある。それは私たちにも、社会で言われている人間とは本来的な「人間」なのかと問いかけてくる。その意味では吉田氏の詩を読むことは自らの人間観を問われ続けることなのかも知れない。私は本書の六十冊もの作品を拝読し、吉田正人氏の書かれた一冊一冊に、前例のない「カベを破る勇気」が根底に貫かれていることを感じた。一人の詩人が自己の様々なカベを一つひとつ乗り越えていき、ついには広大な詩的領域を広げていった詩的な勇者の姿を辿ることができた。吉田氏はある意味でこの詩が予言したように誰よりも物書きとして「幸福な人に」なる人生を生きたと想像される。吉田氏は第一詩集の延長である感性を研ぎ澄ませて、言葉だけの美の世界を構築する純粋詩の展開として、その後の詩を書き記したのではなかった。決して高踏的に自らを別次元に置くのではなく、社会の底辺で生きるか死ぬかを抱え込む多くの「人間」の本来的な解放を目指すために、思索的なことを詩に込めた警句・箴言・名言などを含むアフォリズム的な表現を駆使した詩を書こうと、思索し実践したことが理解できる。私はこれほど徹底して二十歳前半から生涯を通し、このような啓示的な文体で詩に向き合っていた詩人が存在していたことに驚きを隠せない。これは推測だが「幸せとは／カベを破る勇気」と記したのは、吉田氏の中に十代の頃からのニーチェの影響があったか、ニーチェ的な資質があったからだろう。人びとや社会の根本的なニヒリズムに対して気付いてしまい、ニーチェの言う「積極的ニヒリズム」として、無価値な自己から本来的で前向きな自己を目指していく「カベを破る勇気」を追求してきたのだろうと考えられる。

2

「VOL.1　詩集　黒いピエロ」の冒頭には「あゝ、彼らは、人間を埋葬するために偏見を必要とし、僕たちは、人間を取り戻すために偏見を埋葬するのだ！」という箴言的な詩行が掲げられている。この詩は最後の十篇目の「冬の断片（一）」であり、ある意味で吉田氏は世間に流布している常識的な「偏見」が人間を冷酷に滅ぼすものであり、本来的な人間の観点からは人間を滅ぼす「偏見」を死滅させるべきことだと逆説的に語る。このように吉田氏の目指す詩とは、社会や世界で当たり前のことと信じられていることが実は「偏見」であり、人間にとって有害なことであると勇気をもっと語ろうとする、根源的な社会批判を込めたアフォリズム的詩篇である。そんな六十冊もの詩集などを紹介したい。冒頭の詩を引用してみる。

「日本やぁーい！」

水っ溜まりにのめり込んだ／泥の中に顔があった／いやにしつこい世界だった／／腹芸などお手のもので／野太鼓だぁ／胡麻すりだぁ／金魚の糞みてぇな奴らが／佃煮のぬめりの中で／ぴょんぴょんしていた／／盗っ人め！／それっ　持ってけ！／遠慮なんぞ柄じゃあねぇよ／／負け犬一匹　男でござる／恥の文化にゃ／用はない

吉田氏の二〇歳から三〇歳代の一九六〇年代から一九八〇年代の高度成長の日本の社会では、不運な経験を重ねて、地を這いつくばる「負け犬一匹」的な人びとがこの世に多数存在していることを痛切に感じたのだろう。それゆえにそんな人びとは「恥の文化」などに構ってはいられない、生存の危機を感じながら仕事をこなしている。その現場では「腹芸などお手のもので／野太鼓だぁ／胡麻すりだぁ」などの民衆の醜悪な面を吉田氏は書き記す。しかし「盗っ人め！／それっ　持ってけ！」とやけくそ気味に潔くすべての所有物を捨ててしまいたくなる。この無所有な感覚こそが、吉田氏の本来的な「人間」の存在感を暗示している。題名の「日本やぁーい！」の「やぁーい！」

は、日本が本来的な「人間」を損なう社会に変貌していることへの悲痛な叫びに聞こえてくる。詩「黒いピエロ」では自らの存在を誰も理解できないという悲壮感が滲み出ているが、かなり冷静に自らがこれから生涯を賭けて試みる表現活動を暗示している。

「黒いピエロ」
彼は　舞台には立たなかった／客の白けた笑い声を／せめて彼女にだけは／聞かせたくなかったから／／もの言わぬピエロ／人は　彼を一目見ようと／彼の虚ろな楽屋に／赤い風船を持って訪ねて来る／／天才の名に相応しく／彼の居る所／つねに　嘲笑の悪臭が立ち込めた／／楽屋で　人は彼の裸体の／いくつかの赤痣を見る／あゝ　その時　赤い風船は不覚にも／呪いの針に刺されるのだ

この「黒いピエロ」という暗喩は、「負け犬一匹」のことであり、それは職を持たない自分のように経済活動から排除されていく存在であり、「ろくでなし」の詩人のような存在でもある。「黒いピエロ」は芸もしないで、「客の白けた笑い声」や「嘲笑の悪臭」にひたすら耐えるしか術はない。しかし客たちは「黒いピエロ」の「裸体のいくつかの赤痣」を見て、なぜか恥じ入ってしまい、虚飾の持ち物の「赤い風船」も「呪いの針」によって萎んでしまうのだ。吉田氏が目指した詩人は「黒いピエロ」であり、その「裸体の赤痣」を描き、その時代の常識的な人を恥じ入らせるような詩行を書くことが自分の詩であると暗示しているように私には考えられる。時には「呪いの針」のような毒のあるレトリックを駆使しようとも語っているようだ。

3

その後の詩集などの心に残る詩行などを紹介したい。

「VOL.2　詩集　黄昏」では、詩「黄昏」の「僕たちの中の永遠へ　立ち返る／僕たちは　孤立する／立ち返る　そうして僕たちの愛のモノローグへ／／不可能だった僕たちそのもの／不幸だった歴史そのもの／不安だった希望そのもの／不快だった認識そのもの／／おゝ　偉大なる逆説よ！／そういうものを僕たちは愛する」と不可能だと思われる詩的想像力を「偉大なる逆説」と物語る。

「VOL.3　詩集　ユダの微笑」では、詩「ユダの微笑」の「僕の愛よ／僕に返れ！／都会が僕を忘れてくれる／／この孤独をユダ／僕は　悦んで受け入れよう／／さあ　もはや僕は独りなのだ／／都会が消える……／僕の前から　孤独が／消える　僕の前から……／／そうして　ついに／僕は　目覚めた！／全てのものに微笑むために」と自らの「ユダ」や他者の「ユダ」をも自覚して、「全てのものに微笑む」ことの不可能性に挑戦しようという。

「VOL.4　詩集　漂泊」の詩「同時代」では、「ある時　絶望は　自ら／《希望》の玉子を産む／ニワトリであることを知った」と言う。

「VOL.5　詩集　堕天使の悲しみ」の詩「堕天使の悲しみ二十一」では、「苦悩している人間の《美しさ》にだ／けは、神でさえも、その足下に跪か／なければならない」と真の美しさを告げている。

「VOL.6　詩集　道標《みちしるべ》」の詩「道標　九」では、「労することもなく／ただ、泥に埋もれて、／一匹のみみずの―限りない―／《幸福》があるだろう。」と、みみずの《幸福》を願っている。

「VOL.7　詩集　時の淵から」の詩「時の淵から　八」では、「重要なことは、唯一つ。君の時代が、／必要とする人間にならないこと。」と自分の頭で考えることを示唆している。

「VOL.8　詩集　洞窟」の詩「洞窟」では、「二十一／詩は、僕の《思い》をうるおす花の／つぼみ。大地の悦びを胸に……詩は／何かに向けて、花開かなければなら／ない。すでに、一粒の《種子》の時／から―。／／二十二／問い掛け、疑い、反抗するところ、／詩は、待っている。美と愛と真実と／を内に秘めて、詩は、君たちを待っ／ている。」よう他者に詩を促す優れた詩論となっている。

「VOL.9　詩集　絶望への遁走」の詩「絶望への遁走　三十」では、「他人の顔に、ただ泥を塗り付けるた／めに産まれて来た愚かなる《倫理》／よ。どうして、お前など求めていよ／う?僕は―三度―知らない。」と「人間」の尊厳を貶める支配を強要する《倫理》に対して激しい怒りを記している。

「VOL.10　詩集　断層」の詩「断層　十六」では、「友よ!―それは、良いことだ。／無一物なら良いことだ。無為である／なら良いことだ。無名であれば、な／おのこと。その上、無用であるなら／ば、さらにずっと良いことだ。無二／無三の世界において、無比無類であ／る者よ。それが、何より良いことだ。」と自らの思想哲学をしなやかな言葉で語っている。

全て一冊ずつ論じたいのだが、紙面が限られているので割愛しながら紹介をさせて頂く。

「VOL.20　詩集　翼なき自由」の詩「翼なき自由　十四」では、「《愛》とは、約束された神聖な時間。／―恋人に逢う前の長い《身支度》。／そこで、君が呼吸を整え、念入りに／身なりを正す、《心》の鏡。今日、／君の眼差しのほとりに艶やかな薔薇／が一輪、信頼しながら、君を待って／いる。―君の泪で、彼女の顔を曇／らせてはならない。―君が見る…／…それは、君の《姿》だ!」と、愛することの意味を深く物語っている。

「VOL.30　詩集　自虐と淫蕩」の詩「自虐と淫蕩　七」では、「明日、死すべき人間として、平凡に／生きること。―絶えず《己れ》に／相応しく―しかし、けっして人並／みにではなく。」という座右の銘にしたくなる名言がさりげなく記されている。

「VOL．40　音楽随想　バロック頌　―その一―」では、「もし、斯く言うことがお望みなら、／バロックは、まさに明解な《対極》／の音楽と呼び得るだろう。―果し／て、この美しい音色の中には、持っ／て廻ったいかなる中庸も存在しない。／／バロックとは畢竟、僕たち／の住まうこの巨大な地球さ／ながら、絶えざる可能性を／内包する、ある種の《楕円》／に他ならない。―思うに／それは、ただ一つの中心を、／悪しき《創造》の観念であ／る、あの絶対を排除する。」とバロック音楽の普遍性の本質とその魅力を解釈している。

「VOL.50　饒舌廃句　冬扇房便りI」では、次のような俳句であり短歌であり一行詩を書いている。「山が霧に包まれる手に負えぬ虚無を抱えて人を恋する」／「日だまりに　蜻蛉と化した座禅僧」／「今朝見れば　地に平伏している　修羅の虫」／「野辺の花に　羽根を休めて見る　荘子の夢」。

「VOL.60　電網書簡　癒しへの道(下)」の最後の二連では、「しかし、それにしても世の中、きな臭い雰囲気ですね。戦争をやりたくて堪らない連中がわんさといるから困ったものです。国を守るなんて言うけれど、人を守る気もないのに、国なんか守ってどうするんでしょうね。馬鹿げたことに、そういう言葉に乗ってしまう人間もいるんだけれど、彼らの言っている国というのは「体制」のことで、早い話が例によって例のごとく「天皇」を守ることなんでしょう。／／天皇という「体制」を守ろうと君が代を歌ってきたこの国に、人間なんかいた例《ためし》はないですものね。それに標的には格好の原発が、元よりこんなに沢山あるんだから、戦争なんか始めたらそれこそ終わりではないでしょうか。昔は「国破れて山河あり」でしたが、今度は、国勝利して山河なしとなること請け合いです。こんな国に、人民の飢えや生命と引き換えに造ったミサイルなんぞは、もったいないと思いませんか?」という日本が根本的に何も変わっていない「人間」不在の国であるのではないかと言う憂いを語って本文は終えられている。

吉田氏は自分が生きたいように六十冊の詩や散文を書きながら、生きぬいたように思われる。そのような類例のないアフォリズムの詩的表現を生涯試みた詩集・省察集『黒いピエロ』を多くの本来的な「人間」に立ち還ろうとしている人びとに読んで頂きたいと願っている。

話題の本のご紹介

秋田白神方言の詩により農山村に
暮らす人々の生き様を活写し新しい
詩的言語を試みた詩人、
方言詩の原典ともなり得る集成

『福司満全詩集
―「藤里の歴史散歩」と朗読ＣＤ付き』

四六判・352 頁・並製本・3,000 円

オラ等《ど》ぁ　現在《えま》　此処《ここ》サ生《え》ぎでらたどぉ
どひば　どひばっテ　溜息ばり出でくっとも
あの森吉山見でみれ
何も変わらねで、ホレッ。
――詩「此処《ここ》サ生《え》ぎで」より

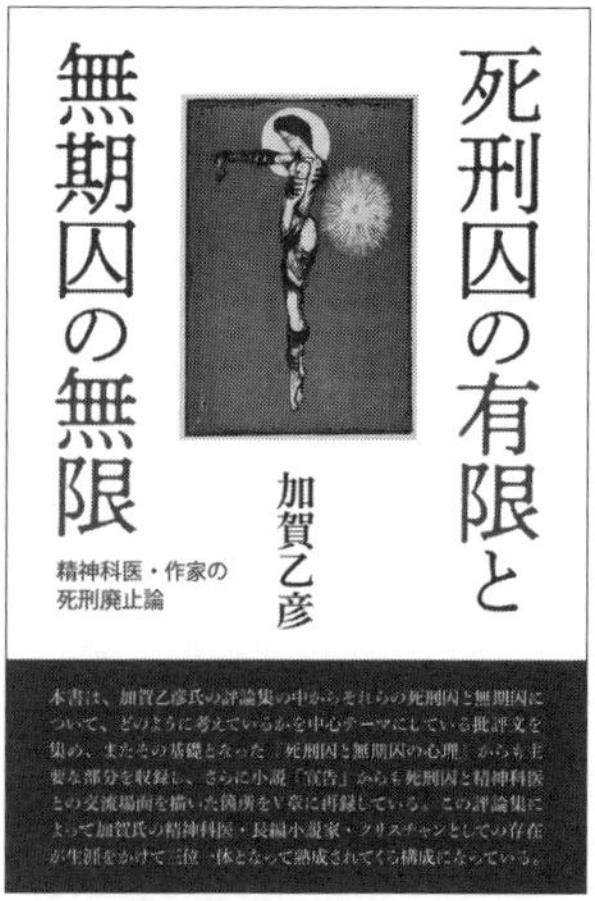

監獄の精神科医だった著者が死刑
囚と接した経験を踏まえ自身の死刑
廃止論の根拠、精神的背景を記す

加賀乙彦
『死刑囚の有限と無期囚の無限
―精神科医・作家の死刑廃止論』

四六判・320 頁・並製本・1,800 円

十数年前、かけだしの精神科医であった私は東京拘置所の医務部に勤め、そこで氏（正田昭）と知り合った。暇をみては独房の氏を尋ね、しばしば長話をした。が、当時の私は拘置所側の医官であり、氏は死刑囚であった。親しく語り合ったとしても、ふたりの間には立場の差から来るこだわりがどこかにあった。私は、色白のもの静かな一死刑囚としての氏を記憶するにとどまった。――Ｉ「刑死した友へ」より

アンソロジー呼び掛け文

詩・俳句・短歌は「生物多様性」をいかに詠っているか
『地球の生物多様性詩歌集――生態系への友愛を共有するために』に参加を呼び掛ける

鈴木　比佐雄

1

私は高度成長下の昭和三十年代東京下町の商店街・工場地帯の隅田川近くで生まれ育ったこともあり、小学校の頃は、ヘドロが堆積した川へ桟橋から降りて、流れ着いた多様なゴミの山からゴムボールを拾い友だちとキャッチボールしたことを思い出す。かつては詩に歌われた隅田川の清き流れは死滅していて、わずかな庭木や小学校での朝顔の鉢植え位しか植物を知らないままで生まれ育った。その後に小学校高学年で千葉の松戸や市川に引っ越したこともあり、当時の荒川の支流の隅田川に比べれば、江戸川の水は清流ではないが、透き通っていて土堤や川原には様々な野草が咲き、その健気に咲く生命の逞しさと美しさを発見する喜びがあった。大人になって久しぶりに浅草に行くと脇に流れる隅田川を眺めて、あの当時の真っ黒だった川の水がかなりきれいになっていて驚いたことがあった。行政・企業・住民が工場排水・生活排水などの汚染水対策やゴミ投棄をやめれば自然環境を回復できる可能性を示していた。

就職してから住み着いた千葉県柏市には周囲二〇ｋｍの手賀沼があり、当時日本一酸素量が少なかった汚染された湖水でもあった。しかしその周りに里山もありそこに降り注いだ雨が浸み込み麓には湧水が出て、その水を飲み水にも使え、その周辺には数多くの広葉樹林やその樹下には珍しい十二単、何種類ものキイチゴ、ミゾソバなどの野草が自生し、雑木林にはオナガたちが番いで優雅に舞い、夜には梟がゆったりと鳴き、湧水脇の溜池には鮒が泳ぎ、多くの自然林には昆虫や小動物が棲んでいた。ところが年々宅地が里山に迫っていくとある時から里山はその生態系が破壊されて、生きもののいない丘になってしまった。その生態系が壊された場所は、本当はその場所で何千年も命を繋げてきた生物たちの多様性に満ちた奇跡的な場所だったに違いない。私はその失われてしまった里山の生態系の価値をもっと正確に計られるべき根拠があるではないかと考え始めていた。

「生物多様性」（バイオダイバーシティ）という言葉は、「社会生物学」を提唱した米国のエドワード・O・ウイルソンが、著書の『社会生物学――新しい総合』、『バイオフィリス』、『生命の多様性』などでキーワードとして論じている。それは経済のグローバル化による生態系を破壊し絶滅種を増やしていく在り様を根本的に考え直し、生態系システムを持続した方がマクロ的な経済においても有益であり、また思想・哲学・文明批評的な役割を担う根拠になる考え方だ。実際に国連環境計画（ＵＮＥＰ）や国際自然保護連合（ＩＵＣＮ）などの基本的な考え方に反映されて、「生物多様性条約」（Convention on Biological Diversity、CBD、アメリカを除く一九三か国が批准）に向かっていき様々な利害関係を超えて実現もされているものもある。ウイルソンの考えを解説しているデヴィッド・タカーチの『生物多様性という革命』によるとウイルソンは次のように「生物多様性」を語っている。

《生物多様性は、遺伝的多様性から、分類のかなめの単位と見なされるべき種、そして生態系にいたる、すべてのレベルの組織におよぶ生命の多様さのことです。全体像を描くために、この各レベルを個々に、あるいはいっしょに扱うことができるし、またそう取り扱われています。また各レベルを地域ごとにも、地球全体としても扱うことができます。》

というように「生命の多様さ」を「遺伝的多様性」、「種や個体群」、「生態系」、「地域」などの様々なレベルにおいてフィールドワークでその実態を明らかにして、現実の政策に反映させようとする試みだった。ウイルソンはさらにそれを推し進めるために「バイオフィリア」という仮説を次のように語っている。

《私たちの最も深いところにある欲求は、古来の、まだ十分に理解されていない生物的適応から生じたものです。そしてこうした要求のひとつが、「バイオフィリア」です。庭や森林で、動物園で、家のまわりで、そして原生自然の中で、人間だけでなく動物と植物が織りなす多様性に囲まれることで、人間の中に湧き出てくる豊かな、そして自然な喜び、それがバイオフィリアです。／他の生きものは人間の生得的な情緒的要求を満たしてくれるだけでなく、終わることのない知的な挑戦の対象でもあります。たった一匹のチョウのなかに、地上のあらゆる機会を凌駕する複雑さがあります。ましてやすべての生態系の複雑さといったらどれほどでしょうか。地上に生息する生物種の大部分を自然環境の不注意な破壊によって消滅させれば、私たち自身に対して本当に回復不可能なダメージを与えるでしょう》

「バイオフィリア」とは「バイオ」（生物）への「フィリア」（友愛）であり、「生きものたちへの友愛」という意味だろう。このウイルソンの考え方は、多くの短詩形文学者や作家たちが地域の自然の生きものたちを詠う際の精神と重なっていると考えられる。このウイルソンの言葉は私が暮らす里山の生態系が消滅した時に抱いた喪失感を正確に説明してくれていた。

2

例えば次の宮沢賢治の詩「風景観察官」などは、地域の風景を眺めながら生態系という環境への友愛に満ちている詩だと言えるだろう。

風景観察官　宮沢賢治

あの林は
あんまり緑青《ろくせう》を盛《も》り過ぎたのだ
それでも自然ならしかたないが
また多少プウルキインの現象にもよるやうだが
も少しそらから橙黄線《たうわうせん》を送つてもらふやうにしたら

どうだらう
ああ何といふいい精神だ
株式取引所や議事堂でばかり
フロックコートは着られるものでない
むしろこんな黄水晶《シトリン》の夕方に
まつ青《さを》な稲の槍の間で
ホルスタインの群《ぐん》を指導するとき
よく適合し効果もある
何といふいい精神だらう
たとへそれが羊羹《やうかん》いろでぼろぼろで
あるひはすこし暑くもあらうが
あんなまじめな直立や
風景のなかの敬虔な人間を
わたくしはいままで見たことがない

宮沢賢治の詩集『春と修羅』の中にある詩「風景観察官」はとても魅力的なタイトルだ。手帖に記されていた「雨ニモマケズ」は、他者の幸せを願う精神性の高さによって多くの人たちから愛されて様々な形で論じられるだけでなく、一般の人びとからもこの詩の中の言葉は引用され続けている。しかしこの詩「風景観察官」に関してはそれほど批評家たちから論じられることはなかったが、賢治の詩的精神を考える際にこの詩の試みは興味深い。賢治は「プウルキインの現象」によって「黄水晶《シトリン》の夕方」が近づくと外界の輝度が落ちてくると、「緑青《ろくせう》を盛《も》り過ぎ」る状態になり青が深みを増すことを告げている。こんな科学者的な視線がある一方で、「羊羹《やうかん》いろでぼろぼろ」の「フロックコート」を着た農民が、真っ青な稲の穂先の周りで「ホルスタインの群《ぐん》を指導」をする農民の姿に憧れている視線を感じさせてくれる。どこか天上から降り注ぐ生態系を見つめる視線と同時に、土と共に稲作や酪農で生きようとする理想的な農民の視線が合わさって「風景観察官」という言葉が生まれてように思われる。

また次の「青い槍の葉(mental sketch modified)」なども「(ゆれるゆれるやなぎはゆれる)」というイメージをリフレインすることによって、私たちに生態系に生きることの意味を問いかけてくる。

青い槍の葉 (mental sketch modified)

(ゆれるゆれるやなぎはゆれる)
雲は来るくる南の地平
そらのエレキを寄せてくる
鳥はなく啼く青木のほづえ
くもにやなぎのかくこどり
(ゆれるゆれるやなぎはゆれる)
雲がちぎれて日ざしが降れば
黄金《キン》の幻燈《げんとう》　草《くさ》の青
気圏日本のひるまの底の
泥にならべるくさの列

（ゆれるゆれるやなぎはゆれる）
雲はくるくる日は銀の盤
エレキづくりのかはやなぎ
風が通ればさえ冴《ざ》え鳴らし
馬もはねれば黒びかり
（ゆれるゆれるやなぎはゆれる）
雲がきれたかまた日がそそぐ
土のスープと草の列
黒くをどりはひるまの燈籠《とうろ》
泥のコロイドその底に
（ゆれるゆれるやなぎはゆれる）
りんと立て立て青い槍の葉
たれを刺さうの槍ぢやなし
ひかりの底でいちにち日がな
泥にならべるくさの列
（ゆれるゆれるやなぎはゆれる）
雲がちぎれてまた夜があけて
そらは黄水晶《シトリン》ひでりあめ
風に霧ふくぶりきのやなぎ
くもにしらしらそのやなぎ
（ゆれるゆれるやなぎはゆれる）
りんと立て立て青い槍の葉
そらはエレキのしろい網
かげとひかりの六月の底
気圏日本の青野原
（ゆれるゆれるやなぎはゆれる）

この「青い槍の葉（mental sketch modified）」は、「ゆれるやなぎ」と「りんと立て立て青い槍の葉」を見ている賢治が、さらに「気圏日本の青野原」の存在していることを感受してその光景を時間の推移と共に動画のように書き記したものだ。賢治の語った「第四次元芸術」とは、青空の千切れる雲から、ひでりあめを受け、「ひかりの底」の「青い槍の葉」までのこのような生態系全体を時間と共に記録しようとした試みだったろう。しかしそれは単なる動画カメラの記録ではなく、そこに生きる「生物多様性」に心惹かれ、生きものたちへの愛に促されたものであったと思われる。下をむいて「ゆれるやなぎ」とその樹下の「りんと立て立て青い槍の葉」が見つめ合って語り合い互いを慕い合っているように賢治は感じたに違いない。それを祝福するように青空の雲が千切れて行き、時に「黄水晶《シトリン》ひでりあめ」が祝して通り過ぎていくのだ。賢治の修羅は『春と修羅』の主旋律だが、これらの二篇の詩では前面には出てこないで、むしろ通奏低音としての「風景観察官」であるサイエンティストの賢治が強くなり、どこか風景の一部として鳴り響いているようだ。賢治の目指したものは修羅を通した「風景観察官」だったのかも知れない。その賢治の「風景観察官」は「生物多様性」を百年前に身を以って実践していた先駆者だったように私には思われる。

3

俳人の宮坂静生氏の数年前に刊行された著書に『季語体系の背景　地貌季語探訪』がある。宮坂氏の「地貌季語」という考え方は、地域の生態系や歴史とその地で暮らす人びとと本質的な関係を言葉で表現する意味で、俳句の解釈や評価にとどまらない重要な問題提起となっていることを考えさせられる。その書の「はじめに」に「地貌季語」の考え方を記した箇所があるので引用する。

《俳句を作る上で、季題や季語に関わるときには、季題や季語を作り手にとり生きたものとして自分の息遣いに馴らし、自分の季題や季語にして初めて動きが生れ、生気が蘇ることは熟知している。／ここでいう、「自分の息遣い」とはいくぶん飛躍したいい方をすると、私は、私という身体のことばを介した生者と死者との語り合いではないかと考える。身体のことばは季題や季語ばかりではないが、日本人が古来親しんできた自然に対する季節感には亡きひとの感受性が見事に集積されているものと思う。それは、記録されてきた季題や季語の文献資料ばかりでなく、語り継がれてきたことばの中にも大事な古人の感受性の集積があるのではないかと考え、地貌季語蒐集に力を入れているのである。》

宮坂氏は「自分の息遣い」とは、突き詰めると「私という身体のことばを介した生者と死者とのとの語り合い」に向かうのであり、その際に「語り継がれてきたことばの中にも大事な古人の感受性の集積がある」ことに気付かされる。その「古人の感受性の集積」のことばが「地貌季語」なのだと語る。「地貌」の視点は山岳俳句で知られている前田普羅から学んだということを明示して、宮坂氏は今までも存在していた「地貌季語」に光を当てたいと願っているのだろう。

この書の中の「2章　季語体系の背景①　北緯三〇度以南――沖縄」から沖縄の「地貌季語」を紹介したい。

《立ち雲の国／（略）／真夏の沖縄は「立ち雲」の国である。立ち雲とはそそり立つ雲をいう。積乱雲を雲の峰・入道雲と呼び慣れているが、立ち雲とは、そのものずばり、見事な表現ではないか。上記歳時記の月別七月に出る立ち雲の一句に惹きつけられた（歳時記の見出しは「立ち雲」で立項。「立雲」も出る）。／

立雲のこの群青《ぐんじょう》を歩みけり　渡嘉敷皓駄《とかしきこうた》（『真竹』）

雲が立ち上がる海も地上も天然のサファイアのように目が覚める青さ。その中を歩むとは、これが沖縄と感動した私は、一香に立ち雲をとく見たいと所望した。／連れて行かれたのが南城市知念の珊瑚礁のラグーン（珊瑚）が眼下一望に広がる高台。左手はるかに神の島久高《くだか》島が浮かび、右には志喜屋《しきや》漁港が見下ろせる。真正面に広がる太平洋の波立つ水平線まででどれくらいあるのであろうか。限りなく碧い。梅雨明けの沖縄は朝からどっと暑い。立ち雲は水平線からかなり上がったところから湧き上がる。底辺は真っ平ら。念願の立ち雲に圧倒され、ここが沖縄であることをすうっと忘れてしまうほどだ。／

立ち雲やさんご目覚めの息を吐く　神谷石峰（『台風眼』）

峰雲の消ゆる内なるものくずれ　玉城一香（『遠夏野』）

立ち雲は祝女《のろ》の胸乳の如く迫り　小林貴子
立ち雲の海の底より生れ継ぐ　久根美和子　≫

宮坂氏は沖縄俳句研究会会長の玉城一香《たましろいっこう》氏から講演を依頼された時に一香氏が編集責任者であった「沖縄俳句歳時記」を読んで、「地貌季語」とも言える「立ち雲」に心惹かれて、その光景の海辺に連れて行ってもらう。その「立ち雲」を眼にした感動の場面が記されている。「立ち雲」の中には「古人の感受性の集積」が内蔵されているのだろう。この「地貌季語」は、地域の生態系の大切さを喚起する「生物多様性」の考え方に合致しているし、「バイオフィリア」というその土地に生きる生きものたちへの畏敬や友愛に満ちた精神性にもつながっていくと思われる。

生物多様性に満ちた石垣島に暮らす松村由利子氏の歌集『光のアラベスク』の中には「生物多様性」に共鳴し、生態系の破壊を危惧し、生きものたちを賛美する左記のような短歌を見出すことが出来た。

虎たちは絶滅危惧種となり果ててサンボのいない森も消えゆく
深海に死の灰のごと降り続くプラスチックのマイクロ破片
乳と蜜ゆたかに流れ人類の収奪はまだまだ終わらない
種こそが世界を救う飢えながら種を守りし科学者思う
プラスチックは象牙の代替品なりき罪の連鎖は果てなく続く
飛ぶために骨まで軽く進化した鳥よ乳房を持たぬ種族よ
絶滅危惧種なること母に言いたれど鰻重届いてしまう帰省日
陸を棄て海へ戻りし海牛目争うことが嫌いであった
絶滅した鳥の卵の美しさ『世界の卵図鑑』のなかの

このような生きものたちへの存在の危機を明らかにし、その友愛を詠いあげるには短歌の響きは適しているように思われる。

以上のようなその土地や地域で生きる生きものたちを讃美する左記のような俳句、短歌、詩などの短詩系文学を公募したいと考える。ぜひご参加下さい。

① 世界各地で生きる生きものたちの実相とそれを讃美する作品
② 異常気象によって季節感が薄れるが、地球温暖化時代の新たな季節感を創る作品
③ かつての生態系が保たれていた地域がいかに破壊されかを回想する作品
④ 世界各地で絶滅した生物を悼み、絶滅危惧の恐れのある動植物に触れた作品
⑤ 地域に生息する一種類の固有名を挙げて書かれた作品
⑥ 原発事故などの制御できない科学技術によって生態系が壊されることを憂う作品
⑦ 地球温暖化の異常気象が引き起こす熱中症や水害によって死去した人への鎮魂
⑧ 生物多様性の根幹にある生きもの・生態系への友愛を込めた作品
⑨ 新型コロナ拡散と生態系の破壊との因果関係を問う作品
⑩ 新型コロナ以後の世界で生物多様性がどのように再評価されるべきかを問う作品

『地球の生物多様性詩歌集――生態系への友愛を共有するために』公募趣意書

出版内容＝世界各地で生きる生きものたちの実相を伝え、生物多様性の根幹にある生きもの・生態系への友愛を込めた作品や、新型コロナ以後の世界で生物多様性がどのように再評価されるべきかを問う作品を公募します。

A5判　約三五〇～四〇〇頁　本体価格一八〇〇円＋税

発行日＝二〇二一年六月発行予定

編者＝鈴木比佐雄、座馬寛彦、鈴木光影

発行所＝株式会社コールサック社

公募＝二五〇人の詩・短歌・俳句を公募します。作品と承諾書をお送り下さい。既発表・未発表を問いません。趣意書はコールサック社HPからもダウンロードが可能です。**http://www.coal-sack.com/**

参加費＝一頁は詩四十行（一行二十五字）、短歌十首、俳句二十句で一万円、二冊配布。二頁は詩八十八行、短歌・俳句は一頁の倍の作品数で二万円、四冊配布。校正紙が届きましたら、コールサック社の振替用紙にてお振込みをお願い致します。

しめきり＝二〇二一年三月末日必着（本人校正一回あり）

原稿送付先＝〒一七三-〇〇〇四
東京都板橋区板橋二-六三-四-二〇九

データ原稿の方＝**〈m.suzuki@coal-sack.com〉**（鈴木光影）
までメール送信お願いします。

【よびかけ文】

「生物多様性」という言葉は、「社会生物学」を提唱した米国のエドワード・O・ウイルソンが、著書の『社会生物学――新しい総合』、『バイオフィリス』、『生命の多様性』などでキーワードとして論じている。それは経済のグローバル化により生態系を破壊し絶滅種を増やしていく在り様を根本的に考え直し、生態系システムを持続した方がマクロ的な経済においても有益であり、また思想哲学・文明批評的な役割を担う根拠になる考え方だ。ウイルソンは「生命の多様さ」を「遺伝的多様性」、「種や個体群」、「生態系」、「地域」などの様々なレベルにおいてフィールドワークでその実態を明らかにして、現実の政策に反映させようとした。ウイルソンは「バイオフィリア」という仮説を提案する。「バイオフィリア」とは「バイオ」（生物）への「フィリア」（友愛）であり、「生きものたちへの友愛」という意味だ。これは多くの短詩形文学者や作家たちが地域の自然の生きものたちを詠う際の精神と重なっている。例えば次の宮沢賢治の詩「風景観察官」などは、地域の風景を眺めながら生態系という環境への友愛に満ちている詩だと言える。《あの林は／あんまり緑青を盛り過ぎたのだ／それでも自然ならしかたないが／また多少プウルキインの現象にもよるやうだが／も少しそらから橙黄線を送つてもらふやうにしたら／どうだらう》天上から降り注ぐ生態系を見つめる視線と同時に農民の視線が合わさって「風景観察官」という言葉が生まれたのだろう。賢治の修羅は『春と修羅』の主旋律だが、この詩ではむしろ通奏低音としてのサイエンティストである賢治が強くなり、風景の一部として鳴り響く。賢治は修羅を通した「風景観察官」で「生物多様性」を実践していた先駆者だった。

俳人宮坂静生氏の著書に『季語体系の背景　地貌季語探訪』があり、その「地貌季語」という考え方は、地域の生態系や歴史とその地で暮らす人びとと本質的な関係を言葉で表現する意味で俳句の解釈や評価にとどまらない重要な問題提起となっている。宮坂氏は「自分の息遣い」とは、突き詰めると「私という身体のことばを介

した生者と死者とのとの語り合い」に向かい、その際に「語り継がれてきたことばの中にも大事な古人の感受性の集積がある」ことに気付かされる。そして次の沖縄の俳人の「立雲」という「地貌季語」から沖縄の民衆の深い思いを受け止めていく。〈立雲のこの群青を歩みけり　渡嘉敷皓駄〉

生物多様性の石垣島に暮らす松村由利子氏の歌集『光のアラベスク』の中には生態系の破壊を危惧し、生きものたちを賛美する短歌を見出す。〈虎たちは絶滅危惧種となり果ててサンボのいない森も消えゆく〉〈深海に死の灰のごと降り続くプラスチックのマイクロ破片〉〈絶滅した鳥の卵の美しさ『世界の卵図鑑』のなかの〉このような生きものたちへの存在の危機を明らかにし、その友愛を詠いあげるには短歌の響きは適しているように思われる。

以上のようなその土地や地域で生きる生きものたちを讃美する左記のような観点の俳句、短歌、詩などの短詩系文学を公募したいと考える。ぜひご参加下さい。

①世界各地で生きる生きものたちの実相とそれを讃美する作品
②世界各地で絶滅した生物を悼み、絶滅危惧の恐れのある動植物に触れた作品
③原発事故などの制御できない科学技術によって生態系が壊されることを憂う作品
④生物多様性の根幹にある生きもの・生態系への友愛を込めた作品
⑤新型コロナ以後の世界で生物多様性がどのように再評価されるべきかを問う作品

キリトリ線（参加詩篇と共にご郵送ください）データ原稿をお持ちの方は〈m.suzuki@coal-sack.com〉までメール送信お願いします。

『地球の生物多様性詩歌集——生態系への友愛を共有するために』参加承諾書

応募する作品の題名	
氏名（筆名）	
読み仮名	
生年（西暦）	年
生まれた都道府県名	

現住所（郵便番号・都道府県名からお願いします）※
〒
TEL（　　）
代表著書（計二冊までとさせていただきます）
所属誌・団体名（計二つまでとさせていただきます）

※現住所は都道府県・市区名まで著者紹介欄に掲載します。校正紙をお送りしますので、すべてご記入ください。

以上の略歴と同封の詩篇にて
『地球の生物多様性詩歌集——生態系への友愛を共有するために』に参加することを承諾します。

印

編集後記

鈴木　比佐雄

昨年の九月一日発行の99号に公募を開始した『アジアの多文化共生詩歌集　シリアからインド・香港・沖縄まで』がようやく七月初めに刊行された。今号の特集Ⅰでは十名の方に書評をお願いしこの詩歌集の試みを多方面から論じてもらう特集を組んでみた。その十名の読後感を紹介してみたい。**八重洋一郎氏**は、志田昌教氏の「からゆきさんの辿った道」を読み「人間の絶対悪が刻まれていて、それを読む者もただ沈黙するばかりだ。静かに涙が流れるばかりだ。」とからゆきさんへの最悪の非道な振る舞いに涙する。**岡本勝人氏**は、この詩歌集の試みを〈そこで、強くコンタクトされているものは、アジア（非ヨーロッパ）の共生が破綻する局面もみせる現実とその悲願である理想としての多文化共生への思いである。そうした意味から、本著は、画期的な「詩歌集」である。〉と論じている。**高橋郁男氏**は、「アジアという視点で一冊の中に連なる面白さがあり／更に数多くの　現今の日本各地の人々の詩・歌・句が／著名作家の作と踵を接している所もユニークだ／その　多様・多彩な言の葉の交響に触発されて／私も　細やかなアジア見聞の記憶を辿ってみた」と詩歌集の作品から促されて自分が体験したアジアを回顧して詩を作り上げる。**角谷昌子氏**は、「現実と通い合う生きた言葉が求められ、言葉は意味や価値を単に伝える媒介としてだけではなく、新たな価値観を構築するという役割も負った。このアジアの詩歌集によって楽天的世界観や近視眼的な自国主義に対して一石を投じ、さらに新たな言語芸術への歩みを表せたと思う。」とその試みを「新たな言語芸術」の創造へと読み取ってくれている。**渡辺誠一郎氏**は、「俳句に限っていえば、いわゆる花鳥諷詠の世界を、軽々と越えざるを得ない俳句の可能性を目の当たりにさせてくれる思いも伝わってくる。これらの諷詠が、俳句の世界を分厚いものにしてくれたのだ。それは、短歌、詩の世界についても同じことがいえるような気がする。／今回のアンソロジーを手に取ることで、われわれのアジア理解、アジアの未来を捉え直す貴重な機会になるに違いない。」と短詩形文学者が「アジアの未来」に関わって創作することの意義を指摘する。**堀田季何氏**は、〈本書の特徴は、「本当の意味」での詩歌アンソロジーであることである。どういう事かといえば、現代作家ばかりか、芭蕉、子規、碧梧桐、漱石、晶子、啄木、牧水、賢治、龍之介が出てきたり、尹東柱や申東曄といった朝鮮半島の代表的詩人や洪長庚といった台湾の歌人が現れたり、アジア人として初めてノーベル文学賞を受賞したタゴールも登場したりする。また、古代の『ギルガメシュ叙事詩』『リグ・ヴェーダ讃歌』『詩經國風』を据えることで、全体を文学史に接続、位置づけようとする。〉と全体の構想を紹介している。**市川綿帽子氏**は、〈二七七名の詩人による多様な「アジア」の貌を通読し終えたとき、胸のあたりに柔らかな風が吹いた。アジアを異国民の眼差しから客観的に捉える視点、自国民として主観的にみる視点、異国に身を置くことで内なるわたくしの存在に気付く視点が「混沌」と内包されていた。〉と多文化の風に吹かれてその「混沌」を感受している。**吉川宏志氏**は、「宇宙の臍へいざ漕ぎ出さん爬龍船　おおしろ建／花すすき地球にまつ毛生やしてる　おおしろ房／大銀河たぐり寄せてるサンゴの産卵柴田康子／など、非常にスケールが大きな句が新鮮だった。青海に囲まれて／いる土地だからこそ生まれてくる、大胆な表現なのだと思う。／風土に身体で向き合うことで生み出される言葉の重要性を、このアンソロジーはおのずから照らし出している。」と言葉の身体感覚を拡げていると評価する。**今井正和氏**は、「アジアを詠った作品は、総じて日本を俯瞰的に見る視点が際立っている。／ここに詠われているのは、アジア各地の一断面である。しかし、どの作者もアジアを詠っているが、その歌の名宛人は日本及び日本人である。私たちに対する訴えである。私たちは、そのメッセージを静かに噛みしめなければならない。」とアジアを通して「日本を俯瞰的に見る視点」を指摘している。**福田淑子氏**は、〈「他者」（自分の価値観とは異なる世界でいきているもの）との共存共生は、なまやさしいものではないことは歴史が語っている。しかし、この詩歌集を読み終えて、例えば「嫌いなもの」という理不尽な感情を、一度ゆっくりと「混沌」という泥にしずめてみたらどうだろうかと思った。気の遠くなるような長い宇宙時間の中で、私たちは同時代に生きている。この奇跡を賞賛するために。〉という内面の奥底に今回の「アジアの混沌」を積極的に受け止めてくれている。このような多くの批評文を読んで、この詩歌集を企画・編集・刊行した意義を共有できたと感じた。二七七名の参加者と今回の批評者たちに心より感謝申し上げたい。

それから102号の特集コロナは大きな反響があった。新型コロナをどう感じ考えるかの参考にするためだったように思われる。そこで今号では特集Ⅱ「コロナの夏」として十一名の方からの新型コロナに触れた作品をまとめてみた。今号は詩・エッセイなどが中心だがそれらの作品が困難な情況下で生きる人びとの何らかのヒントや励ましになればと願っている。

俳句コーナーの**日野百草氏**の「焦土は知らず」の中でも〈一世帯二枚恩賜の春マスク〉のような批評性のある俳句も生まれている。また長崎原爆を記した詩集『神の涙』の詩人**デイヴィッド・クリーガー氏**が俳句「春――俳句五十一句」を米国から寄稿してくれた。それを**水崎野里子氏**に英語の三行詩ではあるが、日本語の俳句の575に出来るだけ翻訳してもらった。クリーガー氏の俳句精神を宿した英語俳句が見事に日本語俳句に生まれ変わっている。『神の涙』を翻訳しクリーガー氏への理解もあり俳句も詠んでいる水崎氏だからできた翻訳だと思われる。

葉山美玖氏の詩集『約束』が埼玉詩人賞と日本詩歌句随筆評論大賞詩部門優秀賞の二つを受賞した。このような時期にも選考委員会を開き、詩人たちを励ます無償の行為に対して心より敬意を表したい。葉山氏は今号より小説『にがくてあまい午後』の連載を開始する。長い連載となる予定だ。

それから来年の春頃には『地球の生物多様性詩歌集――生態系への友愛を共有するために』の刊行を予定している。その呼び掛けの評論『詩・俳句・短歌は「生物多様性」をいかに詠っているか』も今号に掲載させて頂いた。ぜひ地球上の生物と共生する生態系を愛する作品でご参加下さい。104号への作品も宜しくお願い致します。

編集後記

鈴木　光影

アメリカの詩人、デイヴィッド・クリーガー氏が俳句を寄稿してくれ、水崎野里子氏が翻訳して下さった。〈The earth keeps spinning ／ the seasons keep changing ／ and we keep growing older　老ひてゆく／地球は回る／四季めぐる〉。英語俳句の「keep ~ ing」の調べが心地よくも、最終行の展開に、地球・季節・人それぞれに流れる時間を想う。俳句の翻訳は三行詩として音数に拘らず訳す場合と、日本語定型俳句の五七五に音数を整えて訳す場合があるが、今回は後者である。海外に広がる俳句の魅力を感じていただければと思う。初登場の日野百草氏の一句〈蟬生れて声奪はれし人のこと〉。日野氏はライターとしても活躍中で、コロナ禍中の「声奪われし人」の声を聴きとり、ネットを中心に広く世間に発信している。「コールサック102号を読む」は岡田美幸氏。原詩夏至氏の短歌から「自分に当てはまる要素があると短歌を読んだ時に謎のダメージを受けることがある」と、言語芸術の魔術的な魅力を言い当てている。その他共鳴句を挙げよう。

せめていま／にんげん弱しと／書き留むる　水崎野里子
少年もパキと割り箸夏料理　原　詩夏至
吊し柿のっぺりぬっぺり黄昏れる　松本　高直
ため息のかなたの町のかしわ餅　福山　重博

コールサック句会報（第二回開催）を掲載した。熱気が伝われば幸いだ。句会に参加されたい方はお気軽にご連絡ください。

編集後記

座馬　寛彦

「ウィズコロナ時代」と言われて久しい。「第二波」とも言われる感染の波も来て、いつ元の生活に戻れるのかという不安の中で自粛生活が五か月ほど過ぎた。今号の短歌欄には、この状況下、人々の間に広がる無力感を捉えたような歌が印象的だった。〈揺れている部屋干したちと私たちに選択のできる事は少ない〉（たびあめした涼香）は洗濯物と「私たち」が並列的に描かれ心の空虚さも浮かび上がる。〈無力とは斯くにかなしか山々を木の葉言の葉音たてて吹く〉（荒川源吾）は外出できず直に人と言葉を交わせないゆえに木の葉の音を言の葉に聞こえさせるのだろう。そして、鬱々とした気持ちをどのように処理するか、その苦慮を踏まえて詠われたようにも読める〈掃除するマキタの充電クリーナーでろりんとしたこころ離れて〉（古城いつも）にも惹かれる。その一方で、現況に適応しようとする人々を捉えた〈マスクから覗く眼が皆美しい女たち花咲く〈死〉の傍〉（原詩夏至）は、風刺すると同時に妖しい魅力にひかれるようなユニークな一首だ。〈明日ガクルマエニ時計ノ電池ガキレテ　ウゴクモノマタヒトツ消エタ街〉（福山重博）は、ディストピアのような今の都市の姿を描き、失われた時の貴重さに思いを馳せさせる。新型コロナウイルスは多くの命を奪い、我々は否応なく生と死について常に意識させられる生活になっている。〈咲きぬれば散りゆく運命《さだめ》と知りつつもなほ恨めしき花の乱れる〉（水崎野里子）の一首は、だから切実に胸に迫る。

詩論・芸術論　石炭袋新書

- 鈴木比佐雄詩論集『詩の降り注ぐ場所──詩的反復力Ⅲ（1997-2005）』A5 判・372 頁・並製本・1,428 円
- 鈴木比佐雄詩論集『詩人の深層探求──詩的反復力Ⅳ（2006-2011）』写真／武藤ゆかり A5 判・656 頁・並製本・2,000 円
- 鈴木比佐雄詩論集『福島・東北の詩的想像力──詩的反復力Ⅴ（2011-2015）』A5 判・384 頁・並製本・2,000 円
- 佐相憲一詩論集『21 世紀の詩想の港』写真／佐相憲一　A5 判・392 頁・並製本・2,000 円
- 斎藤彰吾詩論集『真なるバルバロイの詩想──北上からの文化的証言（1953-2010）』写真／佐々木亨二　解説文／佐相憲一、黒川純、三浦茂男、和賀篤子、高橋昭八朗　A5 判・384 頁・並製本・2,000 円
- くにさだきみ詩論集『しなやかな抵抗の詩想──詩人の生き方と言葉のあり方（1962-2010）』写真／猪又かじ子　栞解説文／佐相憲一　A5 判・288 頁・並製本・2,000 円
- 長津功三良詩論集『原風景との対話──詩人たちの風貌（1984-2009）』帯文／吉川仁　写真／長津功三良　A5 判・320 頁・並製本・2,000 円
- 水崎野里子詩論集『多元文化の実践詩考（2000-2008）』栞解説文／石川逸子、郡山直、鈴木比佐雄　A5 判・384 頁・並製本・2,000 円
- 石村柳三詩論集『時の耳と愛語の詩想』写真／牧野立雄　栞解説文／芳賀章内、鈴木比佐雄　A5 判・448 頁・並製本・2,000 円
- 石村柳三詩論集『雨新者の詩想──新しきものを雨らす詩的精神（1977-2006）』栞解説文／芳賀章内、池山吉彬、鈴木比佐雄　A5 判・464 頁・並製本・2,000 円

全詩集・著作集

- 『三谷晃一全詩集』解説文／菊地貞三、真尾倍弘、槇さわ子、深澤忠孝、若松丈太郎、鈴木比佐雄　A5 判・560 頁・上製本・5,000 円
- 『亀谷健樹詩禅集』解説文／山形一至、石村柳三、磐城葦彦、鈴木比佐雄　A5 判・528 頁・上製本・5,000 円
- 『田中作子著作集』解説文／池下和彦、野仲美弥子 A5 判・528 頁・並製本・5,000 円
- 吉木幸子遺稿詩集『わが大正の忘れな草／旅素描』　解説文／鈴木比佐雄　A5 判・288 頁・並製本・2,000 円
- 『日下新介全詩集』解説文／佐相憲一、鈴木比佐雄　A5 判・608 頁・並製本・5,000 円
- 『川村慶子全詩集』解説文／佐相憲一、鈴木比佐雄　A5 判・560 頁・上製本・5,000 円
- 『畠山義郎全詩集』解説文／亀谷健樹、磐城葦彦、鈴木比佐雄　編集委員／亀谷健樹、磐城葦彦、安部綱江、杉渕テル、鈴木比佐雄　A5 判・528 頁・上製本・5,000 円
- 『下村和子全詩集』解説文／中野順一、木津川昭夫、福田万里子、中西弘貴、小松弘愛、佐相憲一、鈴木比佐雄　A5 判・512 頁・上製本・5,000 円
- 『増岡敏和全詩集』解説文／宮本勝夫、佐相憲一、鈴木比佐雄　A5 判・592 頁・並製本・4,000 円
- 『大井康暢全詩集』解説文／西岡光秋、平野宏、高石貴、栗和実、西川敏之、佐相憲一、鈴木比佐雄　A5 判・480 頁・上製本・5,000 円
- 『山田かん全詩集』帯文／林京子（作家）　解説文／高塚かず子、田中俊廣、鈴木比佐

雄　編集委員／山田和子、山田貴己、中里嘉昭、鈴木比佐雄　A5 判・624 頁・上製本・5,000 円
- 『福田万里子全詩集』表紙画／福田万里子　題字／福田正人　解説文／下村和子、鈴木比佐雄　A5 判・432 頁・上製本（ケース付）・5,000 円
- 『大崎二郎全詩集』帯文／長谷川龍生　解説文／西岡寿美子、長津功三良、鈴木比佐雄　A5 判・632 頁・上製本・5,000 円

コールサック詩文庫（詩選集）シリーズ

- 17『青木善保詩選集一四〇篇』解説文／花嶋堯春、佐相憲一、鈴木比佐雄　四六判・232 頁・上製本・1,500 円
- 16『小田切敬子詩選集一五二篇』解説文／佐相憲一、鈴木比佐雄　四六判・256 頁・上製本・1,500 円
- 15『黒田えみ詩選集一四〇篇』解説文／くにさだきみ、鳥巣郁美、鈴木比佐雄　四六判・208 頁・上製本・1,500 円
- 14『若松丈太郎詩選集一三〇篇』解説文／三谷晃一、石川逸子、鈴木比佐雄　四六判・232 頁・上製本・1,500 円
- 13『岩本健詩選集①一五〇篇（一九七六～一九八一）』解説文／佐相憲一、原圭治、鈴木比佐雄　四六判・192 頁・上製本・1,500 円
- 12『関中子詩選集一五一篇』解説文／山本聖子、佐相憲一、鈴木比佐雄　四六判・176 頁・上製本・1,500 円
- 11『大塚史朗詩選集一八五篇』解説文／佐相憲一、鈴木比佐雄　四六判・176 頁・上製本・1,500 円
- 10『岸本嘉名男詩選集一三〇篇』解説文／佐相憲一、鈴木比佐雄　四六判・176 頁・上製本・1,500 円
- 9『市川つた詩選集一五八篇』解説文／工藤富貴子、大塚欽一、鈴木比佐雄　四六判・176 頁・上製本・1,500 円
- 8『鳥巣郁美詩選集一四二篇』解説文／横田英子、佐相憲一、鈴木比佐雄　四六判・224 頁・上製本・1,500 円
- 7『大村孝子詩選集一二四篇』解説文／森三紗、鈴木比佐雄、吉野重雄　四六判・192 頁・上製本・1,500 円
- 6『谷崎眞澄詩選集一五〇篇』解説文／佐相憲一、三島久美子、鈴木比佐雄　四六判・248 頁・上製本・1,428 円
- 5『山岡和範詩選集一四〇篇』解説文／佐相憲一、くにさだきみ、鈴木比佐雄　四六判・224 頁・上製本・1,428 円
- 4『吉田博子詩選集一五〇篇』解説文／井奥行彦、三方克、鈴木比佐雄　四六判・160 頁・上製本・1,428 円
- 3『くにさだきみ詩選集一三〇篇』解説文／佐相憲一、石川逸子、鈴木比佐雄　四六判・256 頁・上製本・1,428 円
- 2『朝倉宏哉詩選集一四〇篇』解説文／日原正彦、大掛史子、相沢史郎　四六判・240 頁・上製本・1,428 円
- 1『鈴木比佐雄詩選集一三三篇』解説文／三島久美子、崔龍源、石村柳三　四六判・232 頁・上製本・1,428 円

新鋭・こころシリーズ詩集

- 中道侶陽詩集『綺羅』四六判・112 頁・1,500 円
- 羽島貝詩集『鉛の心臓』四六判・128 頁・1,500 円
- 洞彰一郎詩集『遠花火』四六判・128 頁・1,500 円
- 畑中暁来雄詩集『資本主義万歳』四六判 ·128 頁 ·1,500 円
- 松尾静子詩集『夏空』四六判・128 頁・1,500 円
- 林田悠来詩集『晴れ渡る空の下に』四六判 ·128 頁 ·1,500 円
- 藤貫陽一詩集『緑の平和』四六判・128 頁・1,500 円
- 中林経城詩集『鉱脈の所在』四六判・128 頁・1,500 円
- 尾内達也詩集『耳の眠り』四六判・128 頁・1,428 円
- 平井達也詩集『東京暮らし』四六判・128 頁・1,428 円
- 大森ちさと詩集『つながる』四六判・128 頁・1,428 円
- おぎぜんた詩集『アフリカの日本難民』 四六判・128 頁・1,428 円
- 亜久津歩詩集『いのちづな　うちなる〝自死者〟と生きる』四六判 ·128 頁・1,428 円

「詩人のエッセイ」シリーズ

- 堀田京子エッセイ集『旅は心のかけ橋──群馬・東京・台湾・独逸・米国の温もり』解説文／鈴木比佐雄　四六判・224 頁・1,500 円
- 矢城道子エッセイ集『春に生まれたような──大分・北九州・京都などから』帯文／淺山泰美　装画／矢城真一郎　解説文／鈴木比佐雄　四六判・224 頁・1,500 円
- 佐相憲一エッセイ集『バラードの時間──この世界には詩がある』写真／佐相憲一　四六判・240 頁・1,500 円
- 奥主榮エッセイ集『在り続けるものへ向けて』写真／奥主榮　解説文／佐相憲一　四六判 ·232 頁 ·1,500 円
- 中村純エッセイ集『いのちの源流～愛し続ける者たちへ～』帯文／石川逸子　写真／亀山ののこ　解説文／佐相憲一　四六判・288 頁・1,500 円
- 門田照子エッセイ集『ローランサンの橋』帯文／新川和枝　解説文／鈴木比佐雄　四六判 ·248 頁 ·1,500 円
- 中桐美和子エッセイ集『そして、愛』帯文／なんば・みちこ　解説文／鈴木比佐雄　四六判・208 頁・1,428 円
- 淺山泰美エッセイ集『京都　桜の縁《えに》し』帯文／松岡正剛　写真／淺山泰美・淺山花衣　栞解説文／鈴木比佐雄　四六判・256 頁・1,428 円
- 名古きよえエッセイ集『京都・お婆さんのいる風景』帯文／新川和枝　写真／名古きよえ　解説文／鈴木比佐雄　四六判・248 頁・1,428 円
- 山口賀代子エッセイ集『離湖《はなれこ》』帯文／小柳玲子　装画／戸田勝久　写真／山口賀代子　栞解説文／鈴木比佐雄　四六判・200 頁・1,428 円
- 下村和子エッセイ集『遊びへんろ』帯文／加島祥造　四六判・248 頁・1,428 円
- 淺山泰美エッセイ集『京都　銀月アパートの桜』帯文／新川和枝　写真／淺山泰美　栞解説文／鈴木比佐雄　四六判 ·168 頁・1,428 円
- 山本衞エッセイ集『人が人らしく　人権一〇八話』推薦のことば／沢田五十六　栞解説文／鈴木比佐雄　四六判・248 頁・1,428 円

エッセイ集

- 田村政紀『今日も生かされている――予防医学を天命とした医師』四六判・192 頁・1,800 円
- 千葉貞子著作集『命の美容室 ～水害を生き延びて～』A5 判 176 頁・上製本・2,000 円　解説文／佐相憲一
- 田巻幸生エッセイ集『生まれたての光――京都・法然院へ』解説／淺山泰美　四六判・192 頁・並製本・1,620 円
- 平松伴子エッセイ集『女ですから』四六判・256 頁・並製本・1,500 円
- 橋爪文 エッセイ集『８月６日の蒼い月――爆心地一・六kmの被爆少女が世界に伝えたいこと』跋文／木原省治　四六判・256 頁・並製本・1,500 円
- 岡三沙子エッセイ集『寡黙な兄のハーモニカ』跋文／朝倉宏哉（詩人）　装画（銅版画）／川端吉明　A5 判・160 頁・並製本・1,500 円
- 伊藤幸子エッセイ集『口ずさむとき』解説文／鈴木比佐雄 A5 判・440 頁・上製本・2,000 円
- 間渕誠エッセイ集『昭和の玉村っ子――子どもたちは遊びの天才だった』解説文／鈴木比佐雄　A5 判・160 頁・並製本・1,000 円
- 吉田博子エッセイ集『夕暮れの分娩室で――岡山・東京・フランス』帯文／新川和江　解説文／鈴木比佐雄　A5 判・192 頁・上製本・1,500 円
- 鳥巣郁美 詩論・エッセイ集『思索の小径』 装画・挿画／津高和一　栞解説文／鈴木比佐雄　A5 判・288 頁・上製本・2,000 円
- 鈴木泰左右エッセイ集『越辺川《おっぺがわ》のいろどり――川島町の魅力を語り継ぐ』解説文／鈴木比佐雄　A5 判・304 頁＋カラー８頁・並製本・1,500 円
- 石田邦夫『戦場に散った兄に守られて～軍国主義時代に青春を送りし～』栞解説文／鈴木比佐雄　A5 判・160 頁・上製本・2,000 円
- 五十嵐幸雄・備忘録集Ⅲ『ビジネスマンの余白』写真／猪又かじ子　栞解説文／鈴木比佐雄　A5 判・352 頁・上製本・2,000 円
- 五十嵐幸雄・備忘録集Ⅳ『春風に凭れて』写真／猪又かじ子　栞解説文／鈴木比佐雄　A5 判・312 頁・上製本・2,000 円
- 中津攸子 俳句・エッセイ集『戦跡巡礼 改訂増補版』装画／伊藤みと梨　帯文／梅原猛題字／伊藤良男　解説文／鈴木比佐雄　四六判・256 頁・上製本・1,500 円
- 中原秀雪エッセイ集『光を旅する言葉』銅版画／宮崎智晴　帯文／的川泰宣　解説／金田晉　四六判・136 頁・上製本・1,500 円
- 金田茉莉『終わりなき悲しみ――戦争孤児と震災被害者の類似性』監修／浅見洋子　解説文／鈴木比佐雄　四六判・304 頁・並製本・1,500 円
- 壺阪輝代エッセイ集『詩神（ミューズ）につつまれる時』帯文／山本十四尾　A5 判・160 頁・上製本・2,000 円
- 金光林エッセイ集『自由の涙』帯文／白石かずこ 栞解説文／白石かずこ、相沢史郎、陳千武、鈴木比佐雄　翻訳／飯島武太郎、志賀喜美子 A5 判・368 頁・並製本・2,000 円

評論集

- 鈴木正一評論集『〈核災棄民〉が語り継ぐこと――レーニンの『帝国主義論』を手掛りにして』解説／鈴木比佐雄　四六判・160 頁・並製本・1,620 円

- 石村柳三『石橋湛山の慈悲精神と世界平和』序文／浅川保　四六判・256頁・並製本・1,620円
- 中村節也『宮沢賢治の宇宙音感―音楽と星と法華経―』解説文／鈴木比佐雄　B5判・144頁・並製本・1,800円
- 井口時男評論集『『永山則夫の罪と罰──せめて二十歳のその日まで』　解説文／鈴木比佐雄　四六判224頁・並製本・1,500円
- 浅川史評論集　『敗北した社会主義　再生の闘い』序文／鈴木比佐雄　四六判352頁・上製本・1.800円
- 高橋郁男評論集『詩のオデュッセイア──ギルガメシュからディランまで、時に磨かれた古今東西の詩句・四千年の旅』跋文／佐相憲一　四六判・384頁・並製本・1,500円
- 千葉貢評論集『相逢の人と文学──長塚節・宮澤賢治・白鳥省吾・淺野晃・佐藤正子』栞解説文／鈴木比佐雄　四六判・304頁・上製本・2,000円
- 鎌田慧評論集『悪政と闘う──原発・沖縄・憲法の現場から』栞解説文／鈴木比佐雄　四六判・384頁・並製本・1,500円
- 清水茂詩論集『詩と呼ばれる希望──ルヴェルディ、ボヌフォワ等をめぐって』解説文／鈴木比佐雄　四六判・256頁・並製本・1,500円
- 金田久璋評論集『リアリテの磁場』解説文／佐相憲一　四六判・352頁・上製本・2,000円
- 宮川達二評論集『海を越える翼──詩人小熊秀雄論』解説文／佐相憲一　四六判・384頁・並製本・2,000円
- 佐藤吉一評論集『詩人・白鳥省吾』解説文／千葉貢　A5判・656頁・並製本・2,000円
- 稲木信夫評論集『詩人中野鈴子を追う』帯文／新川和江　栞解説文／佐相憲一　四六判・288頁・上製本・2,000円
- 新藤謙評論集『人間愛に生きた人びと──横山正松・渡辺一夫・吉野源三郎・丸山眞男・野間宏・若松丈太郎・石垣りん・茨木のり子』解説文／鈴木比佐雄　四六判・256頁・並製本・2,000円
- 前田新評論集『土着と四次元──宮沢賢治・真壁仁・三谷晃一・若松丈太郎・大塚史朗』解説文／鈴木比佐雄　四六判・464頁・上製本・2,000円
- 若松丈太郎『福島原発難民　南相馬市・一詩人の警告1971年～2011年』帯文／新藤謙解説文／鈴木比佐雄　四六判・160頁・並製本・1,428円
- 若松丈太郎『福島核災棄民──町がメルトダウンしてしまった』帯文／加藤登紀子　解説文／鈴木比佐雄　四六判・208頁（加藤登紀子「神隠しされた街」CD付）・並製本・1,800円
- 片山壹晴詩集・評論集『セザンヌの言葉──わが里の「気層」から』解説文／鈴木比佐雄　A5判・320頁・並製本・2,000円
- 尾崎寿一郎評論集『ランボーをめぐる諸説』四六判・288頁・上製本・2,000円
- 尾崎寿一郎評論集『ランボーと内なる他者「イリュミナシオン」解読』四六判・320頁・上製本・2,000円
- 尾崎寿一郎評論集『ランボー追跡』写真／林完次　栞解説文／鈴木比佐雄　四六判・288頁・上製本・2,000円
- 尾崎寿一郎評論集『詩人 逸見猶吉』写真／森紫朗　栞解説文／鈴木比佐雄　四六判・400頁・上製本・2,000円
- 芳賀章内詩論集『詩的言語の現在』解説文／鈴木比佐雄　A5判・320頁・並製本・2,000円

- 森徳治評論・文学集『戦後史の言語空間』写真／高田太郎　解説文／鈴木比佐雄　A5判・416 頁・並製本・2,000 円
- 大山真善美教育評論集『学校の裏側』帯文／小川洋子（作家）解説／青木多寿子　A5判・208 頁・並製本・1,500 円

国際関係

- デイヴィッド・クリーガー詩集『神の涙──広島・長崎原爆　国境を越えて』増補版四六判 216 頁・並製本・1,500 円　訳／水崎野里子　栞解説文／鈴木比佐雄
- デイヴィッド・クリーガー詩集『戦争と平和の岐路で』Ａ５判 192 頁・並製本・1.500円　訳／結城文　解説文／鈴木比佐雄
- 『原爆地獄 The Atomic Bomb Inferno──ヒロシマ 生き証人の語り描く一人ひとりの生と死』編／河勝重美・榮久庵憲司・岡田悌次・鈴木比佐雄　解説文／鈴木比佐雄　日英版・Ｂ５判・カラー 256 頁・並製本・2,000 円
- 日本・韓国・中国　国際同人詩誌『モンスーン 2』A5 判・96 頁・並製本・1,000 円
- 日本・韓国・中国　国際同人詩誌『モンスーン《MONSOON》 1』A5 判・96 頁・並製本・1,000 円
- ベトナム社会主義共和国・元国家副主席グエン・ティ・ビン女史回顧録『家族、仲間、そして祖国』序文／村山富市（元日本国内閣総理大臣）監修・翻訳／冨田健次、清水政明 他　跋文／小中陽太郎　四六判・368 頁・並製本・2,000 円
- 平松伴子『世界を動かした女性グエン・ティ・ビン ベトナム元副大統領の勇気と愛と哀しみと』帯文・序文／早乙女勝元　栞解説文／鈴木比佐雄　A5 判・304 頁・並製本・1,905 円　【ベトナム平和友好勲章受賞】
- デイヴィッド・クリーガー詩集『神の涙─広島・長崎原爆 国境を越えて』帯文／秋葉忠利(元広島市長）栞解説文／鈴木比佐雄 日英詩集・四六判・200 頁・並製本・1,428 円
- デイヴィッド・クリーガー 英日対訳 新撰詩集『戦争と平和の岐路で』解説文／鈴木比佐雄　A5 判・192 頁・並製本・1,500 円
- 高炯烈（コヒョンヨル）詩集『長詩 リトルボーイ』訳／韓成禮　栞解説文／浜田知章、石川逸子、御庄博実　A5 判・220 頁・並製本・2,000 円
- 高炯烈詩集『アジア詩行──今朝は、ウラジオストクで』訳／李美子　写真／柴田三吉　栞解説文／鈴木比佐雄　四六判・192 頁・並製本・1,428 円
- 鈴木紘治『マザー・グースの謎を解く──伝承童謡の詩学』A5判・304頁・並製本・2,000 円
- 堀内利美図形詩集『Poetry for the Eye』解説文／鈴木比佐雄、尾内達也、堀内利美A5 判・232 頁（単語集付、解説文は日本語）・並製本・2,000 円
- 堀内利美日英語詩集『円かな月のこころ』訳／郡山直　写真／武藤ゆかり　栞解説文／吉村伊紅美　日英詩集・四六判・160 頁・並製本・2,000 円
- 堀内利美図形詩集『人生の花　咲き匂う』栞解説文／鈴木比佐雄　A5 判・160 頁・並製本・2,000 円

絵本・詩画集など

- キャロリン・メアリー・クリーフェルド日英詩画集『神様がくれたキス The Divine Kiss』B5 判・フルカラー 72 頁・並製本・1,800 円　訳／郡山 直　序文／清水茂
- 井上摩耶×神月 ROI 詩画集『Particulier ～国境の先へ～』B5 横判・フルカラー 48 頁・上製本・2,000 円　跋文／佐相憲一

- 島村洋二郎詩画集『無限に悲しく、無限に美しく』B5判・フルカラー64頁・並製本・1,500円　解説文／鈴木比佐雄
- 正田吉男 絵本『放牛さんとへふり地蔵──鎌研坂の放牛地蔵』絵／杉山静香、上原恵 B5判・フルカラー32頁・上製本・1,500円　解説文／鈴木比佐雄
- 大谷佳子筆文字集『夢の種蒔き──私流遊書（わたしのあそびがき）』解説文／鈴木比佐雄 B5判・96頁・並製本・1,428円
- 吉田博子詩画集『聖火を翳《かざ》して』帯文／小柳玲子　栞解説文／鈴木比佐雄　A4変形判・136頁・上製本・2,000円
- 多田聡詩画集『ビバ！しほりん』絵／赤木真一郎、赤木智恵　B5判・フルカラー32頁・上製本・1,428円
- 日笠明子・上野郁子の絵手紙集『絵手紙の花束〜きらら窯から上野先生へ〜』A4変形判・フルカラー48頁・並製本・1,428円
- 渡邉倭文子ほか共著『ことばの育ちに寄りそって　小さなスピーチクリニックからの伝言』写真／柴田三吉　A4判・80頁・並製本・1,428円
- 黒田えみ詩画集『小さな庭で』四六判・128頁・上製本・2,000円

10周年記念企画「詩の声・詩の力」詩集

- 山岡和範詩集『どくだみ』A５判96頁・並製本・1,500円　解説文／佐相憲一
- 江口 節 詩集『果樹園まで』A５変形判96頁・並製本1,500円
- 秋野かよ子詩集『細胞のつぶやき』A５判96頁・並製本・1,500円　解説文／佐相憲一
- 尹東柱詩集／上野 都 翻訳『空と風と星と詩』四六判192頁・並製本・1,500円　帯文／詩人　石川逸子
- 洲　史　詩集『小鳥の羽ばたき』A５判96頁・並製本・1,500円　解説文／佐相憲一
- 小田切敬子詩集『わたしと世界』A５判96頁・並製本・1,500円　解説文／佐相憲一
- みうらひろこ詩集『渚の午後　ふくしま浜通りから』A５判128頁・並製本・1,500円 解説文／鈴木比佐雄　帯文／柳美里
- 阿形蓉子詩集『つれづれなるままに』A５判128頁・並製本・1,500円　装画／阿形蓉子　解説文／佐相憲一
- 油谷京子詩集『名刺』A５判96頁・並製本・1,500円　解説文／佐相憲一
- 木村孝夫詩集『桜螢　ふくしまの連呼する声』四六判192頁・並製本・1,500円　栞解説文／鈴木比佐雄
- 星野　博詩集『線の彼方』A５判96頁・並製本・1,500円　解説文／佐相憲一
- 前田 新 詩集『無告の人』A５判160頁・並製本・1,500円　装画／三橋節子　解説文／鈴木比佐雄
- 佐相憲一詩集『森の波音』A５判128頁・並製本・1,500円
- 高森 保詩集『1月から12月 あなたの誕生を祝う詩』A５判128頁・並製本・1,500円 解説文／鈴木比佐雄
- 橋爪さち子詩集『薔薇星雲』A５判128頁・並製本 1,500円《第12回日本詩歌句随筆評論大賞　奨励賞》
- 酒井 力詩集『光と水と緑のなかに』A５判128頁・並製本・1,500円　解説文／佐相憲一
- 安部一美詩集『夕暮れ時になると』A５判120頁・並製本・1,500円　解説文／鈴木比佐雄　《第69回福島県文学賞詩部門正賞》

- 望月逸子詩集『分かれ道』A５判 128 頁・並製本・1,500 円　帯文／石川逸子　栞解説文／佐相憲一
- 二階堂晃子詩集『音たてて幸せがくるように』A５判 160 頁・並製本・1,500 円　解説文／佐相憲一
- 高橋静恵詩集『梅の切り株』A５判 144 頁・並製本・1,500 円　跋文／宗方和子　解説文／鈴木比佐雄
- 末松努詩集『淡く青い、水のほとり』A５判 128 頁・並製本・1,500 円　解説文／鈴木比佐雄
- 林田悠来詩集『雨模様、晴れ模様』A５判 96 頁・並製本・1,500 円　解説文／佐相憲一
- 勝嶋啓太詩集『今夜はいつもより星が多いみたいだ』A５判 128 頁・並製本・1,500 円《第 46 回 壺井繁治賞》
- かわいふくみ詩集『理科室がにおってくる』 A５判 96 頁・並製本・1,500 円　栞解説文／佐相憲一

既刊詩集

〈2006 年刊行〉

- 朝倉宏哉詩集『乳粥』栞解説文／鈴木比佐雄　A5 判・122 頁・上製本・2,000 円
- 山本十四尾詩集『水の充実』栞解説文／鈴木比佐雄 B5変形判・114頁・上製本・2,000円

〈2007 年刊行〉

- 宮田登美子詩集『竹藪の不思議』栞解説文／鈴木比佐雄 A5判・96 頁・上製本・2,000 円
- 大掛史子詩集『桜鬼(はなおに)』栞解説文／鈴木比佐雄 A5 判・128 頁・上製本・2,000 円【第 41 回日本詩人クラブ賞受賞】
- 山本衛詩集『讃河』栞解説文／鈴木比佐雄　A5 判・168 頁・上製本・2,000 円【第 8 回中四国詩人賞受賞】
- 岡隆夫詩集『二億年のイネ』栞解説文／鈴木比佐雄　A5 判・168 頁・上製本・2,000 円
- うおずみ千尋詩集『牡丹雪幻想』 栞解説文／鈴木比佐雄　B5 変形判・98 頁・フランス装・2,000 円
- 酒井力詩集『白い記憶』栞解説文／鈴木比佐雄　A5 判・128 頁・上製本・2,000 円
- 山本泰生詩集『声』栞解説文／鈴木比佐雄　A5 判・144 頁・上製本・2,000 円
- 秋山泰則詩集『民衆の記憶』栞解説文／鈴木比佐雄　A5 判・104 頁・並製本・2,000 円
- 大原勝人詩集『通りゃんすな』栞解説文／鈴木比佐雄　A5 判・104 頁・並製本・2,000 円
- 葛原りょう詩集『魂の場所』栞解説文／長津功三良、鈴木比佐雄　A5 判・192 頁・並製本・2,000 円
- 石村柳三詩集『晩秋雨』栞解説文／朝倉宏哉、鈴木比佐雄 A5判・200頁・上製本・2,000円

〈2008年刊行〉

- 浜田知章詩集『海のスフィンクス』帯文／長谷川龍生　栞解説文／浜田文、鈴木比佐雄 A5 判・128 頁・上製本・2,000 円
- 遠藤一夫詩集『ガンタラ橋』栞解説文／鈴木比佐雄　A5 判・128 頁・上製本・2,000 円
- 石下典子詩集『神の指紋』帯文／山本十四尾　栞解説文／鈴木比佐雄　A5 判・128 頁・上製本・2,000 円
- 星野典比古詩集『天網』帯文／山本十四尾　栞解説文／鈴木比佐雄　A5 判・128 頁・上製本・2,000 円
- 田上悦子詩集『女性力（ウナグヂキャラ）』帯文／山本十四尾　栞解説文／鈴木比佐

雄 A5 判・144 頁・上製本・2,000 円
- 壷阪輝代詩集『探り箸』帯文／山本十四尾　栞解説文／鈴木比佐雄　A5 判・128 頁・上製本・2,000 円
- 下村和子詩集『手妻』栞解説文／鈴木比佐雄　A5 判・128 頁・上製本・2,000 円
- 豊福みどり詩集『ただいま』帯文／山本十四尾　栞解説文／鈴木比佐雄　A5 判・128 頁・上製本・2,000 円
- 小坂顕太郎詩集『五月闇』栞解説文／鈴木比佐雄　A5 判・128 頁・上製本・2,000 円
- くにさだきみ詩集『国家の成分』栞解説文／鈴木比佐雄　A5 判・152 頁・上製本・2,000 円
- 山本聖子詩集『宇宙の舌』栞解説文／鈴木比佐雄　A5 判・128 頁・上製本・2,000 円
- 鈴木文子詩集『電車道』栞解説文／鈴木比佐雄　A5 判・176 頁・上製本・2,000 円
- 中原澄子詩集『長崎を最後にせんば――原爆被災の記憶』（改訂増補版）栞解説文／鈴木比佐雄　A5 判・208 頁・上製本・2,000 円【第四十五回福岡県詩人賞受賞】
- 亜久津歩詩集『世界が君に死を赦すから』栞解説文／鈴木比佐雄　A5 判・160 頁・上製本・2,000 円
- コールサック社のアンソロジーシリーズ『生活語詩二七六人集　山河編』編／有馬敲、山本十四尾、鈴木比佐雄　A5 判・432 頁・並製本・2,000 円

〈2009 年刊行〉

- 吉田博子詩集『いのち』装画／近藤照恵　帯文／山本十四尾　栞解説文／鈴木比佐雄　A5 判・128 頁・上製本・2,000 円
- 黛元男詩集『地鳴り』装画／田中清光　栞解説文／鈴木比佐雄　A5 判・136 頁・上製本・2,000 円
- 長津功三良詩集『飛ぶ』帯文／吉川仁　栞解説文／福谷昭二　A5 判・144 頁・並製本・2,000 円
- 堀内利美詩集『笑いの震動』栞解説文／鈴木比佐雄　A5 判・176 頁・上製本・2,000 円
- 貝塚津音魚詩集『魂の緒』装画／渡部等　帯文／山本十四尾　栞解説文／鈴木比佐雄　A5 判・128 頁・上製本・2,000 円【栃木県現代詩人会新人賞受賞】
- 石川早苗詩集『蔵人の妻』栞解説文／鈴木比佐雄　A5 判・128 頁・上製本・2,000 円
- 吉村伊紅美詩集『夕陽のしずく』装画／清水國治　栞解説文／鈴木比佐雄　A5 判・144 頁・上製本・2,000 円
- 山本十四尾詩集『女将』題字／川又南岳　AB 判・64 頁・上製本・2,000 円
- 中村藤一郎詩集『神の留守』題字／伊藤良男　栞解説文／鈴木比佐雄　A5 判・208 頁・上製本・2,000 円
- 上田由美子詩集『八月の夕凪』装画／上田由美子　栞解説文／鈴木比佐雄　A5 判・160 頁・上製本・2,000 円
- 山本倫子詩集『秋の蟷螂』栞解説文／鈴木比佐雄　A5 判・160 頁・上製本・2,000 円
- 宇都宮英子詩集『母の手』栞解説文／鈴木比佐雄　A5 判・128 頁・上製本・2,000 円

〈2010 年刊行〉

- 山佐木進詩集『そして千年樹になれ』写真／猪又かじ子　栞解説文／鈴木比佐雄　A5 判・112 頁・並製本・2,000 円
- 杉本知政詩集『迷い蝶』装画／岸朝佳　栞解説文／鈴木比佐雄　A5 判・144 頁・並製本・2,000 円
- 未津きみ詩集『ブラキストン線 ―十四歳の夏―』栞解説文／鈴木比佐雄 A5 判・176 頁・

上製本・2,000円
- 水崎野里子詩集『ゴヤの絵の前で』栞解説文／佐相憲一　A5判・128頁・並製本・2,000円
- 石村柳三詩集『夢幻空華』写真／片岡伸　栞解説文／牧野立雄、水崎野里子、鈴木豊志夫　A5判・264頁・並製本・2,000円
- 秋山泰則詩集『泣き坂』装画／宮浦真之助（画家）　帯文・解説文／小澤幹雄　A5判・128頁・並製本・2,000円
- 北村愛子詩集『今日という日』装画／藤田孝之　栞解説文／鈴木比佐雄　A5判・176頁・並製本・2,000円
- 郡山直詩集『詩人の引力』写真／仲田千穂　栞解説文／鈴木比佐雄　A5判・208頁・並製本・1,428円
- 徳沢愛子詩集『加賀友禅流し』装画／太田秀典（加賀友禅作家）　栞解説文／鈴木比佐雄　A5判・184頁・上製本・2,000円
- 多田聡詩集『岡山発津山行き最終バス』装画／江草昭治　栞解説文／鈴木比佐雄 A5判・160頁・上製本・2,000円
- 矢口以文詩集『詩ではないかもしれないが、どうしても言っておきたいこと』写真／CPT提供　栞解説文／鈴木比佐雄　A5判・224頁・並製本・2,000円
- 鳥巣郁美詩集『浅春の途（さしゅんのみち）』帯文／山本十四尾　装画／木村茂　栞解説文／鈴木比佐雄　A5判・128頁・上製本・2,000円
- 直原弘道詩集『異郷への旅』帯文／山本十四尾　写真／柴田三吉　栞解説文／鈴木比佐雄　A5判・152頁・並製本・2,000円
- 酒木裕次郎詩集『筑波山』帯文／山本十四尾　写真／武藤ゆかり　栞解説文／鈴木比佐雄　A5判・112頁・上製本・2,000円
- 安永圭子詩集『音を聴く皮膚』帯文／山本十四尾　装画／安永圭子　栞解説文／鈴木比佐雄　A5判・136頁・上製本・2,000円
- 山下静男詩集『クジラの独り言』栞解説文／鈴木比佐雄 A5判・136頁・上製本・2,000円
- 皆木信昭詩集『心眼（こころのめ）』写真／奈義町現代美術館　栞解説文／鈴木比佐雄 A5判・144頁・上製本・2,000円
- 岡三沙子詩集『わが禁猟区』装画（銅版画）／川端吉明　栞解説文／鈴木比佐雄　A5判・144頁・上製本・2,000円

〈2011年刊行〉

- 北村愛子詩集『見知らぬ少女』装画／藤田孝之　栞解説文／鈴木比佐雄　A5判・176頁・並製本・2,000円
- 浅見洋子詩集『独りぼっちの人生《せいかつ》――東京大空襲により心をこわされた子たち』跋文／原田敬三　栞解説文／鈴木比佐雄　A5判・160頁＋カラー16頁・上製本・2,000円
- 片桐ユズル詩集『わたしたちが良い時をすごしていると』栞解説文／鈴木比佐雄　四六判・128頁・並製本・2,000円
- 星野明彦詩集『いのちのにっき 愛と青春を見つめて』装画／星野明彦　栞解説文／鈴木比佐雄　A5判・352頁・並製本・2,000円
- 田中作子詩集『吉野夕景』栞解説文／鈴木比佐雄　A5判・96頁・上製本・2,000円
- 岡村直子詩集『帰宅願望』装画／杉村一石　栞解説文／鈴木比佐雄　A5判・160頁・上製本・2,000円
- 木村淳子詩集『美しいもの』写真／齋藤文子　栞解説文／鈴木比佐雄　A5判・136頁・

上製本・2,000円
- 岡田恵美子詩集『露地にはぐれて』栞解説文／鈴木比佐雄　A5判・176頁・上製本・2,000円
- 野村俊詩集『うどん送別会』栞解説文／鈴木比佐雄　A5判・240頁・上製本・2,000円
- 福本明美詩集『月光《つきあかり》』栞解説文／鈴木比佐雄　A5判・120頁・上製本・2,000円
- 池山吉彬詩集『惑星』栞解説文／鈴木比佐雄　A5判・136頁・並製本・2,000円
- 石村柳三詩集『合掌』装画／鈴木豊志夫　栞解説文／佐相憲一　A5判・160頁・並製本・2,000円
- 田村のり子詩集『時間の矢──夢百八夜』栞解説文／鈴木比佐雄　A5判・192頁・上製本・2,000円
- 青柳俊哉詩集『球体の秋』栞解説文／鈴木比佐雄　A5判・176頁・上製本・2,000円
- 井上優詩集『厚い手のひら』写真／井上真由美　帯文／松島義一　解説文／佐相憲一　A5判・160頁・並製本・1,500円
- 牧葉りひろ詩集『黄色いマントの戦士たち』装画／星 純一　栞解説文／鈴木比佐雄　A5判・136頁・上製本・2,000円
- 大井康暢詩集『象さんのお耳』栞解説文／鈴木比佐雄　A5判・184頁・上製本・2,000円
- 片桐歩詩集『美ヶ原台地』栞解説文／鈴木比佐雄　A5判・160頁・並製本・2,000円

〈2012年刊行〉

- 大原勝人詩集『泪を集めて』栞解説文／鈴木比佐雄　A5判・136頁・並製本・2,000円
- くにさだきみ詩集『死の雲、水の国籍』栞解説文／鈴木比佐雄　A5判・192頁・上製本・2,000円
- 司 由衣詩集『魂の奏でる音色』栞解説文／鈴木比佐雄　A5判・168頁・上製本・2,000円
- 宮﨑睦子詩集『美しい人生』栞解説文／鈴木比佐雄　A5判・160頁・上製本・2,000円
- 佐相憲一詩集『時代の波止場』帯文／有馬 敲　A5判・160頁・並製本・2,000円
- 浜本はつえ詩集『斜面に咲く花』栞解説文／佐相憲一　A5判・128頁・上製本・2,000円
- 芳賀稔幸詩集『広野原まで──もう止まらなくなった原発』帯文／若松丈太郎　栞解説文／鈴木比佐雄　A5判・136頁・上製本・2,000円
- 真田かずこ詩集『奥琵琶湖の細波（さざなみ）』装画／福山聖子　帯文／嘉田由紀子（滋賀県知事）　栞解説文／鈴木比佐雄　A5判・160頁・上製本・2,000円
- 大野 悠詩集『小鳥の夢』栞解説文／鈴木比佐雄　A5判・160頁・上製本・2,000円
- 玉造 修詩集『高校教師』栞解説文／佐相憲一　A5判・112頁・上製本・2,000円
- 田澤ちよこ詩集『四月のよろこび』栞解説文／鈴木比佐雄　A5判・192頁・上製本・2,000円
- 日高のぼる詩集『光のなかへ』栞解説文／鈴木比佐雄　A5判・208頁・並製本・2,000円
- 結城文詩集『花鎮め歌』栞解説文／鈴木比佐雄　A5判・184頁・上製本・2,000円
- 川奈 静詩集『いのちの重み』栞解説文／鈴木比佐雄　A5判・136頁・並製本・2,000円

〈2013年刊行〉

- 二階堂晃子詩集『悲しみの向こうに──故郷・双葉町を奪われて』解説文／鈴木比佐雄 A5判・176頁・上製本・2,000円【第66回福島県文学賞 奨励賞受賞】
- 東梅洋子詩集『うねり 70篇 大槌町にて』帯文／吉行和子（女優）　解説文／鈴木比佐雄　四六判・160頁・並製本・1,000円
- 岡田忠昭詩集『忘れない』帯文／若松丈太郎　栞解説文／鈴木比佐雄　A5判・64頁・並製本・500円

- 白河左江子詩集『地球に』栞解説文／鈴木比佐雄　A5 判・160 頁・上製本・2,000 円
- 秋野かよ子詩集『梟が鳴く――紀伊の八楽章』栞解説文／鈴木比佐雄　四六判・144 頁・並製本・2,000 円
- 中村真生子詩集『なんでもない午後に――山陰・日野川のほとりにて』帯文／梅津正樹（アナウンサー）　栞解説文／鈴木比佐雄　四六判・240 頁・並製本・1,400 円
- 武西良和詩集『岬』栞解説文／鈴木比佐雄　A5 判・96 頁・並製本・2,000 円
- うおずみ千尋詩集『白詰草序奏――金沢から故郷・福島へ』栞解説文／鈴木比佐雄　B５判変形・144 頁・フランス装・1,500 円
- 木島 章詩集『点描画』栞解説文／佐相憲一　A5 判・160 頁・並製本・2,000 円
- 上野 都詩集『地を巡るもの』栞解説文／鈴木比佐雄　A5 判・144 頁・上製本・2,000 円
- 松本高直詩集『永遠の空腹』栞解説文／鈴木比佐雄　A5 判・112 頁・上製本・2,000 円
- 田島廣子詩集『くらしと命』栞解説文／佐相憲一　A5 判・128 頁・並製本・2,000 円
- 外村文象詩集『秋の旅』栞解説文／鈴木比佐雄　A5 判・160 頁・並製本・2,000 円
- 川内久栄詩集『木箱の底から――今も「ふ」号風船爆弾が飛び続ける 増補新版』栞解説文／鈴木比佐雄　A5 判・176 頁・上製本・2,000 円
- 見上 司詩集『一遇』栞解説文／鈴木比佐雄　A5 判・160 頁・並製本・2,000 円
- 笠原仙一詩集『明日のまほろば～越前武生《たけふ》からの祈り～』栞解説文／佐相憲一　A5 判・136 頁・並製本・1,500 円
- 黒田えみ詩集『わたしと瀬戸内海』四六判・96 頁・並製本・1,500 円
- 中村 純詩集『はだかんぼ』栞解説文／鈴木比佐雄　A5 判・128 頁・並製本・1,500 円
- 志田静枝詩集『踊り子の花たち』栞解説文／佐相憲一 A5 判・160 頁・上製本・2,000 円
- 井野口慧子詩集『火の文字』 栞解説文／鈴木比佐雄　A5 判・184 頁・上製本・2,000 円
- 山本 衛詩集『黒潮の民』栞解説文／鈴木比佐雄　A5 判・176 頁・上製本・2,000 円
- 大塚史朗詩集『千人針の腹巻き』栞解説文／鈴木比佐雄 A5 判・144 頁・並製本・2,000 円
- 大塚史朗詩集『昔ばなし考うた』解説文／佐相憲一　A5 判・96 頁・並製本・2,000 円
- 根本昌幸詩集『荒野に立ちて――わが浪江町』帯文／若松丈太郎　解説文／鈴木比佐雄　A5 判・160 頁・並製本・1,500 円

〈2014 年刊行〉……………………………………………………………

- 伊谷たかや詩集『またあした』栞解説文／鈴木比佐雄 A5 判・144 頁・上製本・2,000 円
- 池下和彦詩集『父の詩集』四六判・168 頁・並製本・1,500 円
- 青天目起江詩集『緑の涅槃図』栞解説文／鈴木比佐雄　A5 判・144 頁・上製本・2,000 円
- 佐々木淑子詩集『母の腕物語――広島・長崎・沖縄、そして福島に想いを寄せて　増補新版』栞解説文／鈴木比佐雄　A5 判・136 頁・並製本・1,500 円
- 高炯烈詩集『ガラス体を貫通する』カバー写真／高中哲　訳／権宅明　監修／佐川亜紀　解説文／黄鉉産　四六判・256 頁・並製本・2,000 円
- 速水晃詩集『島のいろ――ここは戦場だった』装画／疋田孝夫　A5 判・192 頁・並製本・2,000 円
- 栗和実詩集『父は小作人』栞解説文／鈴木比佐雄　A5 判・160 頁・並製本・2,000 円
- キャロリン・メアリー・クリーフェルド詩集『魂の種たち SOUL SEEDS』訳／郡山直　日英詩集・A5 判・192 頁・並製本・1,500 円
- 宮﨑睦子詩集『キス・ユウ（KISS YOU）』栞解説文／鈴木比佐雄　A5 判・160 頁・上製本・2,000 円

• 守口三郎詩集『魂の宇宙』栞解説文／鈴木比佐雄　A5 判・152 頁・上製本・2,000 円
• 李美子詩集『薬水を汲みに』帯文／長谷川龍生　A5 判・144 頁・並製本・2,000 円
• 中村花木詩集『奇跡』栞解説文／佐相憲一　A5 判・160 頁・並製本・2,000 円
• 金知栄詩集『薬山のつつじ』栞解説文／鈴木比佐雄　日韓詩集・A5 判・248 頁・並製本・1,500 円

〈2015 年刊行〉

• 井上摩耶詩集『闇の炎』装画／神月 ROI　栞解説文／佐相憲一　A5 判・128 頁・並製本・2,000 円
• 神原良詩集『ある兄妹へのレクイエム』装画／味戸ケイコ　解説文／鈴木比佐雄　A5 判・144 頁・上製本・2,000 円
• 佐藤勝太詩集『ことばの影』解説文／鈴木比佐雄　四六判・192 頁・並製本・2,000 円
• 悠木一政詩集『吉祥寺から』栞解説文／鈴木比佐雄　A5 判・128 頁・上製本・1,500 円
• 皆木信昭詩集『むらに吹く風』栞解説文／鈴木比佐雄　A5 判・128 頁・上製本・2,000 円
• 渡辺恵美子詩集『母の和音』帯文／清水茂　栞解説文／鈴木比佐雄　A5 判・128 頁・上製本・2,000 円
• 朴玉璉詩集『追憶の渋谷・常磐寮・1938 年──勇気を出せば、みんなうまくいく』解説文／鈴木比佐雄　A5 判・128 頁・上製本・2,000 円
• 坂井一則詩集『グレーテ・ザムザさんへの手紙』栞解説文／鈴木比佐雄　A5 判・128 頁・上製本・2,000 円
• 勝嶋啓太×原詩夏至 詩集『異界だったり 現実だったり』跋文／佐相憲一　A5 判・96 頁・並製本・1,500 円
• 堀田京子詩集『大地の声』栞解説文／鈴木比佐雄　A5 判・160 頁・並製本・1,500 円
• 木島始『木島始詩集・復刻版』解説文／佐相憲一・鈴木比佐雄　四六判・256 頁・上製本・2,000 円
• 島田利夫『島田利夫詩集』解説文／佐相憲一　A5 判・144 頁・並製本・2,000 円

〈2016 年刊行〉

• 和田文雄『和田文雄 新撰詩集』論考／鈴木比佐雄　A5 判・416 頁・上製本・2,500 円
• 佐藤勝太詩集『名残の夢』解説文／佐相憲一　四六判 192 頁・並製本・2,000 円
• 望月逸子詩集『分かれ道』帯文／石川逸子　栞解説文／佐相憲一　A 5 判 128 頁・並製本・1,500 円
• 鈴木春子詩集『古都の桜狩』栞解説文／鈴木比佐雄　A5 判 128 頁・上製本・2,000 円
• 高橋静恵詩集『梅の切り株』跋文／宗方和子　解説文／鈴木比佐雄　A5 判 144 頁・並製本・1,500 円
• ひおきとしこ詩抄『やさしく うたえない』栞解説文／鈴木比佐雄　A5 判 128 頁・並製本・1,500 円
• 高橋留理子詩集『たまどめ』栞解説文／鈴木比佐雄　A5 判 176 頁・上製本・2,000 円
• 林田悠来詩集『雨模様、晴れ模様』解説文／佐相憲一　A5 判 96 頁・並製本・1,500 円
• 美濃吉昭詩集『或る一年～詩の旅～』解説文／佐相憲一 A5 判 208 頁・上製本・2,000 円
• 末松努詩集『淡く青い、水のほとり』解説文／鈴木比佐雄　A5 判 128 頁・並製本・1,500 円
• 二階堂晃子詩集『音たてて幸せがくるように』解説文／佐相憲一　A5 判 160 頁・並製本・1,500 円

- 神原良詩集『オタモイ海岸』装画／味戸ケイコ　跋文／佐相憲一　A5判128頁・上製本・2,000円
- 下地ヒロユキ詩集『読みづらい文字』解説文／鈴木比佐雄　A5判96頁・並製本・1.500円

〈2017年刊行〉

- ワシオ・トシヒコ定稿詩集『われはうたへど』四六判344頁・並製本・1,800円
- 柏木咲哉『万国旗』解説文／佐相憲一　A5判128頁・並製本1,500円
- 星野博『ロードショー』解説文／佐相憲一　A5判128頁・並製本1,500円
- 赤木比佐江『一枚の葉』解説文／佐相憲一　A5判128頁・並製本1,500円
- 若松丈太郎『十歳の夏まで戦争だった』栞解説文／鈴木比佐雄　A5判128頁・並製本1,500円
- 鈴木比佐雄『東アジアの疼き』A5判224頁・並製本1,500円
- 吉村悟一『何かは何かのまま残る』　解説文／佐相憲一　A5判128頁・並製本1,500円
- 八重洋一郎『日毒』解説文／鈴木比佐雄　A5判112頁・並製本1,500円
- 美濃吉昭詩集『或る一年～詩の旅～Ⅱ』解説文／佐相憲一　A５判208頁・上製本・2,000円
- 根本昌幸詩集『昆虫の家』帯文／柳美里　装画／小笠原あり　解説文／鈴木比佐雄　A５判144頁・並製本・1,500円
- 青柳晶子詩集『草萌え』帯文／鈴木比佐雄　栞解説文／佐相憲一　A５判128頁・上製本・2,000円
- 守口三郎詩集『劇詩 受難の天使・世阿弥』栞解説文／鈴木比佐雄　A５判128頁・上製本・1,800円
- かわいふくみ詩集『理科室がにおってくる』栞解説文／佐相憲一　A５判96頁・並製本・1,500円
- 小林征子詩集『あなたへのラブレター』本文書き文字／小林征子　装画・題字・挿絵／長野ヒデ子　A５変形判144頁・上製本・1,500円
- 佐藤勝太詩集『佇まい』解説文／佐相憲一　四六判208頁・並製本・2,000円
- 堀田京子詩集『畦道の詩』解説文／鈴木比佐雄　A５判248頁・並製本・1,500円
- 福司満・秋田白神方言詩集『友ぁ何処サ行った』解説文／鈴木比佐雄　A５判176頁・上製本・2,000円【2017年 秋田県芸術選奨】

〈2018年刊行〉

- 田中作子愛読詩選集『ひとりあそび』解説文／鈴木比佐雄　A5変形判128頁・上製本1,500円
- 洲浜昌三詩集『春の残像』A5判160頁・並製本・1,500円　装画／北雅行
- 熊谷直樹×勝嶋啓太 詩集『妖怪図鑑』A5判160頁・並製本・1,500円　解説文／佐相憲一　人形制作／勝嶋啓太
- たにともこ詩集『つぶやき』四六判128頁・並製本・1,000円　解説文／佐相憲一
- 中村惠子詩集『神楽坂の虹』A5判128頁・並製本・1,500円　解説文／鈴木比佐雄
- ミカヅキカゲリ 詩集『水鏡』A5判　128頁・並製本・1,500円　解説文／佐相憲一
- 清水マサ詩集『遍歴のうた』A5判144頁・上製本・2,000円　解説文／佐相憲一　装画／横手由男
- 高田一葉詩集『手触り』A5判変型96頁・並製本・1,500円　解説文／佐相憲一
- 青木善保『風が運ぶ古茜色の世界』A5判128頁・並製本1,500円　解説文／佐相憲一
- せきぐちさちえ詩集『水田《みずた》の空』A5判144頁・並製本・1,500円　解説文／鈴木比佐雄

- 小山修一『人間のいる風景』A5判128頁・並製本1,500円　解説文／佐相憲一
- 神原良 詩集『星の駅―星のテーブルに着いたら君の思い出を語ろう…』A5判96頁・上製本・2,000円　解説文／鈴木比佐雄　装画／味戸ケイコ
- 矢城道子詩集『春の雨音』A5判128頁・並製本・1,500円
- 堀田京子 詩集『愛あるところに光は満ちて』四六判224頁・並製本・1,500円　解説文／鈴木比佐雄
- 鳥巣郁美詩集『時刻《とき》の帷《とばり》』A５判160頁・上製本・2,000円　解説文／佐相憲一
- 秋野かよ子『夜が響く』A5判128頁・並製本1,500円　解説文／佐相憲一
- 坂井一則詩集『世界で一番不味いスープ』A５判128頁・並製本・1,500円　装画／柿崎えま　栞解説文／鈴木比佐雄
- 植松晃一詩集『生々《しょうじょう》の綾《あや》』A5判128頁・並製本・1,500円　解説文／佐相憲一
- 松村栄子詩集『存在確率―わたしの体積と質量、そして輪郭』A5判　144頁・並製本・1,500円　解説文／鈴木比佐雄

アンソロジー詩集

- アンソロジー詩集『現代の風刺25人詩集』編／佐相憲一・有馬敲　A5判・192頁・並製本・2,000円
- アンソロジー詩集『SNSの詩の風41』編／井上優・佐相憲一　A5判・224頁・並製本・1,500円
- エッセイ集『それぞれの道～33のドラマ～』編／秋田宗好・佐相憲一　A5版240頁・並製本・1,500円
- 詩文集『生存権はどうなった』編／穂苅清一・井上優・佐相憲一　A5判176頁・並製本・1,500円
- 『詩人のエッセイ集 大切なもの』編／佐相憲一　A5判238頁・並製本・1,500円

句集・句論集

- 川村杳平俳人歌人論集『鬼古里の賦』解説／鈴木比佐雄　四六判・608頁・並製本・2,160円
- 長澤瑞子句集『初鏡』解説文／鈴木比佐雄　四六判・192頁・上製本・2,160円
- 『有山兎歩遺句集』跋文／呉羽陽子　四六判・184頁・上製本・2160円
- 片山壹晴 随想句集『嘴野記』解説文／鈴木比佐雄　A5判・208頁・並製本・1,620円
- 宮崎直樹『名句と遊ぶ俳句バイキング』解説文／鈴木比佐雄　文庫判656頁・並製本・1,500円
- 復本一郎評論集『江戸俳句百の笑い』四六判336頁・並製本・1,500円
- 復本一郎評論集『子規庵・千客万来』四六判320頁・並製本・1,500円
- 福島晶子写真集 with HAIKU『Family in 鎌倉』B5判64頁フルカラー・並製本・1,500円
- 藤原喜久子 俳句・随筆集『鳩笛』A5判368頁・上製本・2,000円 解説文／鈴木比佐雄

歌集・歌論集

- 田中作子歌集『小庭《さにわ》の四季』A５判192頁・上製本（ケース付）2,000円　解説文／鈴木比佐雄
- 宮﨑睦子歌集『紅椿』A５判104頁・上製本（ケース付）2,000円　解説文／鈴木比佐雄

小説

- 青木みつお『荒川を渡る』四六判 176 頁・上製本 1,500 円　帯文／早乙女勝元
- ベアト・ブレヒビュール『アドルフ・ディートリッヒとの徒歩旅行』四六判 224 頁・上製本 2,000 円　訳／鈴木俊　協力／FONDATION SAKAE STÜNZI
- 崔仁浩『夢遊桃源図』四六判 144 頁・並製本・2,000 円　訳／井手俊作　解説文／鈴木比佐雄
- 崔仁浩『他人の部屋』四六判 336 頁・並製本・2,000 円　訳／井手俊作　解説文／鈴木比佐雄
- 日向暁『覚醒 〜見上げればオリオン座〜』四六判 304 頁・並製本・1,500 円　跋文／佐相憲一　装画／神月 ROI
- 黄英治『前夜』四六判 352 頁・並製本・1,500 円
- 佐相憲一『痛みの音階、癒しの色あい』文庫判 160 頁・並製本・900 円

「年間購読会員」のご案内

ご購読のみの方	◆『年間購読会員』にまだご登録されていない方 ⇒4号分（104・105・106・107号） ……4,800円+税= 5,280円
寄稿者の方	◆『年間購読会員』にまだご登録されていない方 ⇒4号分（104・105・106・107号） ……4,800円+税= 5,280円 + 参加料……ご寄稿される作品の種類や、 ページ数によって異なります。 （下記をご参照ください）

【詩・小詩集・エッセイ・評論・俳句・短歌・川柳など】

・1～2ページ……5,000円+税= 5,500円／本誌4冊を配布。

・3ページ以上……

ページ数×（2,000円+税= 2,200円）／ページ数×2冊を配布。

※1ページ目の本文・文字数は1行28文字× 47行（上段22行・下段25行）

2ページ目からは、本文・1行28文字× 50行（上下段ともに25行）です。

※俳句・川柳は1頁（2段）に22句、短歌は1頁に10首掲載できます。

コールサック（石炭袋）103号

編集者　鈴木比佐雄　座馬寛彦　鈴木光影

発行者　鈴木比佐雄

発行所　㈱コールサック社

装丁　奥川はるみ

製作部　鈴木光影　座馬寛彦

発行所（株）コールサック社　2020年9月1日発行

本社　〒173-0004　東京都板橋区板橋2-63-4-209

電話　03-5944-3258　FAX　03-5944-3238

suzuki@coal-sack.com

http:／／www.coal-sack.com

郵便振替 00180-4-741802

落丁本・乱丁本はお取り替えいたします。

ISBN978-4-86435-451-6　C1092　￥1200E

本体価格　1200円+税